Capitão Blood

RAFAEL SABATINI

1ª EDIÇÃO WISH

Tradução de
CLÁUDIA MELLO BELHASSOF

WISH

Tradução	**Ilustração de capa**
Cláudia Mello Belhassof	Pedro Corrêa
Preparação	**Diagramação**
Milena Vargas	Marina Avila
Revisão	**Edição**
Karine Ribeiro	1ª edição
e Bárbara Parente	2022, Gráfica Viena

Dados Internacionais de Catalogação na Publicação (CIP)
(Câmara Brasileira do Livro, SP, Brasil)
Catalogação na fonte: Bibliotecária responsável: Ana Lúcia Merege

---

S 113
Sabatini, Rafael
    Capitão Blood, sua odisseia / Rafael Sabatini; tradução de Cláudia Belhassof Mello. – São Caetano do Sul, SP: Wish, 2022.
    384 p.
    ISBN 978-65-88218-74-7 (capa dura)
    1. Ficção italiana 2. Livros de aventura I. Mello, Cláudia Belhassof II. Título   CDD 853

Índice para catálogo sistemático:
1.Ficção : Literatura italiana 853

Editora Wish
www.editorawish.com.br
Redes sociais: @editorawish
São Caetano do Sul - SP - Brasil

© Copyright 2022. Este livro possui direitos de tradução e projeto gráfico e não pode ser distribuído ou reproduzido, ao todo ou parcialmente, sem prévia autorização por escrito da editora.

Impresso em papel Pólen de reflorestamento.

Capitão Blood

RAFAEL SABATINI

Este livro pertence a

Sumário

CAPÍTULO I — *O Mensageiro* — 9

CAPÍTULO II — *Os Dragões de Kirke* — 19

CAPÍTULO III — *O Senhor Chefe da Justiça* — 29

CAPÍTULO IV — *Mercadoria Humana* — 44

CAPÍTULO V — *Arabella Bishop* — 52

CAPÍTULO VI — *Planos de Fuga* — 67

CAPÍTULO VII — *Piratas* — 85

CAPÍTULO VIII — *Espanhóis* — 97

CAPÍTULO IX — *Os Rebeldes Condenados* — 105

CAPÍTULO X — *Dom Diego* — 119

CAPÍTULO XI — *Piedade Filial* — 126

CAPÍTULO XII — *Don Pedro Sangre* — 140

CAPÍTULO XIII — *Tortuga* — 149

CAPÍTULO XIV — *Os atos heroicos de Levasseur* — 159

CAPÍTULO XV	O Resgate	170
CAPÍTULO XVI	A Armadilha	184
CAPÍTULO XVII	Os Trouxas	198
CAPÍTULO XVIII	O Milagrosa	214
CAPÍTULO XIX	A Reunião	229
CAPÍTULO XX	Ladrão e Pirata	242
CAPÍTULO XXI	O serviço do Rei James	256
CAPÍTULO XXII	Hostilidades	272
CAPÍTULO XXIII	Reféns	282
CAPÍTULO XXIV	Guerra	297
CAPÍTULO XXV	O serviço do Rei Louis	312
CAPÍTULO XXVI	M. De Rivarol	323
CAPÍTULO XXVII	Cartagena	337
CAPÍTULO XXVIII	A honra de M. De Rivarol	348
CAPÍTULO XXIX	O serviço do Rei William	357
CAPÍTULO XXX	A última batalha do Arabella	364
CAPÍTULO XXXI	Sua Excelência, o Governador	371
BIOGRAFIA	Rafael Sabatini	382

CAPÍTULO I.
O Mensageiro

P eter Blood, bacharel em medicina e várias outras coisas, fumava um cachimbo e cuidava dos gerânios em caixas no parapeito de sua janela sobre a Water Lane, na cidade de Bridgewater.

Olhos severamente desaprovadores o analisavam de uma janela em frente, mas ele não dava bola. A atenção do sr. Blood estava dividida entre sua tarefa e o fluxo de seres humanos na rua estreita abaixo; um riacho que fluía pela segunda vez naquele dia em direção a Castle Field, onde, no início da tarde, Ferguson, capelão do duque, havia pregado um sermão contendo mais traição do que divindade.

Esses grupos dispersos e animados eram compostos principalmente de homens com galhos verdes nos chapéus e as armas mais ridículas nas mãos. Alguns, é verdade, carregavam pedaços de aves nos ombros, e aqui e ali uma espada era brandida; mas muitos estavam armados com porretes, e a maioria arrastava lanças gigantescas feitas com foices, tão formidáveis aos olhos quanto desajeitadas para as mãos. Havia tecelões, cervejeiros, carpinteiros, ferreiros, pedreiros, construtores, sapateiros e representantes de todos os outros ofícios da paz entre esses guerreiros improvisados. Bridgewater, assim como Taunton, havia cedido generosamente seus homens para servirem ao duque bastardo, já que todos com idade e força para empunhar armas que se abstinham eram rotulados como covardes ou papistas.

Ainda assim, Peter Blood, que não só era capaz de empunhar armas, mas era treinado e habilidoso no uso delas, que certamente não era covarde, e só era papista quando lhe convinha, cuidava de seus gerânios e fumava seu cachimbo naquela noite quente de julho com tanta indiferença que parecia que nada estava acontecendo. Ele fez outra coisa. Lançou para aqueles entusiastas febris de guerra um verso de Horácio — um poeta por cuja obra desde cedo ele concebera uma afeição excessiva:

— *Quo, quo, scelesti, ruitis?*[1]

E agora talvez você adivinhe por que o sangue quente e intrépido herdado dos pais nômades de sua mãe em Somersetshire permanecia frio em meio a todo esse frenético calor fanático da rebelião; por que o espírito turbulento que o havia forçado a abandonar os laços acadêmicos tranquilos que seu pai teria lhe imposto agora deveriam permanecer quietos em meio à turbulência. Você percebe como ele considerava esses homens que estavam se unindo aos estandartes da liberdade: os estandartes tecidos pelas virgens de Taunton, as garotas dos seminários da srta. Blake e da sra. Musgrove, que — enquanto a balada soava — tinham rasgado suas anáguas de seda para fazer as cores do exército do rei Monmouth. Aquele verso em latim, arremessado com desdém sobre os homens enquanto eles avançavam barulhentos pela rua de paralelepípedos, revela sua mente. Para ele, eram tolos correndo em um frenesi perverso para sua ruína.

---

[1] Em latim, "Para onde? Para onde vos lançastes, impiedosos?". [N.T.]

Veja, ele sabia demais sobre esse tal de Monmouth e a linda vagabunda marrom que o gerara para ser enganado pela lenda da legitimidade, com a qual esse estandarte de rebelião fora erguido. Ele havia lido a absurda proclamação postada na cruz em Bridgewater — que também tinha sido postada em Taunton e em outros lugares — estabelecendo que "após o falecimento do nosso soberano lorde Carlos II, o direito de sucessão à coroa da Inglaterra, da Escócia, da França e da Irlanda, com os domínios e territórios a eles pertencentes, legalmente descendem e passam para o ilustre e bem-nascido príncipe James, duque de Monmouth, filho e herdeiro aparente do referido rei Charles II".

Isso o fizera rir, assim como o anúncio posterior de que "James, duque de York, fez o falecido rei ser envenenado e imediatamente usurpou e invadiu a coroa".

Ele não sabia qual era a mentira maior. Pois o sr. Blood passara um terço da vida na Holanda, onde esse mesmo James Scott — que agora se proclamava James II, pela graça de Deus, rei etc. — vira a luz pela primeira vez por volta de 36 anos antes, e ele conhecia a história atual da verdadeira paternidade do sujeito. Longe de ser legítimo — em virtude de um pretenso casamento secreto entre Charles Stuart e Lucy Walter —, era possível que esse Monmouth que agora se proclamava rei da Inglaterra nem sequer fosse filho ilegítimo do falecido soberano. O que, além da ruína e do desastre, poderia dar fim a essa pretensão grotesca? Como se poderia esperar que a Inglaterra um dia engolisse esse Perkin? E foi em seu nome, para sustentar sua fantástica alegação, que esses estúpidos de West Country, liderados por uns bravos *whigs*, foram seduzidos à rebelião!

— *Quo, quo, scelesti, ruitis?*

Ele riu e suspirou ao mesmo tempo; mas a risada dominou o suspiro, pois o sr. Blood era antipático como a maioria dos homens independentes — e ele era muito independente —; a adversidade lhe ensinara a ser assim. Um homem de coração terno, tendo a visão e o conhecimento dele, poderia ter encontrado motivo para derramar lágrimas ao contemplar essas ovelhas não conformistas ardentes e simples que iam para o matadouro — escoltadas para o campo de reunião em Castle Field por esposas e filhas, namoradas e mães, sustentadas pela ilusão de que eles deviam tomar o campo em defesa do Direito, da Liberdade e da Religião. Pois ele sabia, como Bridgewater inteira sabia havia algumas horas, que a intenção de Monmouth era travar a batalha naquela mesma noite. O duque ia liderar um ataque surpresa ao exército da monarquia sob o comando de Feversham, que agora estava acampado em Sedgemoor. O sr. Blood presumiu que lorde Feversham estaria igualmente bem-informado e, se estivesse errado nessa suposição, pelo menos tinha justificativa para isso. Ele não devia supor que o comandante da monarquia era tão mediocremente habilidoso no estilo de vida que seguia.

 O sr. Blood bateu as cinzas do cachimbo e recuou para fechar a janela. Ao fazer isso, seu olhar cruzou a rua e, por fim, encontrou aqueles olhos hostis que o observavam. Eram dois pares e pertenciam às senhoritas Pitt, duas donzelas amáveis e sentimentais que não ficavam atrás de ninguém em Bridgewater na adoração pelo belo Monmouth.

 O sr. Blood sorriu e inclinou a cabeça, pois tinha relações amigáveis com aquelas senhoritas, uma das quais, na verdade, havia sido sua paciente por algum tempo. Mas não houve resposta à saudação. Em vez disso, os olhos lhe devolveram uma expressão fria de desdém. O sorriso nos lábios finos dele ficou um pouco mais amplo, um pouco menos agradável. Ele entendia o motivo da hostilidade, que vinha crescendo a cada dia na semana anterior, desde que Monmouth tinha virado a cabeça de mulheres de todas as idades. As senhoritas Pitt, percebeu, o desprezavam porque ele, um homem jovem e vigoroso, com treinamento militar, que agora poderia ser valioso para a causa, estava indiferente; porque ele estava, de um jeito plácido, fumando cachimbo e cuidando dos gerânios naquela tarde, entre todas as tardes, quando os homens corajosos estavam indo se reunir com o Defensor do Protestantismo, oferecendo seu sangue para colocá-lo no trono que lhe pertencia.

Se o sr. Blood tivesse cedido a debater o assunto com essas senhoritas, poderia ter argumentado que, tendo se fartado de perambular e se aventurar, ele agora estava embarcando na carreira para a qual fora originalmente destinado e para a qual seus estudos o haviam equipado; que ele era um homem da medicina, e não da guerra; um curandeiro, não um assassino. Mas elas teriam respondido, ele sabia, que, naquela causa, cabia a todo homem que se considerava homem pegar em armas. Elas teriam apontado que o sobrinho delas, Jeremiah, que era navegador por profissão, o mestre de um navio — que por um azar para aquele jovem tinha ancorado nesta temporada na baía de Bridgewater —, havia deixado o leme para pegar num mosquete em defesa do Direito. Mas o sr. Blood não era uma pessoa que discutia. Como eu disse, era um homem independente.

Ele fechou a janela e as cortinas e se dirigiu ao agradável cômodo à luz de velas e à mesa em que a sra. Barlow, sua governanta, estava servindo o jantar. Para ela, entretanto, declarou seu pensamento em voz alta.

— Estou em desgraça com as virgens azedas do outro lado.

Ele tinha uma voz agradável e vibrante, cujo tom metálico era suavizado e abafado pelo sotaque irlandês que, apesar de todas as suas andanças, nunca perdera. Era uma voz que podia cortejar de um jeito sedutor e carinhoso ou comandar de modo a exigir obediência. Na verdade, toda a natureza do homem estava naquela sua voz. Quanto ao resto, era alto e magro, de pele morena como um cigano, com olhos que eram notavelmente azuis no rosto moreno e sob as sobrancelhas pretas niveladas. Aqueles olhos, flanqueando um nariz intrépido e de ponte alta, eram de uma penetração singular e de uma altivez constante que combinava com os lábios firmes. Embora vestido de preto, como se tornou sua vocação, era com uma elegância derivada do amor pelas roupas que é peculiar ao aventureiro que ele havia sido, e não ao sóbrio médico que era agora.

Seu casaco era de seda fina bordada com prata; havia babados de renda de Mechlin nos pulsos e no pescoço. Sua grande peruca preta era tão zelosamente cacheada como qualquer outra em Whitehall.

Vendo-o assim, e percebendo sua verdadeira natureza, que era clara em relação a ele, você poderia se sentir tentado a especular por quanto tempo aquele homem se contentaria em ficar naquele pequeno remanso do mundo para o qual o acaso o arrastara cerca de seis meses antes; por quanto tempo continuaria a exercer a profissão para a qual se qualificara antes de começar a viver. Embora possa ser difícil de acreditar quando você conhece a sua história anterior e posterior, ainda é possível que, se não fosse o truque que o Destino estava prestes a lhe pregar, ele pudesse ter continuado nessa existência pacífica, estabelecendo-se completamente na vida de médico naquele paraíso de Somersetshire. É possível, mas não provável.

Ele era filho de um médico irlandês com uma dama de Somersetshire em cujas veias corria o sangue nômade dos Frobishers[2], o que pode explicar a selvageria que se manifestou cedo em seu temperamento. Essa selvageria havia alarmado profundamente seu pai, que, para um irlandês, era de uma singular natureza pacífica. Tinha resolvido logo cedo que o menino deveria seguir sua honrada profissão, e Peter Blood, sendo rápido para aprender e estranhamente ganancioso de conhecimento, havia agradado o pai ao receber, aos vinte anos, o grau de *baccalaureus medicinae* no Trinity College, em Dublin. O pai sobreviveu a essa satisfação por apenas três meses. A mãe já tinha morrido havia alguns anos. Assim, Peter Blood recebeu uma herança de algumas centenas de libras, com as quais partiu para ver o mundo e dar, por um tempo, rédea solta àquele espírito inquieto do qual era imbuído. Um conjunto de oportunidades curiosas o levou a servir com os holandeses, na época em guerra contra

---

[2] Martin Frobisher foi um marinheiro e militar inglês que viajou para o Novo Mundo em busca da Passagem do Noroeste. [N.T.]

a França; e uma predileção pelo mar o fez decidir que esse serviço deveria ser naquele elemento. Ele teve a vantagem de servir sob o comando do famoso De Ruyter e lutou no combate do Mediterrâneo, no qual aquele grande almirante holandês perdeu a vida.

Após a Paz de Nimeguen, seus movimentos são obscuros. Mas sabemos que ele passou dois anos em uma prisão espanhola, embora não saibamos como conseguiu chegar lá. Pode ser por isso que, ao ser solto, ele levou sua espada para a França e prestou serviço aos franceses na guerra contra os Países Baixos espanhóis. Quando finalmente chegou aos 32 anos, o apetite por aventuras se esgotou, a saúde ficou precária em consequência de uma ferida negligenciada, e ele de repente foi inundado pela saudade de casa. Embarcou em Nantes com a intenção de cruzar os mares até a Irlanda. Mas, com a embarcação sendo conduzida pela pressão do tempo até a baía de Bridgewater e a saúde de Blood piorando durante a viagem, acabou decidindo desembarcar lá mesmo, impulsionado também pelo fato de ser o solo nativo de sua mãe.

Assim, em janeiro daquele ano de 1685, ele chegou a Bridgewater, proprietário de uma fortuna quase igual àquela com a qual tinha partido de Dublin onze anos antes.

Por gostar do lugar, onde sua saúde foi rapidamente restaurada, e por ter concebido que já havia passado por aventuras suficientes para toda a vida de um homem, decidiu se estabelecer ali e, por fim, assumir a profissão da medicina, da qual tinha, com tão pouco lucro, se afastado.

Essa é toda a sua história, ou tudo que importa até aquela noite, seis meses depois, quando a Batalha de Sedgemoor foi travada.

Considerando que a ação iminente não era da sua conta, como de fato não era, e indiferente à atividade que animava Bridgewater naquela noite, o sr. Blood fechou os ouvidos para o barulho e foi cedo para a cama. Estava dormindo em paz muito antes das onze da noite, hora em que, como você sabe, Monmouth cavalgava com seu bando rebelde pela Estrada de Bristol de um jeito tortuoso para evitar o pântano que ficava entre ele e o Exército Real. Você também sabe que a vantagem numérica — possivelmente contrabalançada pela maior estabilidade das tropas regulares do outro lado — e as vantagens que ele conseguiu por cair de surpresa em cima de um exército que estava mais ou menos adormecido foram todas desperdiçadas por ele por erros e má liderança antes mesmo de enfrentar Feversham.

Os exércitos entraram em colisão por volta das duas da manhã. O sr. Blood dormia sem ser incomodado pelo distante estrondo dos canhões. Só despertou do sono tranquilo às quatro horas, quando o sol estava nascendo para dissipar os últimos filetes de névoa sobre o campo de batalha assolado.

Sentou-se na cama, esfregou os olhos sonolentos para despertar e se recompôs. Batidas trovejavam contra a porta de sua casa, e uma voz incoerente gritava. Foi esse o barulho que o despertou. Pensando que se tratava de um caso obstétrico urgente, estendeu a mão para o roupão e os chinelos no intuito de descer. No patamar, quase colidiu com a sra. Barlow, recém-acordada e assustadora, em pânico. Ele acalmou seus cacarejos com uma palavra de tranquilidade e foi abrir a porta.

Ali, sob a oblíqua luz dourada do sol recém-despertado, estava um homem sem fôlego, de olhos arregalados, e um cavalo bufando. Coberto de poeira e fuligem, as roupas em desalinho, a manga esquerda do gibão pendurada em trapos, o jovem abriu os lábios para falar, mas por um longo instante ficou sem palavras.

Naquele momento, o sr. Blood o reconheceu como o jovem mestre de navio, Jeremiah Pitt, sobrinho das donzelas do outro lado da rua, um rapaz que fora atraído pelo entusiasmo geral para o vórtice daquela rebelião. A rua estava agitada, despertada pelo ruidoso advento do marinheiro; portas se abriam e treliças eram destrancadas para exibir as protuberâncias de cabeças ansiosas e inquisitivas.

— Vá com calma — disse o sr. Blood. — Eu nunca soube que a pressa excessiva gerava velocidade.

Mas o rapaz de olhos arregalados não deu atenção à repreensão. Mergulhou de cabeça para falar, ofegante, sem fôlego.

— É lorde Gildoy — ofegou. — Ele está muito ferido... na fazenda de Oglethorpe, perto do rio. Eu o carreguei até lá... e... e ele me pediu para vir buscá-lo. Venha! Venha!

Ele teria agarrado o médico e o puxado à força de roupão e chinelos como estava. Mas o médico esquivou-se da mão excessivamente ávida.

— Claro que vou — disse. Ele estava aflito. Gildoy tinha sido um patrono muito amigável e generoso com ele desde que se fixara por estas bandas. E o sr. Blood estava ansioso o suficiente para fazer o possível para saldar a dívida agora, lamentando que a ocasião tivesse surgido, e dessa maneira, pois sabia muito bem que o jovem nobre agitado tinha sido um agente ativo do duque. — Claro que vou. Mas primeiro me dê licença para pegar algumas roupas e outras coisas das quais eu possa precisar.

— Não temos tempo a perder.

— Acalme-se. Não vou perder tempo. Repito, você vai mais rápido se for sem pressa. Entre... sente-se... — Ele abriu a porta de um salão.

O jovem Pitt dispensou o convite.

— Vou esperar aqui. Em nome de Deus, seja rápido.

O sr. Blood foi se vestir e buscar uma maleta de instrumentos. Perguntas sobre a natureza exata do ferimento do lorde Gildoy podiam esperar até que eles estivessem a caminho. Enquanto calçava as botas, deu à sra. Barlow as instruções para o dia, que incluíam um jantar que ele não estava destinado a comer.

Quando finalmente saiu de novo, com a sra. Barlow cacarejando atrás como uma ave descontente, encontrou o jovem Pitt sufocado por uma multidão de habitantes assustados e vestidos pela metade — a maioria mulheres —, que vieram correndo para saber como a batalha tinha acontecido. Dava para ler a notícia que ele lhes dava nas lamentações com que perturbavam o ar da manhã.

Ao avistar o médico, vestido e calçado com botas, a maleta de instrumentos enfiada debaixo do braço, o mensageiro desvencilhou-se dos que o pressionavam, espantou o cansaço e afastou as duas tias lacrimosas que estavam mais grudadas nele, agarrando-se à rédea do cavalo, e subiu para a sela.

— Venha, senhor — gritou. — Monte atrás de mim.

O sr. Blood, sem desperdiçar palavras, fez o que lhe foi ordenado. Pitt tocou no cavalo com a espora. A pequena multidão abriu caminho e, assim, sobre a garupa daquele cavalo com o dobro de carga, agarrado ao cinto do companheiro, Peter Blood partiu para sua Odisseia. Pois este Pitt, em quem ele não viu nada além do que o mensageiro de um cavalheiro rebelde ferido, era de fato o próprio mensageiro do Destino.

CAPÍTULO II.
Os Dragões de Kirke

A fazenda de Oglethorpe ficava cerca de um quilômetro e meio ao sul de Bridgewater, na margem direita do rio. Era uma construção Tudor esparsa, exibindo o cinza sobre a hera que cobria as partes inferiores. Aproximando-se dela agora, atravessando os pomares perfumados em meio aos quais parecia mergulhar na paz arcadiana junto às águas do Parrett, cintilando ao sol da manhã, o sr. Blood poderia ter tido dificuldade em acreditar que o local fazia parte de um mundo atormentado por contendas e derramamento de sangue.

Na ponte, enquanto saíam de Bridgewater a cavalo, eles encontraram uma vanguarda de fugitivos do campo de batalha, homens cansados e alquebrados, muitos feridos, todos aterrorizados, cambaleando apressados com os últimos resquícios de força até o abrigo que tinham a vã ilusão que a cidade lhes proporcionaria. Olhos vidrados de lassidão e medo ergueram-se piedosamente de rostos abatidos para o sr. Blood e seu companheiro enquanto os dois cavalgavam; vozes roucas gritavam um aviso de que a perseguição impiedosa não estava muito atrás. Sem se deixar abater, porém, o jovem Pitt seguiu cavalgando pela estrada poeirenta por onde os pobres fugitivos da rápida derrota em Sedgemoor vinham em bandos em números cada vez maiores. Em seguida, fez uma curva para o lado e deixou a estrada em direção a um caminho que cruzava os prados orvalhados. Mesmo ali eles encontraram grupos estranhos desses humanos abandonados, que estavam se espalhando em todas as direções, olhando temerosos para trás enquanto passavam pela grama alta, esperando a todo momento ver os casacos vermelhos dos dragões.

Mas, como Pitt estava indo para o sul, levando-os para cada vez mais perto do quartel-general de Feversham, eles agora estavam livres dos destroços humanos e dos estragos da batalha e cavalgavam pelos pomares tranquilos carregados de frutos maduros que logo gerariam a produção anual de cidra.

Por fim, os dois desceram do cavalo sobre as pedrinhas do pátio, e Baynes, o senhor da herdade, com uma expressão grave e modos confusos, deu-lhes as boas-vindas.

No espaçoso corredor com lajes de pedra, o médico encontrou lorde Gildoy — um jovem cavalheiro muito alto e moreno, com queixo e nariz proeminentes — estendido em uma espreguiçadeira de vime sob uma das altas janelas gradeadas, aos cuidados da sra. Baynes e de sua adorável filha. As bochechas estavam cor de chumbo, os olhos estavam fechados, e dos lábios azuis saía a cada respiração difícil um gemido fraco.

O sr. Blood parou por um instante em silêncio, considerando o paciente. Lamentou que um jovem com esperanças tão brilhantes na vida como lorde Gildoy tivesse arriscado tudo, talvez a própria existência, para levar adiante a ambição de um aventureiro inútil. Por ter gostado desse rapaz corajoso e por honrá-lo, ele deu um suspiro em homenagem à sua causa. Em seguida, ajoelhou-se para cumprir sua tarefa, arrancou o gibão e as roupas de baixo para expor o lado mutilado de Sua Senhoria e pediu água, roupa de cama e tudo o mais de que precisava para fazer seu trabalho.

Ainda estava concentrado nisso meia hora depois, quando os dragões invadiram a propriedade. O barulho de cascos e gritos roucos que anunciaram a abordagem não o perturbou nem um pouco. Por um lado, não se perturbava com facilidade; por outro, sua tarefa o absorvia. Mas Sua Senhoria, que agora havia recuperado a consciência, demonstrou uma considerável preocupação, e Jeremy Pitt, marcado pela batalha, correu para se esconder em um armário. Baynes estava inquieto, e a esposa e a filha tremiam. O sr. Blood os tranquilizou.

— Ora, o que há para temer? — comentou. — É um país cristão, e os cristãos não fazem guerra com os feridos nem com aqueles que os abrigam. — Ele ainda tinha, veja você, ilusões em relação aos cristãos. Ele levou um copo de refresco preparado sob suas orientações aos lábios de Sua Senhoria. — Dê paz à sua mente, meu lorde. O pior já passou.

E então eles chegaram chacoalhando e retinindo pelo caminho de lajes de pedra — uma dúzia certinha de soldados com botas de cano alto e casacos cor de lagosta do Regimento de Tânger, liderados por um sujeito robusto de sobrancelhas pretas com um bocado de renda de ouro no peito do casaco.

Baynes manteve sua posição e sua atitude meio desafiadora, enquanto a esposa e a filha se encolheram com o medo renovado. O sr. Blood, na cabeceira da espreguiçadeira, olhou por cima do ombro para avaliar os invasores.

O oficial gritou uma ordem, que fez seus homens pararem de maneira brusca e atenta, e avançou com arrogância, a mão enluvada apoiando o punho da espada, as esporas tilintando musicalmente enquanto ele se movimentava. Ele anunciou sua autoridade para o fazendeiro.

— Sou o capitão Hobart, dos dragões do coronel Kirke. Que rebeldes você abriga?

O fazendeiro ficou assustado com a truculência bárbara. Isso se expressou na voz trêmula.

— Eu... não abrigo nenhum rebelde, senhor. Este cavalheiro ferido...

— Estou vendo com os meus olhos.

O capitão correu até a espreguiçadeira e fez uma careta para o doente de rosto cinzento.

— Não há necessidade de perguntar como ele chegou a esse estado e a essas feridas. Um maldito rebelde, e isso é suficiente para mim. — Ele lançou um comando para os dragões. — Levem-no daqui, meus rapazes.

O sr. Blood ficou entre a espreguiçadeira e os soldados.

— Em nome da humanidade, senhor! — disse, em um tom de raiva. — Estamos na Inglaterra, não em Tânger. O cavalheiro está muito ferido. Ele não pode ser movido sem que isso represente um perigo para sua vida.

O capitão Hobart achou graça.

— Ah, quer dizer que devo cuidar da vida desses rebeldes? Até parece! Você acha que é para beneficiar sua saúde que o estamos levando? Há algumas forcas sendo instaladas ao longo da estrada de Weston a Bridgewater, e ele servirá para qualquer uma delas. O coronel Kirke ensinará a esses imbecis inconformados algo do qual eles não se esquecerão pelas próximas gerações.

— Você vai enforcar homens sem julgamento? Na verdade, quer dizer que estou enganado. Afinal, ao que parece, estamos em Tânger, o local ao qual pertence seu regimento.

O capitão o observou com olhos impacientes. Ele o analisou desde a sola das botas de montaria até o topo da peruca. Notou o corpo magro e ativo, a postura arrogante da cabeça, o ar de autoridade que investia o sr. Blood, e o soldado reconheceu o soldado. Os olhos do capitão se estreitaram. O reconhecimento foi mais longe.

— Quem diabos você pode ser? — explodiu.

— Meu nome é Blood, senhor; Peter Blood, a seu serviço.

— *Aye, aye! Codso!* Esse é o nome. Você esteve no serviço militar francês, não foi?

Se o sr. Blood ficou surpreso, não deixou transparecer.

— Estive.

— Então me lembro de você: cinco anos atrás, ou mais, você estava em Tânger.

— É verdade. Conheci seu coronel.

— Na verdade, então, você pode estar renovando seu conhecimento. — O capitão deu uma risada desagradável. — O que o traz aqui, senhor?

— Este cavalheiro ferido. Fui buscado para atendê-lo. Sou médico.

— Médico? Você? — O desprezo pela mentira, como ele a concebeu, ecoou na voz pesada e hostil.

— *Medicinae baccalaureus* — disse o sr. Blood.

— Não fale francês comigo, homem — retrucou Hobart. — Fale inglês!

O sorriso do sr. Blood o irritou.

— Sou um médico que exerce a profissão na cidade de Bridgewater.

O capitão fez uma expressão sarcástica.

— Que você alcançou por meio de Lyme Regis ao seguir seu duque bastardo.

Foi a vez do sr. Blood fazer uma expressão sarcástica.

— Se sua inteligência fosse tão elevada quanto sua voz, meu querido, você seria um grande homem.

Por um instante, o dragão ficou sem palavras. A cor se aprofundou em seu rosto.

— Você pode me achar elevado o suficiente para enforcá-lo.

— Na verdade, sim. Você tem a aparência e os modos de um carrasco. Mas, se praticar seu ofício com meu paciente aqui, pode estar colocando uma corda em volta do próprio pescoço. Ele não é do tipo que você consegue amarrar sem fazer perguntas. Ele tem direito a um julgamento e que esse julgamento seja feito por seus pares.

— Por seus pares?

O capitão ficou surpreso com essas três palavras, que o sr. Blood havia enfatizado.

— Claro, ora, qualquer um, se não fosse tolo ou selvagem, teria perguntado seu nome antes de mandá-lo para a forca. O cavalheiro é meu lorde Gildoy.

E então Sua Senhoria falou por si mesmo, com a voz fraca.

— Não escondo minha associação com o duque de Monmouth. Aceito as consequências. Mas, por favor, eu as aceito depois de um julgamento; por meus pares, como disse o médico.

A voz fraca cessou e foi seguida de um instante de silêncio. Como é comum em muitos homens fanfarrões, havia muito medo bem no fundo de Hobart. O anúncio da hierarquia de Sua Senhoria havia atingido essas profundezas. Sendo um arrivista servil, ele admirava títulos. E ficou com medo do próprio coronel. Percy Kirke não era tolerante com incompetentes.

Com um gesto, ele deteve seus homens. Precisava reconsiderar. O sr. Blood, observando sua pausa, acrescentou mais um assunto para sua consideração.

— O senhor deve se lembrar, capitão, que lorde Gildoy tem amigos e parentes do lado conservador que terão algo a dizer ao coronel Kirke se Sua Senhoria for tratado como um criminoso comum. Vá com cautela, capitão, ou, como eu disse, é no seu pescoço que o cabresto será trançado nesta manhã.

O capitão Hobart dispensou o alerta com uma explosão de desdém, mas agiu pensando no aviso.

— Peguem a espreguiçadeira — disse — e levem-no assim para Bridgewater. Deixem-no na prisão até que eu receba uma ordem relacionada a ele.

— Ele pode não sobreviver à jornada — protestou Blood. — Ele não deve ser movido em hipótese nenhuma.

— Pior para ele. Meu negócio é prender rebeldes. — Ele confirmou a ordem com um gesto. Dois de seus homens pegaram a espreguiçadeira e a balançaram para partir.

Gildoy fez um esforço débil para estender a mão em direção ao sr. Blood.

24

— Senhor — disse —, ficarei em dívida com você. Se eu viver, vou analisar como lhe pagar.

O sr. Blood curvou-se em resposta; e virou-se para os homens:

— Carreguem-no com firmeza — ordenou. — A vida dele depende disso.

Enquanto Sua Senhoria era carregado, o capitão ficou revigorado. Ele se voltou para o fazendeiro.

— Que outros rebeldes amaldiçoados você abriga?

— Nenhum, senhor. Sua Senhoria...

— Já lidamos com Sua Senhoria por enquanto. Cuidaremos de você daqui a pouco, depois de vasculharmos sua casa. E, por Deus, se tiver mentido para mim... — Ele se interrompeu, rosnando, para dar uma ordem. Quatro de seus dragões saíram. Em um instante, dava para ouvi-los movendo-se ruidosamente na sala adjacente. Nesse ínterim, o capitão estava vasculhando o salão, sondando os lambris com a coronha de uma pistola.

O sr. Blood não viu nenhum benefício em ficar por ali.

— Com sua licença, desejo-lhe um dia muito bom — disse.

— Com minha licença, você vai ficar mais um pouco — ordenou o capitão.

O sr. Blood deu de ombros e sentou-se.

— Você é cansativo — disse. — Fico pensando como seu coronel ainda não descobriu.

Mas o capitão não lhe deu ouvidos. Estava se abaixando para pegar um chapéu sujo e empoeirado ao qual estava preso um raminho de folhas de carvalho. Estava perto do armário onde o infeliz Pitt se refugiara. O capitão deu um sorriso maligno. Seus olhos vasculharam a sala, pousando primeiro com sarcasmo no fazendeiro, depois nas duas mulheres ao fundo e, por fim, no sr. Blood, que estava sentado com uma perna jogada sobre a outra em uma atitude de indiferença que estava longe de refletir seu pensamento.

Então o capitão se aproximou do armário e abriu uma das laterais da enorme porta de carvalho. Pegou o preso encolhido pela gola do gibão e arrastou-o para fora.

— E quem diabos é esse? — indagou. — Outro nobre?

O sr. Blood teve uma visão daquelas forcas das quais o capitão Hobart havia falado e desse infeliz jovem mestre de navio indo adornar uma delas, pendurado sem julgamento, no lugar da outra vítima que havia escapado do capitão. Na mesma hora, inventou não apenas um título, mas uma família inteira para o jovem rebelde.

— Na verdade, você mesmo disse, capitão. Esse é o visconde Pitt, primo em primeiro grau de sir Thomas Vernon, casado com aquela vagabunda chamada Moll Kirke, irmã de seu próprio coronel e, por vezes, dama de companhia da rainha do rei James.

Tanto o capitão quanto seu prisioneiro ofegaram. Mas, apesar de o jovem Pitt se calar discretamente dali em diante, o capitão soltou um xingamento desagradável. Ele considerou o prisioneiro mais uma vez.

— Ele está mentindo, não é? — quis saber, agarrando o rapaz pelo ombro e lançando um olhar penetrante para o seu rosto. — Ele está tentando um perdão, por Deus!

— Se acredita nisso — disse Blood —, enforque-o e veja o que acontece com você.

O dragão olhou furioso para o médico e depois para o prisioneiro.

— *Pah!* — Ele jogou o rapaz para as mãos de seus homens. — Levem-no para Bridgewater. E agarre esse sujeito também — apontou para Baynes. — Vamos mostrar a ele o que significa abrigar e consolar rebeldes.

Houve um momento de confusão. Baynes lutou contra as garras dos soldados, protestando veementemente. As mulheres apavoradas gritaram até serem silenciadas por um pavor maior. O capitão caminhou a passos largos até elas. Ele pegou a garota pelos ombros. Era uma criatura bonita, de cabelos dourados, com suaves olhos azuis que se erguiam suplicantes e comovidos para o rosto do dragão. Ele a olhou de soslaio com os olhos brilhantes, pegou seu queixo com a mão e a fez estremecer com seu beijo brutal.

— É uma promessa — disse, sorrindo de um jeito sombrio. — Que isso a acalme, pequena rebelde, até que eu acabe com esses bandidos.

E se afastou de novo, deixando-a fraca e trêmula nos braços da mãe angustiada. Seus homens estavam de pé, sorrindo, aguardando ordens, com os dois detidos agora presos pelos braços.

— Levem-nos daqui. Deixem Cornet Drake cuidar deles. — Seus olhos ardentes procuraram mais uma vez a garota encolhida. — Vou ficar mais um pouco, para vasculhar este lugar. Pode haver outros rebeldes escondidos aqui. — E acrescentou como uma reflexão posterior: — E levem esse sujeito com vocês. — Apontou para o sr. Blood. — Andem logo!

O sr. Blood começou com suas reflexões. Ele vinha considerando que, na sua maleta de instrumentos, havia um bisturi com o qual poderia executar no capitão Hobart uma operação benéfica. Benéfica para a humanidade, no caso. De qualquer maneira, o dragão era evidentemente pletórico e proporcionaria um derramamento de sangue incrível. A dificuldade estava em aproveitar a oportunidade. Ele estava começando a se perguntar se poderia atrair o capitão com uma história de tesouro escondido quando essa interrupção inoportuna definiu um termo para essa especulação interessante.

Ele tentou contemporizar.

— Na verdade, vai ser ótimo para mim — disse. — Já que Bridgewater é meu destino e, se você não tivesse me detido, eu estaria indo para lá agora mesmo.

— Seu destino lá será a prisão.

— Ah, *bah*! Você com certeza está brincando!

— Tem uma força também, se preferir. É só escolher entre agora ou depois.

Mãos rudes agarraram o sr. Blood, e o bisturi precioso estava na maleta sobre a mesa e fora de alcance. Ele se desvencilhou das garras dos dragões, pois era forte e ágil, mas elas voltaram a se fechar ao redor dele na mesma hora e o derrubaram. Prendendo-o no chão, amarraram seus pulsos atrás das costas, depois o puxaram com grosseria para ficar de pé de novo.

— Levem-no embora — disse Hobart logo em seguida e virou-se para dar ordens aos outros soldados que esperavam. — Vão vasculhar a casa, do sótão ao porão; e voltem aqui para reportar a mim.

Os soldados saíram pela porta que dava para o interior. O sr. Blood foi empurrado pelos guardas para o pátio, onde Pitt e Baynes já aguardavam. Da soleira do corredor, ele olhou para trás, para o capitão Hobart, e seus olhos cor de safira estavam em chamas. Em seus lábios tremia uma ameaça do que ele faria a Hobart se sobrevivesse a esse negócio. Mas ele logo se lembrou que pronunciá-la provavelmente extinguiria sua chance de viver para executá-la. Pois hoje os homens do rei eram mestres no Ocidente, e o Ocidente era considerado um país inimigo, a ser sujeitado ao pior horror da guerra pelo lado vitorioso. Aqui, um capitão da cavalaria era, no momento, senhor da vida e da morte.

Sob as macieiras do pomar, o sr. Blood e cada um de seus companheiros de infortúnio foram amarrados a um estribo de couro. Em seguida, pela ordem aguda da corneta, a pequena tropa partiu em direção a Bridgewater. Quando partiram, houve a confirmação total da suposição hedionda do sr. Blood de que, para os dragões, aquele era um país inimigo conquistado. Ouviu-se o som de madeiras se partindo, de móveis destroçados e derrubados, gritos e risos de homens brutais, para anunciar que aquela caça aos rebeldes não passava de um pretexto para a pilhagem e a destruição. Por fim, acima de todos os outros sons, vieram os gritos penetrantes de uma mulher na mais aguda agonia.

Baynes diminuiu o passo e girou se contorcendo, o rosto cinzento. Em consequência, foi puxado pelos pés com a corda que o prendia ao couro do estribo e foi arrastado indefeso por um ou dois metros antes que o soldado puxasse as rédeas, xingando-o de um jeito obsceno e golpeando-o com a parte plana da espada.

Ocorreu ao sr. Blood, enquanto caminhava penosamente sob as macieiras carregadas naquela fragrante e deliciosa manhã de julho, que a humanidade — como ele havia muito suspeitava — era a mais vil obra de Deus, e que só um tolo se colocaria como curador de uma espécie que ficaria melhor se fosse exterminada.

CAPÍTULO III.
O Senhor Chefe da Justiça

Passaram-se dois meses — em 19 de setembro, se quiser saber a data exata — até Peter Blood ser levado a julgamento, sob a acusação de alta traição. Sabemos que não era culpado; mas não precisamos duvidar de que ele era perfeitamente capaz disso quando foi indiciado. Aqueles dois meses de prisão desumana e indescritível levaram sua mente a um ódio frio e mortal pelo rei James e seus representantes. Sua firmeza poderia ser confirmada pelo fato de que, em todas as circunstâncias, ele ainda tinha uma mente. No entanto, por mais terrível que fosse a posição desse homem totalmente inocente, ele tinha dois motivos para agradecer. O primeiro era ter sido levado a julgamento; o segundo, que seu julgamento ocorreu na data indicada, e não um dia antes. Sua única chance de evitar a forca repousava na própria demora que o exacerbava — embora ele não percebesse.

Se não fosse o favor da Fortuna, seria fácil ele ter sido um daqueles arrastados, no dia seguinte à batalha, mais ou menos ao acaso, da prisão transbordante de Bridgewater para ser sumariamente enforcado na praça do mercado pelo sanguinário coronel Kirke. Havia sobre o coronel do Regimento de Tânger um despacho mortal que poderia ter eliminado da mesma forma todos aqueles prisioneiros, mesmo sendo numerosos, não fosse pela intervenção vigorosa do bispo Mews, que pôs fim às cortes marciais que usavam as peles para fazer tambores.

Mesmo assim, na primeira semana, Sedgemoor, Kirke e Feversham planejaram entre si condenar mais de cem homens à morte depois de um julgamento tão sumário que não era nem de longe um julgamento. Eles exigiam que humanos fossem carregados até as forcas que estavam plantando no campo e pouco se importavam com o modo como os obtinham ou que vidas inocentes estavam tirando. Afinal, quanto valia a vida de um idiota? Os carrascos se ocupavam com cordas, cutelos e caldeirões de piche. Vou poupar o leitor dos detalhes dessa imagem nauseante. Afinal, é mais com o destino de Peter Blood que nos preocupamos do que com o dos rebeldes de Monmouth.

Ele sobreviveu para ser incluído em uma daquelas massas melancólicas de prisioneiros que, acorrentados aos pares, foram conduzidos de Bridgewater a Taunton. Aqueles que estavam gravemente feridos para marchar eram transportados em carroças, nas quais eram amontoados de um jeito brutal, com os ferimentos expostos e infeccionados. Muitos tiveram a sorte de morrer no caminho. Quando Blood insistiu em seu direito de exercer sua arte para aliviar parte desse sofrimento, foi considerado inoportuno e ameaçado de açoite. Se ele tinha um arrependimento agora, era por não ter saído com Monmouth. Isso, claro, era ilógico; mas não se pode esperar lógica de um homem nessa situação.

Seu companheiro de corrente naquela marcha terrível foi o mesmo Jeremy Pitt que tinha sido agente de seus infortúnios atuais. O jovem mestre de navio continuou sendo seu companheiro próximo depois da prisão em conjunto. Dessa forma, fortuitamente, eles foram acorrentados juntos na prisão lotada, onde quase sufocaram pelo calor e pelo fedor naqueles dias de julho, agosto e setembro.

Trechos de notícias escapavam do mundo exterior e chegavam à prisão. Algumas podem ter sido autorizadas a entrar de propósito. Entre elas, a história da execução de Monmouth. Isso gerou o mais profundo desânimo entre os homens que sofriam pelo duque e pela causa religiosa que ele professava defender. Muitos se recusavam a acreditar. Começou a circular uma história maluca dizendo que um homem semelhante a Monmouth tinha se oferecido no lugar do duque e que Monmouth tinha sobrevivido para retornar em glória para libertar Sião e fazer uma guerra contra a Babilônia.

O sr. Blood ouviu essa história com a mesma indiferença com que recebera a notícia da morte de Monmouth. Mas ouviu uma coisa vergonhosa ligada a isso que não o deixou tão indiferente e serviu para nutrir o desprezo que ele estava desenvolvendo pelo rei James. Sua Majestade tinha consentido em receber Monmouth. Ter feito isso, a menos que pretendesse perdoá-lo, era algo execrável e absurdamente condenável, pois o único outro objetivo para conceder essa entrevista seria a satisfação maligna e mesquinha de rejeitar a penitência abjeta de seu sobrinho infeliz.

Mais tarde, eles souberam que lorde Gray, que, depois do duque — na verdade, talvez antes dele —, foi o principal líder da rebelião, tinha comprado o próprio perdão por quarenta mil libras. Peter Blood achou isso coerente com o restante. Seu desprezo pelo rei James enfim explodiu.

— Ora, ele é uma criatura mesquinha e imunda para sentar-se em um trono. Se eu tivesse sabido tanto dele antes quanto sei hoje, não duvido que teria dado motivo para estar onde estou agora. — E depois, com um pensamento repentino: — E onde você acha que estará lorde Gildoy? — perguntou.

O jovem Pitt, a quem se dirigia, voltou-se para ele com um rosto cujo bronzeado avermelhado do mar tinha desaparecido quase por completo ao longo daqueles meses de cativeiro. Seus olhos cinzentos eram redondos e questionadores. Blood respondeu.

— Nunca mais vimos Sua Senhoria desde aquele dia na fazenda de Oglethorpe. E onde estão os outros gentios que foram levados? Os verdadeiros líderes dessa rebelião pestilenta. O caso de Grey explica a ausência deles, acho. São homens ricos que podem pagar pelo próprio resgate. Aqui, aguardando a forca, só estão os infelizes que os seguiram; aqueles que tiveram a honra de liderá-los ficarão em liberdade. É uma inversão curiosa e instrutiva da maneira natural das coisas. Na verdade, é um mundo totalmente incerto!

Ele riu e se acomodou naquele espírito de escárnio, no qual se envolveu mais tarde para pisar no grande salão do Castelo de Taunton para receber seu julgamento. Com ele foram Pitt e o fazendeiro Baynes. Os três seriam julgados juntos, e o caso abriria os procedimentos daquele dia medonho.

O salão, até as galerias — apinhadas de espectadores, a maioria mulheres —, estava decorado em escarlate; um conceito agradável este, do Senhor Chefe de Justiça, que naturalmente preferia a cor que refletisse sua própria mente sangrenta.

Na extremidade superior, em um estrado elevado, sentavam-se os Senhores Comissários, os cinco juízes em seus mantos escarlates e pesadas perucas escuras e o barão Jeffreys de Wem entronizado no lugar do meio.

Os prisioneiros entraram enfileirados sob o olhar da guarda. O arauto pediu silêncio, sob pena de prisão, e, à medida que o murmúrio das vozes diminuía aos poucos, o sr. Blood analisou com interesse os doze homens bons e verdadeiros que compunham o júri. Não pareciam bons nem verdadeiros. Estavam assustados, inquietos e envergonhados como qualquer grupo de ladrões pegos com as mãos nos bolsos dos vizinhos. Eram doze homens abalados, todos entre a espada do recente ataque sanguinário do Senhor Chefe de Justiça e o muro de sua própria consciência.

Dali, o olhar calmo e deliberado do sr. Blood passou a considerar os Senhores Comissários e, em especial, o juiz presidente, o tal lorde Jeffreys, cuja terrível fama viera de Dorchester antes dele.

Viu um homem alto e franzino, com pouco mais de quarenta anos e um rosto oval delicadamente belo. Havia manchas escuras de sofrimento ou insônia sob os olhos de pálpebras baixas, aumentando seu brilho e sua melancolia delicada. O rosto estava muito pálido, exceto pela cor viva dos lábios carnudos e pelo rubor frenético nas maçãs do rosto um tanto salientes, mas discretas. Alguma coisa naqueles lábios prejudicava a perfeição do semblante; uma falha, indefinível mas inegável, espreitava ali para desmentir a delicada sensibilidade das narinas, a ternura dos olhos escuros e líquidos e a nobre calma da testa pálida.

O médico que habitava o sr. Blood olhou para o homem com um interesse peculiar, sabendo de qual doença agonizante Sua Senhoria sofria e da vida incrivelmente irregular e depravada que ele levava apesar disso — talvez por causa disso.

— Peter Blood, levante a mão!

Abruptamente, foi chamado de volta a sua posição pela voz áspera do escrivão. A obediência foi mecânica, e o escrivão proferiu a acusação prolixa que considerava Peter Blood um traidor falso contra o Mais Ilustre e Mais Excelente Príncipe, James II, pela graça de Deus, rei da Inglaterra, da Escócia, da França e da Irlanda, seu senhor supremo e natural. Informava que, não temendo a Deus em seu coração, mas sendo movido e seduzido pela instigação do Diabo, ele havia fracassado no amor e na obediência verdadeira e justa devidos a seu dito senhor, o rei, e tinha se movimentado para perturbar a paz e a tranquilidade do reino e para incitar a guerra e a rebelião para depor seu dito senhor, o rei, do título, da honra e do nome régio da coroa imperial — e muitas outras coisas do mesmo tipo. E, no fim de todas, foi convidado a declarar se era culpado ou não. Ele respondeu mais do que lhe foi perguntado.

— Sou totalmente inocente.

Um homem pequeno e de rosto anguloso a uma mesa à frente e à direita dele deu um pulo. Era o sr. Pollexfen, o Juiz-Advogado.

— Você é culpado ou não? — irrompeu esse cavalheiro irritadiço. — Você precisa usar as palavras.

— Palavras, é? — disse Peter Blood. — Ah, não sou culpado. — E continuou, dirigindo-se ao banco: — Sobre esse mesmo assunto das palavras, que agrade a Vossas Senhorias, não sou culpado de nada que justifique qualquer uma das palavras que ouvi usadas para me descrever, a menos que seja por falta de paciência por ter estado confinado por mais de dois meses em uma prisão fétida com enorme perigo para minha saúde e até mesmo minha vida.

Depois de ter começado, teria acrescentado muito mais; mas, nesse ponto, o Senhor Chefe de Justiça interpôs-se com uma voz gentil, um tanto lamuriosa.

— Olhe, senhor, já que devemos observar os métodos comuns e usuais do julgamento, preciso interrompê-lo neste momento. Você, sem dúvida, é ignorante quanto às formas da lei?

— Não apenas ignorante, meu senhor, mas até agora muito feliz nessa ignorância. Eu poderia alegremente ter renunciado a conhecê-las.

Um sorriso pálido iluminou por um instante o semblante melancólico.

— Acredito. Você será ouvido quando vier em sua defesa. Mas tudo que disser agora é totalmente irregular e impróprio.

Animado por aquela aparente simpatia e consideração, o sr. Blood respondeu depois disso, conforme lhe era exigido, que seria julgado por Deus e por seu país. Diante disso, tendo orado a Deus para que lhe enviasse uma boa libertação, o escrivão chamou Andrew Baynes para levantar a mão e apelar.

De Baynes, que se declarou inocente, o escrivão passou para Pitt, que reconheceu sua culpa com muita coragem. O Senhor Chefe de Justiça ficou agitado ao ouvir isso.

— Olhem, assim é melhor — disse ele, e seus quatro irmãos escarlates assentiram. — Se todos fossem tão obstinados quanto os dois companheiros rebeldes, nunca haveria um fim.

Depois dessa interpolação sinistra, proferida com uma frieza desumana que provocou um arrepio no tribunal, o sr. Pollexfen levantou-se. Com grande prolixidade, expôs o caso geral contra os três homens e o caso específico contra Peter Blood, cuja condenação seria apresentada primeiro.

A única testemunha chamada pelo rei foi o capitão Hobart. Ele testemunhou energicamente sobre a maneira como havia encontrado e capturado os três prisioneiros, junto com lorde Gildoy. Por ordem do coronel, ele teria enforcado Pitt sem pensar, mas foi contido pelas mentiras do prisioneiro Blood, que o levou a acreditar que Pitt fazia parte da realeza e era uma pessoa de consideração.

Quando o capitão concluiu as evidências, lorde Jeffreys olhou para Peter Blood.

— O prisioneiro Blood fará alguma pergunta à testemunha?

— Nenhuma, meu lorde. Ele relatou corretamente o que ocorreu.

— Fico feliz em saber que você admite isso, sem nenhuma das prevaricações que são comuns ao seu tipinho. E lhes digo o seguinte: aqui, a prevaricação de pouco lhes servirá. Pois sempre temos a verdade no fim. Tenham certeza disso.

Baynes e Pitt também admitiram a exatidão das evidências do capitão, ao que a figura escarlate do Senhor Chefe de Justiça deu um suspiro de alívio.

— Assim sendo, prossigamos, em nome de Deus, pois temos muito que fazer. — Agora não havia nenhum traço de gentileza em sua voz. Estava rápida e áspera, e os lábios por onde a voz passou estavam curvados em desdém. — Suponho, sr. Pollexfen, que, sendo estabelecida a traição perversa desses três bandidos, de fato admitida por eles, não há mais nada a ser dito.

A voz de Peter Blood ecoou nítida, em uma nota que quase parecia conter uma risada.

— Com licença, Vossa Senhoria, mas há muito mais a ser dito.

Sua Senhoria olhou para ele, primeiro com um espanto vazio pela audácia, depois, aos poucos, com uma expressão de raiva entorpecida. Os lábios escarlates viraram linhas desagradáveis e cruéis que transfiguraram todo o semblante.

— Como assim, seu ordinário? Você desperdiçaria nosso tempo com subterfúgios inúteis?

— Gostaria que Vossa Senhoria e os cavalheiros do júri me ouvissem falar sobre a minha defesa, pois Vossa Senhoria prometeu que eu seria ouvido.

— Ora, ora, que seja, vilão; que seja. — A voz de Sua Senhoria estava dura como uma tábua. Ele se contorcia enquanto falava e, por um instante, suas feições ficaram distorcidas. Uma delicada mão branca, cujas veias eram azuis, levou-lhe um lenço com o qual enxugou os lábios e depois a testa. Observando-o com olhos de médico, Peter Blood o julgou vítima da dor da doença que o estava consumindo. — Que seja. Mas, depois de feita a confissão, que defesa lhe resta?

— Você vai julgar, meu lorde.

— Esse é o propósito pelo qual estou aqui sentado.

— E vocês também, cavalheiros. — Blood desviou o olhar para o júri, que se mexeu desconfortável sob o brilho confiante de seus olhos azuis. A acusação de intimidação de lorde Jeffreys havia lhes tirado o ânimo. Se eles próprios fossem prisioneiros acusados de traição, ele não os teria acusado de forma mais violenta.

Peter Blood permaneceu corajoso diante deles, ereto, controlado e taciturno. A barba estava feita havia pouco tempo e a peruca, sem cachos, pelo menos estava penteada e arrumada com cuidado.

— O capitão Hobart testemunhou o que sabe: que me encontrou na fazenda de Oglethorpe na manhã de segunda-feira após a batalha em Weston. Mas ele não lhes contou o que fui fazer lá.

Mais uma vez, o juiz interrompeu.

— Ora, o que você poderia estar fazendo lá na companhia de rebeldes, sendo que dois deles, lorde Gildoy e seu companheiro ali, já admitiram a culpa?

— É isso que imploro para dizer a Vossa Senhoria.

— Peço que o faça e, em nome de Deus, que seja breve, homem. Pois, se eu tiver que me incomodar com as palavras de todos vocês, cães traidores, posso ficar sentado aqui até o Julgamento da Primavera.

— Eu estava lá, meu senhor, na qualidade de médico, para tratar das feridas de lorde Gildoy.

— O que é isso? Está nos dizendo que é médico?

— Graduado pelo Trinity College, em Dublin.

— Meu bom Deus! — exclamou lorde Jeffreys, com a voz subitamente aumentada, os olhos fixos no júri. — Que safado atrevido! Vocês ouviram a testemunha dizer que o conheceu em Tânger alguns anos atrás e que ele era um oficial do serviço francês naquela época. Vocês ouviram o prisioneiro admitir que a testemunha tinha dito a verdade?

— Ora, mas ele disse. No entanto, o que estou dizendo também é verdade. Durante alguns anos fui soldado, mas antes disso eu era médico e voltei a sê-lo desde janeiro passado, estabelecido em Bridgewater, e posso trazer cem testemunhas para provar.

— Não há necessidade de perdermos tempo com isso. Vou condená-lo pela sua boca malandra. Só vou lhe perguntar o seguinte: como foi que você, que se apresenta como um médico seguindo pacificamente sua vocação na cidade de Bridgewater, decidiu fazer parte do exército do duque de Monmouth?

— Eu nunca participei desse exército. Nenhuma testemunha jurou isso, e ouso jurar que nenhuma testemunha o fará. Nunca fui atraído pela recente rebelião. Eu considerava a aventura uma loucura perversa. Aproveito para perguntar a Vossa Senhoria — seu sotaque tornou-se mais acentuado do que nunca — o que eu, que nasci e fui criado como papista, estaria fazendo no exército do Defensor do Protestantismo?

— Você é papista? — O juiz olhou de um jeito sombrio para ele por um instante. — Parece mais um Jack Presbítero lamurioso e hipócrita. Estou lhe dizendo, homem, consigo sentir o cheiro de um presbiteriano a sessenta quilômetros.

— Então, vou me permitir me admirar, porque, com um nariz tão aguçado, Vossa Senhoria não consegue sentir o cheiro de um papista a quatro passos de distância.

Houve uma onda de risadas nas galerias, sufocada no mesmo instante pelo olhar penetrante do juiz e pela voz do arauto.

Lorde Jeffreys se inclinou mais para a frente em sua mesa. Ele ergueu a delicada mão branca, ainda segurando o lenço, e brotando de um babado de renda.

— Vamos deixar sua religião de lado por enquanto, meu amigo — disse ele. — Mas guarde o que vou lhe dizer. — Com um dedo indicador ameaçador, ele marcou o ritmo das palavras. — Saiba, meu amigo, que não existe nenhuma religião em que um homem possa fingir aceitar a mentira. Você tem uma preciosa alma imortal, e não há nada no mundo igual a ela em valor. Considere que o grande Deus do Céu e da Terra, diante de Cujo tribunal você e nós e todas as pessoas devem comparecer no último dia, se vingará de você por toda falsidade e, com justiça, o lançará nas chamas eternas, fará com que você caia no poço sem fundo de fogo e enxofre se você se desviar minimamente da verdade e nada além da verdade. Pois eu lhe digo que ninguém zomba de Deus. E é por isso que o instruo a responder com sinceridade. Como você se deixou levar por esses rebeldes?

Peter Blood ficou boquiaberto de consternação por um instante. O homem era incrível, irreal, fantástico, um juiz de pesadelo. Então ele se recompôs para responder.

— Fui convocado naquela manhã para socorrer lorde Gildoy e imaginei que o dever imposto pela minha vocação seria atender a essa convocação.

— É mesmo? — O juiz, agora com um aspecto terrível, o rosto branco, os lábios retorcidos, vermelhos como o sangue do qual tinham sede, olhou para ele com uma zombaria maligna. Em seguida, ele se controlou como se fizesse um esforço. E suspirou. Ele retomou a suave queixa de antes. — Senhor! Como desperdiça nosso tempo. Mas terei paciência com você. Quem o convocou?

— O mestre Pitt ali, como ele vai testemunhar.

— Ah! Mestre Pitt vai testemunhar... aquele que é um traidor confesso. Essa é sua testemunha?

— Há também o mestre Baynes aqui, que também pode responder.

— O bom mestre Baynes terá que responder por si mesmo; e não duvido que ele se esforce muito para salvar o próprio pescoço de um cabresto. Por favor, senhor; essas são suas únicas testemunhas?

— Eu poderia trazer outras de Bridgewater, que me viram partir naquela manhã na garupa do cavalo do mestre Pitt.

Sua Senhoria sorriu.

— Não será necessário. Pois, anote o que estou dizendo, não pretendo perder mais tempo com você. Responda-me apenas o seguinte: quando mestre Pitt, como você alega, foi convocá-lo, você sabia que ele era, como o ouviu confessar, um dos seguidores de Monmouth?

— Sabia, meu senhor.

— Você sabia! *Rá*! — Sua Senhoria olhou para o júri encolhido e soltou uma risada curta e penetrante. — No entanto, apesar disso, você foi com ele?

— Para socorrer um homem ferido, como era meu dever sagrado.

— Seu dever sagrado, é? — A fúria explodiu dele mais uma vez. — Meu bom Deus! Em que geração de víboras vivemos! Seu

39

dever sagrado, velhaco, é para com seu rei e para com Deus. Mas vou deixar passar. Ele lhe contou quem você ia socorrer?

— Lorde Gildoy. Sim.

— E você sabia que lorde Gildoy tinha sido ferido na batalha e de que lado ele lutou?

— Sabia.

— E, ainda assim, sendo, como quer que acreditemos, um súdito verdadeiro e leal ao nosso Senhor, o Rei, você foi socorrê-lo?

Peter Blood perdeu a paciência por um instante.

— Meu negócio, meu senhor, era com suas feridas, não com sua política.

Um murmúrio das galerias e até do júri o aprovou. Serviu apenas para provocar uma fúria mais profunda no terrível juiz.

— Jesus! Será que já existiu no mundo um vilão tão atrevido quanto você? — Ele se dirigiu, pálido, ao júri. — Espero, cavalheiros do júri, que vejam a terrível conduta desse malandro traidor e, além disso, não deixem de observar o espírito vilão e diabólico desse tipo de gente. Com sua própria boca, ele já disse o suficiente para enforcá-lo uma dúzia de vezes. E ainda há mais. Responda-me o seguinte, senhor: quando você enganou o capitão Hobart com mentiras a respeito da hierarquia desse outro traidor Pitt, qual era a sua intenção?

— Salvá-lo de ser enforcado sem julgamento, como foi ameaçado.

— Por que você se preocupou se ou como o desgraçado seria enforcado?

— Justiça é a preocupação de todo súdito leal, pois uma injustiça cometida por alguém que está sob o comando do rei é, em certo sentido, uma desonra à majestade do rei.

Foi um golpe astuto e afiado dirigido ao júri e revelou, penso eu, o estado de alerta da mente do homem, com o autocontrole cada vez mais estável em momentos de extremo perigo. Com qualquer outro júri, teria causado a impressão que ele queria. Poderia até ter impressionado essas pobres ovelhas pusilânimes. Mas o temível juiz estava lá para apagá-lo.

Ele ofegou de um jeito ruidoso, depois se lançou violentamente para a frente.

— Senhor do Céu! — berrou ele. — Já existiu um crápula tão arrogante e atrevido? Mas já acabei com você. Já o vejo, vilão, com um cabresto em volta do pescoço.

Depois de falar isso, regozijando-se com maldade, ele se recostou de novo e se recompôs. Era como se uma cortina tivesse se fechado. Todas as emoções passaram de novo pelo seu rosto pálido. Aquela melancolia gentil voltou a cobri-lo. Falando depois de um instante de pausa, sua voz estava suave, quase terna, mas cada palavra era transmitida com nitidez pelo tribunal silencioso.

— Se conheço meu coração, não é da minha natureza desejar o mal de ninguém, muito menos deleitar-se com sua perdição eterna. Foi por compaixão por você que usei todas essas palavras: porque gostaria que você tivesse algum respeito por sua alma imortal e não garantisse sua condenação persistindo obstinadamente na falsidade e na prevaricação. Mas vejo que todas as dores do mundo e toda a compaixão e a caridade se afastaram de você e, portanto, não lhe direi mais nada. — Ele voltou mais uma vez para o júri aquele semblante de beleza melancólica. — Cavalheiros, devo dizer-lhes em nome da lei, da qual somos os juízes, e não vocês, que, se qualquer pessoa estiver em rebelião real contra o rei e outra pessoa, que de fato não estava em rebelião, decide acolhê-lo, confortá-lo ou socorrê-lo de maneira consciente, essa pessoa é tão traidora quanto aquele que de fato carregou armas. Somos obrigados pelos nossos juramentos e consciências a declarar a vocês o que é lei; e vocês estão obrigados pelo seu juramento e pela sua consciência a cumprir e declarar a nós, pelo seu veredicto, a verdade dos fatos.

Em seguida, procedeu ao seu resumo, mostrando como Baynes e Blood eram ambos culpados de traição, o primeiro por ter abrigado um traidor, o segundo por ter socorrido o traidor ao curar suas feridas. Ele intercalou o discurso com alusões bajuladoras a seu senhor natural e soberano legítimo, o rei, a quem Deus havia posto acima deles, e, com vituperações de inconformismo e sobre Monmouth, que ele — em suas próprias palavras — ousou afirmar ser o súdito mais maligno do reino de nascimento legítimo que tinha um direito maior à coroa.

— Jesus! Nunca deveríamos ter essa geração de víboras entre nós — explodiu em um frenesi retórico. E então se recostou como se estivesse exausto pela violência utilizada. Por um instante, ficou quieto, enxugando os lábios de novo, depois se remexeu inquieto; mais uma vez suas feições estavam retorcidas de dor e, com alguns grunhidos, palavras quase incoerentes, dispensou o júri para considerar o veredicto.

Peter Blood tinha ouvido as invectivas destemperadas, blasfemas e quase obscenas daquela tirada com um distanciamento que depois, pensando bem, o surpreendeu. Ele ficou tão surpreso com o homem, com as reações que ocorriam entre a mente e o corpo dele e com seus métodos de intimidar e coagir o júri ao derramamento de sangue que quase se esqueceu que a própria vida estava em jogo.

A ausência do júri atordoado foi breve. O veredicto considerou os três prisioneiros culpados. Peter Blood olhou ao redor do tribunal coberto de escarlate. Por um instante, a espuma de rostos brancos pareceu se elevar diante dele. Então voltou a si, e uma voz estava lhe perguntando o que ele tinha a dizer em sua defesa, porque a sentença de morte deveria ser proferida a ele, um condenado por alta traição.

Ele riu, e a risada destoou de um jeito esquisito na quietude mortal do tribunal. Era tudo tão grotesco, uma zombaria tamanha da justiça administrada por aquele bufão de olhos melancólicos com roupas escarlates, que já era em si uma zombaria — o instrumento venal de um rei brutalmente rancoroso e vingativo. Sua risada chocou a austeridade do bufão.

— Está rindo, senhor, com a corda em volta do pescoço, bem no limiar da eternidade em que está para entrar de maneira tão súbita?

E Blood resolveu se vingar.

— Na verdade, tenho mais motivos para estar alegre do que Vossa Senhoria. Pois tenho o seguinte a dizer antes de ouvi-lo proferir a sentença. Vossa Senhoria me vê, um homem inocente cuja única ofensa foi ter feito uma caridade, com um cabresto no pescoço. Vossa Senhoria, sendo juiz, fala com conhecimento do que está por vir. Eu, sendo médico, posso falar com conhecimento do que está para acontecer a Vossa Senhoria. E digo-lhe que agora não trocaria de lugar com Vossa Senhoria; não trocaria o cabresto que está sendo jogado no meu pescoço pela pedra que carrega no seu corpo. A morte à qual pode me condenar é uma bobagem leve em comparação com a morte à qual foi condenado pelo Grande Juiz cujo nome Vossa Senhoria usa com tanta liberdade.

O Senhor Chefe de Justiça estava sentado rigidamente ereto, o rosto pálido, os lábios se contraindo e, embora você pudesse ter contado até dez, não houve nenhum som naquele tribunal paralisado depois que Peter Blood terminou de falar. Todos que conheciam lorde Jeffreys consideraram isso como uma calmaria antes da tempestade e se prepararam para a explosão. Mas ela não veio.

Devagar e fraca, a cor rastejou de volta para o rosto cinzento. A figura escarlate perdeu a rigidez e se curvou para a frente. Sua Senhoria começou a falar. Com a voz abafada e com brevidade — muito mais brevidade do que era seu costume nessas ocasiões e de um jeito totalmente mecânico, o jeito de um homem cujos pensamentos estão em outro lugar enquanto os lábios estão falando —, ele proferiu a sentença de morte na forma prescrita, e sem a menor alusão ao que Peter Blood tinha dito. Depois de proferi-la, recostou-se, exausto, os olhos semicerrados e a testa brilhando de suor.

Os prisioneiros saíram enfileirados.

O sr. Pollexfen — um *Whig* de coração, apesar da posição de juiz-advogado que ocupava — foi ouvido por um dos jurados enquanto murmurava no ouvido de outro advogado:

— Pela minha alma, aquele patife moreno deu um susto em Sua Senhoria. É uma pena que ele tenha que ser enforcado. Pois um homem que consegue assustar Jeffreys deveria ir longe.

CAPÍTULO IV.
Mercadoria Humana

O sr. Pollexfen estava ao mesmo tempo certo e errado — uma condição muito mais comum do que se costuma supor.

Estava certo no pensamento expresso com indiferença de que um homem cujos modos e palavras pudessem intimidar um senhor do terror como Jeffreys poderia, pela dominância de sua natureza, criar para si um destino considerável. Ele estava errado — embora fosse justificável — na suposição de que Peter Blood deveria ser enforcado.

Eu já disse que as tribulações que enfrentou como resultado de sua missão de misericórdia à fazenda de Oglethorpe continham — embora ele talvez ainda não percebesse — duas fontes de gratidão: uma por ele ter sido julgado; a outra, por seu julgamento ter ocorrido no dia 19 de setembro. Até o dia 18, as sentenças proferidas pelo tribunal dos Senhores Comissários estavam sendo executadas de maneira literal e rápida. Mas, na manhã do dia 19, chegou a Taunton um mensageiro de lorde Sunderland, Secretário de Estado, com uma carta para lorde Jeffreys na qual informava que Sua Majestade tinha o prazer de ordenar que mil e cem rebeldes deveriam ser fornecidos para transporte até algumas plantações de Sua Majestade no sul, na Jamaica, em Barbados ou em qualquer uma das ilhas de Sotavento.

Não pense que essa ordem foi ditada por um senso de misericórdia. Lorde Churchill era muito justo quando dizia que o coração do rei era tão insensível quanto o mármore. Percebeu-se que esses enforcamentos por atacado estavam provocando um desperdício imprudente de material valioso. Escravos eram necessários com urgência nas plantações, e um homem saudável e vigoroso podia valer pelo menos de dez a quinze libras. Na época, havia no tribunal muitos cavalheiros que queriam reivindicar uma parte do lote de Sua Majestade. Ali estava um jeito barato e imediato de cumprir essas reivindicações. Dentre os rebeldes condenados, alguns podiam ser separados para serem concedidos a esses cavalheiros, para que pudessem dispor deles em benefício próprio.

A carta de meu lorde Sunderland dá detalhes precisos da generosidade real com a carne humana. Mil prisioneiros deveriam ser distribuídos entre cerca de oito cortesãos e outras pessoas, enquanto um pós-escrito à carta de Sua Senhoria pedia que outros cem fossem mantidos à disposição da rainha. Esses prisioneiros deveriam ser transportados de imediato para as plantações de Sua Majestade ao sul, e ali mantidos pelo período de dez anos antes de serem devolvidos à liberdade, e as partes a quem eram designados garantiriam que o transporte fosse efetuado de imediato.

Sabemos, pelo secretário de lorde Jeffreys, que o Chefe de Justiça reclamou naquela noite, em um frenesi de embriaguez, contra essa clemência inadequada a que Sua Majestade fora persuadida. Sabemos que tentou, por carta, induzir o rei a reconsiderar essa decisão. Mas James insistiu. Foi — além do lucro indireto que obteve — uma clemência totalmente digna de Sua Majestade. Ele sabia que poupar vidas dessa maneira era convertê-las em mortes em vida.

Muitos sucumbiriam atormentados aos horrores da escravidão nas Índias Ocidentais e, por isso, seriam alvo da inveja dos companheiros sobreviventes.

E assim aconteceu que Peter Blood, e com ele Jeremy Pitt e Andrew Baynes, em vez de serem enforcados, arrastados e esquartejados conforme suas sentenças ordenavam, foram transportados até Bristol e, de lá, embarcados com cerca de cinquenta outros no *Jamaica Merchant*. Por causa do confinamento abafado sob as escotilhas, da má nutrição e da água suja, uma doença irrompeu entre os homens, provocando onze mortes. Entre eles estava o infeliz fazendeiro de Oglethorpe, brutalmente arrancado de sua propriedade rural tranquila em meio aos perfumados pomares de cidra por nenhum outro pecado além de ter praticado a misericórdia.

A mortalidade poderia ter sido maior se não fosse por Peter Blood. A princípio, o mestre do *Jamaica Merchant* tinha respondido com xingamentos e ameaças aos protestos do médico contra permitir que os homens morressem daquela maneira, e a sua insistência para que a maleta de medicamentos fosse liberada e ele tivesse autorização para cuidar dos enfermos. Mas logo o capitão Gardner percebeu que poderia ser acusado por essas perdas muito pesadas de mercadorias humanas e ficou tardiamente contente por aproveitar a habilidade de Peter Blood. O médico começou a trabalhar com zelo e entusiasmo, e fez isso com tanta habilidade que, com seus cuidados e melhorando a condição dos companheiros de cativeiro, controlou a propagação da doença.

Em meados de dezembro, o *Jamaica Merchant* lançou âncora na baía de Carlisle e desembarcou os 42 rebeldes condenados sobreviventes.

Se esses infelizes tivessem imaginado — como muitos parecem ter feito — que estavam chegando a um país selvagem e perigoso, a perspectiva da qual tiveram um vislumbre antes de serem empurrados pelo costado do navio para os barcos que os aguardavam seria suficiente para corrigir essa impressão. Eles viram uma cidade de proporções imponentes, composta de casas construídas de acordo com noções europeias de arquitetura, mas sem a aglomeração que era comum nas cidades europeias. A torre de uma igreja erguia-se predominante sobre os telhados vermelhos, um forte guardava a entrada do amplo porto, com armas enfiando os focinhos por entre as ameias, e a ampla fachada da Casa do Governo revelou-se dominante, localizada em uma colina suave acima da cidade. Essa colina era de um verde intenso como uma colina inglesa em abril, e era um dia como os que o mês de abril dá à Inglaterra, já que a estação das chuvas pesadas tinha acabado havia pouco.

Em um amplo espaço de paralelepípedos à beira-mar, encontraram uma guarda da milícia de casaca vermelha organizada para recebê-los, e uma multidão — atraída por sua chegada — que, em roupas e modos, diferia pouco de uma multidão em um porto marítimo na Europa, exceto pelo fato de que continha menos mulheres e um grande número de negros.

Para inspecioná-los ali no quebra-mar, apareceu o governador Steed, um cavalheiro baixo, corpulento, de rosto vermelho, usando tafetá azul sobrecarregado por uma quantidade prodigiosa de renda dourada, que mancava um pouco e se apoiava pesadamente em uma robusta bengala de ébano. Atrás dele, usando uniforme de coronel da milícia de Barbados, surgiu um homem alto e corpulento com cabeça e ombros assomando sobre o governador, com a malevolência claramente escrita no enorme semblante amarelado. Ao seu lado, e contrastando estranhamente com sua brutalidade, movendo-se com a graça tranquila da jovialidade, vinha uma moça esguia usando uma roupa de montaria moderna. A aba larga de um chapéu cinza com uma extensão escarlate de pluma de avestruz sombreava um rosto oval que o clima do Trópico de Câncer não havia marcado, tão delicadamente clara era sua tez. Cachos de cabelo castanho-avermelhado pendiam até os ombros. A franqueza revelava-se nos olhos castanhos arregalados; a comiseração reprimia a malícia que costumava habitar a boca jovem.

Peter Blood pegou-se olhando com uma espécie de espanto para aquele rosto interessante, que parecia tão deslocado ali, e, vendo que seu olhar era retribuído, se mexeu desconfortavelmente. Ficou mais consciente da figura lamentável que ele refletia. Sujo, com cabelos sebosos e emaranhados, uma barba preta desfigurante no rosto e o esplêndido traje de seda preta no qual tinha sido aprisionado agora reduzido a trapos que teriam desonrado um espantalho, ele não estava em condições de ser inspecionado por olhos tão refinados como aqueles. Mesmo assim, os olhos arregalados quase infantis continuaram a inspecioná-lo com espanto e piedade. A dona deles estendeu a mão para tocar na manga escarlate do companheiro, ao que, com um grunhido mal-humorado, o homem girou o corpanzil para encará-la.

Olhando para o rosto do homem, ela falava com seriedade, mas o coronel claramente não lhe dava mais do que metade de sua atenção. Os olhinhos redondos dele, flanqueando de perto um nariz carnudo e flácido, tinham saído dela e se fixado no jovem Pitt, robusto e de cabelos louros, que estava de pé ao lado de Blood.

O governador também havia parado e, por um instante, aquele trio começou a conversar. Peter não conseguiu ouvir nada do que a dama disse, pois ela baixou a voz; o coronel o alcançou em um estrondo confuso, mas o governador não foi nem atencioso nem discreto; tinha uma voz estridente que ia longe e, acreditando-se espirituoso, desejava ser ouvido por todos.

— Mas, meu caro coronel Bishop, cabe a você escolher primeiro a partir desse refinado buquê e dar seu preço. Depois disso, enviaremos o restante para leilão.

O coronel Bishop acenou com a cabeça em confirmação. Ele aumentou a voz para responder.

— Vossa Excelência é muito bom. Mas, na verdade, eles são um monte de ervas daninhas, sem probabilidade de ter muito valor na plantação. — Os olhos redondos os examinaram mais uma vez, e o desprezo por eles aprofundou a malevolência de seu rosto. Era como se estivesse aborrecido com eles por não estarem em melhores condições. Em seguida, chamou o capitão Gardner, o mestre do

Jamaica Merchant, e, por alguns minutos, conversou com ele sobre uma lista que este apresentou a seu pedido.

Em seguida, dispensou a lista e avançou sozinho em direção aos rebeldes condenados, com os olhos examinando-os e os lábios contraídos. Diante do jovem mestre de navio de Somersetshire, ele parou e avaliou-o por um instante. Em seguida, tocou nos músculos do braço do jovem e pediu-lhe que abrisse a boca para que pudesse ver os dentes. Ele contraiu os lábios brutos de novo e acenou com a cabeça.

Falou com Gardner por cima do ombro.

— Quinze libras por este.

O capitão fez uma careta de consternação.

— Quinze libras? Não é nem metade do que eu pretendia pedir por ele.

— É o dobro do que eu pretendia dar — resmungou o coronel.

— Mas ele seria barato se custasse trinta libras, meritíssimo.

— Posso conseguir um negro[3] por esse valor. Esses porcos brancos não vivem muito. Não são adequados para o trabalho.

Gardner protestou falando da saúde, da juventude e do vigor de Pitt. Não era de um homem que ele estava falando; era de um animal de carga. Pitt, um rapaz sensível, ficou ali mudo e imóvel. A única coisa que revelava a luta interior com a qual ele mantinha o autocontrole era o fluxo de cor nas bochechas.

Peter Blood ficou nauseado com a pechincha repugnante.

Ao fundo, passando devagar pela fila de prisioneiros, a dama conversava com o governador, que sorria e se envaidecia enquanto mancava ao lado dela. Não tinha consciência dos negócios repulsivos que o coronel estava fazendo. *Será que ela é indiferente a isso?*, pensou Blood.

---

[3] Rafael Sabatini escrevia romances históricos, buscando basear seus livros da forma mais próxima possível nas épocas e locais em que teriam ocorrido. A época em que Peter Blood estaria vivo, embora seja um personagem ficcional, é durante o final do século XVII, época em que a escravidão estaria em seu ápice e sem indícios de ser decretada um crime. Embora Blood seja um prisioneiro e pareça condenar a prática, Sabatini não explicita se é antiescravista. [N.E.]

O coronel Bishop girou nos calcanhares para prosseguir.

— Posso chegar até vinte libras. Nem um centavo a mais, e é o dobro do que você receberia de Crabston.

O capitão Gardner, reconhecendo a irrevogabilidade do tom, suspirou e cedeu. Bishop já estava seguindo pela fila. Para o sr. Blood, como para um jovem magricela à sua esquerda, o coronel não dispensou mais do que um olhar de desprezo. Mas o próximo homem, um colosso de meia-idade chamado Wolverstone, que tinha perdido um olho em Sedgemoor, atraiu sua atenção, e a pechincha recomeçou.

Peter Blood ficou ali sob o sol brilhante e inalou o ar perfumado, que era diferente de qualquer ar que já havia respirado. Era carregado com um perfume estranho, uma mistura de flor de campeche, pimenta e cedros aromáticos. Ele se perdeu em especulações inúteis despertadas por essa fragrância singular. Não estava com disposição para conversar, nem Pitt, que permanecia mudo ao seu lado e que naquele momento se sentia aflito sobretudo pelo pensamento de que ia se separar daquele homem com quem estivera ombro a ombro ao longo de todos aqueles meses difíceis e que aprendera a amar e de quem passou a depender para orientação e apoio. Uma sensação de solidão e sofrimento o invadiu e, em contraste com essa sensação, tudo que ele havia suportado não parecia ser nada. Para Pitt, essa separação era o clímax pungente de todos os seus sofrimentos.

Outros compradores vieram, olharam para eles e seguiram em frente. Blood não prestava atenção neles. E então, no fim da fila, houve uma movimentação. Gardner estava falando em voz alta, anunciando para o público geral de compradores que estavam esperando até o coronel Bishop fazer sua escolha daquela mercadoria humana. Quando terminou, Blood, olhando em sua direção, percebeu que a garota estava falando com Bishop e apontando para a fila com um chicote com cabo de prata que carregava. Bishop protegeu os olhos com a mão para olhar na direção em que ela estava apontando. Então, devagar, com seu andar enfadonho e cambaleante, aproximou-se de novo, acompanhado por Gardner e seguido pela dama e pelo governador.

Eles avançaram até o coronel estar ao lado de Blood. Teria passado direto, mas a dama bateu em seu braço com o chicote.

— Mas este é o homem a quem me refiro — disse ela.

— Este aqui? — O desprezo ecoou na voz. Peter Blood viu-se encarando um par de olhos castanhos redondos afundados em um rosto amarelo e carnudo como groselhas em um bolinho. Sentiu a cor escapando de seu rosto diante do insulto daquela inspeção desdenhosa. — *Argh*! Um saco de ossos. O que devo fazer com ele?

Ele estava se virando quando Gardner interferiu.

— Ele pode ser magro, mas é resistente; resistente e saudável. Quando metade deles estava doente e a outra metade estava ficando doente, esse safado ficou firme e cuidou dos companheiros. Se não fosse por ele, teríamos mais mortes do que tivemos. Ofereça quinze libras por ele, coronel. É bem barato. Ele é resistente, garanto ao meritíssimo: resistente e forte, embora seja magro. E é o homem perfeito para aguentar o calor quando ele chegar. O clima nunca vai matá-lo.

Ouviu-se uma risadinha do governador Steed.

— Você ouviu, coronel. Confie na sua sobrinha. O sexo dela conhece um homem quando o vê. — E riu, muito satisfeito com a piada.

Mas riu sozinho. Uma nuvem de aborrecimento varreu o rosto da sobrinha do coronel, enquanto o próprio coronel estava muito absorto na consideração da barganha para dar ouvidos à piada do governador. Ele torceu um pouco o lábio enquanto massageava o queixo. Jeremy Pitt quase parou de respirar.

— Dou dez libras por ele — disse o coronel por fim.

Peter Blood rezou para que a oferta fosse rejeitada. Sem nenhuma razão que ele pudesse ter lhe dado, foi tomado de repugnância ao pensar em se tornar propriedade desse animal nojento e, de alguma forma, propriedade daquela jovem de olhos castanhos. Mas seria necessário mais do que repugnância para salvá-lo de seu destino. Um escravo é um escravo e não tem poder para moldar o próprio destino. Peter Blood foi vendido ao coronel Bishop — um comprador desdenhoso — pela vergonhosa soma de dez libras.

CAPÍTULO V.

Arabella Bishop

Em uma manhã ensolarada de janeiro, cerca de um mês após a chegada do *Jamaica Merchant* a Bridgetown, a srta. Arabella Bishop saiu cavalgando da bela casa do tio nas colinas a noroeste da cidade. Era protegida por dois negros que trotavam atrás dela a uma distância respeitosa, e seu destino era a Casa do Governo para visitar a esposa do governador, que tinha estado doente. Chegando ao cume de uma encosta suave e relvada, encontrou um homem alto e magro, vestido de maneira sóbria e cavalheiresca, que caminhava na direção oposta. Ela não o conhecia, e desconhecidos eram raros na ilha. No entanto, de um jeito vago, ele não parecia desconhecido.

A srta. Arabella puxou as rédeas, fingindo fazer uma pausa para admirar a vista, que era bela o suficiente para justificar a parada. No entanto, pelo canto dos olhos castanhos, examinou o sujeito com muita atenção enquanto ele se aproximava. Ela corrigiu a primeira impressão da roupa do homem. Era bem sóbria, mas nem um pouco cavalheiresca. O casaco e a calça eram de tecido simples;

e, se o primeiro caía muito bem sobre ele, era mais em virtude de sua graça natural do que da alfaiataria. As meias eram de algodão áspero e simples, e o chapéu largo, que ele tirou com respeito quando se aproximou, era velho, sem adorno de faixa ou pena. O que parecia ser uma peruca a pouca distância agora revelava ser o lustroso cabelo preto e encaracolado do homem.

De um rosto castanho, barbeado e taciturno, dois olhos surpreendentemente azuis a analisavam com seriedade. O homem teria seguido em frente, mas ela o deteve.

— Acho que o conheço, senhor — disse ela.

A voz era nítida e de menino, e havia algo de menino em seus modos — se é que se pode aplicar o termo a uma dama tão delicada. Talvez viesse de uma tranquilidade, de uma franqueza que desprezava os artifícios de seu sexo e a colocava em bons termos com o mundo todo. Isso podia acontecer pelo fato de a srta. Arabella ter atingido a idade de 25 anos não apenas sem ter se casado, mas também sem ter sido cortejada. Ela usava com todos os homens uma franqueza fraternal que contém em si uma qualidade de indiferença, dificultando que qualquer homem se tornasse seu amante.

Seus negros tinham parado a certa distância na retaguarda e agora estavam agachados na grama curta até que ela decidisse seguir seu caminho.

O desconhecido parou quando foi abordado.

— Uma dama deveria conhecer sua propriedade — disse ele.

— Minha propriedade?

— Do seu tio, quero dizer. Vou me apresentar. Meu nome é Peter Blood e valho exatamente dez libras. Sei disso porque essa foi a soma que seu tio pagou por mim. Nem todo homem tem as mesmas oportunidades de determinar seu valor real.

Ela o reconheceu. Não o tinha visto desde aquele dia no quebra-mar, um mês antes, e o fato de não o ter reconhecido de imediato, apesar do interesse que despertou nela, não é surpreendente, considerando a mudança na aparência do homem, que agora não era mais a de um escravo.

— Meu Deus! — disse ela. — E você sabe rir!

— É uma conquista — admitiu ele. — Por outro lado, não me saí tão mal quanto poderia.

— Já ouvi falar — disse ela.

O que ela tinha ouvido dizer foi que descobriram que esse condenado rebelde era médico. A notícia chegou aos ouvidos do governador Steed, que sofria terrivelmente com a gota, e este pegou o sujeito emprestado de seu comprador. Fosse por habilidade ou por sorte, Peter Blood proporcionou ao governador o alívio que Sua Excelência não obtivera com os cuidados de nenhum dos dois médicos que atuavam em Bridgetown. E, depois, a esposa do governador o havia solicitado para cuidar de sua melancolia. O sr. Blood a encontrou sofrendo de nada pior do que irritação — resultado de uma petulância natural agravada pela monotonia da vida em Barbados para uma dama com aspirações sociais. Mas prescreveu mesmo assim, e ela melhorou com sua receita. Depois disso, a fama dele espalhou-se por Bridgetown, e o coronel Bishop descobriu que havia mais lucro a ser obtido com esse novo escravo deixando-o seguir sua profissão do que colocando-o para trabalhar nas plantações, propósito para o qual ele tinha sido adquirido originalmente.

— É a você, senhora, que tenho que agradecer pela minha condição relativamente tranquila e limpa — disse o sr. Blood —, e estou feliz por aproveitar esta oportunidade de fazê-lo.

A gratidão estava nas palavras, e não no tom. Será que ele estava zombando, ela se perguntou, e olhou para ele com a franqueza perscrutadora que outra pessoa poderia achar desconcertante. Ele entendeu o olhar como uma pergunta e respondeu:

— Se outro fazendeiro tivesse me comprado — explicou —, é provável que as minhas habilidades brilhantes nunca tivessem sido trazidas à luz, e eu estaria cortando e capinando neste momento como os pobres desgraçados que desembarcaram comigo.

— E por que me agradece por isso? Foi meu tio quem o comprou.

— Mas ele não teria feito isso se você não tivesse insistido. Percebi seu interesse. Naquele momento, eu me ressenti.

— Você se ressentiu? — Havia um pouco de desafio na voz de menino.

— Não me faltaram experiências nesta vida mortal; mas ser comprado e vendido foi uma novidade, e eu não estava no clima de amar meu comprador.

— Se insisti com meu tio, senhor, foi por ter pena de você. — Havia uma ligeira gravidade no tom, como se quisesse reprovar a mistura de zombaria e irreverência com que ele parecia estar falando.

Ela começou a se explicar.

— Meu tio pode lhe parecer um homem rígido. Sem dúvida é mesmo. Todos são homens rígidos, esses fazendeiros. Acredito que seja o tipo de vida. Mas há outros aqui que são piores. Existe o sr. Crabston, em Speightstown, por exemplo. Ele estava lá no quebra-mar, esperando para comprar as sobras do meu tio, e, se você tivesse caído nas mãos dele... Um homem terrível. Esse foi o motivo.

Ele estava um pouco desnorteado.

— Esse interesse por um desconhecido... — começou. Mas mudou a direção da investigação. — Mas havia outros ali que também mereciam comiseração.

— Você não era nem um pouco parecido com os outros.

— Não sou mesmo — disse ele.

— Ah! — Ela o encarou meio irritada. — Você tem uma boa opinião em relação a si mesmo.

— Pelo contrário. Os outros são todos rebeldes dignos. Eu não sou. Essa é a diferença. Eu era uma pessoa que não tinha inteligência para ver que a Inglaterra precisava ser purificada. Eu estava contente em exercer o ofício de médico em Bridgewater enquanto pessoas superiores a mim estavam derramando o próprio sangue para expulsar um tirano impuro e seu bando de malandros.

— Senhor! — ela o repreendeu. — Acho que sua fala é traição.

— Espero que eu não seja obscuro.

— Há pessoas aqui que o fariam ser açoitado se ouvissem.

— O governador jamais permitiria. Ele tem gota, e sua esposa tem melancolia.

— Você confia nisso? — Ela estava claramente debochando.

— Você com certeza nunca teve gota; provavelmente também não teve melancolia — disse ele.

Ela fez um pequeno movimento impaciente com a mão e desviou o olhar por um instante, olhando na direção do mar. De repente, olhou para ele de novo; e agora suas sobrancelhas estavam unidas.

— Mas, se você não é rebelde, como veio parar aqui?

Ele viu o que ela havia entendido e riu.

— Na verdade, é uma longa história — disse ele.

— E talvez você prefira não a contar?

Ele contou de um jeito resumido.

— Meu Deus! Que infâmia! — gritou ela quando Blood terminou.

— Ah, a Inglaterra sob o comando do rei James é um país adorável! Não precisa mais sentir comiseração por mim. Considerando todas as coisas, prefiro Barbados. Aqui, pelo menos, pode-se acreditar em Deus.

Ele olhou primeiro para a direita, depois para a esquerda enquanto falava, desde o vulto distante e sombrio do monte Hillbay até o oceano infinito agitado pelos ventos do céu. Em seguida, como se a bela vista o tornasse consciente da própria pequenez e da insignificância de suas lamúrias, ele ficou pensativo.

— Isso é tão difícil em outro lugar? — perguntou ela, e estava muito séria.

— Os homens fazem com que seja assim.

— Entendo. — Ela riu um pouco com uma pitada de tristeza, pareceu a ele. — Nunca considerei Barbados o espelho terreno do céu — confessou. — Mas sem dúvida você conhece seu mundo melhor do que eu. — Ela tocou no cavalo com o pequeno chicote com cabo de prata. — Eu o parabenizo por amenizar seus infortúnios.

Ele fez uma reverência, e ela seguiu em frente. Seus negros levantaram-se com um salto e foram trotando atrás dela.

Por algum tempo, Peter Blood permaneceu ali, onde ela o deixou, explorando as águas da baía de Carlisle iluminadas pelo sol lá embaixo e os navios naquele paraíso espaçoso no qual as gaivotas esvoaçavam ruidosas.

Era uma vista muito bonita, refletiu, mas era uma prisão e, ao anunciar que a preferia à Inglaterra, ele se permitiu aquela forma quase louvável de vanglória que consiste em menosprezar nossas desventuras.

Ele se virou e, retomando o caminho, partiu a passos largos e vibrantes em direção ao pequeno amontoado de cabanas construídas com barro e pau a pique — uma vila em miniatura cercada por uma paliçada que os escravos da plantação habitavam, e onde estava hospedado com eles.

Em sua mente entoou o verso de Lovelace:

As paredes de pedra não fazem uma cadeia,
Nem barras de ferro fazem uma gaiola.

Mas lhe deu um novo significado, exatamente o oposto do que o autor pretendia. Uma cadeia, refletiu, era uma cadeia, embora não tivesse paredes nem grades, por mais espaçosa que fosse. E, do mesmo jeito que percebeu naquela manhã, percebeu cada vez mais com o passar do tempo. Todo dia ele passou a pensar mais em suas asas cortadas, em sua exclusão do mundo e menos na liberdade fortuita da qual desfrutava. Nem o contraste da sua condição tranquila, se comparada à de seus infelizes companheiros condenados, lhe dava a satisfação que uma mente de constituição diferente poderia obter com isso. Pelo contrário, a contemplação da própria miséria aumentava a amargura que estava se formando em sua alma.

Dos 42 que tinham desembarcado com ele do *Jamaica Merchant*, o coronel Bishop comprara nada menos que 25. O restante fora para fazendeiros menores, alguns deles para Speightstown e outros ainda mais para o norte. Não era possível avaliar a sorte destes últimos, mas, entre os escravizados de Bishop, Peter Blood ia e vinha livremente, dormindo em seus aposentos, e sabia que a condição deles era uma miséria brutalizante. Eles labutavam nas plantações de açúcar de sol a sol e, se o trabalho fosse fraco, havia os chicotes do feitor e de seus homens para acelerá-los. Eles andavam em farrapos, alguns quase nus; viviam na miséria e eram mal alimentados com carne salgada e bolinhos de milho — comida que, para muitos deles, pelo menos por um tempo, era tão nauseante que dois adoeceram e morreram antes que Bishop se lembrasse que suas vidas tinham algum valor para ele em trabalho e se rendesse às intercessões de Blood para cuidar melhor dos que adoeciam. Para conter a insubordinação, um deles que tinha se rebelado contra Kent, o feitor brutal, foi chicoteado até a morte por negros sob os olhos de seus camaradas, e outro que tinha se perdido tanto a ponto de fugir para a floresta foi rastreado, levado de volta, açoitado e, depois, marcado na testa com as letras "F.T.", para que todos pudessem reconhecê-lo como um fugitivo traidor enquanto vivesse. Para sorte dele, o pobre homem morreu em consequência do açoite.

Depois disso, uma resignação monótona e desanimada se abateu sobre o restante. Os mais rebeldes foram apaziguados e aceitaram sua indescritível condição com a trágica força do desespero.

Peter Blood sozinho, escapando desses sofrimentos excessivos, permanecia inalterado por fora, enquanto, por dentro, a única mudança foi um ódio cada vez mais profundo pela sua espécie, um desejo cada vez mais profundo de escapar deste lugar onde o homem profanou de forma tão repugnante a adorável obra do Criador. Era um desejo vago demais para se tornar uma esperança. A esperança aqui era inadmissível. E, ainda assim, ele não cedia ao desespero. Vestiu uma máscara sorridente no rosto taciturno e seguiu seu caminho, tratando os doentes em prol do lucro do coronel Bishop e invadindo cada vez mais os nichos dos outros dois homens da medicina em Bridgetown.

Imune aos castigos degradantes e às privações de seus companheiros condenados, ele conseguia manter a dignidade e era tratado sem brutalidade até mesmo pelo fazendeiro sem alma a quem tinha sido vendido. Devia tudo à gota e à melancolia. Tinha conquistado a estima do governador Steed e — mais importante — da esposa do governador Steed, a quem lisonjeava e agradava de maneira descarada e cínica.

De vez em quando, ele via a srta. Bishop, e eles raramente se encontravam, mas ela parava para conversar com ele por alguns instantes, demonstrando seu interesse. Ele mesmo nunca estava disposto a se demorar. Não devia, disse a si mesmo, ser enganado pelo exterior delicado, pela graciosidade jovem, pelos modos tranquilos de menino e pela agradável voz de menino. Em toda a vida — e tinha sido muito variada —, ele nunca tinha conhecido um homem a quem considerasse mais bestial do que o tio dela, e não conseguia dissociá-la desse homem. Ela era sobrinha dele, sangue do seu sangue, e alguns dos vícios e um pouco da crueldade implacável do rico fazendeiro deviam habitar aquele corpo agradável, alegava Blood. Ele argumentava isso muitas vezes para si mesmo, como se quisesse responder e convencer um instinto que alegava o contrário e, argumentando isso, ele a evitava quando era possível e, quando não era, mostrava-se friamente cortês.

Por mais justificável que fosse seu raciocínio, por mais plausível que parecesse, ele teria feito melhor se tivesse confiado no instinto que estava em conflito com ele. Embora o mesmo sangue corresse nas veias dela e nas do coronel Bishop, ela não tinha os vícios que manchavam as do tio, pois esses vícios não eram naturais ao sangue; no caso dele, tinham sido adquiridos. O pai dela, Tom Bishop — irmão do coronel Bishop —, fora uma alma delicada, cavalheiresca e gentil, que, com o coração partido pela morte prematura da jovem esposa, abandonou o Velho Mundo e procurou um paliativo para a dor no Novo. Tinha ido para as Antilhas, levando consigo a filhinha, então com cinco anos, e se entregado à vida de fazendeiro. Prosperou desde o início, como às vezes acontece com os homens que não se importam com o dinheiro. Ao prosperar, ele pensou no irmão mais novo, um soldado considerado um tanto selvagem. Ele o aconselhou a ir para Barbados; e o conselho, que em outra época William Bishop poderia ter desprezado, chegou a ele no momento em que a selvageria estava começando a dar tantos frutos que uma mudança de clima era desejável. William foi para lá e foi recebido pelo irmão generoso em uma sociedade na próspera plantação. Cerca de seis anos depois, quando Arabella tinha quinze, o pai morreu, deixando-a sob a guarda do tio. Talvez tenha sido seu único erro. Mas a bondade de sua própria natureza influenciava sua visão de outros homens; além disso, ele mesmo tinha conduzido a educação da filha, dando-lhe uma independência de caráter na qual talvez confiasse em excesso. Do jeito que as coisas estavam, havia pouco amor entre tio e sobrinha. Mas ela obedecia ao tio, e ele era cauteloso com seu comportamento perto dela. Durante toda a vida, e apesar de toda a selvageria, ele teve alguma admiração pelo irmão, cujo valor teve a inteligência de reconhecer; e agora era quase como se parte dessa admiração tivesse sido transferida para a filha do irmão, que também era, de certo modo, sua sócia, embora não participasse ativamente nos negócios das plantações.

Peter Blood julgou-a — como todos nós somos propensos a julgar — com base em um conhecimento insuficiente.

Ele logo teria motivos para corrigir esse julgamento. Um dia, no fim de maio, quando o calor estava começando a ficar opressor, entrou na baía de Carlisle um navio inglês atingido e danificado, o *Pride of Devon*, com o calado livre marcado e quebrado, o casco, um destroço escancarado, a mezena tão baleada que só havia um toco irregular para indicar o lugar onde estivera. Estivera em ação ao largo da Martinica com dois navios do tesouro espanhol e, embora o capitão tivesse jurado que os espanhóis o tinham perseguido sem provocação, é difícil evitar a suspeita de que o encontro tinha sido causado de outra forma. Um dos navios espanhóis havia fugido do combate e, se o *Pride of Devon* não o perseguiu, provavelmente foi porque ele não o faria. O outro tinha sido afundado, mas não antes de o navio inglês transferir para o seu domínio boa parte do tesouro a bordo do navio espanhol. Era, de fato, uma daquelas brigas de piratas que constituíam uma fonte perpétua de confusões entre os tribunais de St. James e do Escorial, com queixas ora vindas de um lado, ora do outro.

    Steed, no entanto, à moda da maioria dos governadores de colônias, estava disposto a entorpecer seu juízo a ponto de aceitar a história do marinheiro inglês, desconsiderando qualquer evidência que pudesse contradizê-la. Ele compartilhava o merecido ódio pela Espanha arrogante e autoritária, que era comum aos homens de todas as outras nações, das Bahamas ao rio Meno. Portanto, ele deu ao *Pride of Devon* o abrigo que procurava em seu porto e acesso a todas as instalações para cuidar do navio e fazer reparos.

    Mas, antes de chegar a isso, eles tiraram de seu domínio uma vintena de marinheiros ingleses tão maltratados e quebrados quanto o próprio navio, e, com eles, cerca de meia dúzia de espanhóis na mesma situação, os únicos sobreviventes de um grupo embarcado no galeão espanhol que invadiu o navio inglês e se viu incapaz de recuar. Esses homens feridos foram transportados para um longo galpão no cais, e as habilidades médicas de Bridgetown foram convocadas para ajudá-los. Peter Blood foi encarregado de ajudar nesse trabalho e, em parte porque falava castelhano — e de um jeito tão fluente quanto sua língua nativa —, em parte por sua condição inferior como escravo, ele recebeu os espanhóis como pacientes.

    Mas Blood não tinha nenhum motivo para adorar os espanhóis. Os dois anos em uma prisão espanhola e a subsequente campanha nos Países Baixos espanhóis tinham lhe mostrado um lado do caráter espanhol que ele achava tudo, menos admirável. Apesar disso, desempenhou suas funções de médico com zelo e esmero, embora sem emoção, e até mesmo com uma certa amizade superficial para com cada um dos pacientes. Eles ficaram tão surpresos por terem suas feridas curadas em vez de serem sumariamente enforcados que manifestaram uma docilidade bem incomum em sua espécie. No entanto, foram rejeitados por todos os habitantes caridosos de Bridgetown que se aglomeraram no hospital improvisado levando frutas, flores e iguarias como presentes para os marinheiros ingleses feridos. Na verdade, se os desejos de alguns desses habitantes tivessem sido considerados, os espanhóis teriam morrido como vermes, e disso Peter Blood teve um exemplo quase desde o início.

Com o auxílio de um dos negros enviados ao galpão com esse propósito, ele estava cuidando de uma perna quebrada quando uma voz profunda e rouca, que ele passou a conhecer e a odiar como nunca detestara a voz de um homem vivo, o desafiou abruptamente.

— O que está fazendo aqui?

Blood não desviou o olhar de sua tarefa. Não havia necessidade. Ele conhecia a voz, como eu já disse.

— Cuidando de uma perna quebrada — respondeu, sem interromper o trabalho.

— Isso eu estou vendo, seu tolo. — Um corpo volumoso se interpôs entre Peter Blood e a janela. O homem seminu na esteira de palha revirou os olhos negros para encarar com medo o rosto cor de barro do intruso. Não era necessário ter conhecimento de inglês para saber que era um inimigo. O tom áspero e ameaçador da voz foi suficiente para expressar esse fato. — Isso eu estou vendo, seu tolo; assim como posso ver o que é esse crápula. Quem lhe deu permissão para cuidar de pernas espanholas?

— Sou médico, coronel Bishop. O homem está ferido. Não cabe a mim discriminar ninguém. Sigo a minha profissão.

— É mesmo? Por Deus! Se você tivesse feito isso, não estaria aqui agora.

— Pelo contrário, estou aqui por ter feito isso.

— É, eu sei que essa é sua história mentirosa — o coronel zombou; e, observando Blood continuar o trabalho sem se abalar, ficou zangado de verdade. — Quer parar com isso e prestar atenção em mim enquanto estou falando?

Peter Blood fez uma pausa, mas só por um instante.

— O homem está com dor — disse brevemente e retomou o trabalho.

— Está com dor, é? Espero que esteja mesmo, esse maldito cachorro pirata. Mas você vai prestar atenção em mim, seu patife insubordinado?

O coronel soltou um rugido, enfurecido com o que concebeu ser um desafio, e um desafio expresso no mais imperturbável desprezo por si mesmo. Sua bengala comprida de bambu foi levantada para golpear. Os olhos azuis de Peter Blood perceberam o brilho, e ele falou rapidamente para conter o golpe.

— Não sou insubordinado, senhor. Estou agindo sob as ordens expressas do governador Steed.

O coronel parou, o rosto grande ficando roxo. A boca se abriu.

— Governador Steed! — repetiu. Em seguida, baixou a bengala, girou e, sem dizer mais nenhuma palavra para Blood, rolou para a outra extremidade do galpão, onde o governador estava naquele momento.

Peter Blood deu uma risadinha. Mas seu triunfo foi ditado menos por considerações humanitárias do que pela reflexão de que tinha enfrentado seu dono brutal.

O espanhol, percebendo que, nessa briga, qualquer que fosse sua natureza, o médico havia defendido o amigo, aventurou-se em voz baixa a perguntar o que tinha acontecido. Mas o médico balançou a cabeça em silêncio e continuou seu trabalho. Seus ouvidos estavam se esforçando para captar as palavras que agora eram trocadas entre Steed e Bishop. O coronel estava esbravejando e gritando, a grande massa se assomando sobre a pequena figura envelhecida e com roupas em excesso do governador. Mas o pequeno almofadinha não seria intimidado. Sua Excelência tinha consciência de que contava com a força da opinião pública para apoiá-lo. Podia haver alguns, mas não eram muitos, com opiniões cruéis como o coronel Bishop. Sua Excelência afirmou sua autoridade. Foi por suas ordens que Blood tinha se dedicado aos espanhóis feridos, e suas ordens deveriam ser cumpridas. Não havia mais nada a ser dito.

O coronel Bishop tinha outra opinião. Em sua opinião, havia muito a ser dito. Ele disse isso, com grande circunstância, bem alto, de um jeito veemente e obsceno — pois sabia ser fluentemente obsceno quando movido pela raiva.

— Você fala como um espanhol, coronel — disse o governador, e assim provocou no orgulho do coronel uma ferida que ecoaria com ressentimento durante muitas semanas. Naquele momento, isso o calou e o fez sair pisando fundo do galpão com uma raiva para a qual não conseguia encontrar palavras.

Dois dias depois, as damas de Bridgetown, esposas e filhas dos fazendeiros e mercadores, fizeram sua primeira visita de caridade ao cais, levando presentes para os marinheiros feridos.

Mais uma vez, Peter Blood estava lá, atendendo aos sofredores sob seus cuidados, movimentando-se entre os infelizes espanhóis aos quais ninguém prestava atenção. Toda a caridade, todos os presentes eram para os membros da tripulação do *Pride of Devon*. E Peter Blood considerou isso uma coisa bem natural. Mas, levantando-se de repente depois de fazer um novo curativo em uma ferida, tarefa em que estivera absorvido por alguns instantes, viu, surpreso, que uma dama, separada da multidão geral, colocava algumas bananas e um feixe de suculenta cana-de-açúcar na capa que servia de colcha para um de seus pacientes. Estava vestida com elegância em seda lilás e era seguida por um negro seminu que carregava uma cesta.

Peter Blood, sem casaco, as mangas da camisa grosseira enroladas até o cotovelo e segurando um trapo ensanguentado na mão, ficou encarando por um instante. A dama, voltando-se agora para encará-lo, os lábios se abrindo em um sorriso de reconhecimento, era Arabella Bishop.

— O homem é espanhol — disse ele, no tom de quem corrige um equívoco e também um pouco imbuído do escárnio que habitava sua alma.

O sorriso com o qual ela o saudava esmaeceu nos lábios. Ela franziu a testa e olhou para ele por um instante, com uma arrogância crescente.

— Percebi. Mas é um ser humano mesmo assim — disse ela.

Essa resposta, e a repreensão implícita, o pegou de surpresa.

— Seu tio, o coronel, tem uma opinião diferente — disse ele quando se recuperou. — Ele os considera vermes deixados para definhar e morrer por causa das feridas infeccionadas.

Ela agora captou a ironia com mais clareza na voz dele. E continuou a encará-lo.

— Por que me diz isso?

— Para avisar que você pode estar provocando o desagrado do coronel. Se ele tivesse conseguido o que queria, eu nunca teria permissão para curar as feridas desses homens.

— E você achou, claro, que devo pensar igual ao meu tio? — Havia uma frieza na voz, um brilho ameaçador e desafiador nos olhos castanhos.

— Eu não seria rude com uma dama de bom grado, nem mesmo em meus pensamentos — disse ele. — Mas dar presentes a eles, considerando que, se seu tio viesse a saber disso... — Ele fez uma pausa, deixando a frase inacabada. — Ah, bem, aí está! — concluiu.

Mas a dama não ficou nada satisfeita.

— Primeiro você me imputa desumanidade, depois covardia. Ora, ora! Para um homem que não seria rude com uma dama de bom grado, nem mesmo nos seus pensamentos, não é tão ruim. — Sua risada de menino vibrou, mas o tom abalou os ouvidos dele, desta vez.

Ele a viu agora, parecia, pela primeira vez, e percebeu como a julgara mal.

— Claro, mas como eu poderia adivinhar que... aquele coronel Bishop poderia ter um anjo como sobrinha? — disse com imprudência, pois ele era imprudente como os homens costumam ser em uma penitência repentina.

— Você não poderia adivinhar, claro. Eu não deveria achar que você costuma adivinhar corretamente.

Depois de fazê-lo murchar com isso e com seu olhar, ela se virou para seu negro e para a cesta que ele carregava. De lá, tirou as frutas e iguarias com que estava carregada e empilhou-as sobre as camas dos seis espanhóis e, quando serviu as últimas, a cesta estava vazia e não tinha sobrado nada para seus compatriotas. Estes, de fato, não precisavam da sua generosidade — como ela sem dúvida observou —, já que estavam sendo abundantemente supridos por outras pessoas.

Tendo esvaziado a cesta, ela chamou seu negro e, sem mais uma palavra ou outra olhada para Peter Blood, saiu do lugar com a cabeça erguida e o queixo para a frente.

Peter observou sua partida. Em seguida, deu um suspiro.

Ficou surpreso ao descobrir que o pensamento de que tinha provocado a raiva dela o preocupava. Isso não poderia ter acontecido ontem. Só aconteceu depois que ele recebeu a revelação da verdadeira natureza da dama.

— Que maldição, me cabe bem. Parece que não sei absolutamente nada da natureza humana. Mas como diabos eu poderia adivinhar que uma família que consegue criar um demônio como o coronel Bishop também consegue criar uma santa como essa?

CAPÍTULO VI.
Planos de Fuga

Depois disso, Arabella Bishop ia diariamente ao galpão do cais levando frutas como presentes e, mais tarde, levando dinheiro e roupas para os prisioneiros espanhóis. Mas conseguiu planejar suas visitas de modo que Peter Blood nunca mais a encontrou lá. Além disso, as visitas dele estavam ficando mais curtas à medida que os pacientes se curavam. O fato de que todos prosperaram e voltaram a ter saúde sob seus cuidados, enquanto um terço dos feridos sob os cuidados de Whacker e Bronson — os dois outros cirurgiões — morreram por causa dos ferimentos, serviu para aumentar a reputação desse condenado rebelde em Bridgetown. Pode ter sido apenas a sorte da guerra, mas os habitantes da cidade decidiram não pensar assim. Isso levou a uma redução ainda maior das práticas de seus colegas livres e a um aumento adicional do próprio trabalho e do lucro do seu dono. Whacker e Bronson se uniram para pensar em um esquema no qual esse estado intolerável de coisas deveria acabar. Mas estou me antecipando.

Certo dia, por acidente ou por desígnio, Peter Blood estava caminhando pelo cais meia hora antes do normal e encontrou a srta.

Bishop saindo do galpão. Tirou o chapéu e afastou-se para deixá-la passar. Ela passou com o queixo erguido e olhos que desdenhavam olhar para qualquer lugar onde pudesse vê-lo.

— Senhorita Arabella — disse ele, com um tom persuasivo e suplicante.

Ela tomou consciência da presença dele e o encarou com um ar de quem estava procurando de maneira vaga e zombeteira.

— Olhe! — disse ela. — É o cavalheiro de mente delicada!

Peter grunhiu.

— Estou tão irremediavelmente além do perdão? Peço com muita humildade.

— Quanta condescendência!

— É cruel zombar de mim — disse ele e adotou uma humildade falsa. — Afinal, sou apenas um escravo. E você pode ficar doente um dia desses.

— O que aconteceria?

— Seria humilhante mandar me buscar se você me trata como um inimigo.

— Você não é o único médico em Bridgetown.

— Mas sou o menos perigoso.

De repente, ela ficou desconfiada dele, ciente de que ele estava se permitindo zombar dela, e em certa medida ela já havia se rendido a isso. Ela enrijeceu e olhou para ele de novo.

— Você me trata sem cerimônia, eu acho — ela o repreendeu.

— Privilégio de médico.

— Não sou sua paciente. Por favor, lembre-se disso no futuro.
— E, com isso, indiscutivelmente zangada, ela partiu.

— Ora, ora, ela é uma megera ou eu sou um tolo, ou as duas coisas? — perguntou ele à abóbada azul-celeste e foi para o galpão.

Seria uma manhã de empolgações. Quando estava saindo, mais ou menos uma hora depois, Whacker, o mais jovem dos outros dois médicos, juntou-se a ele — uma condescendência sem precedentes, pois até então nenhum deles havia lhe dirigido mais do que um ocasional e ranzinza "bom dia!".

— Se estiver indo para a casa do coronel Bishop, vou acompanhá-lo por um tempo, doutor Blood — disse ele. Era um homem baixo e largo de 45 anos, com bochechas murchas e olhos azuis agressivos.

Peter Blood ficou assustado. Mas disfarçou.

— Estou indo para a Casa do Governo — disse.

— Ah! Claro! A esposa do governador. — E riu; ou talvez tenha sido sarcástico. Peter Blood não tinha certeza. — Ela exige muito de seu tempo, ouvi dizer. Juventude e boa aparência, doutor Blood! Juventude e boa aparência! São vantagens inestimáveis na nossa profissão e em outras, ainda mais no que diz respeito às mulheres.

Peter o encarou.

— Se está dizendo o que parece, é melhor dizer isso para o governador Steed. Ele pode se divertir.

— Você certamente me entendeu mal.

— Espero que sim.

— Você está tão quente! — O médico passou o braço no de Peter. — Desejo ser seu amigo, servir a você. Agora escute. — Por instinto, a voz ficou mais baixa. — Essa escravidão em que se encontra deve ser muito enfadonha para um homem talentoso como você.

— Que intuição! — gritou o sarcástico sr. Blood. Mas o médico o interpretou literalmente.

— Não sou tolo, meu caro médico. Conheço um homem quando vejo um, e muitas vezes consigo ver seus pensamentos.

— Se puder me dizer os meus, vai conseguir me persuadir — disse o sr. Blood.

O sr. Whacker se aproximou ainda mais dele enquanto caminhavam ao longo do cais. Ele baixou a voz para um tom ainda mais confidencial. Os olhos azuis agressivos perscrutaram o rosto moreno e sardônico do companheiro, que era uma cabeça mais alto que ele.

— Quantas vezes não o vi encarando o mar, com a alma nos olhos! Será que eu sei o que você está pensando? Se pudesse escapar deste inferno de escravidão, você poderia exercer a profissão da qual é um ornamento como homem livre com prazer e lucro pessoal. O mundo é grande. Existem muitas nações além da Inglaterra onde um homem talentoso como você seria calorosamente bem-vindo. Existem muitas colônias além dessas inglesas. — A voz ficou ainda mais baixa até virar pouco mais do que um sussurro. Mas não havia ninguém que pudesse ouvir. — O assentamento holandês de Curaçao não fica muito longe. Nesta época do ano, a viagem pode ser realizada com segurança em uma embarcação leve. E Curaçao pode ser apenas um passo em direção ao grande mundo, que estaria aberto para você depois que fosse libertado da escravidão.

O dr. Whacker parou. Estava pálido e um pouco ofegante. Mas os olhos agressivos continuaram a analisar o companheiro impassível.

— Bem — disse ele depois de uma pausa. — O que me diz?

No entanto, Blood não respondeu de imediato. Sua mente estava agitada e tumultuada, e ele estava se esforçando para acalmá-la para poder fazer um exame adequado dessa coisa lançada aos ventos para criar uma perturbação tão monstruosa. Começou por onde outra pessoa poderia ter terminado.

— Não tenho nenhum dinheiro. E para isso eu precisaria de uma bela soma.

— Eu não disse que desejava ser seu amigo?

— Por quê? — perguntou Peter Blood à queima-roupa.

Mas não ouviu a resposta. Enquanto o dr. Whacker estava declarando que seu coração sangrava por um irmão médico adoecendo na escravidão, sendo-lhe negada a oportunidade que seus dons lhe davam, Peter Blood lançou-se como um falcão sobre a verdade óbvia. Whacker e o colega desejavam se livrar de alguém que ameaçava arruiná-los. A lentidão nas decisões nunca foi uma falha de Blood. Ele saltava onde outros rastejavam. E esse pensamento de fuga nunca tinha sido nutrido até ser plantado naquele momento pelo dr. Whacker, e germinou em um crescimento instantâneo.

— Entendo, entendo — disse, enquanto o companheiro ainda falava, explicava e, para evitar a humilhação do dr. Whacker, bancou o hipócrita. — É muito nobre de sua parte, muito fraterno, como acontece entre os homens da medicina. É o que eu mesmo gostaria de fazer em um caso semelhante.

Os olhos agressivos brilharam, e a voz rouca ficou trêmula enquanto o outro perguntou quase com ansiedade demais:

— Você concorda, então? Concorda?

— Concordar? — Blood riu. — Se eu fosse capturado e trazido de volta, eles cortariam as minhas asas e me marcariam para o resto da vida.

— Certamente vale a pena arriscar. — A voz do tentador estava mais trêmula do que nunca.

— Com certeza — concordou Blood. — Mas exige mais do que coragem. Exige dinheiro. Um saveiro pode ser comprado por vinte libras, talvez.

— Será disponibilizado. Será um empréstimo, que você deve nos pagar; me pagar, quando puder.

Aquele "nos" traidor logo restaurou a compreensão de Blood. O outro médico também estava no negócio.

Eles estavam se aproximando da parte povoada do quebra-mar. Rapidamente, mas com eloquência, Blood expressou seu agradecimento, apesar de saber que nenhum agradecimento era devido.

— Voltaremos a falar sobre isso, senhor; amanhã — concluiu. — Você me abriu as portas da esperança.

Nesse momento, pelo menos, não expressou mais do que a pura verdade, e de maneira muito direta. Foi, de fato, como se uma porta de repente tivesse sido aberta para a luz do sol para escapar de uma prisão escura na qual um homem achava que ia passar a vida.

Ele agora estava com pressa para ficar sozinho, para acalmar a mente agitada e planejar de maneira coerente o que precisava ser feito. Além disso, também precisava consultar outra pessoa. Ele já havia encontrado essa outra pessoa. Para tal viagem, seria necessário um navegador, e ele tinha Jeremy Pitt bem à mão. A primeira coisa era aconselhar-se com o jovem mestre de navio, que deveria ser seu aliado nesse negócio, se fosse realizado. Durante todo aquele dia, sua mente estava agitada com essa nova esperança, e ele ficou doente de impaciência pela chegada da noite e por uma chance de discutir o assunto com o parceiro escolhido. Como resultado, Blood chegou cedo naquela noite à espaçosa paliçada que envolvia as cabanas dos escravizados e a grande casa branca do feitor e teve a oportunidade de trocar algumas palavras com Pitt sem que outros o vissem.

— Hoje à noite, quando todos estiverem dormindo, vá à minha cabine. Tenho uma coisa para lhe dizer.

O jovem olhou para ele, despertado pelo tom sugestivo de Blood da letargia mental na qual estava caindo como resultado da vida desumanizante que levava. Balançou a cabeça, compreendendo e assentindo, e os dois se afastaram.

Os seis meses de vida na fazenda em Barbados tinham deixado uma marca quase trágica no jovem marinheiro. O antigo estado de alerta promissor tinha desaparecido. O rosto estava ficando vazio, os olhos estavam opacos e sem brilho, e ele se movimentava de maneira furtiva e encolhida, como um cão espancado em excesso. Tinha sobrevivido à má alimentação, ao trabalho excessivo na plantação de açúcar sob um sol impiedoso, às chicotadas do feitor quando o trabalho ficava fraco e à vida animal fatal e implacável a que estava condenado. Mas o preço que estava pagando pela sobrevivência era o normal. Ele corria o risco de se tornar nada mais do que um animal, de afundar ao nível dos negros que às vezes labutavam ao seu lado. O homem, entretanto, ainda estava lá, ainda não havia adormecido, estava apenas entorpecido pelo excesso de desespero; e o homem nele prontamente sacudiu aquela torpeza e despertou com as primeiras palavras que Blood lhe disse naquela noite: despertou e chorou.

— Fugir? — ofegou. — Meu Deus! — Ele segurou a cabeça e começou a soluçar como uma criança.

— *Shh*! Firme agora! Firme! — Blood o advertiu em um sussurro, alarmado com a choradeira do rapaz. Ele foi até o lado de Pitt e pousou a mão em seu ombro para contê-lo. — Pelo amor de Deus, contenha-se. Se alguém nos ouvir, seremos açoitados por isso.

Entre os privilégios de que Blood desfrutava havia o de uma cabana só para ele, e os dois estavam sozinhos ali. Mas, no fim das contas, era construída com pau a pique finamente rebocado com barro, e a porta era feita de bambus, através dos quais o som passava com muita facilidade. Embora a paliçada estivesse trancada porque era noite e tudo ali dentro agora estivesse adormecido — passava da meia-noite —, não era impossível haver um feitor fazendo a ronda, e o som de vozes levaria à descoberta. Pitt percebeu isso e controlou a explosão de emoção.

Sentados um ao lado do outro depois disso, os dois conversaram em sussurros por uma hora ou mais, e durante todo esse tempo os raciocínios entorpecidos de Pitt se afiaram de novo nessa preciosa pedra de amolar cheia de esperança. Eles precisariam recrutar outros para o empreendimento, meia dúzia pelo menos, meia vintena se possível, mas não mais do que isso. Teriam que escolher os melhores entre o grupo de sobreviventes dos homens de Monmouth que o coronel Bishop tinha adquirido. Homens que entendiam o mar eram desejáveis. Mas havia apenas dois desses naquela gangue infeliz, e seu conhecimento não era muito completo. Eram Hagthorpe, um cavalheiro que servira na Marinha Real, e Nicholas Dyke, que fora suboficial na época do falecido rei, e havia outro que fora artilheiro, um homem chamado Ogle.

Antes de se separarem, ficou combinado que Pitt deveria começar com esses três e depois recrutar outros seis ou oito. Deveria agir com a máxima cautela, sondando os homens com muito cuidado antes de fazer qualquer coisa parecida com uma revelação, e mesmo assim evitar tornar essa revelação tão completa que sua descoberta pudesse frustrar os planos que ainda precisavam ser elaborados em detalhes. Trabalhando com eles nas plantações, Pitt não ia querer a oportunidade de revelar o assunto a seus companheiros escravizados.

— Cautela acima de tudo — foi a última recomendação de Blood para ele na despedida. — Quem vai devagar vai com segurança, como dizem os italianos. E lembre-se de que, se você se entregar, vai estragar tudo, pois é o único navegador entre nós, e sem você não há como escapar.

Pitt o tranquilizou e voltou furtivamente para sua cabana e para a esteira de palha que lhe servia de cama.

Chegando ao cais na manhã seguinte, Blood encontrou o dr. Whacker de bom humor. Depois de dormir pensando no assunto, estava preparado para adiantar ao condenado qualquer quantia de até trinta libras que lhe permitisse adquirir um barco capaz de tirá-lo do assentamento. Blood expressou seu agradecimento de forma apropriada, sem revelar nenhum sinal de que tinha visto claramente o verdadeiro motivo da generosidade do outro.

— Não é dinheiro que vou exigir — disse —, mas o barco em si. Pois quem vai me vender um barco e incorrer nas penalidades proclamadas pelo governador Steed? Você as deve ter lido, sem dúvida.

O rosto pesado do dr. Whacker ficou nublado. De um jeito pensativo, coçou o queixo.

— Já li, sim. E não me atrevo a conseguir o barco para você. Eu seria descoberto. Com certeza. E a pena é uma multa de duzentas libras, além da prisão. Isso ia me arruinar. Você entende?

As grandes esperanças na alma de Blood começaram a diminuir. E a sombra do desespero cobriu seu rosto.

— Mas então... — hesitou. — Não há nada a fazer.

— Não, não; as coisas não são tão desesperadoras. — O dr. Whacker deu um leve sorriso com os lábios tensos. — Já pensei em tudo. Você tem que dar um jeito de o homem que vai comprar o barco ser um dos que vai com você, de modo que ele não esteja aqui para responder a perguntas depois.

— Mas quem vai comigo senão meus próprios homens? O que eu não posso fazer, eles também não podem.

— Há outros detidos na ilha além dos escravos. Existem vários que estão aqui por dívidas e ficariam bem contentes de abrir as asas. Há um tal de Nuttall que segue o ofício de construtor naval, que por acaso eu sei que adoraria essa chance se você pudesse lhe dar.

— Mas como um devedor poderia aparecer com dinheiro para comprar um barco? Essa pergunta será feita.

— Ah, com certeza será. Mas, se você planejar com astúcia, todos vocês irão embora antes que isso aconteça.

Blood acenou com a cabeça em compreensão, e o médico, colocando a mão na sua manga, revelou o esquema que tinha concebido.

— Você vai receber o dinheiro de mim imediatamente. Depois você vai se esquecer de que fui eu quem o forneceu. Você tem amigos na Inglaterra, parentes, talvez, que o enviaram por intermédio de um de seus pacientes de Bridgetown, cujo nome, por ser um homem de honra, você não vai divulgar em hipótese nenhuma, para não gerar problemas para ele. Essa é a sua história, se houver perguntas.

Ele fez uma pausa, encarando Blood com firmeza. Blood acenou com a cabeça para revelar que compreendia e concordava. Aliviado, o médico continuou:

— Mas não deve haver perguntas se você trabalhar com cuidado. Combine tudo com Nuttall. Você o alista como um de seus companheiros, e um construtor naval deve ser um membro muito útil para sua tripulação. Você o contrata para descobrir um veleiro cujo dono esteja disposto a vender. Então, deixe todos os preparativos feitos antes que a compra seja efetuada, de modo que a fuga possa ocorrer imediatamente, antes que as perguntas inevitáveis sejam feitas. Você me entende?

Blood o entendeu tão bem que, uma hora depois, arquitetou ver Nuttall e encontrou um sujeito tão disposto ao negócio quanto o dr. Whacker havia previsto. Quando se afastou do construtor naval, ficou combinado que Nuttall deveria procurar o barco necessário, para o qual Blood daria imediatamente o dinheiro.

A busca demorou mais do que o previsto por Blood, que esperou com impaciência, com o ouro do médico escondido em si mesmo. Mas, ao cabo de cerca de três semanas, Nuttall — com quem agora ele se encontrava todo dia — informou que tinha encontrado um veleiro resistente e que o dono estava disposto a vendê-lo por vinte e duas libras. Naquela noite, na praia, longe de todos os olhares,

Peter Blood entregou a quantia ao novo aliado, e Nuttall saiu com instruções para concluir a compra no fim do dia seguinte. Deveria levar o barco até o cais, onde, protegidos pela escuridão, Blood e seus companheiros condenados se juntariam a ele e fugiriam.

Tudo estava pronto. No galpão, de onde todos os feridos já tinham sido retirados e que desde então permanecia desocupado, Nuttall escondeu os estoques necessários: quarenta quilos de pão, uma boa quantidade de queijo, um barril de água e algumas garrafas de Canary, uma bússola, um quadrante, um mapa, uma ampulheta de meia hora, troncos e cabos, uma lona, algumas ferramentas de carpinteiro e uma lanterna e velas. E, na paliçada, tudo estava igualmente preparado. Hagthorpe, Dyke e Ogle tinham concordado em se juntar ao empreendimento, e outros oito foram recrutados com cuidado. Na cabana de Pitt, que ele dividia com cinco outros rebeldes condenados, todos os quais deveriam se juntar a essa tentativa de liberdade, uma escada tinha sido construída em segredo durante as noites de espera. Com isso, eles poderiam escalar a paliçada e sair dali. O risco de detecção, se fizessem pouco barulho, era insignificante. Além de prendê-los naquela paliçada à noite, não havia nenhuma grande precaução. Onde, afinal de contas, alguém tão tolo a ponto de tentar escapar da esperança poderia se esconder naquela ilha? O principal risco residia em ser descoberto pelos companheiros que seriam deixados para trás. Era por isso que eles precisavam sair com cautela e em silêncio.

O dia que deveria ser o último em Barbados foi um dia de esperança e ansiedade para os doze aliados naquele empreendimento, não menos do que para Nuttall na cidade abaixo.

Perto do pôr do sol, depois de ter visto Nuttall partir para comprar e levar o barco até os ancoradouros previamente combinados no cais, Peter Blood foi caminhando em direção à paliçada no momento em que os escravos estavam sendo trazidos dos campos. Ficou de lado na entrada para deixá-los passar e, além da mensagem de esperança transmitida pelos seus olhos, não manteve nenhuma comunicação com eles.

Entrou na paliçada atrás deles, e enquanto desfaziam as filas para encontrar suas respectivas cabanas, ele viu o coronel Bishop conversando com Kent, o feitor. A dupla estava junto ao tronco, plantado no meio daquele espaço verde para a punição de escravizados problemáticos.

Enquanto ele avançava, Bishop virou-se para avaliá-lo, carrancudo.

— Onde esteve esse tempo todo? — gritou e, embora um tom ameaçador fosse normal na voz do coronel, Blood sentiu o coração apertar de apreensão.

— Eu estava trabalhando na cidade — respondeu. — A senhora Patch está com febre, e o senhor Dekker torceu o tornozelo.

— Mandei chamá-lo para a casa de Dekker e você não estava lá. Você é chegado a ficar ocioso, meu bom camarada. Teremos que acelerá-lo um dia desses, a menos que pare de abusar da liberdade de que desfruta. Você se esquece de que é um rebelde condenado?

— Não tenho a chance de fazer isso — disse Blood, que nunca conseguiu aprender a controlar a língua.

— Por Deus! Você vai ser atrevido comigo?

Lembrando-se de tudo que estava em jogo, ficando subitamente consciente de que, das cabanas ao redor na paliçada, ouvidos ansiosos estavam escutando, ele praticou imediatamente uma submissão incomum.

— Não estou sendo atrevido, senhor. Eu... lamento ter sido procurado...

— Ah, sim, e vai lamentar ainda mais. O governador está com uma crise de gota, gritando como um cavalo ferido, e você não estava em lugar nenhum. Vá embora, homem! Vá imediatamente para a Casa do Governo! Você é esperado lá, estou lhe dizendo. Melhor emprestar um cavalo a ele, Kent, senão o idiota vai passar a noite indo até lá.

Eles o enxotaram, quase sufocando com uma relutância que ele não ousava demonstrar. O negócio era lamentável; mas, afinal de contas, bastava aplicar um remédio. A fuga estava marcada para meia-noite, e ele já deveria estar de volta a essa hora. Montou no cavalo que Kent lhe arranjou, fingindo se apressar.

— Como devo voltar para a paliçada, senhor? — perguntou ao se despedir.

— Você não vai voltar — disse Bishop. — Quando terminarem com você na Casa do Governo, podem encontrar um canil para você lá até de manhã.

O coração de Peter Blood afundou como uma pedra na água.

— Mas... — começou.

— Vá embora, estou lhe dizendo. Vai ficar aí falando até escurecer? Sua Excelência o está esperando. — E, com a bengala, o coronel Bishop açoitou os quadris do cavalo com tanta brutalidade que o animal saltou para a frente e quase derrubou seu cavaleiro.

Peter Blood explodiu em um estado de espírito que beirava o desespero. E havia motivo para isso. Um adiamento da fuga pelo menos até o dia seguinte à noite era necessário, e esse adiamento podia significar a descoberta da transação de Nuttall e a formulação de perguntas que seriam difíceis de responder.

Ele pensou em voltar furtivamente à noite, depois que o trabalho na Casa do Governo estivesse concluído, e do lado de fora da paliçada avisar a Pitt e aos outros de sua presença, para que se juntassem a ele de modo que o projeto ainda pudesse ser realizado. Mas calculou isso sem o governador, a quem de fato encontrou tomado por uma grave crise de gota e uma crise de raiva quase tão grave alimentada pela demora de Blood.

O médico teve que cuidar constantemente dele até muito depois da meia-noite, quando por fim conseguiu aliviar um pouco o sofrimento do homem com um sangramento. Nesse momento, ele teria se retirado. Mas Steed não quis ouvir falar nisso. Blood deveria dormir em seu próprio aposento para estar disponível em caso de necessidade. Era como se o Destino estivesse brincando com ele. Naquela noite, pelo menos, a fuga deveria ser abandonada em definitivo.

Peter Blood só conseguiu escapar temporariamente da Casa do Governo nas primeiras horas da manhã, alegando que precisava de alguns medicamentos que ele mesmo deveria buscar no boticário.

Com esse pretexto, fez uma excursão à cidade que estava despertando e foi direto até Nuttall, que encontrou em um estado de pânico lívido. O infeliz devedor, que ficara sentado esperando a noite toda, imaginou que tudo tinha sido descoberto e que sua própria ruína estaria envolvida. Peter Blood acalmou seus temores.

— Será hoje à noite — disse, com mais segurança do que sentia —, nem que eu tenha que sangrar o governador até a morte. Esteja pronto como na noite passada.

— Mas e se houver perguntas nesse meio-tempo? — resmungou Nuttall. Era um homem magro, pálido, de traços pequenos, com olhos fracos que agora piscavam desesperados.

— Responda da melhor maneira possível. Use sua inteligência, homem. Não posso ficar mais. — E Peter foi até o boticário comprar seus pretextos em forma de medicamentos.

Uma hora depois de sua partida, um oficial do secretário chegou ao miserável casebre de Nuttall. O vendedor do barco tinha — conforme exigido por lei desde a chegada dos rebeldes condenados — informado a venda no gabinete do secretário, para poder obter o reembolso da garantia de dez libras que todo proprietário de um pequeno barco era obrigado a depositar. O gabinete do secretário adiou o reembolso até que conseguisse obter a confirmação da transação.

— Fomos informados de que você comprou um veleiro do senhor Robert Farrell — disse o oficial.

— É isso mesmo — disse Nuttall, que considerou que aquele era o fim do mundo para ele.

— Parece que você não tem pressa de declarar isso ao gabinete do secretário. — O emissário tinha uma arrogância burocrática adequada.

Os olhos fracos de Nuttall piscavam com o dobro da velocidade.

— De... de declarar?

— Você sabe que é a lei.

— Eu... Eu não sabia, na verdade.
— Mas está na proclamação publicada em janeiro passado.
— Eu... Eu não sei ler, senhor. Eu... Eu não sabia.
— Que horror!

O mensageiro o fulminou com seu desdém.

— Bem, agora você está informado. Esteja no gabinete do secretário antes do meio-dia com a garantia de dez libras que você é obrigado a depositar.

O pomposo oficial partiu, deixando Nuttall suando frio, apesar do calor da manhã. Ficou grato porque o sujeito não fez a pergunta que ele mais temia, que era como ele, um devedor, teria conseguido dinheiro para comprar um veleiro. Mas sabia que era só uma trégua. A pergunta com certeza seria feita, e o inferno se abriria para ele. Amaldiçoou a hora em que fora tão idiota a ponto de ouvir a conversinha de Peter Blood sobre fuga. Achou muito provável que toda a trama fosse descoberta e que ele fosse enforcado ou, pelo menos, marcado e vendido como escravo, como aqueles malditos rebeldes condenados com quem tinha sido louco de se aliar. Se ao menos tivesse as dez libras para essa garantia infernal, que até aquele momento nunca tinham entrado nos cálculos deles, era possível que a coisa fosse feita com rapidez e as perguntas fossem adiadas. Como o mensageiro do secretário tinha deixado passar o fato de que ele era um devedor, os outros no gabinete do secretário também poderiam deixar passar, pelo menos por um ou dois dias; e, nessa hora, ele estaria, esperava, longe do alcance das perguntas. Mas, nesse meio-tempo, o que fazer em relação a esse dinheiro? Tinha que ser encontrado antes do meio-dia!

Nuttall pegou o chapéu e saiu em busca de Peter Blood. Mas onde procurá-lo? Vagando sem rumo pela rua irregular e não pavimentada, ele se aventurou a perguntar a uma ou duas pessoas se elas tinham visto o dr. Blood naquela manhã. Fingiu que não estava se sentindo muito bem, e de fato sua aparência confirmava a enganação. Ninguém soube lhe dar informações; e, como Blood nunca lhe contou sobre a participação de Whacker no empreendimento, ele passou direto, em sua infeliz ignorância, pela porta do único homem em Barbados que o teria salvado alegremente nessa situação extrema.

Por fim, decidiu ir até a plantação do coronel Bishop. Blood devia estar lá. Se não estivesse, Nuttall encontraria Pitt e deixaria um recado. Ele conhecia Pitt e sabia de sua participação no empreendimento. Seu pretexto para procurar Blood ainda era que ele precisava de assistência médica.

E, ao mesmo tempo em que partiu, insensível na ansiedade ao calor escaldante, escalando as alturas ao norte da cidade, Blood por fim estava saindo da Casa do Governo, tendo aliviado a condição do governador a ponto de ter permissão para ir embora. Estando montado, ele teria, exceto por um atraso inesperado, alcançado a paliçada antes de Nuttall, caso em que vários eventos infelizes poderiam ter sido evitados. O atraso inesperado foi ocasionado pela srta. Arabella Bishop.

Eles se encontraram no portão do exuberante jardim da Casa do Governo, e a srta. Bishop, também montada, viu Peter Blood a cavalo. Acontece que ele estava de bom humor. O fato de a condição do governador ter melhorado a ponto de restabelecer sua liberdade de movimento bastou para eliminar a depressão sob a qual vinha trabalhando nas últimas doze horas. Em seu rastro, o mercúrio de seu humor tinha disparado muito mais do que as circunstâncias atuais permitiam. Estava disposto a ser otimista. O que falhara na noite anterior com certeza não falharia de novo naquela noite. O que era um dia, no fim das contas? O gabinete do secretário pode ser problemático, mas não será problemático de verdade nas próximas 24 horas, pelo menos; e aí eles estariam bem longe.

Essa alegre confiança foi seu primeiro infortúnio. O próximo foi que seu bom humor também era compartilhado pela srta. Bishop e que ela não guardava rancor. As duas coisas se uniram para gerar o atraso que foi tão deplorável em suas consequências.

— Bom dia, senhor — ela o saudou de um jeito agradável. — Faz quase um mês desde a última vez que o vi.

— Vinte e um dias até esta hora — disse ele. — Eu contei.

— Juro que eu estava começando a acreditar que você estava morto.

— Preciso lhe agradecer pela coroa de flores.

— Coroa de flores?

— Para enfeitar meu túmulo — explicou ele.

— Você precisa fazer graça sempre? — questionou ela e olhou para ele com seriedade, lembrando-se de que a brincadeira dele na última ocasião a fez ir embora ressentida.

— Às vezes, um homem precisa rir de si mesmo para não enlouquecer — disse ele. — Poucos percebem isso. É por isso que existem tantos loucos no mundo.

— Pode rir de si mesmo o quanto quiser, senhor. Mas às vezes acho que você ri de mim, o que não é civilizado.

— Na verdade, você está errada. Só rio de coisas engraçadas, e você não é nada engraçada.

— O que eu sou, então? — perguntou ela, rindo.

Por um instante, ele a analisou, tão bela e jovem de se ver, tão inteiramente virginal e, ainda assim, totalmente franca e descarada.

— Você é — disse ele — a sobrinha do homem que me tem como escravo. — Mas falou isso com leveza. Com tanta leveza que ela se sentiu encorajada a insistir.

— Não, senhor, isso é uma evasão. Você deve me responder com sinceridade esta manhã.

— Com sinceridade? Responder a você já é difícil. Mas responder com sinceridade! Ah, bem, devo dizer que a pessoa que considerá-la amiga terá sorte. — Sua natureza lhe pedia para acrescentar mais coisas. Mas preferiu parar.

— Isso é muito civilizado — disse ela. — Você tem bom gosto para elogios, senhor Blood. Outro em seu lugar...

— Na verdade, não sei o que outro teria dito. Não conheço nem um pouco meus semelhantes?

— Às vezes acho que sim, e às vezes acho que não. De qualquer forma, você não conhece sua semelhante. Houve aquele caso dos espanhóis.

— Você nunca vai se esquecer disso?

— Nunca.

— Maldita seja sua memória. Não há nada de bom em mim que você pudesse pensar em vez disso?

— Ah, várias coisas.

— Por exemplo, agora? — Ele estava quase ansioso.

— Você fala um espanhol excelente.

— Só isso? — Ele voltou a afundar no desânimo.

— Onde foi que aprendeu? Você já esteve na Espanha?

— Estive. Fiquei dois anos em uma prisão espanhola.

— Na prisão? — Seu tom sugeria apreensões nas quais ele não desejava deixá-la.

— Como prisioneiro de guerra — explicou ele. — Fui pego lutando com os franceses. No serviço militar francês, quero dizer.

— Mas você é médico! — gritou ela.

— Isso é só uma diversão, eu acho. Por profissão, sou soldado. Pelo menos, foi a profissão que segui por dez anos. Não me trouxe nenhum grande preparo, mas me serviu melhor do que a medicina, que, como pode observar, me levou à escravidão. Estou pensando que é mais agradável aos olhos do Paraíso matar homens do que curá-los. Com certeza deve ser.

— Mas como você se tornou soldado e serviu aos franceses?

— Sou irlandês, sabe, e estudei medicina. Portanto, já que é uma nação perversa... Ah, mas é uma longa história, e o coronel está esperando meu retorno. — Ela não ia ser roubada de seu entretenimento desse jeito. Se ele esperasse um instante, eles voltariam juntos. Ela tinha ido saber da saúde do governador a pedido do tio.

Então ele esperou, e os dois cavalgaram juntos de volta para a casa do coronel Bishop. Cavalgavam muito devagar, em passo lento, e alguns por quem passaram ficaram maravilhados ao ver o médico escravizado em termos aparentemente íntimos com a sobrinha do dono. Um ou dois podem ter prometido a si mesmos que contariam ao coronel. Mas os dois cavalgaram alheios a todas as outras pessoas do mundo naquela manhã. Ele estava contando a história de seus dias turbulentos do passado e, no fim, se demorou mais do que até então na história de sua prisão e julgamento.

A história mal havia acabado quando eles pararam na porta do coronel e desmontaram, Peter Blood entregando o cavalo a um dos cavalariços negros, que lhes informou que o coronel estava em casa naquele momento.

Mesmo assim, eles se demoraram um pouco, já que ela o deteve.

— Sinto muito, senhor Blood, por não ter sabido disso antes — disse ela, e havia uma suspeita de umidade naqueles claros olhos cor de avelã. Com uma simpatia convincente, ela estendeu a mão para ele.

— Por quê, que diferença poderia ter feito? — perguntou ele.

— Alguma, eu acho. Você foi usado com muita crueldade pelo Destino.

— Ai, agora... — Ele fez uma pausa. Seus olhos de safira afiados a analisaram com firmeza por um instante por baixo das sobrancelhas pretas. — Podia ter sido pior — disse, com um significado que deu um toque de cor às suas bochechas e uma vibração às suas pálpebras.

Ele se abaixou para beijar a mão dela antes de soltá-la, e ela não impediu. Então ele se virou e caminhou em direção à paliçada a meia milha de distância, e uma visão do rosto dela o acompanhou, tingido com um rubor crescente e uma súbita timidez incomum. Ele se esqueceu, naquele pequeno instante, que era um rebelde condenado com dez anos de escravidão pela frente; esqueceu que havia planejado uma fuga, que aconteceria naquela noite; esqueceu até mesmo o perigo da descoberta que, como resultado da gota do governador, agora o dominava.

CAPÍTULO VII.

Piratas

O sr. James Nuttall seguiu a toda velocidade, apesar do calor, em sua jornada de Bridgetown até a plantação do coronel Bishop e, se algum homem foi feito para a velocidade em um clima quente, esse homem era o sr. James Nuttall, com o corpo curto e magro e as longas pernas sem carne. Estava tão murcho que era difícil acreditar que ainda lhe restava algum líquido, embora devesse haver algum, já que ele suava violentamente quando chegou à paliçada.

Na entrada, quase trombou com o feitor Kent, um animal atarracado de pernas arqueadas, com os braços de um Hércules e a papada de um buldogue.

— Estou procurando o doutor Blood — anunciou sem fôlego.

— Você está com uma pressa rara — rosnou Kent. — Que diabo é isso? Gêmeos?

— Hein? Ah! Não, não. Não sou casado, senhor. É um primo meu, senhor.

— O quê?

— Ele está mal, senhor — Nuttall mentiu prontamente com a deixa que o próprio Kent lhe dera. — O médico está aqui?

— Aquela ali é a cabana dele. — Kent apontou com indiferença. — Se não estiver lá, vai estar em outro lugar. — E se retirou. Era um animal ranzinza e indelicado em todos os momentos, mais preparado com o açoite do chicote do que com a língua.

Nuttall ficou satisfeito de vê-lo se afastar e até notou a direção que ele tomou. Em seguida, mergulhou na paliçada para verificar, mortificado, que o dr. Blood não estava em casa. Um homem de bom senso poderia ter se sentado e esperado, julgando que esse seria o caminho mais rápido e seguro, no fim das contas. Mas Nuttall não tinha bom senso. Ele se atirou para fora da paliçada de novo, hesitou por um instante quanto à direção que deveria tomar e, por fim, decidiu ir para qualquer lado, menos pelo caminho que Kent tinha seguido. Acelerou pela savana ressecada em direção à plantação de açúcar, que se erguia sólida como uma muralha e reluzia dourada sob o sol ofuscante de junho. As avenidas cruzavam os grandes blocos de cana cor de âmbar em maturação. De longe, em uma delas, avistou alguns homens escravizados trabalhando. Nuttall entrou na avenida e avançou sobre eles. Os homens olharam entorpecidos enquanto ele passava. Pitt não estava entre esses escravos, e Nuttall não ousou perguntar por ele. Continuou a busca por quase uma hora, subindo por uma daquelas avenidas e descendo por outra. Um feitor o desafiou, exigindo saber o que ele queria. Estava procurando, respondera, pelo dr. Blood. Seu primo estava doente. O feitor ordenou que ele fosse para o inferno e saísse da plantação. Blood não estava lá. Se estivesse em algum lugar, seria em sua cabana na paliçada.

Nuttall seguiu em frente, entendendo que ele não estava ali. Mas foi na direção errada; foi em direção ao lado da plantação mais distante da paliçada, em direção à floresta densa que a margeava. O feitor era muito sarcástico e talvez estivesse muito fraco no calor sufocante do meio-dia para corrigir seu curso.

Nuttall cambaleou até o fim da avenida, dobrou a esquina e deu de cara com Pitt, sozinho, labutando com uma pá de madeira em um canal de irrigação. Um par de cuecas de algodão, frouxas e esfarrapadas, vestia-o da cintura aos joelhos; acima e abaixo ele estava nu, exceto por um largo chapéu de palha trançada que protegia a cabeça dourada despenteada dos raios do sol tropical. Ao vê-lo, Nuttall agradeceu em voz alta ao Criador. Pitt o encarou, e o construtor naval despejou as notícias sombrias em um tom sombrio. O resumo era que ele precisava conseguir dez libras com Blood naquela manhã ou todos estariam arruinados. E tudo que conseguiu com suas dores e seu suor foi a condenação de Jeremy Pitt.

— Maldito seja, seu idiota! — disse o homem. — Se é Blood que está procurando, por que está perdendo seu tempo aqui?

— Não consigo encontrá-lo — baliu Nuttall. Estava indignado com a recepção. Esqueceu o estado de nervosismo do outro depois de uma noite de ansiedade que terminou em um amanhecer de desespero. — Achei que você...

— Achou que eu poderia largar minha pá e ir procurá-lo para você? Foi isso que você achou? Meu Deus! Nossas vidas estão dependendo desse idiota. Enquanto você perde seu tempo aqui, as horas estão passando! E se um feitor pegar você falando comigo? Como você vai explicar?

Por um instante, Nuttall ficou sem palavras por tamanha ingratidão. Depois explodiu.

— Quisera eu nunca ter participado desse negócio. Quisera! Desejo que...

O que mais ele desejava nunca se soube, pois, naquele instante, contornando o bloco de cana, surgiu um homem grande usando tafetá bege, seguido por dois negros em cuecas de algodão armados com cutelos. Ele não estava nem a dez metros de distância, mas sua aproximação por sobre a marga macia e flexível não tinha sido ouvida.

O sr. Nuttall olhou desesperado para um lado e para o outro por um instante, depois disparou como um coelho para a floresta, fazendo a coisa mais tola e reveladora que, naquelas circunstâncias, era possível fazer. Pitt gemeu e ficou imóvel, apoiado na pá.

— Ei! Pare! — berrou o coronel Bishop atrás do fugitivo e acrescentou ameaças horríveis enfeitadas com algumas indecências retóricas.

Mas o fugitivo se manteve firme e nem sequer virou a cabeça. A única esperança que lhe restava era que o coronel Bishop não tivesse visto seu rosto; pois o poder e a influência do coronel Bishop eram suficientes para enforcar qualquer homem que ele achasse melhor estar morto.

Só depois que o renegado desapareceu no matagal o fazendeiro se recuperou o suficiente do espanto indignado para se lembrar dos dois negros que o seguiam como um par de cães de caça. Eram dois guarda-costas sem os quais ele nunca andava pelas plantações desde que um escravizado o atacou e quase o estrangulou alguns anos antes.

— Vão atrás dele, seus porcos pretos[4]! — rugiu para os dois. Mas, quando saíram, ele os impediu. — Esperem! Voltem aqui, seus malditos!

Ocorreu-lhe que, para pegar e cuidar do sujeito, não havia necessidade de ir atrás dele e, talvez, passar o dia caçando naquele bosque amaldiçoado. Pitt estava ali à mão e deveria lhe dizer a identidade do amigo acanhado e também o assunto da conversa secreta que ele havia interrompido. É claro que Pitt poderia hesitar. Seria pior para Pitt. O engenhoso coronel Bishop conhecia uma dezena de maneiras — algumas bem divertidas — de vencer a teimosia desses cães condenados.

Virou para o escravo um semblante inflamado pelo calor interno e externo e um par de olhos inebriantes que brilhavam com uma inteligência cruel. Deu um passo à frente balançando a leve bengala de bambu.

---

[4] Apesar do propósito da frase ser a demonstração do racismo e xenofobia do personagem — entre outras características desagradáveis, ainda é uma expressão inaceitável da época. [N.E.]

— Quem era aquele renegado? — perguntou com uma suavidade terrível. Inclinando-se sobre a pá, Jeremy Pitt baixou um pouco a cabeça e mexeu-se com desconforto sobre os pés descalços. Em vão, procurou uma resposta em uma mente que não conseguia fazer nada além de amaldiçoar a idiotice do sr. James Nuttall.

A bengala de bambu do fazendeiro caiu sobre os ombros nus do rapaz com uma força pungente.

— Responda, seu cachorro! Qual é o nome dele?

Jeremy olhou para o fazendeiro corpulento com olhos emburrados, quase desafiadores.

— Não sei — respondeu, e em sua voz havia um leve tom de desafio despertado por um golpe que ele não ousou, pela própria vida, retribuir. Seu corpo permaneceu inflexível, mas o espírito se contorceu em tormento.

— Não sabe? Bem, vamos acelerar sua memória. — A bengala baixou de novo nele. — Já pensou no nome dele?

— Não.

— Teimoso, hein? — Por um instante, o coronel sorriu com malícia. Então sua paixão o dominou. — Pelas chagas de Cristo! Seu cachorro atrevido! Está brincando comigo? Acha que sou alvo de zombaria?

Pitt deu de ombros, voltou a se ajeitar de lado e manteve um silêncio obstinado. Poucas coisas são mais provocantes; e o temperamento do coronel Bishop nunca precisava de muita provocação. A fúria bruta agora havia despertado nele. Ele açoitava com fúria aqueles ombros indefesos, acompanhando cada golpe com blasfêmias e injúrias, até que, ferido além da resistência, as brasas persistentes de sua masculinidade se transformaram em chamas momentâneas, e Pitt saltou sobre seu algoz.

Mas, quando saltou, também saltaram os vigilantes negros. Braços bronzeados musculosos se enrolaram no frágil corpo branco, esmagando-o, e, em um instante, o infeliz escravo foi dominado, os pulsos presos para trás por uma tira de couro.

Respirando com dificuldade, o rosto vermelho, Bishop o analisou por um instante. Em seguida, disse:

— Tragam-no.

Descendo a longa avenida entre aquelas paredes douradas de cana de quase três metros de altura, o infeliz Pitt foi empurrado por seus captores negros no rastro do coronel, encarado por olhos amedrontados por seus companheiros escravizados que ali trabalhavam. O desespero o acompanhou. Os tormentos que o aguardavam de imediato pouco importavam, por mais horríveis que fossem. A verdadeira fonte de sua angústia mental residia na convicção de que a fuga elaboradamente planejada desse inferno inenarrável tinha sido frustrada no exato momento da execução.

Eles chegaram ao planalto verde e se dirigiram à paliçada e à casa branca do feitor. Os olhos de Pitt se voltaram para a baía de Carlisle, da qual o planalto tinha uma visão clara desde o forte de um lado até os longos galpões do cais do outro. Ao longo desse cais havia alguns barcos rasos atracados, e Pitt se pegou pensando qual deles era o veleiro com o qual, com um pouco de sorte, eles agora poderiam estar no mar. Seu olhar percorreu miseravelmente aquele mar.

Pela rota, dirigindo-se à costa por meio de uma brisa suave que mal agitava a superfície safira do mar do Caribe, vinha uma fragata de casco vermelho imponente carregando a bandeira inglesa.

O coronel Bishop parou para analisá-la, protegendo os olhos com a mão carnuda. Como a brisa estava leve, a embarcação não estendeu nenhuma lona além da vela de proa. Todas as outras velas estavam enroladas, deixando uma visão clara das linhas majestosas do casco, desde o castelo imponente de proa até o bico dourado que reluzia sob o sol deslumbrante.

Um avanço tão vagaroso sugeria um mestre mediocremente familiarizado com essas águas, que preferia se arrastar adiante com cautela, sondando o caminho. No ritmo atual de progresso, levaria uma hora, talvez, para a fragata ancorar no porto. E, enquanto o coronel a olhava, admirando, talvez, sua graciosa beleza, Pitt foi levado às pressas para a paliçada e preso ao tronco que estava ali aguardando os escravizados que precisavam de correção.

O coronel Bishop o seguiu com passos lentos e cambaleantes.

— Um vira-lata rebelde que mostra as presas para o mestre deve aprender boas maneiras ao custo de uma pele listrada — foi tudo que disse antes de iniciar seu trabalho de carrasco.

O fato de fazer com as próprias mãos o que a maioria dos homens de sua posição, por respeito próprio, teria relegado a um dos negros, lhe dá a medida da bestialidade do sujeito. Era quase como se sentisse prazer, como se gratificasse um instinto selvagem de crueldade, que ele agora açoitava a vítima sobre a cabeça e os ombros. Sua bengala logo foi reduzida a farpas por causa da violência. Talvez você conheça o golpe de uma bengala de bambu flexível quando está inteira. Mas percebe sua qualidade assassina quando ela foi dividida em várias lâminas longas e flexíveis, cada uma afiada como uma faca?

Quando, por fim, pelo excesso de cansaço, o coronel Bishop atirou para longe o toco e as correias a que tinha sido reduzida a bengala, as costas do miserável escravo sangravam em carne viva do pescoço à cintura.

Embora permanecesse totalmente sensível, Jeremy Pitt não emitiu nenhum som. Mas, na medida da dor, seus sentidos estavam misericordiosamente embotados, e ele afundou no tronco e ficou pendurado ali, encolhido, emitindo um gemido fraco.

O coronel Bishop pôs o pé no tronco e se inclinou por sobre a vítima com um sorriso cruel no rosto cheio e áspero.

— Que isso lhe ensine uma submissão adequada — disse. — E agora, por causa daquele seu amigo tímido, você vai ficar aqui sem comida e sem bebida. Sem comida e sem bebida, está me ouvindo? Até que você, por favor, me diga o nome dele e o que queria. — Ele tirou o pé do tronco. — Quando estiver farto disso, me mande um recado, e nós traremos os ferros de marcar até aqui.

Nisso, girou nos calcanhares e saiu da paliçada, seguido por seus negros.

Pitt o ouvira do mesmo jeito que ouvimos coisas nos sonhos. Naquele momento, estava tão exausto pela punição cruel e tão profundo era o desespero em que havia mergulhado que não se importava mais se ia viver ou morrer.

Logo, porém, do estupor parcial que a dor havia induzido com misericórdia, uma nova variedade de dor o despertou. Os troncos ficavam expostos sob o brilho intenso do sol tropical, e seus raios escaldantes desciam sobre o mutilado, sangrando até ele sentir que chamas de fogo o estavam queimando. E, em pouco tempo, a isso foi adicionado um tormento ainda mais indescritível. Moscas, as cruéis moscas das Antilhas, atraídas pelo cheiro de sangue, desceram sobre ele formando uma nuvem.

Não admira que o engenhoso coronel Bishop, que entendia tão bem da arte de soltar línguas teimosas, não tivesse julgado necessário recorrer a outros meios de tortura. Nem toda a sua crueldade diabólica poderia inventar um tormento mais cruel, mais insuportável do que os tormentos que a natureza provocaria a um homem na condição de Pitt.

O escravo se contorceu no tronco até correr o risco de quebrar os membros, gritando em agonia.

Assim foi encontrado por Peter Blood, que pareceu, em sua visão prejudicada, se materializar de repente diante dele. O sr. Blood carregava uma grande folha de palma. Depois de afastar as moscas que devoravam as costas de Jeremy, ele a pendurou no pescoço do rapaz por uma tira de fibra, de modo a protegê-lo de novos ataques, bem como dos raios de sol. Em seguida, sentando-se ao lado dele, puxou a cabeça da vítima para baixo, apoiando-a no próprio ombro, e lavou seu rosto com uma vasilha de água fria. Pitt estremeceu e inspirou profundamente com um gemido.

— Beba! — ofegou. — Beba, pelo amor de Deus! — A tigela foi levada aos lábios trêmulos. Ele bebeu de um jeito ávido e ruidoso e não parou até esvaziar a tigela. Refrescado e reanimado pelo líquido, tentou se sentar.

— Minhas costas! — gritou.

Havia um brilho incomum nos olhos do sr. Blood; seus lábios estavam comprimidos. Mas, quando os abriu para falar, a voz saiu fria e firme.

— Fique calmo. Uma coisa de cada vez. Suas costas não estão sofrendo nenhum mal no momento, pois estão cobertas. Quero saber o que aconteceu. Acha que podemos ficar sem um navegador como você a ponto de ir provocar aquela besta do Bishop até ele quase matá-lo?

Pitt sentou-se e gemeu de novo. Mas, dessa vez, a angústia era mais mental do que física.

— Acho que não será necessário um navegador desta vez, Peter.

— Como é? — gritou o sr. Blood.

Pitt explicou a situação do jeito mais resumido que conseguiu, em um discurso hesitante e ofegante.

— Vou apodrecer aqui até contar a ele a identidade do meu visitante e o que ele queria.

O sr. Blood levantou-se, soltando um rosnado gutural.

— Maldito escravagista imundo! — disse. — Mas temos que conseguir de qualquer jeito. Para o diabo com Nuttall! Se ele dá garantia pelo barco ou não, se ele explica ou não, o barco fica, e nós vamos, e você vai conosco.

— Você está sonhando, Peter — disse o prisioneiro. — Não vamos embora desta vez. Os magistrados vão confiscar o barco, já que a garantia não foi paga, mesmo que, ao ser pressionado, Nuttall não confesse todo o plano e faça com que todos nós sejamos marcados na testa.

O sr. Blood virou-se e, com agonia nos olhos, fitou o mar, as águas azuis sobre as quais esperava com tanta ingenuidade estar viajando de volta para a liberdade.

O grande navio vermelho tinha se aproximado consideravelmente da costa, agora. De um jeito lento e majestoso, estava entrando na baía. Um ou dois barcos a remo já estavam saindo do cais para abordá-lo. De onde estava, o sr. Blood via o brilho dos canhões de bronze montados na proa acima do bico curvo e via a figura de um marinheiro na proa a bombordo, inclinando-se para jogar o cabo.

Uma voz ameaçadora o despertou dos pensamentos infelizes.

— Que diabos você está fazendo aqui?

O coronel Bishop voltou a entrar na paliçada, com seus negros sempre atrás.

O sr. Blood virou-se para encará-lo e, sobre aquele semblante moreno — que, de fato, agora estava bronzeado com o marrom dourado de um índio mestiço — desceu uma máscara.

— Fazendo? — disse com calma. — Ora, os deveres do meu ofício.

O coronel, avançando furioso, observou duas coisas. A tigela vazia no assento ao lado do prisioneiro e a folha de palma protegendo suas costas.

— Você ousou fazer isso? — As veias da testa do fazendeiro se destacavam como cordões.

— Claro que sim. — O tom do sr. Blood era de leve surpresa.

— Eu disse que ele não podia comer nem beber até eu mandar.

— Olha só, eu não ouvi isso.

— Não ouviu? Como poderia ter me ouvido se não estava aqui?

— E como esperava que eu soubesse quais ordens foram dadas? — O tom do sr. Blood era de mágoa. — Tudo que eu sabia era que um de seus escravos estava sendo assassinado pelo sol e pelas moscas. E falei para mim mesmo: este é um dos escravos do coronel, e eu sou o médico do coronel, e com certeza é meu dever cuidar da propriedade do coronel. Então, dei ao sujeito um punhado de água e cobri suas costas do sol. E eu não estava certo?

— Certo? — O coronel estava quase sem palavras.

— Calma, agora, fique calmo! — implorou o sr. Blood. — Você vai ter uma apoplexia se ceder a esse calor.

O fazendeiro o empurrou para o lado com uma imprecação e, avançando, arrancou a folha de palma das costas do prisioneiro.

— Em nome da humanidade... — começou o sr. Blood.

O coronel lançou-se furioso sobre ele.

— Saia daqui! — ordenou. — E não se aproxime dele de novo até que eu mande chamá-lo, a menos que queira ser tratado do mesmo jeito.

Ele era terrível na ameaça, no tamanho e no poder. Mas o sr. Blood nem estremeceu. O coronel se deu conta, ao se ver sempre observado por aqueles olhos azul-claros que pareciam tão atraentemente estranhos naquele rosto fulvo — como safiras claras engastadas em cobre —, que aquele malandro já estava se tornando presunçoso havia algum tempo. Era uma questão que ele tinha que corrigir naquele momento. Enquanto isso, o sr. Blood estava falando de novo, com um tom calmamente insistente.

— Em nome da humanidade — repetiu —, vocês vão me permitir fazer o que eu puder para aliviar os sofrimentos dele ou eu juro que vou renunciar imediatamente aos deveres de um médico e, que diabos, não vou atender mais nenhum paciente nesta ilha insalubre.

Por um instante, o coronel ficou espantado demais para falar. Depois:

— Por Deus! — rugiu. — Como ousa usar esse tom comigo, seu cachorro? Como se atreve a negociar comigo?

— É o que eu faço. — Os inflexíveis olhos azuis encaravam os do coronel, e havia um demônio escapando dali, o demônio da imprudência que nasce do desespero.

O coronel Bishop o avaliou por um longo instante em silêncio.

— Fui mole demais com você — disse por fim. — Mas isso será consertado. — E contraiu os lábios. — Vou baixar as varas em você até que não haja um centímetro de pele sobrando nas suas costas imundas.

— É mesmo? E o que o governador Steed faria?

— Você não é o único médico da ilha.

O sr. Blood riu com vontade.

— E você vai dizer isso a Sua Excelência, cuja gota no pé está tão forte que ele não consegue se levantar? Você sabe muito bem que ele não vai tolerar nenhum outro médico, sendo um homem inteligente que sabe o que é bom para si.

Mas a emoção bruta do coronel, que tinha sido despertada, não seria reprimida com tanta facilidade.

— Se estiver vivo quando meus negros acabarem com você, talvez recupere o juízo.

Ele se voltou para os negros para dar uma ordem. Mas não chegou a ser emitida. Naquele momento, um terrível trovão abafou sua voz e fez o ar estremecer. O coronel Bishop deu um salto, seus negros saltaram com ele, e o aparentemente imperturbável sr. Blood fez a mesma coisa. Os quatro olharam juntos na direção do mar.

Lá embaixo, na baía, tudo que se podia ver do grande navio, agora parado à distância de um cabo do forte, eram seus mastros se projetando sobre uma nuvem de fumaça na qual estava envolvido. Dos penhascos, um bando de pássaros marinhos assustados ergueu-se para circular no azul, gritando o alerta, e o maçarico lamurioso era o mais barulhento de todos.

Enquanto os homens olhavam do planalto onde estavam, ainda sem entender o que havia acontecido, viram a bandeira britânica mergulhar do cesto da gávea e desaparecer na nuvem que se erguia lá embaixo. Mais um instante e, através da nuvem, para substituir a bandeira da Inglaterra, ergueu-se a bandeira dourada e carmesim de Castela. E aí eles entenderam.

— Piratas! — rugiu o coronel, e mais uma vez: — Piratas!

O medo e a incredulidade estavam misturados na voz. Ele empalideceu sob o bronzeado até que o rosto ficou da cor de argila, e havia uma fúria selvagem nos olhos redondos. Seus negros olharam para ele, sorrindo como idiotas, mostrando só os dentes e os olhos.

CAPÍTULO VIII.
Espanhóis

O imponente navio que teve permissão para navegar com tanta tranquilidade pela baía de Carlisle sob falsas cores era um corsário espanhol que tinha ido cobrar umas dívidas pesadas acumuladas pela predadora Irmandade da Costa e a recente derrota do *Pride of Devon* para dois galeões do tesouro com destino a Cádiz. Acontece que o galeão que escapou em estado mais ou menos arruinado era comandado por dom Diego de Espinosa y Valdez, irmão do almirante espanhol dom Miguel de Espinosa, e também era um cavalheiro muito precipitado, orgulhoso e de temperamento explosivo.

Enfurecido pela derrota e optando por esquecer que sua própria conduta tinha provocado isso, ele jurou ensinar aos ingleses uma lição incisiva da qual deveriam se lembrar. Emularia Morgan e aqueles outros ladrões do mar e faria um ataque punitivo a um assentamento inglês. Infelizmente para ele e para muitos outros, seu irmão, o almirante, não estava por perto para contê-lo quando, para isso, equipou o *Cinco Llagas* em San Juan de Porto Rico. Ele escolheu como objetivo a ilha de Barbados, cuja força natural era capaz de deixar seus defensores descuidados. Escolheu também porque o *Pride of Devon* tinha sido rastreado até lá por seus batedores, e ele desejava uma medida de justiça poética para aplicar sua vingança. E escolheu um momento em que não houvesse nenhum navio de guerra ancorado na baía de Carlisle.

Teve tanto sucesso em suas intenções que não levantou suspeitas até ter saudado o forte a curta distância com uma salva de tiros de vinte canhões.

E agora os quatro observadores boquiabertos na paliçada no promontório viram o grande navio rastejar sob a crescente nuvem de fumaça, a vela mestra desenrolada para melhorar a direção, e sendo arrastado para levar seus canhões de bombordo para atacar o forte despreparado.

Com o rugido estrondoso daquela segunda rajada de tiros, o coronel Bishop despertou da estupefação e lembrou-se do seu dever. Na cidade lá embaixo, os tambores batiam freneticamente e uma trombeta soava, como se o perigo precisasse de mais publicidade. Como comandante da milícia de Barbados, cabia ao coronel Bishop estar à frente das escassas tropas, naquele forte que os canhões espanhóis estavam transformando em escombros.

Lembrando-se disso, saiu em disparada, apesar do porte e do calor, com seus negros trotando atrás.

O sr. Blood virou-se para Jeremy Pitt. E deu uma risada sombria.

— Isso — disse ele — é o que eu chamo de interrupção oportuna. Mas o que vai sair daí — acrescentou como uma reflexão tardia — só o diabo sabe.

Quando uma terceira rajada de tiros estava trovejando, ele pegou a folha de palma e a recolocou com cuidado nas costas do companheiro escravizado.

E então, entrando na paliçada, ofegante e suando, veio Kent, seguido por boa parte de um grupo de trabalhadores da plantação, alguns dos quais eram negros, e todos em estado de pânico. Ele os conduziu para dentro da casa branca baixa, para tirá-los de lá um instante depois, ao que parecia, agora armados com mosquetes e facas de caça e alguns deles equipados com bandoleiras.

A essa altura, os rebeldes condenados estavam chegando, em pares ou trios, tendo abandonado o trabalho por estarem desprotegidos e por farejarem a consternação geral.

Kent parou por um instante, enquanto sua guarda armada às pressas avançava, para lançar uma ordem aos escravizados.

— Para o bosque! — pediu a eles. — Vão para o bosque e fiquem ali perto, até que tudo isso acabe e tenhamos destripado esses porcos espanhóis.

Em seguida, saiu apressado atrás de seus homens, que seriam adicionados aos que se aglomeravam na cidade, de modo a se opor e sobrepujar os grupos de espanhóis que desembarcavam.

Os homens escravizados teriam obedecido na mesma hora, se não fosse pelo sr. Blood.

— Por que a pressa, e com esse calor? — indagou. Estava surpreendentemente tranquilo, eles pensaram. — Talvez não haja nenhuma necessidade de ir para o bosque e, de qualquer maneira, haverá tempo suficiente para isso quando os espanhóis comandarem a cidade.

E assim, agora unidos aos outros desgarrados e formando um grupo coeso — todos rebeldes condenados —, eles ficaram para assistir daquela posição vantajosa à sorte da batalha furiosa que estava sendo travada lá embaixo.

A milícia e todos os ilhéus capazes de empunhar armas lutaram contra as tropas desembarcadas com a determinação feroz de homens que sabiam que não haveria trégua na derrota. A crueldade dos soldados espanhóis era notável e, em seus piores momentos, Morgan ou L'Ollonais jamais perpetraram horrores como aqueles de que esses cavalheiros castelhanos eram capazes.

Mas esse comandante espanhol conhecia seu ofício, o que era mais do que se poderia dizer com toda a verdade sobre a milícia de Barbados. Tendo conseguido a vantagem de um ataque surpresa, que deixou o forte sem ação, ele logo mostrou a todos que era dono da situação. As armas agora se voltaram para o espaço aberto atrás do quebra-mar, onde o incompetente Bishop havia reunido seus homens, rasgando a milícia em trapos ensanguentados e cobrindo os grupos de desembarque que estavam chegando à costa em seus próprios barcos e em vários dos que tinham saído precipitadamente em direção ao grande navio antes que sua identidade fosse revelada.

A batalha continuou durante toda a tarde escaldante, o chacoalhar e o estouro dos mosquetes penetrando cada vez mais fundo na cidade para mostrar que os defensores estavam sendo rechaçados com firmeza. Ao pôr do sol, 250 espanhóis dominavam Bridgetown, os ilhéus estavam desarmados e, na Casa do Governo, o governador Steed — a gota esquecida pelo pânico —, apoiado pelo coronel Bishop e alguns oficiais inferiores, estava sendo informado por dom Diego, com uma urbanidade que era em si uma zombaria, da soma que seria exigida como resgate.

Por cem mil peças de oito e cinquenta cabeças de gado, dom Diego se absteria de reduzir o lugar a cinzas. E, enquanto o comandante delicado e cortês acertava esses detalhes com o apoplético governador britânico, os espanhóis estavam destruindo e saqueando, comendo, bebendo e assolando à maneira hedionda de sua espécie.

O sr. Blood, muito ousado, aventurou-se a ir até a cidade ao entardecer. O que viu lá foi registrado por Jeremy Pitt, a quem subsequentemente relatou — naquele volumoso diário de onde deriva a maior parte da minha narrativa. Não tenho a menor intenção de repetir nenhuma parte dele aqui. É muito repugnante e nauseante, incrível, de fato, que os homens, por mais abandonados que fossem, pudessem um dia descer a tamanho abismo de crueldade bestial e luxúria.

O que ele viu o estava retirando às pressas e com o rosto pálido daquele inferno mais uma vez, quando, em uma rua estreita, uma garota lançou-se contra ele, com os olhos arregalados, o cabelo solto esvoaçando enquanto ela corria. Atrás dela, rindo e praguejando em um sussurro, vinha um espanhol lerdo. Estava quase em cima dela quando, de repente, o sr. Blood entrou no seu caminho. O médico havia tirado uma espada do corpo de um morto havia pouco tempo e se armado para qualquer emergência.

Quando o espanhol parou com raiva e surpresa, viu no crepúsculo o brilho lívido da espada que o sr. Blood havia desembainhado rapidamente.

— *Ah, perro ingles!* — gritou e avançou para a morte.

— Espero que esteja em condições de encontrar seu Criador — disse o sr. Blood, e atravessou o corpo do homem. Ele fez o negócio com a habilidade combinada de espadachim e cirurgião. O homem desabou formando uma pilha horrenda sem soltar nem um gemido.

O sr. Blood virou-se para a garota, que estava ofegante e soluçando encostada em um muro. Ele a pegou pelo pulso.

— Venha — disse.

Mas ela resistiu com o próprio peso.

— Quem é você? — quis saber, desesperada.

— Vai esperar para ver as minhas credenciais? — vociferou ele. Passos ruidosos se aproximavam, vindos do outro lado da esquina em que ela estava fugindo do rufião espanhol. — Venha — intimou mais uma vez. E, desta vez, talvez tranquilizada pelo discurso claro em inglês, ela foi sem fazer mais perguntas.

Eles se apressaram por um beco atrás do outro, por muita sorte sem encontrar ninguém, pois já estavam nos arredores da cidade. Conseguiram passar e, com o rosto pálido e fisicamente enjoado, o sr. Blood a arrastou quase correndo colina acima em direção à casa do coronel Bishop. Ele contou brevemente quem e o que era, e depois disso não houve conversa entre os dois até chegarem à grande casa branca. Estava tudo escuro, o que pelo menos era reconfortante. Se os espanhóis tivessem alcançado a casa, as luzes estariam acesas. Ele bateu à porta, mas teve que bater de novo e de novo antes de ser atendido. De uma janela acima surgiu uma voz.

— Quem está aí? — A voz era da srta. Bishop, um pouco trêmula, mas inconfundível.

O sr. Blood quase desmaiou de alívio. Estava imaginando o inimaginável. Ele a tinha imaginado naquele inferno de onde acabara de sair. Imaginou que ela poderia ter seguido o tio até Bridgetown ou cometido alguma outra imprudência, e ficou gelado da cabeça aos pés só de pensar no que poderia ter acontecido com ela.

— Sou eu... Peter Blood — ofegou ele.

— O que você quer?

Havia dúvida se ela ia descer para abrir. Pois, numa época como aquela, era mais do que provável que os miseráveis escravos das plantações estivessem em revolta e representassem um perigo tão grande quanto os espanhóis. Mas, ao ouvir a voz, a garota que o sr. Blood resgatou olhou para cima na escuridão.

— Arabella! — gritou. — Sou eu, Mary Traill.

— Mary! — A voz cessou com essa exclamação, e a cabeça recuou. Após uma breve pausa, a porta se escancarou. Do outro lado, no amplo salão, estava a srta. Arabella, uma figura esguia e virginal vestida de branco, misteriosamente revelada no brilho da vela que carregava.

O sr. Blood entrou seguido da sua companheira perturbada, que, caindo sobre o peito esguio de Arabella, se rendeu a lágrimas emocionadas. Mas ele não perdeu tempo.

— Quem está aqui com você? Quais serviçais? — exigiu saber, impetuoso.

O único homem era James, um velho cavalariço negro.

— O homem certo — disse Blood. — Peça que ele traga cavalos. Em seguida, vocês vão para Speightstown, ou até mais ao norte, onde estarão seguras. Aqui vocês estão em perigo... em grande perigo.

— Mas eu pensei que a batalha tivesse acabado... — começou ela, pálida e assustada.

— Acabou, sim. Mas a maldade está só começando. A srta. Traill vai lhe contar no caminho. Em nome de Deus, madame, acredite na minha palavra e faça o que estou mandando.

— Ele... ele me salvou — soluçou a srta. Traill.

— Salvou? — A srta. Bishop estava horrorizada. — Salvou você de quê, Mary?

— Deixe isso para depois — retrucou o sr. Blood quase com raiva. — Vocês têm a noite toda para tagarelar quando estiverem longe disso e fora do alcance deles. Você pode, por favor, chamar James e fazer o que estou dizendo? E agora!

— Você está muito mandão...

— Ai, meu Deus! Eu sou mandão! Fale, srta. Traill! Diga se eu tenho motivos para ser mandão.

— Tem, sim — chorou a garota, tremendo. — Faça o que ele diz. Ah, pelo amor de Deus, Arabella.

A srta. Bishop saiu, deixando o sr. Blood e a srta. Traill sozinhos de novo.

— Eu... Jamais esquecerei o que fez, senhor — disse ela, em meio às lágrimas que estavam diminuindo. Era um fiapo de gente, não mais do que uma criança.

— Já fiz coisas melhores no meu tempo. É por isso que estou aqui — disse o sr. Blood, cujo humor parecia estar irritável.

Ela não fingiu entender nem tentou.

— Você... você o matou? — perguntou, temerosa.

Ele a encarou sob a luz da vela tremeluzente.

— Espero que sim. É muito provável, e não importa nem um pouco — disse. — O que importa é que esse tal James devia trazer os cavalos. — E afastou-se batendo o pé para acelerar os preparativos para a partida quando a voz dela o atraiu.

— Não me deixe! Não me deixe aqui sozinha! — gritou, apavorada.

Ele fez uma pausa. Em seguida, virou-se e voltou devagar. De pé acima dela, ele sorriu.

103

— Pronto, pronto! Não há motivo para alarme. Acabou tudo, agora. Você vai embora em breve; para Speightstown, onde estará bem segura.

Os cavalos finalmente chegaram — quatro, pois, além de James, que deveria agir como guia, a srta. Bishop tinha sua dama de companhia, que não podia ser deixada para trás.

O sr. Blood ergueu o peso leve de Mary Traill para cima do cavalo, depois virou-se para se despedir da srta. Bishop, que já estava montada. Ele se despediu e parecia ter alguma coisa a acrescentar. Mas, o que quer que fosse, não foi dito. Os cavalos deram um salto e partiram na noite estrelada por safiras, deixando-o parado diante da porta do coronel Bishop. A última coisa que ele ouviu foi a voz infantil de Mary Traill gritando para trás com um tom trêmulo...

— Nunca me esquecerei do que você fez, sr. Blood. Nunca me esquecerei.

Mas, como não era essa voz que ele queria ouvir, a afirmação lhe deu pouca satisfação. Ficou parado ali no escuro, observando os vaga-lumes em meio aos rododendros, até as batidas dos cascos diminuírem. Ele suspirou e despertou. Tinha muito a fazer. Sua jornada até a cidade não tinha sido uma mera curiosidade para ver como os espanhóis estavam se comportando na vitória. Tinha sido inspirada por um propósito muito diferente, e, no decorrer da jornada, ele tinha obtido todas as informações que desejava. Tinha uma noite extremamente agitada diante de si e precisava agir.

Ele partiu rapidamente em direção à paliçada, onde seus companheiros escravizados o aguardavam com uma ansiedade profunda e um pouco de esperança.

CAPÍTULO IX.

Os Rebeldes Condenados

Não havia, quando a escuridão púrpura da noite tropical desceu sobre o Caribe, mais do que dez homens de guarda a bordo do *Cinco Llagas*, tão confiantes — e com muita razão — estavam os espanhóis da completa submissão dos ilhéus. E, quando digo que havia dez homens de guarda, declaro o propósito para o qual foram deixados a bordo, e não o dever que estavam cumprindo. Na verdade, enquanto a equipe principal dos espanhóis festejava e tumultuava em terra, o artilheiro espanhol e sua tripulação — que cumpriu com tanta nobreza seu dever e garantiu a vitória fácil do dia — estavam festejando no convés de armas com vinho e carnes frescas levadas da costa para eles. No alto, apenas duas sentinelas mantinham vigília na proa e na popa. Nem estavam tão vigilantes quanto deveriam, senão teriam visto os dois barcos que, sob o disfarce da escuridão, saíram deslizando do cais, com remos bem engraxados, para subir em silêncio sob a alheta[5] do grande navio.

Na galeria da popa ainda estava pendurada a escada pela qual dom Diego descera até o barco que o levara a terra. A sentinela de guarda na popa, contornando essa galeria, foi subitamente confrontada pela sombra preta de um homem parado diante dele no topo da escada.

— Quem está aí? — perguntou, mas sem alarme, supondo que era um de seus companheiros.

— Sou eu — respondeu baixinho Peter Blood no castelhano fluente que dominava.

— É você, Pedro? — O espanhol deu um passo para perto.

— Peter é meu nome; mas duvido que eu seja o Peter que você está esperando.

— Como? — disse a sentinela, verificando.

— Por aqui — disse o sr. Blood.

A amurada de madeira era baixa, e o espanhol foi pego de surpresa. Exceto pelo borrifo que provocou ao atingir a água, errando por pouco um dos barcos lotados que esperavam sob a almeida, nenhum som anunciou sua desventura. Protegido como estava, com armadura completa e capacete, ele afundou e não os incomodou mais.

— Shh! — sibilou o sr. Blood para os rebeldes condenados que esperavam. — Venham agora, e sem barulho.

Em cinco minutos, eles enxamearam a bordo, todos os vinte transbordando por aquela galeria estreita e agachados no tombadilho propriamente dito. Havia luzes à frente. Sob a grande lanterna na proa, eles viram a silhueta preta da outra sentinela andando no castelo de proa. De baixo, chegavam-lhes os sons da orgia no convés das armas: uma impressionante voz masculina cantava uma balada obscena e os outros cantavam o coro:

---

5 Alheta é a parte curva entre a popa e a meia-nau. [N.R.]

— *Y estos son los usos de Castilla y de Leon!*

— Pelo que vi hoje, posso muito bem acreditar — disse o sr. Blood e sussurrou: — Para a frente, atrás de mim.

Agachando-se, eles deslizaram, silenciosos como sombras, até a amurada do tombadilho, e dali passaram escondidos e sem fazer barulho para a meia-nau[6]. Dois terços deles estavam armados com mosquetes, alguns dos quais tinham sido encontrados na casa do feitor e outros tinham sido abastecidos com o tesouro secreto que o sr. Blood havia reunido tão laboriosamente para o dia da fuga. O restante estava equipado com facas e cutelos.

Na meia-nau do navio eles ficaram parados por um tempo, até que o sr. Blood se certificou de que não havia nenhuma outra sentinela nos conveses além daquele sujeito inconveniente na proa. A maior atenção devia ser para ele. O sr. Blood avançou com dois companheiros, deixando os outros sob o comando daquele Nathaniel Hagthorpe cujo serviço duradouro na Marinha do Rei lhe dava mais direito a esse cargo.

A ausência do sr. Blood foi breve. Quando voltou a se juntar aos seus camaradas, não havia vigia sobre os conveses dos espanhóis.

Enquanto isso, os farristas abaixo continuavam a se divertir à vontade, convictos de estarem em total segurança. A guarnição de Barbados estava dominada e desarmada, e seus companheiros estavam em terra com a posse total da cidade, fartando-se terrivelmente com os frutos da vitória. O que, então, havia a temer? Mesmo quando seus aposentos foram invadidos e eles se viram cercados por uma vintena de homens ferozes, peludos e seminus, que — exceto por parecerem um dia ter sido brancos — se assemelhavam a uma horda de selvagens, os espanhóis não conseguiam acreditar no que viam.

---

[6] Parte do navio entre a popa e a proa. [N.R.]

Quem poderia imaginar que um punhado de escravizados esquecidos da plantação se atreveria a assumir uma responsabilidade como aquela?

Os espanhóis meio bêbados, com o riso repentinamente apagado, a canção morrendo nos lábios, encararam, abatidos e perplexos, os mosquetes apontados que lhes deram o xeque-mate.

E então, dessa matilha rude de selvagens que os cercava, saiu um sujeito magro e alto de olhos azul-claros em um rosto fulvo, nos quais brilhavam a luz de um humor perverso. Ele se dirigiu a eles no mais puro castelhano.

— Poupem-se de dores e problemas ao se considerarem meus prisioneiros e serem silenciosamente dispensados do perigo.

— Em nome de Deus! — praguejou o artilheiro, uma fala que não fez justiça a um espanto indescritível.

— Por favor — disse o sr. Blood, e os cavalheiros espanhóis foram induzidos, sem muitos problemas além de um ou dois aguilhões de mosquete, a descer por uma escotilha até o convés inferior.

Depois disso, os rebeldes condenados se fartaram com as coisas boas que tinham interrompido os espanhóis de consumir. Provar uma comida cristã saborosa depois de meses de peixe salgado e bolinhos de milho já era um banquete para esses infelizes. Mas não houve nenhum excesso. O sr. Blood cuidou disso, embora exigisse toda a firmeza de que era capaz.

Era necessário fazer disposições sem demora sobre o que deveria acontecer antes que eles pudessem se entregar completamente ao gozo da vitória. Afinal de contas, isso não passava de uma escaramuça preliminar, embora lhes tivesse proporcionado a chave da situação. Restava dispor de modo a tirar o máximo lucro dali. Essas disposições ocuparam uma parte considerável da noite. Mas, pelo menos, estavam completas antes que o sol espiasse sobre o ombro do monte Hilibay para lançar sua luz sobre um dia de algumas surpresas.

Foi logo depois do nascer do sol que o rebelde condenado que andava de um lado para o outro pelo tombadilho com corselete e capacete espanhóis e um mosquete espanhol no ombro anunciou a aproximação de um barco. Era dom Diego de Espinosa y Valdez subindo a bordo com quatro grandes baús de tesouro, contendo cada um 25 mil peças de oito, o resgate que lhe foi entregue ao amanhecer pelo governador Steed. Estava acompanhado pelo filho, dom Esteban, e por seis homens que remavam.

A bordo da fragata, tudo estava calmo e organizado como deveria. O navio estava fundeado, com o bombordo virado para a costa e a escada principal a estibordo. O barco com dom Diego e seu tesouro chegou por ali. O sr. Blood tinha disposto com eficiência. Não foi à toa que tinha servido sob o comando de Ruyter. Os balanços estavam esperando, e o molinete estava tripulado. Lá embaixo, uma tripulação armada estava preparada sob o comando de Ogle, que — como eu disse — tinha sido artilheiro da Marinha Real antes de entrar para a política e seguir a sorte do duque de Monmouth. Era um sujeito forte e resoluto que inspirava confiança pela própria confiança que demonstrava em si mesmo.

Dom Diego subiu a escada e pisou no convés sozinho e sem desconfiar de nada. Do que o pobre homem deveria suspeitar?

Antes mesmo que pudesse olhar ao redor e inspecionar o guarda que deveria recebê-lo, um golpe na cabeça com uma barra cabrestante manejada com eficiência por Hagthorpe o fez desmaiar sem o menor alvoroço.

Ele foi levado para sua cabine, enquanto os baús de tesouro, manuseados pelos homens que ele havia deixado no barco, eram puxados para o convés. Depois que isso foi feito de forma satisfatória, dom Esteban e os camaradas que haviam tripulado o barco subiram a escada, um por um, sendo manejados com a mesma eficiência silenciosa. Peter Blood era genial para essas coisas e quase, suspeito, tinha um dom para o drama. Dramático, certamente, foi o espetáculo agora oferecido aos sobreviventes do ataque.

Com o coronel Bishop à frente e o governador Steed, dominado pela gota, sentado nas ruínas de um muro ao seu lado, os dois assistiram tristes à partida dos oito barcos contendo os rufiões espanhóis cansados que se fartaram de roubos, assassinatos e violências indescritíveis.

Eles ficaram olhando, divididos entre o alívio com a partida dos inimigos implacáveis e o desespero com a pilhagem selvagem que, pelo menos temporariamente, tinha destruído a prosperidade e a felicidade daquela pequena colônia.

Os barcos se afastaram da costa, com muitos espanhóis rindo e zombando, que ainda lançavam insultos sobre as águas para as vítimas sobreviventes. Estavam no meio do caminho entre o cais e o navio quando, de repente, o ar foi abalado pelo estrondo de um canhão.

Um tiro atingiu a água a dois metros do barco mais à frente, lançando uma chuva de borrifos sobre seus ocupantes. Eles pararam os remos, impressionados e silenciados por um instante. E aí o discurso disparou como se fosse uma explosão. Furiosamente loquazes, eles amaldiçoaram esse perigoso descuido por parte do artilheiro, que sabia que não devia disparar uma saudação a partir de um canhão carregado. Eles ainda o estavam xingando quando um segundo tiro, com mira melhor do que o primeiro, fez um dos barcos se estilhaçar, lançando a tripulação de vivos e mortos na água.

Mas, se isso silenciou esses tripulantes, deu uma voz ainda mais furiosa, veemente e confusa às tripulações dos outros sete barcos. De cada um deles, os remos suspensos se destacavam sobre a água, enquanto, de pé, empolgados, os espanhóis gritavam palavrões para o navio, implorando ao Céu e ao Inferno que lhes informassem quem era o louco que estava solto em meio às suas armas.

Bem no meio deles caiu o terceiro tiro, destruindo um segundo barco com uma execução pavorosa. Seguiu-se mais uma vez um momento de silêncio trágico, e, entre os piratas espanhóis, todos estavam tagarelando e espalhando água com os remos enquanto tentavam navegar em todas as direções ao mesmo tempo. Alguns estavam tentando ir para a costa, outros direto para o navio para descobrir o que estava errado. Não havia mais dúvida de que alguma coisa estava gravemente errada, ainda mais porque, enquanto eles discutiam, fumegavam e praguejavam, mais dois tiros caíram sobre a água, destruindo um terço dos barcos.

O resoluto Ogle estava fazendo uma excelente prática e justificando plenamente suas afirmações quando dizia entender de artilharia. Em sua consternação, os espanhóis tinham simplificado a tarefa amontoando os barcos.

Depois do quarto tiro, a opinião não estava mais dividida entre eles. Como se estivessem de comum acordo, eles navegaram, ou tentaram, pois, antes que o tivessem feito, mais dois barcos foram afundados.

Os três barcos que restaram, sem se preocuparem com os companheiros mais desafortunados, que se debatiam na água, voltaram depressa para o cais.

Se os espanhóis não entenderam nada de tudo isso, os ilhéus desolados em terra entenderam menos ainda, até que, para ajudar, viram a bandeira da Espanha descer do mastro principal do *Cinco Llagas* e a bandeira da Inglaterra subir em seu lugar. Mesmo então, alguma perplexidade persistia, e foi com olhos temerosos que eles observaram o retorno dos inimigos, que poderiam descarregar sobre eles a ferocidade despertada por esses eventos extraordinários.

Ogle, no entanto, continuava a dar provas de que seu conhecimento de artilharia não era recente. Seus tiros continuavam indo atrás dos espanhóis em fuga. O último barco se despedaçou ao tocar no cais, e suas ruínas foram enterradas sob uma chuva de alvenaria solta.

Foi o fim dessa tripulação pirata, que havia menos de dez minutos contava, rindo, as peças de oito que iriam para a mão de cada um pela participação naquele ato de vilania. Quase sessenta sobreviventes conseguiram chegar à costa. Se tinham motivos para serem congratulados, não posso dizer, na ausência de quaisquer registros em que seu destino possa ser traçado. Essa falta de registros é eloquente em si. Sabemos que foram rapidamente presos ao desembarcar e, considerando os crimes que tinham cometido, não estou disposto a duvidar de que tinham todos os motivos para lamentar a sobrevivência.

O mistério do socorro que tinha chegado na décima primeira hora para se vingar dos espanhóis e preservar para a ilha o resgate extorsivo de cem mil peças de oito ainda precisava ser investigado. Não se podia duvidar que o *Cinco Llagas* agora estava em mãos amigas, depois das provas que tinha dado. Mas quem, o povo de Bridgetown perguntava uns aos outros, eram os homens que dominaram o navio e de onde tinham vindo? A única suposição possível era bem próxima da verdade. Um grupo resoluto de ilhéus deve ter embarcado durante a noite e tomado o navio. Restava averiguar a identidade desses misteriosos salvadores e prestar-lhes a devida homenagem.

Com essa incumbência — a condição do governador Steed não permitia que ele fosse pessoalmente —, o coronel Bishop foi como representante do governador, com a presença de dois oficiais.

Ao descer da escada para a meia-nau da embarcação, o coronel viu, ao lado da escotilha principal, os quatro baús de tesouro cujo conteúdo tinha sido entregue quase inteiramente por ele. Foi um espetáculo alegre, e seus olhos brilharam ao contemplá-los.

Dispostos em ambas as laterais, de lado a lado do convés, havia vinte homens em duas fileiras bem ordenadas, com peitos e costas de aço, capacetes espanhóis polidos na cabeça, cobrindo o rosto, e mosquetes ao lado.

Não se poderia esperar que o coronel Bishop reconhecesse de relance nessas figuras eretas, polidas e militares, os espantalhos esfarrapados e malcuidados que, no dia anterior, estavam labutando em suas plantações. Ainda menos se poderia esperar que ele reconhecesse imediatamente o cavalheiro cortês que avançou para cumprimentá-lo: um cavalheiro esguio e gracioso, vestido à moda espanhola, todo de preto com renda prateada, uma espada com cabo de ouro pendurada ao lado com uma bandoleira bordada de ouro, um chapéu largo com uma pluma extensa sobre os cachos cuidadosamente enrolados de um preto profundo.

— Seja bem-vindo a bordo do *Cinco Llagas*, querido coronel — uma voz vagamente familiar dirigiu-se ao fazendeiro. — Fizemos o melhor com o guarda-roupa dos espanhóis em homenagem a esta visita, embora não ousássemos esperar sua presença. Você está entre amigos: velhos amigos seus, todos. — O coronel encarou estupefato. O sr. Blood, exibindo todo esse esplendor e revelando seu gosto natural, o rosto barbeado com cuidado, o cabelo penteado com atenção, parecia transformado em um homem mais jovem. O fato é que não parecia ter mais do que os 33 anos de sua idade.

— Peter Blood! — Era uma exclamação de espanto. A satisfação veio rapidamente. — Era você, então...?

— Eu mesmo. Eu e estes meus bons amigos e seus. — O sr. Blood jogou para trás a renda fina do pulso para acenar com a mão em direção à fila de homens em posição de sentido.

O coronel olhou com mais atenção.

— Santo Deus! — vangloriou-se com um tom de júbilo tolo. — E foi com esses camaradas que você tomou o espanhol e virou a mesa contra aqueles cachorros! Minha nossa! Foi heroico!

— Heroico? Ora, foi épico! Você está começando a perceber a amplitude e a profundidade da minha genialidade.

O coronel Bishop sentou-se na braçola da escotilha, tirou o chapéu largo e enxugou a testa.

— Você me surpreende! — ofegou. — Pela minha alma, você me surpreende! Recuperou o tesouro e apreendeu este belo navio e tudo que ele carrega! Será algo para compensar as outras perdas que sofremos. Por tudo que é mais sagrado, você merece muita coisa por isso.

— Concordo plenamente.

— Droga! Todos vocês merecem muita coisa e, droga, vocês vão ver que estou grato.

— É assim que deve ser — disse o sr. Blood. — A questão é o quanto merecemos, e até que ponto vamos achá-lo grato?

O coronel Bishop o analisou. Havia uma sombra de surpresa no rosto.

— Ora, Sua Excelência escreverá para casa um relato de sua façanha, e talvez uma parte das suas sentenças sejam perdoadas.

— A generosidade do rei James é bem conhecida — zombou Nathaniel Hagthorpe, que estava ao lado, e, entre os rebeldes condenados, alguém se arriscou a rir.

O coronel Bishop levantou-se. Foi invadido pela primeira pontada de inquietação. Ocorreu-lhe que talvez nem todos fossem tão amigáveis quanto pareciam.

— E tem outro assunto — continuou o sr. Blood. — Tem o assunto de um açoite destinado a mim. Você é um homem de palavra nesses assuntos, coronel, se não talvez em outros, e disse, acho, que não deixaria um centímetro quadrado de pele nas minhas costas.

O fazendeiro dispensou o assunto com um aceno de mão. Parecia quase ofendido.

— Ora! Ora! Depois dessa sua façanha esplêndida, você acha que posso estar pensando nessas coisas?

— Estou feliz que se sinta assim em relação a isso. Mas estou pensando que tenho muita sorte de os espanhóis não terem chegado ontem, e sim hoje, senão eu estaria no mesmo estado deplorável de Jeremy Pitt neste minuto. E, nesse caso, onde estaria o gênio que teria virado a mesa contra esses espanhóis malandros?

— Por que falar disso agora?

O sr. Blood continuou:

— Por favor, entenda que preciso fazer isso, querido coronel. Você fez muita maldade e crueldade quando podia, e quero que isso lhe sirva de lição, uma lição da qual se lembrará, para o bem de outros que podem vir depois de nós. Jeremy está lá em cima na cabine com as costas de todas as cores do arco-íris; e o pobre rapaz não voltará a ser ele mesmo em menos de um mês. E, se não fosse pelos espanhóis, talvez ele já estivesse morto, e talvez eu também.

Hagthorpe deu um passo à frente. Era um homem bem alto e vigoroso, com um rosto bem definido e atraente, que por si só revelava sua criação.

— Por que está desperdiçando palavras com o porco? — perguntou o antigo oficial da Marinha Real. — Jogue-o ao mar e acabe com ele.

Os olhos do coronel saltaram das órbitas.

— Que diabos você quer dizer? — vociferou.

— Você é um homem de sorte, coronel, embora não perceba a origem de sua boa sorte.

E então outro interveio — o musculoso e caolho Wolverstone, menos misericordioso do que seu companheiro condenado mais cavalheiresco.

— Pendure-o no mastro — gritou, com a voz profunda áspera e raivosa, e mais de um dos escravizados armados fez eco.

O coronel Bishop estremeceu. O sr. Blood virou-se. Estava bem calmo.

— Por favor, Wolverstone — disse ele —, vou conduzir os negócios à minha maneira. Esse é o pacto. É bom você se lembrar disso. — Seus olhos percorreram as fileiras, deixando claro que ele se dirigia a todos. — Desejo que o coronel Bishop mantenha sua vida. Um dos motivos é que vou fazê-lo de refém. Se insistir em enforcá-lo, terá que me enforcar com ele ou, como alternativa, irei a terra.

Ele fez uma pausa. Não houve nenhuma resposta. Mas eles ficaram envergonhados e meio amotinados diante dele, exceto Hagthorpe, que deu de ombros e sorriu cansado.

O sr. Blood continuou:

— Vocês vão gostar de saber que a bordo de um navio existe um capitão. Então. — Ele se virou de novo para o coronel assustado. — Embora eu lhe prometa sua vida, terei, como você ouviu, que mantê-lo a bordo como refém pelo bom comportamento do governador Steed e o que restou do forte até sairmos para o mar.

— Até vocês... — O pavor impediu o coronel Bishop de repetir o restante daquele discurso inacreditável.

— Exatamente — disse Peter Blood e voltou-se para os oficiais que acompanhavam o coronel. — O barco está esperando, cavalheiros. Vocês ouviram o que eu disse. Transmitam isso com meus cumprimentos a Sua Excelência.

— Mas, senhor... — começou um deles.

— Não há mais nada a dizer, cavalheiros. Meu nome é Blood, capitão Blood, por favor, deste navio *Cinco Llagas*, tomado como prêmio de guerra de dom Diego de Espinosa y Valdez, que é meu prisioneiro a bordo. Vocês precisam entender que não virei a mesa apenas sobre os espanhóis. A escada está ali. Vocês devem achá-la mais conveniente do que serem empurrados pela lateral, que é o que vai acontecer se vocês demorarem.

Eles foram embora com alguma pressa, apesar dos berros do coronel Bishop, cuja raiva monstruosa foi alimentada pelo pavor por se encontrar à mercê dos homens que ele tinha plena consciência que seguiam a causa de odiá-lo.

Meia dúzia deles, além de Jeremy Pitt, que estava totalmente incapacitado no momento, tinha um conhecimento superficial de habilidades marítimas. Hagthorpe, embora tivesse sido um oficial de combate, sem treino em navegação, sabia pilotar um navio e, sob suas instruções, eles começaram a navegar.

Com a âncora levantada e a vela mestra desenrolada, eles saíram para o mar aberto com uma brisa suave, sem interferência do forte.

Enquanto passavam perto do promontório a leste da baía, Peter Blood voltou ao coronel, que, sob guarda e em pânico, retomou desanimado seu assento nas braçolas da escotilha principal.

— Sabe nadar, coronel?

O coronel Bishop levantou o olhar. Seu rosto largo estava amarelo e parecia, naquele momento, ter uma flacidez sobrenatural; os olhos redondos estavam mais redondos do que nunca.

— Como seu médico, prescrevo um mergulho para aplacar o calor excessivo de seus humores. — Blood deu a explicação de um jeito agradável e, ainda sem receber resposta do coronel, continuou: — É uma bênção para você eu não ser, por natureza, tão sanguinário quanto alguns dos meus amigos aqui. E foi um trabalho do diabo ter que convencê-los a não serem vingativos. Duvido que valha a pena o esforço que fiz por você.

Ele estava mentindo. Não tinha a menor dúvida. Se tivesse seguido os próprios desejos e instintos, certamente teria amarrado o coronel e considerado um ato meritório. Foi o fato de pensar em Arabella Bishop que o incitou a ter misericórdia e o levou a se opor à vingança natural de seus companheiros escravizados até estar em perigo de precipitar um motim. Era o fato de o coronel ser tio dela, embora ele nem sequer começasse a suspeitar dessa causa, que se devia a misericórdia que lhe estava sendo dedicada.

— Você terá a chance de nadar — continuou Peter Blood. — O promontório não fica a mais de um quarto de milha e, com uma sorte normal, você deve conseguir. Na verdade, você está gordo o suficiente para flutuar. Vamos lá! Não hesite, senão vai conosco por uma longa viagem, e o diabo sabe o que pode acontecer. Você não é mais amado do que merece.

O coronel Bishop se controlou e se levantou. Um déspota impiedoso, que nunca tinha conhecido a necessidade de se conter em todos esses anos, foi condenado pelo destino irônico a se conter no exato momento em que seus sentimentos atingiam o ápice da intensidade violenta.

Peter Blood deu uma ordem. Uma prancha foi estendida sobre a amurada e amarrada.

— Por favor, coronel — disse, com um gracioso floreio como convite.

O coronel olhou para ele, e o inferno estava em seu olhar. Então, determinado e demonstrando isso, já que nenhum outro ali poderia ajudá-lo, tirou os sapatos e a fina capa de tafetá bege e subiu na prancha.

Por um instante, parou, estabilizado por uma mão que agarrava o enfrechate, olhando aterrorizado para a água verde correndo a cerca de sete metros abaixo.

— É só uma caminhada, querido coronel — disse uma voz suave e zombeteira atrás dele.

Ainda agarrado, o coronel Bishop olhou ao redor, hesitante, e viu os anteparos repletos de rostos morenos enfileirados — rostos de homens que apenas ontem teriam ficado pálidos sob sua carranca, rostos que agora estavam sorrindo com perversidade.

Por um instante, a raiva erradicou seu medo. Ele os xingou em voz alta, cheio de veneno e de um jeito incoerente, depois se soltou e subiu na prancha. Deu três passos antes de perder o equilíbrio e cair nas profundezas verdes lá embaixo.

Quando voltou à superfície, ofegante, o *Cinco Llagas* já estava a alguns metros de distância a sotavento[7]. Mas a comemoração estrondosa da despedida zombeteira dos rebeldes condenados o alcançou por sobre a água, enfiando o ferro da raiva impotente mais fundo em sua alma.

---

7 Direção para onde o vento vai. [N.R.]

CAPÍTULO X.
Dom Diego

Dom Diego de Espinosa y Valdez acordou e, com os olhos cansados e a cabeça doendo, olhou em volta da cabine, que estava inundada pelo sol das janelas quadradas da popa. Soltou um gemido e fechou os olhos de novo, impelido a isso pela monstruosa dor na cabeça. Deitado, tentou pensar, localizar-se no tempo e no espaço. Mas, entre a dor na cabeça e a confusão mental, achou impossível ter um pensamento coerente.

Uma sensação indefinida de alarme o levou a abrir os olhos de novo e, mais uma vez, analisar o ambiente.

Não havia dúvida de que estava deitado na grande cabine do próprio navio, o *Cinco Llagas*, de modo que sua vaga inquietação devia ser, claro, infundada. No entanto, o despertar da memória vindo agora para auxiliar a reflexão compeliu-o, inquieto, a insistir que alguma coisa ali não estava como deveria. A posição baixa do sol, inundando a cabine com a luz dourada daquelas escotilhas quadradas na popa, sugeriu-lhe a princípio que era de manhã cedo, supondo que o navio estava indo para oeste. Mas aí a alternativa lhe ocorreu. Eles podiam estar navegando para leste, e, nesse caso, a hora do dia seria o fim da tarde. Ele sentia que estavam navegando pelo movimento suave do navio. Mas como estavam navegando, e ele, o mestre, não sabia se o curso era para leste ou oeste nem conseguia se lembrar para onde estavam indo?

Sua mente voltou à aventura da véspera, se é que tinha sido na véspera. Tinha clareza sobre o ataque fácil e bem-sucedido à ilha de Barbados; todos os detalhes estavam vívidos em sua memória até o momento em que, voltando a bordo, ele pisou de novo no próprio convés. Ali, a memória cessou de maneira abrupta e inexplicável.

Estava começando a torturar a mente com conjecturas quando a porta se abriu e, para a perplexidade ainda maior de dom Diego, viu seus melhores trajes entrarem na cabine. Era um traje elegante e caracteristicamente espanhol de tafetá preto com renda prateada, feita para ele um ano antes em Cádiz, e ele conhecia cada detalhe tão bem que era impossível estar enganado.

O traje fez uma pausa para fechar a porta, depois avançou em direção ao sofá no qual dom Diego estava estendido, e dentro da roupa havia um cavalheiro alto e esguio, quase da mesma altura e forma de dom Diego. Vendo os olhos arregalados e assustados do espanhol, o cavalheiro alongou o passo.

— Acordou? — indagou em espanhol.

O homem deitado ergueu os olhos, perplexo, para um par de olhos azul-claros que o observava com um rosto fulvo e sardônico em meio a um aglomerado de cachos negros. Mas estava confuso demais para dar uma resposta.

Os dedos do desconhecido tocaram no topo da cabeça de dom Diego, ao que dom Diego estremeceu e gritou de dor.

— Dolorido? — perguntou o desconhecido. Ele segurou o pulso de dom Diego entre o polegar e o indicador. E, por fim, o espanhol intrigado falou.

— Você é médico?

— Entre outras coisas. — O cavalheiro moreno continuou a avaliação do pulso do paciente. — Firme e regular — anunciou por fim e largou o pulso. — Você não sofreu nenhum grande dano.

Dom Diego lutou para se sentar no sofá de veludo vermelho.

— Quem diabos é você? — perguntou. — E o que diabos está fazendo usando os meus trajes e a bordo do meu navio?

As sobrancelhas negras se ergueram, e um leve sorriso curvou os lábios da boca comprida.

— Você ainda está delirando, infelizmente. Este não é o seu navio. Este é o meu navio e estes são os meus trajes.

— Seu navio? — repetiu o outro, horrorizado, e ainda mais horrorizado acrescentou: — Seus trajes? Mas... então... — Seus olhos descontrolados olhavam ao redor. Eles examinaram a cabine mais uma vez, analisando cada objeto familiar. — Estou louco? — perguntou por fim. — É claro que este navio é o *Cinco Llagas*.

— É o *Cinco Llagas*, sim.

— Então... — O espanhol se interrompeu. Seu olhar ficou ainda mais preocupado. — *Válgame Dios!* — gritou, como um homem angustiado. — Você também vai me dizer que é dom Diego de Espinosa?

— Ah, não, meu nome é Blood; capitão Peter Blood. Este navio, assim como este belo traje, é meu por direito de conquista. Assim como você, dom Diego, é meu prisioneiro.

Por mais surpreendente que fosse a explicação, ela se mostrou reconfortante para dom Diego, sendo muito menos surpreendente do que as coisas que ele começava a imaginar.

— Mas... você não é espanhol, então?

— Você elogia meu sotaque castelhano. Tenho a honra de ser irlandês. Você estava pensando que um milagre havia acontecido. E aconteceu: um milagre operado pela minha genialidade, que é considerável.

De modo sucinto, o capitão Blood dissipou o mistério por meio de um relato dos fatos. Era uma narrativa que pintava alternadamente de vermelho e branco o semblante do espanhol. Ele levou a mão à nuca e ali descobriu, confirmando a história, um galo do tamanho de um ovo de pombo. Por último, encarou o sarcástico capitão Blood.

— E meu filho? O que aconteceu com meu filho? — gritou. — Ele estava no barco que me trouxe a bordo.

— Seu filho está seguro; ele e a tripulação do barco, assim como seu artilheiro e seus homens, estão firmemente acorrentados sob as escotilhas.

Dom Diego afundou-se no sofá, os olhos escuros e brilhantes fixos no rosto moreno sobre ele. Ele se recompôs. Afinal de contas, tinha o estoicismo adequado ao seu negócio violento. Os dados tinham caído contra ele nesse empreendimento. A situação inverteu-se contra ele no momento do sucesso. Ele aceitou a situação com a firmeza de um fatalista.

Com a maior calma, perguntou:

— E agora, *senior capitan*?

— E agora — disse o capitão Blood, declarando o título que assumira —, sendo um homem humano, lamento saber que você não está morto pelo golpe que lhe demos. Pois isso significa que terá que enfrentar o problema de morrer de novo.

— Ah! — Dom Diego respirou fundo. — Mas isso é necessário? — perguntou, aparentemente sem se abalar.

Os olhos azuis do capitão Blood aprovaram sua postura.

— Pergunte a si mesmo — disse ele. — Diga-me, como pirata experiente e sangrento, o que você faria em meu lugar?

— Ah, mas tem uma diferença. — Dom Diego sentou-se para discutir o assunto. — Reside no fato de você se gabar de ser um homem humano.

O capitão Blood empoleirou-se na beira da longa mesa de carvalho.

— Mas não sou tolo — disse — e não permitirei que um sentimentalismo irlandês natural me impeça de fazer o que é necessário e adequado. Você e seus dez canalhas sobreviventes são uma ameaça neste navio. Mais do que isso, não estamos muito bem de água e provisões. É verdade que, felizmente, estamos em número pequeno, mas você e seu grupo o aumentam de maneira inconveniente. De modo que, de todo jeito, veja, a prudência nos sugere que devemos nos negar o prazer de sua companhia e, endurecendo os corações brandos ao inevitável, convidá-lo a ser prestativo e dar um mergulho.

— Entendo — disse o espanhol, pensativo.

Ele lançou as pernas para fora do sofá e sentou-se agora na beirada, com os cotovelos apoiados nos joelhos. Tinha avaliado o homem e o enfrentado com uma falsa urbanidade e um distanciamento suave que combinava com o dele.

— Confesso — admitiu — que há muita força no que você diz.

— Você tira um peso da minha mente — disse o capitão Blood. — Eu não queria parecer desnecessariamente severo, ainda mais porque eu e meus amigos devemos muito a você. Pois, não importa o que tenha sido para os outros, para nós, sua invasão a Barbados foi muito oportuna. Fico feliz, portanto, que você concorde que não tenho escolha.

— Mas, meu amigo, eu não concordo muito.

— Se houver alguma alternativa que você possa sugerir, ficarei muito feliz em considerá-la.

Dom Diego coçou a barba negra e pontuda.

— Pode me dar até de manhã para refletir? Minha cabeça dói tanto que sou incapaz de pensar. E esse, você vai admitir, é um assunto que exige uma reflexão séria.

O capitão Blood levantou-se. Tirou de uma prateleira uma ampulheta de meia hora, inverteu-a de forma que o bulbo contendo a areia vermelha ficasse em cima e colocou-a sobre a mesa.

— Lamento pressioná-lo nesse assunto, dom Diego, mas uma ampulheta é tudo que posso lhe dar. Se, quando essas areias se extinguirem, você não conseguir propor nenhuma alternativa aceitável, com muita relutância serei levado a pedir-lhe para dar um mergulho com seus amigos.

O capitão Blood fez uma reverência, saiu e trancou a porta. Com os cotovelos apoiados nos joelhos e o rosto nas mãos, dom Diego ficou sentado observando as areias vermelhas sendo filtradas do bulbo superior para o inferior. E, enquanto assistia, as rugas no rosto moreno e magro ficaram mais profundas. Pontualmente, quando os últimos grãos acabaram, a porta foi reaberta.

O espanhol suspirou e sentou-se ereto para encarar o capitão Blood com a resposta que ele tinha ido buscar.

— Pensei em uma alternativa, senhor capitão; mas depende da sua caridade. Você pode nos colocar em terra em uma das ilhas deste arquipélago pestilento e nos deixar à nossa sorte.

O capitão Blood contraiu os lábios.

— Tem suas dificuldades — disse devagar.

— Imaginei. — Dom Diego tornou a suspirar e levantou-se. — Não digamos mais nada.

Os olhos azul-claros brincaram sobre ele como pontas de aço.

— Não tem medo de morrer, dom Diego?

O espanhol jogou a cabeça para trás, com a testa franzida.

— Essa pergunta é ofensiva, senhor.

— Então, deixe-me colocar de outra forma, talvez mais feliz: não deseja viver?

— Ah, isso eu posso responder. Desejo viver, sim; e desejo mais ainda que meu filho possa viver. Mas o desejo não deve fazer de mim um covarde para sua diversão, mestre zombador. — Foi o primeiro sinal que ele demonstrou do mínimo de emoção ou ressentimento.

O capitão Blood não respondeu diretamente. Como antes, empoleirou-se no canto da mesa.

— Você estaria disposto a conquistar a vida e a liberdade; para você, seu filho e os outros espanhóis que estão a bordo?

— Conquistar? — disse dom Diego, e os olhos azuis vigilantes não deixaram passar o tremor que o percorreu. — Conquistá-la, você diz? Ora, se o serviço que você vai propor não prejudicar a minha honra...

— Eu poderia ser culpado disso? — protestou o capitão. — Sei que até um pirata tem sua honra. — E apresentou imediatamente a oferta. — Se olhar por essas janelas, dom Diego, você verá o que parece ser uma nuvem no horizonte. É a ilha de Barbados bem distante da popa. O dia todo estivemos navegando para leste com ajuda do vento com um único objetivo: estabelecer a maior distância possível entre Barbados e nós. Mas agora, quase fora da vista da terra, temos uma dificuldade. O único homem entre nós que conhece a arte da navegação está febril e delirante, na verdade, por causa de certos maus-tratos que recebeu em terra antes de o trazermos conosco. Consigo controlar um navio em operação, e há um ou dois homens a bordo que podem me ajudar; mas não entendemos nada dos maiores mistérios das habilidades marítimas e da arte de encontrar um caminho sobre as vastidões inexploradas do oceano. Ladear a terra e sair esbarrando no que você tão apropriadamente chama de arquipélago pestilento é para nós cortejar o desastre, como talvez possa imaginar. Então chegamos ao seguinte: desejamos chegar ao assentamento holandês de Curaçao da maneira mais direta possível. Você aposta sua honra, se eu o soltar em liberdade condicional, que vai nos levar até lá? Nesse caso, vamos libertar você e seus homens sobreviventes ao chegarmos lá.

Dom Diego baixou a cabeça sobre o peito e afastou-se pensativo até as janelas da popa. Ali, ficou olhando para o mar ensolarado e para a água parada na esteira do grande navio — seu navio, que esses cães ingleses lhe tinham arrancado; seu navio, que ele foi convidado a levar em segurança até um porto onde ele estaria completamente perdido e talvez fosse reformado para fazer guerra contra seus semelhantes. Isso estava em uma dimensão; na outra estava a vida de dezesseis homens. Quatorze dessas vidas lhe importavam pouco, mas as duas restantes eram a dele e a de seu filho.

Ele se virou por fim e, de costas para a luz, o capitão não percebeu como seu rosto estava pálido.

— Aceito — disse.

CAPÍTULO XI.
Piedade Filial

Em virtude da promessa que tinha feito, dom Diego de Espinosa gozava da liberdade no navio que fora seu, e a navegação que assumira foi totalmente deixada em suas mãos. E, como aqueles que o tripulavam eram novos nos mares do Meno espanhol, e como mesmo as coisas que aconteceram em Bridgetown não tinham sido suficientes para ensinar-lhes a considerar todos os espanhóis como cães traiçoeiros e cruéis a serem assassinados de imediato, eles trataram dom Diego com a civilidade promovida por sua própria urbanidade suave. Ele fazia as refeições na grande cabine com Blood e os três oficiais escolhidos para apoiá-lo: Hagthorpe, Wolverstone e Dyke.

Eles achavam dom Diego uma companhia agradável, até divertida, e o sentimento amigável para com ele era fomentado por sua firmeza e por sua brava equanimidade nessa adversidade.

Era impossível suspeitar que dom Diego não estivesse jogando limpo. Além disso, não havia nenhuma razão concebível para que não o fizesse. E ele tinha usado a maior franqueza com eles. Tinha acusado o erro deles em velejar a favor do vento ao saírem de

Barbados. Deviam ter deixado a ilha a sotavento, indo para o Caribe e se afastando do arquipélago. Do jeito que estava, eles agora seriam forçados a passar de novo por esse arquipélago para chegar a Curaçao, e essa passagem não seria realizada sem algum risco. Em qualquer ponto entre as ilhas, eles podiam encontrar um navio igual ou superior; se fosse espanhol ou inglês, seria igualmente ruim, e por estarem com uma tripulação pequena, não deveriam lutar. Para diminuir esse risco ao máximo, dom Diego orientou primeiro um curso para o sul e depois para o oeste; e assim, traçando uma linha no meio do caminho entre as ilhas de Tobago e Granada, eles passaram com prudência pela zona de perigo e chegaram à segurança relativa do mar do Caribe.

— Se esse vento se mantiver — disse ele naquela noite ao jantar, depois de ter anunciado a posição do navio —, devemos chegar a Curaçao daqui a três dias.

Durante três dias, o vento se manteve firme; na verdade, fortaleceu-se um pouco no segundo e, mesmo assim, quando a terceira noite caiu, eles ainda não tinham chegado a terra. O *Cinco Llagas* estava navegando em um mar cercado por todos os lados pela bacia azul do céu. O capitão Blood, inquieto, mencionou isso a dom Diego.

— Será amanhã de manhã — respondeu ele com uma convicção serena.

— Por todos os santos, é sempre "amanhã de manhã" para vocês, espanhóis; e amanhã nunca chega, meu amigo.

— Mas esse amanhã está chegando, fique tranquilo. Por mais que você esteja agitado desde cedo, verá a terra adiante, dom Pedro.

O capitão Blood seguiu, contente, e foi visitar Jerry Pitt, seu paciente, a cuja condição dom Diego devia sua chance de viver. Já fazia 24 horas que a febre havia abandonado o doente e, sob os curativos de Peter Blood, as costas dilaceradas estavam começando a curar de maneira satisfatória. Na verdade, estava tão recuperado que já reclamava do confinamento, do calor na cabine. Para satisfazê-lo, o capitão Blood consentiu que ele pegasse um ar fresco no convés e, assim, quando a última luz do dia estava desaparecendo no céu, Jeremy Pitt saiu apoiando-se no braço do capitão.

Sentado nas escotilhas, o rapaz de Somersetshire, agradecido, encheu os pulmões com o ar fresco da noite e declarou-se reanimado. Então, com seu instinto de marinheiro, os olhos vagaram para a abóbada escura do céu, já salpicada de uma miríade de pontos dourados de luz. Por algum tempo, ele o examinou de um jeito distraído e vago; depois, sua atenção fixou-se com nitidez. Olhou ao redor e para cima para o capitão Blood, que estava ao lado dele.

— Você entende alguma coisa de astronomia, Peter? — indagou.

— Astronomia? Para ser sincero, eu não saberia diferenciar o Cinturão de Órion do Cinturão de Vênus.

— Ah! E suponho que todos os outros dessa tripulação desajeitada compartilhem da sua ignorância.

— Seria mais amigável de sua parte supor que eles a excedem.

Jeremy apontou para um ponto de luz no céu sobre a proa de estibordo.

— Aquela é a Estrela Polar — disse.

— É mesmo? Glorificado seja, fico pensando como você consegue distingui-la das outras.

— E a Estrela Polar à frente, quase acima da proa de estibordo, significa que estamos seguindo um curso norte, noroeste ou talvez norte para oeste, pois duvido que estejamos a mais de dez graus a oeste.

— E por que não deveríamos? — perguntou o capitão Blood.

— Você me disse, não foi? Que estávamos indo para oeste do arquipélago entre Tobago e Granada, rumo a Curaçao. Se esse fosse nosso curso atual, a Estrela Polar deveria estar de través, lá em cima.

No mesmo instante, sr. Blood livrou-se da preguiça. Enrijeceu de apreensão e estava prestes a falar quando um raio de luz abriu uma fenda na escuridão acima da cabeça deles, vindo da porta da cabine de popa que acabara de ser aberta. Ela se fechou de novo e logo ouviram-se passos. Dom Diego estava se aproximando. Os dedos do capitão Blood apertaram o ombro de Jerry de um jeito significativo. Em seguida, ele chamou o homem e falou com ele em inglês, como era seu costume quando outros estavam presentes.

— Pode resolver uma pequena disputa entre nós, dom Diego? — disse ele com leveza. — O senhor Pitt e eu estamos discutindo aqui qual é a Estrela Polar.

— E daí? — O tom do espanhol estava tranquilo; havia quase um sinal de que o riso espreitava por trás, e a razão para isso foi revelada pela frase seguinte. — Ora, mas você me disse que o senhor Pitt é seu navegador?

— Por falta de um melhor — riu o capitão, com um desdém bem-humorado. — Agora estou pronto para apostar cem peças de oito com ele que aquela é a Estrela Polar. — E estendeu o braço em direção a um ponto de luz no céu ao través. Mais tarde, disse a Pitt que, se dom Diego tivesse confirmado, ele o teria atacado naquele exato instante. Longe disso, porém, o espanhol expressou livremente seu escárnio.

— Você tem a garantia da ignorância, dom Pedro; e perdeu. A Estrela Polar é esta aqui. — E apontou.

— Tem certeza?

— Mas, meu caro dom Pedro! — O tom do espanhol foi de protesto divertido. — É possível eu me enganar? Além disso, não há uma bússola? Venha até a bitácula para ver o curso que estamos seguindo.

Sua franqueza absoluta e o jeito tranquilo de quem não tem nada a esconder resolveram de imediato a dúvida que surgira tão de repente na mente do capitão Blood. Pitt não ficou satisfeito com tanta facilidade.

— Nesse caso, dom Diego, diga-me, já que nosso destino é Curaçao, por que estamos nesse curso?

Mais uma vez, não houve nenhuma hesitação por parte de dom Diego.

— Você tem razão de perguntar — respondeu e suspirou. — Eu esperava que isso não fosse observado. Fui descuidado; ah, cometi um descuido muito culpado. Eu desprezo a observação. É sempre do meu jeito. Faço com muita certeza. Conto demais com estimativas mortas. E assim hoje descobri, quando finalmente calculei o quadrante, que viemos meio grau a mais para o sul, de modo que Curaçao agora está quase totalmente ao norte. É isso que está causando o atraso. Mas vamos chegar lá amanhã.

A explicação, tão completamente satisfatória e tão rápida e francamente disponível, não deixou margem para dúvidas de que dom Diego estava mentindo em relação à sua promessa. E, quando dom Diego retirou-se de novo, o capitão Blood confessou a Pitt que era absurdo ter suspeitado dele. Quaisquer que fossem seus antecedentes, ele tinha provado sua qualidade quando anunciou que estava pronto para morrer antes de entrar em qualquer empreendimento que pudesse ferir sua honra ou seu país.

Novo nos mares do Meno espanhol e nos costumes dos aventureiros que o navegavam, o capitão Blood ainda alimentava ilusões. Mas o próximo amanhecer as despedaçaria de um jeito rude e definitivo.

Chegando ao convés antes do nascer do sol, ele viu terra à frente, como o espanhol havia prometido na noite anterior. Cerca de dez milhas à frente havia uma longa linha de litoral preenchendo o horizonte a leste e a oeste, com um promontório maciço projetando-se diante deles. Ao encará-lo, ele fez uma careta. Não imaginava que Curaçao tivesse dimensões tão consideráveis. Na verdade, parecia menos uma ilha do que o continente.

Encarando o clima, na suave brisa em direção a terra, ele avistou um grande navio na proa de estibordo, que calculou estar a cerca de três ou quatro milhas, e — pelo que conseguia julgar àquela distância — de tonelagem igual ou superior à deles. Enquanto observava o navio, este alterou o curso e avançou na direção deles à trinca.

Alguns de seus companheiros estavam agitados no castelo de proa, olhando ansiosos para a frente, e o som de suas vozes e risadas o alcançou passando por toda a extensão do imponente *Cinco Llagas*.

— Ali — disse uma voz suave atrás dele em um espanhol fluido — está a Terra Prometida, dom Pedro.

Foi alguma coisa naquela voz, um tom abafado de exultação, que despertou suspeitas e dissipou a dúvida que ele estivera nutrindo. Ele se virou bruscamente para encarar dom Diego; tão bruscamente que o sorriso malicioso não tinha se apagado do semblante do espanhol antes que os olhos do capitão Blood o vissem.

— Você sente uma estranha satisfação ao vê-la, considerando todas as coisas — disse o sr. Blood.

— Claro. — O espanhol esfregou as mãos, e o sr. Blood observou que estavam instáveis. — A satisfação de um navegante.

— Ou de um traidor. Qual dos dois? — perguntou Blood com calma. E, quando o espanhol recuou diante dele com o semblante repentinamente alterado que confirmou todas as suas suspeitas, ele lançou um braço na direção da costa distante. — Que terra é aquela? — exigiu saber. — Você vai ter o descaramento de me dizer que é o litoral de Curaçao?

Ele avançou de repente sobre dom Diego, que recuou passo a passo.

— Devo lhe dizer que terra é aquela? Será?

Sua feroz suposição de conhecimento pareceu deslumbrar e atordoar o espanhol. Ainda assim, dom Diego não respondeu. E aí o capitão Blood se lançou em uma incursão — ou não exatamente uma incursão. Aquele litoral, se não fosse do continente, e ele sabia que não podia ser, devia pertencer a Cuba ou à ilha de São Domingos. Agora, sabendo que Cuba ficava mais ao norte e a oeste dos dois, a conclusão, raciocinou rapidamente, era que, se dom Diego quisesse traí-lo, navegaria até o mais próximo desses territórios espanhóis.

— Aquela terra, seu cão espanhol traiçoeiro e renegado, é a ilha de São Domingos.

Depois de dizer isso, observou de perto o rosto moreno agora coberto de palidez, para ver a verdade ou a falsidade de sua suposição refletida ali. Mas o espanhol em retirada tinha chegado ao meio do tombadilho, onde a vela da mezena formava uma cortina para isolá-los dos olhos dos ingleses lá embaixo. Seus lábios se contorceram em um sorriso grunhido.

— *Ah, perro ingles!* Você sabe demais — sussurrou e lançou-se para a garganta do capitão.

Abraçados um ao outro, os dois cambalearam por um instante, depois caíram juntos no convés, os pés do espanhol tirados de baixo dele por uma rasteira da perna direita do capitão Blood. O espanhol estava confiando na própria força, que era considerável. Mas não era páreo para os músculos firmes do irlandês, ultimamente temperados pelas vicissitudes da escravidão. Estava confiando em sufocar Blood até ele morrer, e assim ganhar a meia hora que poderia ser necessária para a aproximação daquele belo navio que estava vindo em sua direção — um navio espanhol, claro, já que nenhum outro estaria navegando com tanta ousadia nessas águas espanholas ao largo da ilha de São Domingos. Mas tudo que dom Diego conseguiu foi revelar-se por completo e sem nenhum propósito. Ele percebeu isso quando se viu de costas, imobilizado por Blood, que estava ajoelhado sobre seu peito, enquanto os homens convocados pelo grito do capitão aproximavam-se ruidosamente do companheiro.

— Posso fazer uma oração pela sua alma suja agora, enquanto estou nesta posição? — O capitão Blood zombou dele, furioso.

Mas o espanhol, embora derrotado, agora sem esperança para si mesmo, forçou os lábios a sorrirem e retribuiu zombaria com zombaria.

— Quem vai rezar pela sua alma, eu me pergunto, quando aquele galeão vier para ficar bordo a bordo com você?

— Aquele galeão! — ecoou o capitão Blood, com a compreensão súbita e terrível de que já era tarde demais para evitar as consequências da traição de dom Diego.

— Aquele galeão — repetiu dom Diego, e acrescentou com um sorriso de escárnio cada vez mais profundo: — Sabe que navio é aquele? Vou lhe contar. É o *Encarnación*, a nau capitânia de dom

Miguel de Espinosa, o senhor almirante de Castela, e dom Miguel é meu irmão. É um encontro muito afortunado. O Todo-Poderoso, veja só, zela pelos destinos da Espanha católica.

Não havia nenhum sinal de bom humor nem de urbanidade agora no capitão Blood. Seus olhos claros estavam em chamas, e seu rosto estava rígido.

Ele se levantou, entregando o espanhol aos seus homens.

— Façam-no passar fome — ordenou. — Amarrem-no, pulso e calcanhar, mas não o machuquem; nem um fio de cabelo dessa preciosa cabeça.

A ordem era muito necessária. Descontrolados pelo pensamento de que provavelmente trocariam a escravidão da qual tinham escapado havia pouco por outra ainda pior, eles teriam rasgado o espanhol membro por membro ali mesmo. E, se agora obedeciam ao capitão e se continham, era só porque o súbito tom de aço em sua voz prometia a dom Diego Valdez algo muito mais requintado que a morte.

— Seu lixo! Seu pirata sujo! Seu homem sem honra! — o capitão Blood interpelou o prisioneiro.

Mas dom Diego ergueu os olhos para ele e riu.

— Você me subestimou — falou em inglês, para que todos pudessem ouvir. — Eu disse que não tinha medo da morte e mostrei-lhe que não tinha medo dela. Você não entendeu. Você é só um cachorro inglês.

— Irlandês, por favor — corrigiu o capitão Blood. — E sua promessa, seu vira-lata da Espanha?

— Você achou que eu prometeria deixá-los, seus nojentos, com este lindo navio espanhol, para irem guerrear contra outros espanhóis! Rá! — Dom Diego soltou uma risada rouca. — Seu idiota! Pode me matar. *Pfff*! Sem problemas. Morro com meu trabalho bem-feito. Em menos de uma hora vocês serão prisioneiros e o *Cinco Llagas* voltará a pertencer à Espanha.

O capitão Blood olhou para ele com firmeza com um rosto que, embora impassível, tinha empalidecido sob o bronzeado profundo. Os rebeldes condenados caíram sobre o prisioneiro, vociferantes, enfurecidos, ferozes, quase literalmente "sedentos por seu sangue".

— Esperem — ordenou o capitão Blood em tom imperioso e, dando meia-volta, foi até a amurada.

Enquanto estava ali, perdido em pensamentos, Hagthorpe, Wolverstone e Ogle, o artilheiro, juntaram-se a ele. Em silêncio, encararam com ele o outro navio. Tinha se desviado um ponto do vento e agora corria em uma linha que, no fim, deveria convergir com a do *Cinco Llagas*.

— Em menos de meia hora — disse Blood em seguida —, eles vão atacar nosso escovém, varrendo os conveses com seus canhões.

— Podemos lutar — disse o gigante de um olho só com um juramento.

— Lutar! — debochou Blood. — Com uma tripulação pequena, de apenas vinte homens, como devemos lutar? Não, só existe um jeito. Persuadi-los de que está tudo bem a bordo, de que somos espanhóis, para que nos deixem seguir o nosso curso.

— Mas como isso é possível? — perguntou Hagthorpe.

— Não é possível — disse Blood. — Se... — E aí ele se interrompeu e ficou refletindo, os olhos fixos na água verde.

Ogle, com inclinação para o sarcasmo, interpôs uma sugestão com amargura.

— Podemos enviar dom Diego de Espinosa em um barco tripulado pelos seus espanhóis para garantir ao irmão, o almirante, que todos somos súditos leais de Sua Majestade católica.

O capitão virou-se e, por um instante, pareceu que ia golpear o artilheiro. E aí sua expressão mudou: a luz da inspiração estava em seu olhar.

— Por Deus! Você está certo. Ele não tem medo da morte, esse maldito pirata; mas seu filho pode ter uma visão diferente. A piedade filial é muito forte na Espanha. — Ele girou nos calcanhares de repente e voltou para o grupo de homens ao redor do prisioneiro.

— Aqui! — gritou para eles. — Tragam-no para baixo. — E liderou o caminho até a meia-nau, e dali pela gaiuta até a escuridão dos conveses intermediários, onde o ar era fétido com o cheiro de alcatrão e cabos estirados. Indo para a popa, ele abriu a porta da espaçosa sala de oficiais e entrou seguido por uma dezena de ajudantes com o espanhol imobilizado. Todos os homens a bordo o teriam seguido, se não fosse pela ordem direta a alguns deles para permanecerem no convés com Hagthorpe.

Na sala de oficiais, as três artilharias de popa estavam em posição, carregadas, os canos enfiados nas aberturas, exatamente como os artilheiros espanhóis os haviam deixado.

— Aqui, Ogle, tem trabalho para você — disse Blood e, quando o artilheiro corpulento avançou em meio à pequena multidão de homens boquiabertos, Blood apontou para a artilharia do meio. — Arraste esse canhão — ordenou.

Quando isso foi feito, Blood acenou para aqueles que seguravam dom Diego.

— Amarrem-no na boca do canhão — ordenou e, auxiliados por outros dois, eles se apressaram em obedecer, enquanto ele se virou para os outros. — Para a cabine, alguns de vocês, e tragam os prisioneiros espanhóis. E você, Dyke, suba e ordene-lhes que hasteiem a bandeira da Espanha.

Dom Diego, com o corpo esticado em um arco sobre a boca do canhão, as pernas e os braços amarrados à carreta de cada lado, os olhos girando na cabeça, olhou furioso para o capitão Blood. Um homem pode não ter medo de morrer e, ainda assim, ficar horrorizado com a forma como a morte lhe chega.

Dos lábios espumando, lançou blasfêmias e insultos ao seu algoz.

— Bárbaro nojento! Selvagem desumano! Herege maldito! Não fica satisfeito em me matar de forma cristã? — O capitão Blood concedeu-lhe um sorriso maligno antes de se virar para encontrar os quinze prisioneiros espanhóis algemados, que foram empurrados com violência até sua presença.

Aproximando-se, eles ouviram os gritos de dom Diego; de perto agora, eles viam a situação deplorável com olhos aterrorizados. Entre eles, um formoso adolescente de pele marrom-amarelada, que se distinguia dos companheiros no porte e nas roupas, avançou com um grito angustiado de "Pai!".

Contorcendo-se nos braços que se apressaram em agarrá-lo e segurá-lo, ele invocou o céu e o inferno para evitar esse horror e, por fim, dirigiu ao capitão Blood um apelo por misericórdia que era, ao mesmo tempo, feroz e comovente. Analisando-o, o capitão Blood pensou com satisfação que ele demonstrava o grau adequado de piedade filial.

Mais tarde, confessou que, por um instante, correu o risco de fraquejar, que, por um instante, sua mente rebelou-se contra a coisa impiedosa que havia planejado. Mas, para corrigir esse sentimento, evocou a memória do que esses espanhóis tinham feito em Bridgetown. Mais uma vez, viu o rosto branco daquela criança Mary Traill enquanto fugia horrorizada do rufião zombeteiro que ele havia matado, e outras coisas ainda mais indescritíveis vistas naquela noite terrível surgiram agora diante dos olhos de sua memória para endurecer seu propósito vacilante. Os espanhóis não demonstraram misericórdia, sentimento nem decência de nenhum tipo; empanturrados de religião, careciam de uma centelha daquele cristianismo cujo símbolo estava montado no mastro principal do navio que se aproximava. Um instante antes, esse cruel e violento dom Diego insultara o Todo-Poderoso ao supor que Ele mantinha uma vigilância especialmente benevolente sobre os destinos da Espanha católica. Dom Diego devia aprender com seu erro.

Recuperando o cinismo com que tinha encarado sua tarefa, o cinismo essencial para seu desempenho adequado, ordenou que Ogle acendesse um pavio e removesse a placa de chumbo do ouvido do canhão que levava dom Diego. Então, quando o Espinosa mais jovem começou a fazer novas intercessões mescladas com imprecações, ele se lançou bruscamente para cima do rapaz.

— Paz! — vociferou. — Paz e escute! Não tenho a intenção de mandar seu pai para o inferno como ele merece, nem mesmo tirar a vida dele.

Tendo surpreendido o rapaz e o feito silenciar com aquela promessa — bem surpreendente em todas as circunstâncias —, ele passou a explicar seus objetivos naquele castelhano impecável e elegante que felizmente — tanto para dom Diego quanto para si mesmo — dominava.

— Foi a traição do seu pai que nos trouxe a essa situação e nos colocou deliberadamente em risco de captura e morte a bordo daquele navio da Espanha. Assim como seu pai reconheceu a nau capitânia do irmão, o irmão também terá reconhecido o *Cinco Llagas*. Até agora, então, está tudo bem. Mas logo o *Encarnación* estará perto o bastante para perceber que aqui nem tudo está como deveria. Mais cedo ou mais tarde, eles devem adivinhar ou descobrir o que está errado e vão abrir fogo ou ficar bordo a bordo conosco. Agora, de forma alguma devemos lutar, como seu pai sabia quando nos lançou nessa armadilha. Mas lutaremos, se formos impelidos a isso. Não nos renderemos submissos à ferocidade da Espanha.

Ele colocou a mão na culatra do canhão que levava dom Diego.

— Entenda claramente: ao primeiro tiro do *Encarnación*, esta arma vai disparar a resposta. Estou sendo claro, espero.

Pálido e trêmulo, o jovem Espinosa encarava os olhos azuis impiedosos que o fitavam com tanta firmeza.

— Se está claro? — vacilou, quebrando o silêncio absoluto que reinava entre todos. — Mas, em nome de Deus, como poderia estar claro? Como posso entender? Você pode evitar a batalha? Se conhece um jeito, e se eu, ou estes homens, pudermos ajudá-lo, se é isso que quer dizer, em nome dos céus, deixe-me ouvi-lo.

— Uma batalha seria evitada se dom Diego de Espinosa subisse a bordo do navio do irmão e, por sua presença e suas garantias, informasse ao almirante que está tudo bem com o *Cinco Llagas*, que, na verdade, ainda é um navio da Espanha, como a bandeira agora anuncia. Mas é claro que dom Diego não pode ir pessoalmente, porque ele está... comprometido de outra forma. Ele está com um pouco de febre, digamos assim, que o detém em sua cabine. Mas você, filho dele, pode transmitir tudo isso e alguns outros assuntos junto com sua homenagem a seu tio. Você irá em um barco tripulado por seis desses prisioneiros espanhóis, e eu, um distinto espanhol libertado do cativeiro em Barbados pela sua recente invasão, o acompanharei para mantê-lo sob controle. Se eu voltar vivo e sem nenhum acidente de qualquer tipo que nos impeça de navegar livremente, dom Diego manterá a própria vida, assim como cada um de vocês. Mas, se houver o menor infortúnio, seja por traição ou azar, não me importa qual, a batalha, como tive a honra de explicar, será iniciada do nosso lado por esta arma, e seu pai será a primeira vítima do conflito.

Ele fez uma pausa. Houve um murmúrio de aprovação entre seus camaradas, uma agitação de ansiedade entre os prisioneiros espanhóis. O jovem Espinosa estava parado diante dele, a cor indo e vindo das bochechas. Ele esperou uma orientação do pai. Mas ela não veio. A coragem de dom Diego, ao que parecia, infelizmente tinha diminuído sob aquele teste rude. Estava pendurado frouxo nas amarras temerosas e ficou em silêncio. Era evidente que não ousava encorajar o filho a desafiar e talvez tivesse vergonha de encorajá-lo a ceder. Assim, deixou a decisão por conta do jovem.

— Então — disse Blood. — Acho que fui claro o suficiente. O que me diz?

Dom Esteban umedeceu os lábios ressecados e, com o dorso da mão, enxugou o suor de angústia da testa. Seus olhos fixaram-se freneticamente por um instante nos ombros do pai, como se implorassem por orientação. Mas o pai permaneceu em silêncio. Algo como um soluço escapou do rapaz.

— Eu... Eu aceito — respondeu por fim e se dirigiu aos espanhóis. — E vocês também vão aceitar — insistiu com emoção. — Pelo bem de dom Diego e pelo bem de todos nós. Se não fizerem isso, esse homem vai nos massacrar a todos sem misericórdia.

Depois que ele cedeu e o próprio líder deles não aconselhou nenhuma resistência, por que deveriam incluir a própria destruição com um gesto de heroísmo inútil? Eles responderam sem muita hesitação que fariam o que lhes fosse exigido.

Blood virou-se e foi até dom Diego.

— Lamento incomodá-lo dessa forma, mas... — Por um segundo, ele verificou e franziu a testa enquanto seus olhos observavam atentamente o prisioneiro. Então, depois daquela pausa quase imperceptível, continuou: — Mas não acho que você tenha alguma coisa além desse inconveniente para entender e pode depender de mim para encurtá-lo ao máximo. — Dom Diego não respondeu.

Peter Blood esperou por um instante, observando-o; depois fez uma reverência e deu um passo para trás.

CAPÍTULO XII.

Don Pedro Sangre

O *Cinco Llagas* e o *Encarnación*, após uma troca adequada de sinais, ficaram a cerca de um quarto de milha um do outro e, através do espaço intermediário de águas suaves e iluminadas pelo sol, um barco saiu do primeiro, tripulado por seis marinheiros espanhóis e levando em suas escotas de popa dom Esteban de Espinosa e o capitão Peter Blood.

Também carregava dois baús de tesouro contendo cinquenta mil peças de oito. Ouro sempre foi considerado o melhor dos testemunhos de boa-fé, e Blood estava convicto de que, em todos os aspectos, as aparências deveriam estar totalmente do seu lado. Seus seguidores consideraram isso um exagero de fingimento. Mas a vontade de Blood nesse assunto prevaleceu. Ele também carregava um volumoso embrulho endereçado a um grande da Espanha, fortemente lacrado com as armas de Espinosa — outra prova fabricada às pressas na cabine do *Cinco Llagas* — e estava gastando esses últimos momentos dando instruções ao jovem companheiro.

Dom Esteban expressou sua última inquietação persistente:

— Mas e se você se trair? — gritou.

— Será um infortúnio para todos. Aconselhei seu pai a fazer uma oração pelo nosso sucesso. Dependo de você para me ajudar em termos materiais.

— Farei o melhor possível. Deus sabe que farei o melhor — protestou o rapaz.

Blood fez que sim com a cabeça, pensativo, e nada mais foi dito até que eles encostaram na massa imponente do *Encarnación*. Dom Esteban subiu a escada, seguido de perto pelo capitão Blood. Na meia-nau estava o próprio almirante para recebê-los, um homem bonito e autossuficiente, muito alto e firme, um pouco mais velho e grisalho do que dom Diego, com quem se parecia muito. Estava cercado por quatro oficiais e um frade com o hábito preto e branco de São Domingos.

Dom Miguel abriu os braços para o sobrinho, cujo pânico persistente interpretou como uma empolgação prazerosa, e, depois de abraçá-lo, voltou-se para cumprimentar o companheiro de dom Esteban.

Peter Blood fez uma mesura graciosa, totalmente à vontade, pelo que poderia ser julgado pelas aparências.

— Sou dom Pedro Sangre — anunciou, fazendo uma tradução literal de seu nome —, um infeliz cavalheiro de León, recém-libertado do cativeiro pelo valente pai de dom Esteban. — E, em poucas palavras, esboçou as condições imaginadas de sua captura e libertação daqueles malditos hereges que controlavam a ilha de Barbados.

— *Benedicamus Domino*[8] — disse o frade ao ouvir a história.

— *Ex hoc nunc et usque in seculum*[9] — respondeu Blood, o papista ocasional, com os olhos baixos.

---

8 Em latim, "Bendito seja o Senhor". [N.T.]
9 Em latim, "De agora em diante e para sempre". [N.T.]

O almirante e seus oficiais assistentes ouviram com simpatia e deram-lhe uma recepção cordial. E aí veio a temida pergunta.

— Mas onde está meu irmão? Por que ele mesmo não veio me cumprimentar?

Foi o jovem Espinosa quem respondeu:

— Meu pai está sofrendo por negar a si mesmo essa honra e esse prazer. Mas, infelizmente, senhor tio, ele está um pouco indisposto; ah, nada grave, só o suficiente para fazê-lo ficar na cabine. É um pouco de febre, resultado de um pequeno ferimento na recente invasão a Barbados, que resultou na feliz libertação deste cavalheiro.

— Não, sobrinho, não — protestou dom Miguel com irônico repúdio. — Não posso saber dessas coisas. Tenho a honra de representar nos mares Sua Majestade Católica, que está em paz com o rei da Inglaterra. Você já me disse mais do que devo saber. Vou me esforçar para esquecer isso e vou pedir aos senhores — acrescentou, olhando para seus oficiais — que também esqueçam. — Mas piscou para os olhos cintilantes do capitão Blood; e mencionou um assunto que apagou de imediato aquela piscada. — Mas, já que Diego não pode vir até mim, ora, irei até ele.

Por um instante, o rosto de dom Esteban virou uma máscara de medo pálido. Então Blood falou com uma voz baixa e confidencial que mesclava, de modo admirável, suavidade, esplendor e uma zombaria astuta.

— Por favor, dom Miguel, isso é exatamente o que não deve fazer, exatamente o que dom Diego não deseja que faça. Você não deve vê-lo até que as feridas estejam curadas. Esse é o desejo dele. Essa é a verdadeira razão pela qual ele não está aqui. Pois a verdade é que suas feridas não são tão graves a ponto de impedir que ele viesse. Foi a consideração de si mesmo e a falsa posição em que você seria colocado se ouvisse dele próprio o que aconteceu. Como Vossa Excelência disse, há paz entre Sua Majestade Católica e o rei da Inglaterra, e seu irmão dom Diego... — Ele fez uma pausa. — Tenho certeza de que não preciso dizer mais nada. O que está ouvindo de nós não passa de um mero boato. Vossa Excelência entende.

Sua Excelência franziu o cenho, pensativo.

— Entendo... em parte — disse.

O capitão Blood teve uma inquietação momentânea. O espanhol estava duvidando de sua boa-fé? No entanto, no vestuário e na fala, ele sabia ser impecavelmente espanhol, e dom Esteban não estava ali para confirmá-lo? Ele continuou para confirmar melhor antes que o almirante pudesse dizer mais uma palavra.

— E temos no barco abaixo dois baús contendo cinquenta mil peças de oito, que devemos entregar a Vossa Excelência.

Sua Excelência deu um salto; houve uma agitação repentina entre seus oficiais.

— São o resgate extraído por dom Diego do governador de...

— Nem mais uma palavra, em nome do Céu! — gritou o almirante em alarme. — Meu irmão quer que eu assuma o controle desse dinheiro para levá-lo à Espanha por ele? Bem, isso é um assunto de família entre meu irmão e eu. Então pode ser feito. Mas não devo saber... — Ele se interrompeu. — Hum! Um copo de Málaga na minha cabine, por favor — ele os convidou —, enquanto os baús estão sendo carregados a bordo.

Ele deu ordens para embarcar os baús, depois seguiu na frente até sua cabine regiamente equipada, seus quatro oficiais e o frade seguindo pelo convite particular.

Sentado à mesa, com o vinho fulvo à frente e depois que o criado que o servira tinha saído, dom Miguel riu e acariciou a barba pontuda e grisalha.

— *Virgen santísima!* Esse meu irmão pensa em tudo. Se fosse pela minha cabeça, eu poderia ter cometido uma bela indiscrição ao me aventurar a bordo do navio dele neste momento. Eu poderia ter visto coisas que, como almirante da Espanha, seria difícil ignorar.

Tanto Esteban quanto Blood se apressaram em concordar com ele, e Blood ergueu a taça e bebeu pela glória da Espanha e pela condenação do enlouquecido James que ocupava o trono da Inglaterra. A última parte do brinde, pelo menos, foi sincera.

O almirante riu.

— Senhor, senhor, você precisa do meu irmão aqui para conter suas imprudências. Deve se lembrar que Sua Majestade Católica e o rei da Inglaterra são bons amigos. Este não é um brinde para se propor nesta cabine. Mas, já que foi proposto, e por alguém que tem um motivo pessoal específico para odiar esses cães ingleses, vamos honrá-lo, mas não oficialmente.

Eles riram e beberam à maldição do rei James — de forma bem extraoficial, mas com mais fervor por causa disso. Então dom Esteban, inquieto por causa do pai e lembrando que a agonia de dom Diego se prolongava a cada instante que o deixavam naquela posição terrível, levantou-se e anunciou que eles deviam voltar.

— Meu pai — explicou — está com pressa para chegar a São Domingos. Pediu que eu não ficasse mais do que o necessário para abraçá-lo. Se nos der licença, então, senhor tio.

Naquelas circunstâncias, o "senhor tio" não insistiu.

Quando voltaram para o lado do navio, os olhos de Blood examinaram ansiosos a fila de marinheiros debruçados sobre o costado em conversa fiada com os espanhóis no bote que esperava ao pé da escada. Mas suas atitudes mostraram-lhe que não havia motivo para ansiedade. A tripulação do barco estava sendo sabiamente reticente.

O almirante despediu-se deles — de Esteban com afeto, de Blood com cerimônia.

— Lamento pela despedida precoce, dom Pedro. Gostaria que pudesse ter feito uma visita mais longa ao *Encarnación*.

— É mesmo uma infelicidade — disse o capitão Blood com educação.

— Mas espero que possamos nos encontrar de novo.

— Esse é um elogio além de tudo que mereço.

Eles alcançaram o barco, que se afastou do grande navio. Enquanto se afastavam, com o almirante acenando para eles do balaústre da popa, ouviram o assobio estridente do contramestre mandando os ajudantes para seus postos e, antes de chegarem ao *Cinco Llagas*, viram o *Encarnación* zarpar. O navio baixou a bandeira para eles e, do tombadilho, um canhão disparou uma saudação.

A bordo do *Cinco Llagas*, alguém — que mais tarde eles descobriram ser Hagthorpe — teve a inteligência de responder da mesma maneira. A comédia tinha acabado. No entanto, havia algo mais a seguir como um epílogo, algo que deu um sabor irônico e sombrio à situação.

Quando pisaram na meia-nau do *Cinco Llagas*, Hagthorpe avançou para recebê-los. Blood observou a expressão tensa, quase assustada, em seu rosto.

— Vejo que você encontrou — disse baixinho.

Os olhos de Hagthorpe pareciam questionadores. Mas sua mente rejeitou qualquer pensamento ali contido.

— Dom Diego... — ele estava começando, mas parou e olhou com curiosidade para Blood.

Notando a pausa e o olhar, Esteban saltou para a frente, com o rosto lívido.

— Você quebrou a promessa, seu maldito? Ele sofreu algum dano? — gritou, e os seis espanhóis atrás dele tornaram-se clamorosos com questionamentos furiosos.

— Não quebramos a promessa — disse Hagthorpe com tanta firmeza que os calou. — E, neste caso, não houve necessidade. Dom Diego morreu sob as amarras antes mesmo de vocês chegarem ao *Encarnación*.

Peter Blood não disse nada.

— Morreu? — gritou Esteban. — Você o matou, na verdade. Ele morreu do quê?

Hagthorpe olhou para o rapaz.

— Se sou capaz de julgar — disse ele —, dom Diego morreu de medo.

Dom Esteban atingiu o rosto de Hagthorpe ao ouvir isso, e Hagthorpe teria revidado, mas Blood entrou no meio, enquanto seus seguidores agarraram o rapaz.

— Deixe estar — disse Blood. — Você provocou o rapaz com o insulto ao pai dele.

— Eu não estava preocupado em insultar — disse Hagthorpe, massageando a bochecha. — Foi o que aconteceu. Venham ver.

— Eu já vi — disse Blood. — Ele morreu antes de eu deixar o *Cinco Llagas*. Estava pendurado morto nas amarras quando falei com ele antes de sair.

— O que você está dizendo? — gritou Esteban.

Blood olhou para ele com seriedade. No entanto, apesar de toda a gravidade, parecia quase sorrir, embora sem alegria.

— Se você soubesse disso, hein? — perguntou por fim.

Por um instante, dom Esteban olhou para ele com os olhos arregalados, incrédulo.

— Não acredito — disse por fim.

— Pode acreditar. Sou médico e reconheço a morte quando a vejo.

Mais uma vez, houve uma pausa, enquanto a convicção afundava na mente do rapaz.

— Se eu soubesse — disse por fim com a voz grossa —, você estaria pendurado no lais[10] do *Encarnación* neste momento.

— Eu sei — disse Blood. — Estou pensando no lucro que um homem pode obter com a ignorância dos outros.

— Mas você ainda vai ser pendurado lá — enfureceu-se o rapaz.

O capitão Blood deu de ombros e girou nos calcanhares. Mas não desconsiderou as palavras, nem Hagthorpe, nem mesmo os outros que as ouviram, como mostraram em um conselho realizado naquela noite na cabine.

---

10 Lais de guia é um dos nós náuticos mais conhecidos, no qual se forma uma alça não corrediça, e é muito usado para ancoragem, resgate ou fixação de cabos. [N.R]

Esse conselho foi reunido para determinar o que deveria ser feito com os prisioneiros espanhóis. Considerando que Curaçao agora estava fora de alcance, pois estavam ficando sem água e sem provisões, e também que Pitt ainda não tinha condições de assumir a navegação da embarcação, foi decidido que, indo para o leste da ilha de São Domingos e depois navegando ao longo da costa norte, eles deveriam rumar para Tortuga, aquele refúgio dos bucaneiros, em cujo porto sem lei eles pelo menos não tinham o perigo de ser recapturados. Agora precisavam decidir se iam levar os espanhóis ou deixá-los em um barco para eles se virarem para chegar até a costa da ilha de São Domingos, que ficava a apenas dez milhas de distância. Esse foi o curso recomendado pelo próprio Blood.

— Não temos mais nada a fazer — insistiu. — Em Tortuga, eles seriam esfolados vivos.

— O que é menos do que esses porcos merecem — rosnou Wolverstone.

— E você precisa se lembrar, Peter — interveio Hagthorpe —, da ameaça que aquele garoto lhe fez hoje de manhã. Se ele escapar e contar tudo para o tio, o almirante, a execução dessa ameaça vai se tornar mais do que possível.

Diz muito sobre Peter Blood o fato de o argumento tê-lo deixado impassível. É uma coisa pequena, talvez, mas, em uma narrativa em que já há tanta coisa que fala contra ele, não posso — já que minha história tem a natureza de um resumo para a defesa — me dar ao luxo de esconder uma circunstância que é tão forte a seu favor, uma circunstância reveladora de que o cinismo que lhe era atribuído procedia da razão e de uma reflexão sobre seus erros, e não de instintos naturais.

— Não me importo nem um pouco com as ameaças dele.

— Pois devia — disse Wolverstone. — O mais sensato seria enforcá-lo com todos os outros.

— Não é humano ser sábio — disse Blood. — É muito mais humano errar, embora talvez seja excepcional errar estando do lado da misericórdia. Seremos excepcionais. Ah, que horror! Não tenho estômago para matar a sangue frio. Ao raiar do dia, coloque os espanhóis em um barco com um barril de água e um saco de bolinhos, e deixe-os irem para o diabo.

Essa foi sua última palavra sobre o assunto, e ela prevaleceu em virtude da autoridade que tinham investido nele e à qual ele havia se apegado com tanta firmeza. Ao amanhecer, dom Esteban e seus seguidores foram colocados em um barco.

Dois dias depois, o *Cinco Llagas* navegou para a baía rochosa de Cayona, que a natureza parecia ter projetado para ser o reduto daqueles que se apropriaram dela.

CAPÍTULO XIII.
Tortuga

É hora de revelar de vez o fato de que a sobrevivência da história das façanhas do capitão Blood se deve inteiramente ao esforço de Jeremy Pitt, mestre de navio de Somersetshire. Além de sua habilidade como navegador, este jovem amável parece ter empunhado uma caneta infatigável e ter sido inspirado a entregar-se à sua fluência pelo afeto que obviamente tinha por Peter Blood.

Ele manteve o diário de bordo da fragata *Arabella*, de quarenta canhões, em que serviu como mestre ou, como diríamos hoje, oficial de navegação, como nenhum diário que já vi. Ele tem cerca de vinte volumes de tamanhos variados, alguns dos quais simplesmente sumiram e outros que perderam tantas folhas que são de pouca utilidade. Mas se, às vezes, na leitura laboriosa deles — estão preservados na biblioteca do sr. James Speke de Comerton —, eu pesquisei essas lacunas, em outras fiquei igualmente preocupado com a excessiva prolixidade do que restou e com a dificuldade de separar do todo confuso as partes realmente essenciais.

Tenho a suspeita de que Esquemeling — embora como ou onde não consigo conjecturar — deve ter tido acesso a esses registros e arrancado deles as penas brilhantes de várias façanhas para enfiá-las na cauda de seu próprio herói, o capitão Morgan. Mas essa é outra história. Menciono isso sobretudo como um aviso, pois, quando agora eu relatar o acontecimento de Maracaibo, aqueles de vocês que leram Esquemeling podem correr o risco de supor que foi Henry Morgan quem realizou aquelas coisas que aqui são atribuídas a Peter Blood. No entanto, acho que, quando você pesar os motivos que atuaram tanto em Blood quanto no almirante espanhol naquele acontecimento e quando você considerar o quanto esse evento faz parte da história de Blood — embora seja só um incidente isolado na de Morgan —, você chegue à mesma conclusão que eu sobre quem é o verdadeiro plagiador.

O primeiro desses registros de Pitt é quase todo ocupado por uma narrativa retrospectiva dos eventos até a época da primeira chegada de Blood a Tortuga. Esse e a Coleção Tannatt de Julgamentos do Estado são as principais — embora não as únicas — fontes da minha história até agora.

Pitt enfatiza muito o fato de que foram as circunstâncias às quais me referi, e somente essas, que levaram Peter Blood a procurar um ancoradouro em Tortuga. Ele insiste longamente, e com uma veemência que por si só deixa claro que uma opinião oposta foi mantida em alguns grupos, que não fazia parte do desígnio de Blood nem de nenhum de seus companheiros de infortúnio se unir aos piratas que, sob uma proteção francesa semioficial, fizeram de Tortuga um covil de onde poderiam sair para conduzir seu impiedoso comércio pirata, principalmente à custa da Espanha.

Segundo Pitt, a intenção original de Blood era ir para a França ou para a Holanda. Mas, nas longas semanas de espera por um navio que o levasse a um ou outro desses países, seus recursos diminuíram e acabaram desaparecendo. Além disso, seu cronista pensa ter detectado sinais de um problema secreto no amigo, e atribui a isso os abusos do poderoso espírito das Índias Ocidentais de que Blood se tornou culpado naqueles dias de inércia, afundando assim ao nível dos aventureiros selvagens a quem se aliou em terra.

Não creio que Pitt seja culpado só de uma defesa especial, de estar apresentando desculpas em prol do seu herói. Acho que naquela época havia muita coisa para oprimir Peter Blood. Havia o pensamento em Arabella Bishop — e não temos permissão para duvidar de que esse pensamento assomou-se em sua mente. Ele estava enlouquecido pela atração atormentadora do inatingível. Ele desejava Arabella, mas sabia que ela estava além de seu alcance de maneira irrevogável e permanente. Além disso, embora tivesse desejado ir para a França ou para a Holanda, ele não tinha um propósito claro a cumprir quando chegasse a um desses países. Afinal, era um escravo fugitivo, um fora da lei na própria terra e um pária sem teto em qualquer outra. Restava-lhe o mar, que é gratuito para todos e especialmente atraente para quem se sente em guerra contra a humanidade. E assim, considerando o espírito aventureiro que uma vez já o havia mandado vagar pelo puro amor a esse espírito, considerando que tinha sido intensificado agora por uma imprudência gerada pela ilegalidade, que seu treinamento e suas habilidades marítimas militantes suportaram clamorosamente as tentações que se apresentaram a ele, você consegue imaginar, ou ousa culpá-lo, por ter sucumbido no fim? E lembre-se de que essas tentações procediam não apenas de conhecidos bucaneiros aventureiros nas tavernas daquele refúgio maligno de Tortuga, mas até mesmo de m. D'Ogeron, o governador da ilha, que cobrava como taxas portuárias uma porcentagem de um décimo de todos os espólios levados para a baía e que lucrava ainda mais com comissões em dinheiro que ele pretendia converter em letras de câmbio na França.

Um comércio que poderia ter um aspecto repelente quando instigado por aventureiros sebosos e meio bêbados, caçadores, lenhadores, escarificadores, ingleses, franceses e holandeses tornou-se uma forma digna, quase oficial de pirataria quando defendida pelos cavalheiros de meia-idade corteses que, ao representarem a Companhia Francesa das Índias Ocidentais, pareciam representar a própria França.

Além disso, para um homem — sem excluir o próprio Jeremy Pitt, em cujo sangue o chamado do mar era insistente e imperativo — daqueles que haviam escapado com Peter Blood das plantações de Barbados e que, consequentemente, como ele, não sabiam para onde ir, todos estavam decididos a se juntar à grande Irmandade da Costa, como aqueles andarilhos se identificavam. E eles se uniram às outras vozes que estavam persuadindo Blood, exigindo que ele continuasse na liderança da qual desfrutava desde que tinham deixado Barbados e jurando segui-lo com lealdade para onde quer que ele os conduzisse.

E, assim, para condensar tudo que Jeremy registrou sobre o assunto, Blood acabou cedendo à pressão externa e interna, abandonando-se ao fluxo do Destino. *"Fata viam invenerunt"*[11] é a expressão dele em relação a isso.

Se ele resistiu por tanto tempo, foi, acho, o pensamento em Arabella Bishop que o conteve. O fato de que eles deviam estar destinados a nunca mais se encontrarem não pesou no início ou, na verdade, nunca. Ele concebeu o desprezo com que ela ouviria que ele havia se tornado pirata, e o desprezo, embora ainda não passasse de imaginação, o feria como se já fosse realidade. E, mesmo quando ele conquistou isso, o pensamento dela continuava sempre presente. Ele aceitou a consciência de que a lembrança dela se mantinha tão desconcertantemente ativa. Jurou que pensar nela era algo que estaria sempre diante dele, para ajudá-lo a manter as mãos tão limpas quanto um homem o faria nesse comércio desesperado em que estava embarcando. Portanto, embora não pudesse nutrir nenhuma esperança ilusória de um dia conquistá-la ou mesmo de

---

11 Em latim, "O destino do nosso caminho". [N.T.]

voltar a vê-la, ainda assim a lembrança dela permaneceria em sua alma como uma influência purificadora e agridoce. O amor que nunca é realizado muitas vezes permanece como orientador ideal do homem. Com a decisão tomada, começou a trabalhar. D'Ogeron, o mais complacente dos governadores, adiantou-lhe dinheiro para equipar adequadamente o navio, o *Cinco Llagas*, que ele rebatizou de *Arabella*. Isso foi depois de alguma hesitação, com medo de expor o próprio coração. Mas os amigos de Barbados consideraram isso uma expressão da ironia sempre a postos que seu líder usava.

Ao grupo de seguidores que já tinha, acrescentou mais sessenta, escolhendo os homens com cautela e discernimento — e ele era um avaliador excepcional de homens — entre os aventureiros de Tortuga. Com todos, celebrou os artigos usuais entre a Irmandade da Costa, segundo os quais cada homem deveria receber uma parte dos prêmios capturados. Em outros aspectos, entretanto, os artigos eram diferentes. A bordo do *Arabella* não haveria nada da indisciplina violenta que normalmente prevalecia nos navios piratas. Aqueles que o acompanharam prometeram obediência e submissão em todas as coisas a ele e aos oficiais nomeados por voto. Qualquer pessoa que achasse essa cláusula nos artigos desagradável poderia seguir outro líder.

No fim de dezembro, quando a temporada de furacões terminou, ele embarcou no navio bem equipado e bem guarnecido e, antes de retornar em maio seguinte de um cruzeiro prolongado e aventureiro, a fama do capitão Peter Blood tinha corrido como ondas diante da brisa sobre a face do mar do Caribe. Houve uma luta no canal de Barlavento no início com um galeão espanhol, que resultou na destruição e, por fim, no naufrágio do espanhol. Houve um ataque ousado efetuado por meio de várias pirogas apropriadas contra uma frota de pérolas espanhola no rio de la Hacha, da qual eles haviam tirado um lote de pérolas especialmente exuberantes. Houve uma expedição por terra às jazidas de ouro de Santa Maria, no Meno, cuja história completa não é muito verossímil, e houve aventuras menores em todas as quais a tripulação do *Arabella* saiu com crédito e lucro, se não totalmente incólume.

E assim aconteceu que, antes de o *Arabella* voltar para Tortuga no mês de maio seguinte para ser reformado e consertado — pois não estava sem cicatrizes, como você pode imaginar —, a fama do navio e de Peter Blood, seu capitão, tinha se espalhado das Bahamas até as ilhas de Barlavento, de Nova Providência a Trinidad.

Um eco disso alcançou a Europa e, no Tribunal de St. James, representações iradas foram feitas pelo embaixador da Espanha, a quem foi respondido que não se devia supor que esse capitão Blood representasse o rei da Inglaterra; que ele era, na verdade, um rebelde proscrito, um escravo fugitivo, e que qualquer medida contra ele por parte de Sua Majestade Católica receberia a aprovação cordial do rei James II.

Dom Miguel de Espinosa, almirante da Espanha nas Índias Ocidentais, e seu sobrinho dom Esteban, que navegava com ele, tinham vontade de levar o aventureiro para o lais. Para eles, esse negócio de capturar Blood, que agora era um assunto internacional, também era um assunto de família.

A Espanha, pela boca de dom Miguel, não poupou ameaças. O relato dessas ameaças chegou a Tortuga e, com ele, a garantia de que dom Miguel tinha atrás de si não só a autoridade da própria nação, mas também a do rei inglês.

Foi um *brutum fulmen*[12] que não inspirou nenhum pavor no capitão Blood. Nem era provável, por causa disso, que ele se permitisse correr para mofar na segurança de Tortuga. Por tudo que sofreu nas mãos dos homens, decidiu fazer da Espanha o bode expiatório. Assim, relatou que servia a um propósito duplo: recebia uma compensação e, ao mesmo tempo, servia, não de fato ao rei Stuart, a quem desprezava, mas à Inglaterra e, nesse caso, a todo o

---

[12] Em latim, "uma ameaça vazia". [N.T.]

resto da humanidade civilizada que a cruel, traiçoeira, gananciosa e fanática Castela procurava excluir da relação com o Novo Mundo.

Certo dia, enquanto estava sentado com Hagthorpe e Wolverstone com um cachimbo e uma garrafa de rum no fedor sufocante de alcatrão e tabaco velho de uma taverna à beira-mar, foi abordado por um esplêndido rufião usando um casaco de cetim azul-escuro com renda de ouro e uma faixa carmesim de trinta centímetros de largura na cintura.

— *C'est vous qu'on appelle Le Sang?*[13] — cumprimentou o sujeito.

O capitão Blood ergueu os olhos para analisar o questionador antes de responder. O homem era alto e tinha uma constituição forte e ágil, um rosto moreno e aquilino de beleza bruta. Um diamante de grande valor flamejava na mão mediocremente limpa apoiada no punho do florete comprido, e havia argolas de ouro nas orelhas, meio ocultas pelos longos cachos de cabelo castanho oleoso.

O capitão Blood tirou o cachimbo dos lábios.

— Meu nome — disse ele — é Peter Blood. Os espanhóis me conhecem por dom Pedro Sangre, e um francês pode me chamar de Le Sang, se quiser.

— Ótimo — disse o aventureiro espalhafatoso em inglês e, sem nenhum convite, puxou um banquinho e sentou-se à mesa gordurosa. — Meu nome — informou aos três homens, dois dos quais pelo menos o olhavam de esguelha — é Levasseur. Vocês podem ter ouvido falar de mim.

Eles tinham, de fato. Ele comandava um corsário de vinte canhões que lançara âncora na baía uma semana antes, com uma tripulação composta principalmente por caçadores franceses da ilha de São Domingos do Norte, homens que tinham bons motivos para odiar os espanhóis com uma intensidade superior à dos ingleses. Levasseur os levara de volta a Tortuga depois de um cruzeiro

---

[13] Em francês, "É você que chamam de Sangue?" [N.T.]

mediocremente bem-sucedido. Seria preciso mais, porém, do que a falta de sucesso para abater a monstruosa vaidade do sujeito. Um canalha barulhento, briguento, beberrão e que jogava pesado, sua reputação como bucaneiro era alta na selvagem Irmandade da Costa. Também gozava de uma reputação de outro tipo. Havia, em sua rudeza espalhafatosa e arrogante, algo que as mulheres achavam atraente de um jeito singular. O fato de se gabar abertamente de sua bela fortuna não parecia estranho ao capitão Blood; o que ele pode ter achado estranho é que parecia haver alguma justificativa para essas ostentações.

Corria o boato de que até mademoiselle D'Ogeron, filha do governador, fora apanhada na armadilha de sua atratividade selvagem, e que Levasseur chegara ao limite da audácia de pedir sua mão em casamento ao pai. M. D'Ogeron lhe dera a única resposta possível. Mostrou-lhe a porta. Levasseur partiu furioso, jurando que faria de mademoiselle sua esposa apesar de todos os padres da cristandade, e que m. D'Ogeron lamentaria amargamente a afronta que lhe fizera.

Esse era o homem que agora se lançava sobre o capitão Blood com uma proposta de aliança, oferecendo-lhe não apenas sua espada, mas seu navio e os homens que nele navegavam.

Doze anos antes, quando era um rapaz de apenas vinte anos, Levasseur navegara com L'Ollonais, aquele monstro da crueldade, e suas próprias façanhas subsequentes deram testemunho e crédito à escola em que fora criado. Duvido que em sua época houvesse maior canalha entre a Irmandade da Costa do que esse Levasseur. E, no entanto, por mais repulsivo que o achasse, o capitão Blood não podia negar que as propostas do sujeito demonstravam ousadia, imaginação e recursos, e ele foi forçado a admitir que juntos poderiam realizar operações de uma magnitude maior do que seria possível para qualquer um deles sozinho. O clímax do projeto de Levasseur seria um ataque à rica cidade de Maracaibo no continente; mas, para isso, admitia, seriam necessários seiscentos homens, no mínimo, e seiscentos homens não teriam como ser transportados nos dois navios que eles agora comandavam. Era necessário realizar cruzeiros preliminares, tendo como um de seus objetivos a captura de novos navios.

Como não gostou do homem, o capitão Blood não se comprometeu de imediato. Mas, por ter gostado da proposta, consentiu em avaliá-la. Pressionado por Hagthorpe e Wolverstone, que não compartilhavam sua antipatia pessoal pelo francês, o fim da questão foi que, em uma semana, os artigos foram redigidos entre Levasseur e Blood e assinados por eles e — como era de costume — pelos representantes escolhidos entre seus seguidores.

Esses artigos continham, *inter alia*, as disposições comuns de que, em caso de separação dos dois navios, posteriormente deveria ser feita uma prestação de contas habilidosa de todos os prêmios tomados em separado, de modo que o navio que recebesse o prêmio devia reter três quintos do valor, entregando dois quintos ao seu aliado. Essas partes seriam depois subdivididas entre os tripulantes de cada navio, de acordo com as cláusulas já existentes entre cada capitão e seus próprios homens. Quanto ao restante, os artigos continham todas as cláusulas habituais, entre as quais a cláusula de que qualquer homem considerado culpado de abstrair ou ocultar qualquer parte de um prêmio, por mais que o valor não fosse superior a um peso, deveria ser sumariamente enforcado no lais.

Agora que tudo estava resolvido, eles se prepararam para se lançar ao mar e, na véspera da partida, Levasseur escapou por pouco de um tiro em uma tentativa romântica de escalar o muro do jardim do governador com o objetivo de despedir-se emocionadamente da apaixonada mademoiselle D'Ogeron. Desistiu depois de ter sido baleado duas vezes em uma emboscada fragrante de pés de pimentão onde os guardas do governador estavam posicionados e partiu jurando tomar medidas diferentes e bem definidas em seu retorno.

Naquela noite, dormiu a bordo do próprio navio, que, com sua ostentação característica, ele havia chamado de *La Foudre*, e ali, no dia seguinte, recebeu a visita do capitão Blood, a quem saudou meio zombeteiro como seu almirante. O irlandês tinha ido acertar alguns detalhes finais, dos quais tudo que nos interessa é o entendimento de que, no caso de os dois navios se separarem por acidente ou por projeto, eles deveriam se juntar de novo o mais rápido possível em Tortuga.

Depois disso, Levasseur recebeu seu almirante para jantar e, juntos, beberam ao sucesso da expedição; tão copiosamente no caso de Levasseur que, quando chegou a hora de os dois se separarem, estava bêbado a ponto de, ainda assim, manter sua compreensão.

Por fim, ao anoitecer, o capitão Blood passou pela amurada e foi levado a remo de volta ao seu grande navio com baluartes vermelhos e portas douradas, transformado em uma coisa adorável de chamas pelo sol poente.

Estava com o coração um pouco pesado. Eu disse que ele era um avaliador de homens, e sua avaliação de Levasseur enchia-o de dúvidas que se tornavam mais pesadas à medida que se aproximava a hora da partida.

Ele revelou isso a Wolverstone, que o encontrou quando subiu a bordo do *Arabella*:

— Você me convenceu a aceitar esses termos, seu canalha; e vou me surpreender se algo de bom resultar dessa aliança.

O gigante revirou o único olho sanguinário e zombou, projetando a mandíbula pesada.

— Vamos torcer o pescoço daquele cachorro se houver alguma traição.

— Vamos mesmo. Se estivermos lá para torcê-lo. — E, depois disso, encerrando o assunto: — Partiremos pela manhã, na primeira hora da vazante — anunciou e foi para sua cabine.

CAPÍTULO XIV.

Os atos heroicos de Levasseur

Era perto de dez horas da manhã seguinte, uma hora antes do horário marcado para a partida, quando uma canoa apareceu ao lado do *La Foudre*, e um índio mestiço saltou dela e subiu a escada. Estava vestido com couro peludo e não curtido, e um cobertor vermelho servia-lhe de capa. Era o portador de um pedaço de papel dobrado para o capitão Levasseur.

O capitão desdobrou a carta, tristemente suja e amassada pelo contato com a pessoa mestiça. O conteúdo pode ser traduzido mais ou menos da seguinte forma:

— Meu amado, estou no brigue holandês *Jongvrow*, que está para zarpar. Decidido a nos separar para sempre, meu pai cruel está me mandando para a Europa sob os cuidados do meu irmão. Imploro que venha me salvar. Liberte-me, meu amado herói! Sua desolada Madeleine, que o ama.

O amado herói foi tocado na alma por aquele apelo apaixonado. Seu olhar carrancudo varreu a baía em busca do brigue holandês, que ele sabia que ia zarpar para Amsterdã com uma carga de peles e tabaco.

Não estava em lugar nenhum à vista entre os navios naquele cais estreito e cheio de pedras. Ele rugiu a pergunta que estava em sua mente.

Em resposta, o mestiço apontou para além das ondas espumosas que marcavam a posição do recife que constituía uma das principais defesas da fortaleza. Bem além dele, a cerca de uma milha, uma vela se destacava no mar.

— Ela vai ali — disse ele.

— Ali! — O francês olhou e encarou, o rosto ficando branco. O temperamento perverso do homem despertou e voltou-se contra o mensageiro. — E onde você esteve que só veio aqui com isso agora? Responda!

O mestiço encolheu-se de medo diante da fúria. A explicação, se a tivesse, teria sido paralisada pelo medo. Levasseur agarrou-o pelo pescoço, sacudiu-o duas vezes, rosnando, depois atirou-o para os embornais. A cabeça do homem atingiu a amurada quando caiu, e ele ficou ali, imóvel, um fio de sangue escorrendo da boca.

Levasseur bateu uma das mãos na outra, como se as espanasse.

— Jogue esse esterco ao mar — ordenou a alguns dos que estavam parados na meia-nau. — Depois levantem âncora e vamos atrás do holandês.

— Calma, capitão. O que é isso? — Havia uma mão restritiva em seu ombro, e o rosto largo de seu tenente Cahusac, um canalha bretão corpulento e insensível, o confrontava de um jeito impassível.

Levasseur deixou claro seu propósito com uma obscenidade desnecessária.

Cahusac balançou a cabeça.

— Um brigue holandês! — disse ele. — Impossível! Nunca vão nos permitir.

— E quem diabos vai nos negar? — Levasseur estava entre o espanto e a fúria.

— Por um lado, sua própria tripulação não estará muito disposta. Por outro lado, o capitão Blood.

— Eu não me importo nem um pouco com o capitão Blood...

— Mas é necessário se importar. Ele tem o poder, o peso do metal e dos homens e, se eu o conheço, ele vai nos afundar antes de sofrer interferência dos holandeses. Ele tem suas próprias visões da pirataria, esse capitão Blood, como lhe avisei.

— Ah! — disse Levasseur, mostrando os dentes. Mas os olhos, fixos naquela vela distante, estavam sombriamente pensativos. Não por muito tempo. A imaginação e os recursos que o capitão Blood tinham detectado no sujeito logo sugeriram um curso.

Xingando na alma, e antes mesmo de levantar a âncora, ele já estava estudando maneiras de escapar da aliança em que tinha entrado. O que Cahusac insinuou era verdade: Blood jamais permitiria que se aplicasse violência a um holandês em sua presença; mas isso podia ser feito em sua ausência; e, depois de feito, Blood teria que se obrigar a tolerar isso, visto que seria tarde demais para protestar.

Em uma hora, o *Arabella* e o *La Foudre* estavam partindo juntos para o mar. Sem entender a mudança de plano envolvida, o capitão Blood, no entanto, aceitou-a e levantou âncora antes da hora marcada ao perceber que seu aliado estava fazendo isso.

O dia todo o brigue holandês esteve à vista, embora à noite tivesse se reduzido a uma mera partícula no horizonte ao norte. O curso prescrito para Blood e Levasseur ficava para o leste ao longo do litoral norte da ilha de São Domingos. Nesse curso, o *Arabella* continuou firme durante toda a noite. Quando o dia amanheceu de novo, estava sozinho. O *La Foudre*, sob o disfarce da escuridão, avançou para o nordeste com cada pedaço de lona em suas vergas.

Cahusac tentou mais uma vez protestar.

— O diabo que o carregue! — Levasseur havia respondido a ele. — Um navio é um navio, seja holandês ou espanhol, e navios são a nossa necessidade atual. Isso será suficiente para os homens.

O tenente não disse mais nada. Mas, ao vislumbrar a carta, sabendo que uma garota e não um navio era o verdadeiro objetivo de seu capitão, balançou a cabeça com tristeza enquanto se afastava sobre as pernas arqueadas para dar as ordens necessárias.

O amanhecer encontrou o *La Foudre* perto do holandês, nem uma milha atrás, e a visão do navio evidentemente deixou o *Jongvrow* perturbado. Sem dúvida, o irmão de mademoiselle, reconhecendo o navio de Levasseur, devia ser o responsável pela inquietação holandesa. Eles viram o *Jongvrow* aglomerando as lonas em uma tentativa inútil de navegar mais rápido que eles, de modo que se afastaram para estibordo e aceleraram até estarem em uma posição de onde pudessem disparar um tiro de advertência em sua proa. O *Jongvrow* desviou do curso, mostrou a eles seu leme e abriu fogo com a artilharia de popa. O pequeno tiro passou assobiando pelos cordames do *La Foudre*, com alguns danos leves à lona. Seguiu-se uma breve luta com perseguição, na qual o holandês disparou uma rajada de tiros.

Cinco minutos depois, eles estavam bordo a bordo, com o *Jongvrow* agarrado com força nas embreagens das fateixas do *La Foudre* e os piratas se espalhando ruidosamente pela meia-nau.

O comandante do navio holandês, com o rosto roxo, adiantou-se para enfrentar o pirata, seguido de perto por um jovem cavalheiro elegante e de rosto pálido em quem Levasseur reconheceu o futuro cunhado.

— Capitão Levasseur, isso é um ultraje pelo qual você terá que responder. O que quer a bordo do meu navio?

— No início, eu só buscava o que me pertencia, do qual estou sendo roubado. Mas, já que você escolheu a guerra e abriu fogo contra mim com alguns danos ao meu navio e a morte de cinco dos meus homens, ora, teremos uma guerra, e seu navio será um prêmio de guerra.

Da mureta do tombadilho, mademoiselle D'Ogeron olhou para baixo com olhos brilhantes e maravilhados com seu amado herói. Ele parecia gloriosamente heroico enquanto se assomava ali, magistral, audacioso, lindo. Ele a viu e, com um grito de alegria, saltou em sua direção. O comandante holandês entrou no caminho com as mãos levantadas para impedir seu avanço. Levasseur não ficou para discutir com ele: estava impaciente demais para alcançar sua amada. Balançou a machadinha que carregava, e o holandês caiu ensanguentado com o crânio rachado. O amante ansioso passou por cima do corpo e avançou, com o semblante alegre e iluminado.

Mas mademoiselle agora estava encolhida de pavor. Era uma garota no limiar de uma gloriosa feminilidade, de boa altura e nobremente moldada, com pesados cachos de cabelo preto brilhoso ao redor e sobre o rosto, que era da cor de marfim antigo. Seu semblante era marcado por linhas de arrogância, acentuadas pelas pálpebras baixas dos olhos escuros.

Em um salto, seu amado estava ao lado dela e, jogando para longe a machadinha ensanguentada, ele abriu bem os braços para envolvê-la. Mas ela continuou encolhida mesmo no abraço, que não seria negado; uma expressão de pavor tinha surgido para moderar a arrogância normal de seu rosto quase perfeito.

— Minha, finalmente minha e apesar de tudo! — gritou ele, de um jeito exultante, dramático e verdadeiramente heroico.

Mas ela, esforçando-se para empurrá-lo para trás, com as mãos no peito dele, só conseguiu gaguejar:

— Por que você o matou?

Ele riu, como um herói deveria fazer; e respondeu heroicamente, com a tolerância de um deus para com o mortal a quem condescende:

— Ele estava entre nós dois. Que sua morte seja um símbolo, um alerta. Que todos os que se interpõem entre nós gravem esse alerta e tomem cuidado.

Era tão esplendidamente maravilhoso, o gesto era tão amplo e louvável, e seu magnetismo era tão atraente que ela afastou os tremores bobos e se rendeu com liberdade, embriagada, ao abraço afetuoso. Depois disso, ele a colocou sobre o ombro e, andando com facilidade sob aquele fardo, carregou-a numa espécie de triunfo, vigorosamente saudado por seus homens, até o convés do próprio navio. O irmão imprudente dela poderia ter arruinado aquela cena romântica, não fosse pelo vigilante Cahusac, que, em silêncio, o fez tropeçar e o amarrou como uma ave.

Depois disso, enquanto o capitão derretia-se com o sorriso de sua dama dentro da cabine, Cahusac lidava com os espólios da guerra. A tripulação holandesa recebeu ordem de embarcar no escaler e foi convidada a ir para o inferno. Por sorte, como eram menos de trinta, o escaler, embora perigosamente superlotado, ainda conseguia contê-los. Em seguida, Cahusac, depois de inspecionar a carga, colocou um contramestre e vinte homens a bordo do *Jongvrow* e deixou-o seguir o *La Foudre*, que agora navegava para o sul, para as ilhas de Sotavento.

Cahusac estava disposto a ser mal-humorado. O risco que correram ao invadir o brigue holandês e atacar com violência os membros da família do governador de Tortuga era desproporcional ao valor do prêmio. Ele disse isso, emburrado, a Levasseur.

— Pode guardar essa opinião para si mesmo — respondeu o capitão. — Não pense que sou homem de enfiar meu pescoço em uma corda sem saber como vou tirá-lo depois. Enviarei ao governador de Tortuga uma oferta de termos que ele será forçado a aceitar. Defina o curso para Virgen Magra. Vamos desembarcar e resolver as coisas a partir de lá. E diga para trazerem aquele covarde do D'Ogeron até a cabine.

Levasseur voltou para a adorável dama.

O irmão da dama também foi conduzido para lá. O capitão levantou-se para recebê-lo, dobrando sua robusta altura para evitar atingir o teto da cabine com a cabeça. Mademoiselle também se levantou.

— Por que isso? — perguntou ela a Levasseur, apontando para os pulsos imobilizados do irmão: as sobras das precauções de Cahusac.

— Eu deploro isso — disse ele. — Desejo que isso acabe. Que monsieur D'Ogeron me dê sua promessa...

— Não vou lhe dar nada — lançou o jovem de rosto branco, a quem não faltava personalidade.

— Entende? — Levasseur encolheu os ombros com profundo pesar, e mademoiselle voltou-se para protestar contra o irmão.

— Henri, isso é tolice! Você não está se comportando como meu amigo. Você...

— Tolinha — respondeu o irmão, e o "inha" estava deslocado; ela era a mais alta dos dois. — Tolinha, você acha que eu deveria agir como seu amigo para fazer um acordo com este pirata desonrado?

— Calma, meu franguinho! — Levasseur riu. Mas não foi uma risada simpática.

— Não percebe sua loucura perversa no mal que ela já trouxe? Vidas foram perdidas, homens morreram para que esse monstro pudesse alcançá-la. E você ainda não percebeu onde está: em poder desse animal, desse vira-lata nascido em um canil e criado em meio ao roubo e ao assassinato?

Ele poderia ter dito outras coisas, mas Levasseur o golpeou na boca. Levasseur, veja só, se importava muito pouco em ouvir a verdade sobre si mesmo.

Mademoiselle suprimiu um grito quando o jovem cambaleou para trás com o golpe. Ele se apoiou em uma antepara e ficou ali com os lábios sangrando. Mas seu espírito não estava saciado, e havia um sorriso medonho no rosto branco enquanto seus olhos procuravam os da irmã.

— Está vendo? — disse ele. — Ele bate em um homem cujas mãos estão amarradas.

As palavras simples e, mais do que as palavras, o tom de desdém inefável, despertaram a emoção que nunca adormecia profundamente em Levasseur.

— E o que você ia fazer, cachorrinho, se suas mãos estivessem desamarradas? — Ele pegou o prisioneiro pelo peito do gibão e o sacudiu. — Responda! O que você ia fazer? Ora! Seu saco de vento vazio! Você... — E seguiu-se uma torrente de palavras desconhecidas para mademoiselle, mas que sua intuição reconhecia como nojentas.

Com as bochechas empalidecidas, ela ficou ao lado da mesa da cabine e gritou para Levasseur parar. Para obedecê-la, ele abriu a porta e jogou seu irmão por ela.

— Coloque esse lixo embaixo das escotilhas até eu chamá-lo de novo — rugiu e fechou a porta.

Recompondo-se, ele se virou para a dama de novo com um sorriso depreciativo. Mas não houve um sorriso em resposta no rosto tenso. Tinha visto a natureza de seu amado herói de maneira nua e crua, por assim dizer, e achou o espetáculo nojento e aterrorizante. Parecia a matança brutal do capitão holandês, e de repente ela percebeu que o que o irmão acabara de dizer sobre aquele homem era a mais pura verdade. O medo que se transformava em pânico estava escrito em seu rosto, enquanto ela estava ali encostada na mesa para se apoiar.

— Ora, minha amada, o que é isso? — Levasseur aproximou-se. Ela se encolheu diante dele. Havia um sorriso no rosto dele, um brilho nos olhos que fez o coração dela saltar para a garganta.

Ele a segurou quando ela alcançou o limite mais distante da cabine, agarrou-a com os braços compridos e puxou-a para si.

— Não, não — ofegou ela.

— Sim, sim — zombou ele, e a zombaria foi a coisa mais terrível de todas. Ele a apertou com brutalidade e de modo deliberadamente contundente porque ela resistiu, e a beijou enquanto ela se contorcia no abraço. Então, com a paixão crescendo, ele ficou com raiva e arrancou o último trapo de máscara de herói que ainda podia estar pendurado no rosto. — Tolinha, não ouviu seu irmão dizer que você está em meu poder? Lembre-se disso e lembre-se de que veio por vontade própria. Não sou um homem com quem uma mulher pode brincar de pegar e largar. Então tenha o bom senso, minha garota, e aceite o que provocou. — Ele a beijou de novo, quase com desprezo, e a afastou. — Chega de cara feia — disse ele. — Você vai se arrepender.

Alguém bateu. Amaldiçoando a interrupção, Levasseur foi abrir a porta. Cahusac estava diante dele. O rosto do bretão estava sério. Tinha ido relatar que havia um vazamento abaixo da linha de água, consequência do estrago causado por um dos disparos do holandês. Alarmado, Levasseur saiu com ele. O vazamento não era sério, contanto que o tempo continuasse bom; mas, se uma tempestade os atingisse, podia ficar grave rapidamente. Um homem foi lançado ao mar para fazer um tamponamento parcial com um tecido de vela, e as bombas começaram a funcionar.

À frente deles, uma nuvem baixa apareceu no horizonte, que Cahusac considerou uma das mais setentrionais das ilhas Virgens.

— Precisamos correr para buscar abrigo lá e reparar o navio — disse Levasseur. — Não acredito nesse calor opressivo. Uma tempestade pode nos pegar antes de chegarmos a terra.

— Uma tempestade ou alguma outra coisa — disse Cahusac de um jeito sério. — Você viu aquilo? — Ele apontou para estibordo.

Levasseur olhou e prendeu a respiração. Dois navios que de longe pareciam levar uma carga considerável estavam indo em direção a eles a cerca de cinco milhas de distância.

— Se eles nos seguirem, o que vai acontecer? — Cahusac exigiu saber.

— Vamos lutar se tivermos condições ou não — jurou Levasseur.

— Conselhos do desespero. — Cahusac foi desdenhoso. Para reforçar, cuspiu no convés. — Esse é o resultado de ir para o mar com um louco apaixonado. Agora, controle o seu temperamento, capitão, porque os ajudantes estarão perdidos se tivermos problemas como resultado desse negócio do holandês.

Durante o restante daquele dia, os pensamentos de Levasseur foram tudo, menos amor. Ele permaneceu no convés, os olhos ora sobre a terra, ora sobre os dois navios que se aproximavam aos poucos. Correr para o mar aberto não lhe serviria de nada e, com a situação do vazamento, representaria um perigo adicional. Ele tinha que resistir e lutar. E aí, ao anoitecer, quando, a três milhas da costa e quando ele estava prestes a dar a ordem de se preparar para a batalha, quase desmaiou de alívio ao ouvir uma voz do cesto da gávea acima anunciar que o maior dos dois navios era o *Arabella*. O companheiro provavelmente era um prêmio.

Mas o pessimismo de Cahusac não diminuiu nem um pouco.

— Esse é só o mal menor — rosnou. — O que Blood vai dizer sobre esse holandês?

— Que diga o que quiser. — Levasseur riu com a imensidão do alívio.

— E os filhos do governador de Tortuga?

— Ele não precisa saber.

— Ele vai saber no final.

— Sim, mas aí, pelo amor de Deus, o assunto já estará resolvido. Terei feito as pazes com o governador. Posso dizer que sei como obrigar D'Ogeron a chegar a um acordo.

Logo os quatro navios pararam ao largo da costa norte de La Virgen Magra, uma pequena ilha estreita, árida e sem árvores, com cerca de doze milhas por três, habitada apenas por pássaros e tartarugas e que não produz nada além de sal, do qual havia lagoas consideráveis ao sul.

Levasseur partiu em um barco acompanhado por Cahusac e dois outros oficiais e foi visitar o capitão Blood a bordo do *Arabella*.

— Nossa breve separação foi extremamente lucrativa — foi a saudação do capitão Blood. — Nós dois tivemos uma manhã agitada. — Estava de muito bom humor enquanto o conduzia até a grande cabine para fazer a prestação de contas.

O alto navio que acompanhava o *Arabella* era um navio espanhol de 26 canhões, o *Santiago de Porto Rico*, com 120 mil quilos de cacau, quarenta mil peças de oito e o valor de mais dez mil em joias. Uma rica captura das quais dois quintos, segundo os termos, foram para Levasseur e sua tripulação. Do dinheiro e das joias foi feita uma divisão imediata. Quanto ao cacau, foi combinado que deveria ser levado a Tortuga para ser vendido.

Então foi a vez de Levasseur, e a sobrancelha preta do capitão Blood foi erguida enquanto a história do francês era contada. No fim, expressou abertamente sua desaprovação. Os holandeses eram um povo amigável, e seria uma loucura afastá-los, ainda mais por um assunto tão insignificante quanto essas peles e o tabaco, que renderiam, no máximo, vinte mil peças.

Mas Levasseur respondeu-lhe, como havia respondido a Cahusac, que um navio era um navio, e era de navios que eles precisavam para realizar o empreendimento planejado. Talvez porque as coisas tivessem corrido bem para ele naquele dia, Blood acabou deixando o assunto de lado. Em seguida, Levasseur propôs que o *Arabella* e seu prêmio retornassem a Tortuga para descarregar o cacau e recrutar os outros aventureiros que agora poderiam ser embarcados. Nesse meio-tempo, Levasseur faria os reparos necessários e, depois, seguindo para o sul, aguardaria seu almirante em Saltatudos, uma ilha com posição conveniente — na latitude de 11°11' N — para o empreendimento contra Maracaibo.

Para alívio de Levasseur, o capitão Blood não só concordou, mas se declarou pronto para zarpar de imediato.

Assim que o *Arabella* partiu, Levasseur levou seus navios até a lagoa e colocou a tripulação para trabalhar na construção de alojamentos temporários em terra para ele, seus homens e seus convidados forçados durante o adernamento e o conserto do *La Foudre*.

Ao entardecer daquele dia, o vento aumentou; virou um vendaval e depois um furacão tamanho que Levasseur ficou grato por se encontrar em terra e por seus navios estarem em abrigo seguro. Ele se perguntou como estaria a situação do capitão Blood lá fora, à mercê daquela terrível tempestade; mas não permitiu que a preocupação o perturbasse demais.

CAPÍTULO XV.
O Resgate

Na glória da manhã seguinte, cintilante e límpida depois da tempestade, com um cheiro forte e salgado no ar das salinas do sul da ilha, uma curiosa cena foi representada na praia da Virgen Magra, ao pé de uma crista de dunas branqueadas, ao lado das velas estendidas onde Levasseur improvisara uma tenda.

Entronizado sobre um barril vazio estava o flibusteiro francês para realizar um negócio importante: o de ficar seguro com o governador de Tortuga.

Uma guarda de honra com meia dúzia de oficiais estava ao seu redor; cinco deles eram rudes caçadores, usando gibões manchados e calças de couro; o sexto era Cahusac. Diante dele, guardado por dois negros seminus, estava o jovem D'Ogeron, com camisa de babado e calça curta de cetim e sapatos finos de couro cordovês. Estava sem gibão, e suas mãos estavam amarradas para trás. O belo rosto do jovem cavalheiro estava abatido. Perto dali, e também sob guarda, mas livre, mademoiselle, sua irmã, estava sentada encolhida sobre uma colina de areia. Estava muito pálida e foi em vão que procurou ocultar sob uma máscara de arrogância os medos que a bombardeavam.

Levasseur dirigiu-se a m. D'Ogeron. Ele falou longamente. No fim:

— Acredito, senhor — disse, com falsa suavidade —, que me fiz bem claro. Para que não haja mal-entendidos, vou recapitular. Seu resgate está fixado em vinte mil peças de oito, e você terá liberdade vigiada para ir a Tortuga para recebê-lo. Na verdade, vou providenciar os meios para levá-lo até lá, e você terá um mês para ir e vir. Enquanto isso, sua irmã permanece comigo como refém. Seu pai não deve considerar essa quantia excessiva como preço pela liberdade do filho e como dote para a filha. Na verdade, sou muito modesto, ainda por cima! Monsieur D'Ogeron é considerado um homem rico.

M. D'Ogeron, o mais jovem, ergueu a cabeça e encarou o capitão com ousadia.

— Eu me recuso total e absolutamente, entende? Portanto, faça o pior possível e seja condenado como um pirata imundo sem decência e sem honra.

— Mas que palavras! — riu Levasseur. — Que paixão e que tolice! Você nem considerou a alternativa. Quando fizer isso, não vai persistir nessa recusa. Não vai fazer isso de jeito nenhum. Temos esporas para os relutantes. E advirto para não me dar sua promessa sob estresse e, depois, me enganar. Eu saberei como encontrá-lo e puni-lo. Enquanto isso, lembre-se de que a honra de sua irmã está penhorada a mim. Se você se esquecer de voltar com o dote, não vai considerar irracional eu me esquecer de me casar com ela.

Os olhos sorridentes de Levasseur, fixados no rosto do jovem, viram o horror que transpareceu em seu olhar. M. D'Ogeron lançou um olhar selvagem para mademoiselle e observou o desespero cinzento que quase havia apagado a beleza de seu rosto. Repulsa e fúria varriam seu semblante.

Então ele se preparou e respondeu com determinação:

— Não, seu cachorro! Mil vezes não!

— Você é tolo em persistir. — Levasseur falou sem raiva, com um arrependimento friamente zombeteiro. Seus dedos estavam ocupados dando nós em uma corda de chicote. Ele o levantou. — Conhece isso? É um rosário de dor que provocou a conversão de muitos hereges teimosos. É capaz de arrancar os olhos da cabeça de um homem, ajudando-o a ver a razão. Como quiser.

Ele lançou o pedaço de corda com nós para um dos negros, que, em um instante, o amarrou na altura nas sobrancelhas do prisioneiro. Depois, entre a corda e o crânio, o negro inseriu um pequeno pedaço de metal, redondo e delgado como uma haste de cachimbo. Feito isso, ele voltou os olhos para Levasseur, esperando o sinal do capitão.

Levasseur analisou a vítima e o viu tenso e preparado, o rosto abatido com um tom de chumbo, gotas de suor reluzindo na testa pálida logo abaixo do chicote.

Mademoiselle gritou e teria se levantado: mas seus guardas a contiveram e ela afundou de novo, gemendo.

— Imploro que poupe a si mesmo e sua irmã — disse o capitão — sendo razoável. Afinal, qual foi a soma que indiquei? Para seu pai rico, é uma bagatela. Repito, fui muito modesto. Mas, como eu disse vinte mil peças de oito, vinte mil peças serão.

— E para quê, por favor, você disse vinte mil peças de oito?

Em um francês execrável, mas com uma voz nítida e agradável, parecendo ecoar algumas das zombarias que haviam investido a voz de Levasseur, aquela pergunta pairou sobre a cabeça de todos.

Surpresos, Levasseur e seus oficiais olharam para cima e ao redor. No topo das dunas atrás deles, em silhueta nítida contra o profundo cobalto do céu, viram uma figura alta e esguia escrupulosamente vestida de preto com renda prateada, com uma pluma de avestruz carmesim enrolada na aba larga do chapéu proporcionando o único toque de cor. Sob aquele chapéu estava o rosto moreno do capitão Blood.

Levasseur se recompôs com um xingamento de espanto. Já tinha concebido o capitão Blood bem abaixo do horizonte, a caminho de Tortuga, presumindo que tivesse tido a sorte de resistir à tempestade da noite anterior.

Lançando-se sobre a areia fofa, na qual afundou até o nível das panturrilhas das belas botas de couro espanhol, o capitão Blood veio deslizando ereto até a praia. Era seguido por Wolverstone e uma dúzia de outros. Quando parou, tirou o chapéu, com um floreio, para a dama. Em seguida, virou-se para Levasseur.

— Bom dia, meu capitão — disse e começou a explicar sua presença. — Foi o furacão de ontem que nos obrigou a voltar. Não tínhamos escolha a não ser navegar diante dele com mastros despidos, e ele nos levou de volta pelo caminho que havíamos seguido. Além disso, como o diabo queria!, o *Santiago* quebrou seu mastro principal; por isso, fiquei contente de entrar em uma enseada na parte oeste da ilha, a algumas milhas de distância, e atravessamos a pé para esticar as pernas e desejar-lhes um bom-dia. Mas quem são esses? — E apontou para o homem e a mulher.

Cahusac deu de ombros e jogou os braços compridos para o céu.

— *Voilà!* — disse, de um jeito significativo, para o firmamento.

Levasseur mordeu o lábio e mudou de cor. Mas controlou-se para responder de maneira civilizada:

— Como você vê, dois prisioneiros.

— Ah! Trazidos até a praia pela tempestade da noite passada, é?

— Não exatamente. — Levasseur teve dificuldade para se conter diante daquela ironia. — Eles estavam no brigue holandês.

— Não me lembro de você tê-los mencionado antes.

— Não mencionei. São meus próprios prisioneiros: um assunto pessoal. São franceses.

— Franceses! — Os olhos claros do capitão Blood cravaram-se em Levasseur, depois nos prisioneiros.

M. D'Ogeron continuou tenso e preparado como antes, mas o horror cinzento tinha sumido do seu rosto. A esperança tinha saltado dentro dele com essa interrupção, obviamente tão pouco esperada por seu algoz quanto por ele mesmo. A irmã, movida por uma intuição semelhante, estava inclinada para a frente com os lábios entreabertos e os olhos arregalados.

O capitão Blood tocou no próprio lábio e franziu a testa pensativo para Levasseur.

— Ontem você me surpreendeu fazendo guerra contra os amigáveis holandeses. Mas agora parece que nem mesmo seus próprios compatriotas estão protegidos de você.

— Eu já não disse que esses... que se trata de um assunto pessoal para mim?

— Ah! E o nome deles?

Os modos ríspidos, autoritários e um pouco desdenhosos do capitão Blood despertaram a raiva imediata de Levasseur. O sangue rastejou lentamente de volta para seu rosto pálido, e seu olhar cresceu em insolência, quase em ameaça. Enquanto isso, o prisioneiro respondeu por ele.

— Sou Henri D'Ogeron e esta é minha irmã.

— D'Ogeron? — O capitão Blood arregalou os olhos. — Você por acaso é parente do meu bom amigo, o governador de Tortuga?

— Ele é meu pai.

Levasseur desviou-se para o lado com uma imprecação. No capitão Blood, o espanto momentâneo extinguiu todas as outras emoções.

— Que os santos nos preservem agora! Você está louco, Levasseur? Primeiro você molesta os holandeses, que são nossos amigos; em seguida, faz prisioneiros duas pessoas que são francesas, seus próprios compatriotas; e agora, na verdade, eles simplesmente são filhos do governador de Tortuga, que é o único lugar seguro de abrigo que temos nestas ilhas...

Levasseur explodiu com raiva:

— Devo dizer mais uma vez que esse é um assunto pessoal? Eu me considero o único responsável perante o governador de Tortuga.

— E as vinte mil peças de oito? Também são um assunto pessoal para você?

— São.

— Bem, não concordo com você de jeito nenhum. — O capitão Blood sentou-se no barril que Levasseur ocupara pouco tempo antes e ergueu os olhos de um jeito vago. — Posso lhe informar, para ganhar tempo, que ouvi toda a proposta que fez a essa dama e a esse cavalheiro, e também lhe direi que navegamos sob termos que não admitem ambiguidades. Você fixou o resgate deles em vinte mil peças de oito. Essa soma, então, pertence às suas tripulações e à minha nas proporções estabelecidas pelos termos. Você não vai querer questionar isso. Mas o que é muito mais grave é que você escondeu de mim essa parte dos prêmios recebidos em seu último cruzeiro, e para uma ofensa como essa, os termos preveem certas penalidades muito severas.

— *Ho, ho*! — Levasseur riu de um jeito desagradável. E acrescentou: — Se não gosta da minha conduta, podemos dissolver a aliança.

— Essa é a minha intenção. Mas nós a dissolveremos quando e da maneira que eu escolher, e será assim que você tiver cumprido os termos sob os quais navegamos nesse cruzeiro.

— O que quer dizer?

— Serei o mais curto possível — disse o capitão Blood. — Renunciarei por enquanto à inconveniência de fazer guerra com os holandeses, de fazer prisioneiros franceses e de provocar a ira do governador de Tortuga. Vou aceitar a situação do jeito que a encontrei. Você mesmo fixou o resgate desse casal em vinte mil peças e, pelo que percebi, a dama será sua regalia. Mas por que ela deveria ser sua regalia mais do que a de outros, visto que, pelos artigos, ela pertence a todos nós, como prêmio de guerra?

A sobrancelha de Levasseur ergueu-se, negra como um trovão.

— No entanto — acrescentou o capitão Blood —, não vou disputá-la se você estiver preparado para comprá-la.

— Comprá-la?

— Pelo preço que estabeleceu por ela.

Levasseur conteve a raiva para poder argumentar com o irlandês.

— Esse é o preço do resgate do homem. Deve ser pago por ele pelo governador de Tortuga.

— Não, não. Você fez um pacote com os dois juntos; o que, confesso, é muito estranho. Você definiu o valor deles em vinte mil peças e, por essa quantia, pode tê-los, já que assim o deseja; mas pagará por eles as vinte mil moedas que, em última análise, virão para você como resgate de um e dote da outra; e essa soma será dividida entre as nossas tripulações. Para isso, é concebível que nossos seguidores tenham uma visão tolerante da sua violação dos termos que assinamos em conjunto.

Levasseur riu como um selvagem.

— *Ah ca! Credieu!* Que brincadeira!

— Concordo totalmente com você — disse o capitão Blood.

Para Levasseur, a piada estava no fato de que o capitão Blood, com não mais do que uma dúzia de seguidores, ter ido até lá para intimidar aquele que tinha cem homens ao alcance. Mas parecia que ele havia deixado de fora dos cálculos algo com que seu oponente contava. Pois quando, ainda rindo, Levasseur voltou-se para seus oficiais, viu aquilo que sufocou sua risada ainda na garganta. O capitão Blood tinha astutamente jogado com a cobiça que era a inspiração suprema daqueles aventureiros. E Levasseur agora lia com clareza no rosto deles como tinham adotado por completo a sugestão do capitão Blood de que todos deveriam participar do resgate do qual seu líder pensara em se apropriar.

Aquilo obrigou o rufião espalhafatoso a fazer uma pausa e, enquanto no coração ele amaldiçoava seus seguidores, que só conseguiam ser fiéis à própria ganância, percebeu — e bem a tempo — que era melhor agir com cautela.

— Você entendeu mal — disse, engolindo a raiva. — O resgate é para ser dividido, quando vier. A dama, entretanto, é minha nesse entendimento.

— Ótimo! — grunhiu Cahusac. — Com base nesse entendimento, tudo está organizado.

— Você acha? — indagou o capitão Blood. — Mas e se monsieur D'Ogeron se recusar a pagar o resgate? O que vai acontecer? — Ele riu e se levantou com preguiça. — Não, não. Se o capitão Levasseur, enquanto isso, ficar com a dama, como ele propõe, deixem que ele pague o resgate e assuma o risco se o resgate não vier depois.

— É isso! — gritou um dos oficiais de Levasseur.

E Cahusac acrescentou:

— Parece razoável! O capitão Blood está certo. Está tudo nos termos.

— O que está nos termos, seus idiotas? — Levasseur estava correndo o risco de perder a cabeça. — *Sacre Dieu!* Onde você acha que tenho vinte mil peças? Minha parte nos prêmios desse cruzeiro não chega nem à metade dessa quantia. Serei seu devedor até ter ganhado esse valor. Você vai ficar satisfeito com isso?

Considerando todas as coisas, não há dúvida de que teria acontecido assim se o capitão Blood não estivesse com outras intenções.

— E se você morrer antes de ganhar esse valor? Nossa vocação é repleta de riscos, meu capitão.

— Maldito! — Levasseur atirou-se sobre ele, lívido de fúria. — Nada vai satisfazê-lo?

— Ah, claro que sim. Vinte mil peças de oito para divisão imediata.

— Não tenho.

— Então deixe quem tem comprar os prisioneiros.

— E quem você acha que tem, se eu não tenho?

— Eu tenho — disse o capitão Blood.

— Você tem! — A boca de Levasseur se abriu. — Você... quer a dama?

— Por que não? E eu supero você em bravura, pois farei sacrifícios para obtê-la, e em honestidade, por estar pronto para pagar pelo que desejo.

Levasseur o encarou com uma expressão tola, boquiaberta. Atrás dele, seus oficiais também estavam boquiabertos.

O capitão Blood sentou-se de novo no barril e tirou de um bolso interno do gibão uma bolsinha de couro.

— Fico feliz de poder resolver uma dificuldade que em certo momento parecia sem solução. — E, sob os olhos esbugalhados de Levasseur e seus oficiais, desamarrou a boca da bolsinha e rolou na palma da mão esquerda quatro ou cinco pérolas, cada uma do tamanho de um ovo de pardal. Havia vinte delas na bolsinha, as melhores entre aquelas levadas no ataque à frota de pérolas. — Você se vangloria de conhecer pérolas, Cahusac. Em quanto você avalia isso?

O bretão pegou a esfera lustrosa e delicadamente iridescente oferecida entre o indicador grosso e o polegar, os olhos astutos avaliando-a.

— Mil peças — respondeu brevemente.

— Vai valer muito mais em Tortuga ou na Jamaica — disse o capitão Blood — e o dobro na Europa. Mas aceito sua avaliação. Elas são quase do mesmo tamanho, como pode ver. Aqui estão doze, representando doze mil peças de oito, que é a parte do *La Foudre* de três quintos do prêmio, conforme previsto nos artigos. Pelas oito mil peças que vão para o *Arabella*, eu me responsabilizo perante os meus homens. E agora, Wolverstone, por favor, leve minha propriedade a bordo do *Arabella*. — Ele se levantou de novo, apontando para os prisioneiros.

— Ah, não! — Levasseur abriu as comportas de sua fúria. — Ah, isso, não! Você não vai levá-la... — Ele teria saltado sobre o capitão Blood, que permanecia indiferente, alerta, com os lábios contraídos e vigilante.

Mas foi um dos próprios oficiais de Levasseur que o atrapalhou.

— *Nom de Dieu*, meu capitão! O que você vai fazer? Está tudo resolvido; estabelecido de forma honrosa e de modo satisfatório para todos.

— Para todos? — disparou Levasseur. — *Ah ca!* Para todos vocês, seus animais! Mas e eu?

Cahusac, com as pérolas guardadas na mão espaçosa, aproximou-se dele pelo outro lado.

— Não seja tolo, capitão. Quer provocar uma confusão entre as tripulações? Os homens dele nos superam em quase dois para um. Quanto vale uma dama? Em nome dos céus, deixe-a ir. Ele pagou generosamente por ela e negociou com justiça.

— Negociou com justiça? — rugiu o capitão enfurecido. — Seu...
— Em todo o seu vocabulário sujo, ele não conseguiu encontrar nenhum epíteto para descrever seu tenente. Acertou um golpe que quase o jogou no chão. As pérolas se espalharam na areia.

Cahusac mergulhou atrás delas, junto com seus companheiros. A vingança precisaria esperar. Durante alguns instantes, eles tatearam ali apoiados nas mãos e nos joelhos, alheios a todo o resto. E, nesses instantes, coisas vitais estavam acontecendo.

Levasseur, com a mão na espada, o rosto uma máscara branca de ira, confrontava o capitão Blood para impedir sua partida.

— Você não vai levá-la enquanto eu estiver vivo! — gritou.

— Então eu a levarei quando você estiver morto — disse o capitão Blood, e sua lâmina brilhou na luz do sol. — Os termos preveem que qualquer homem, de qualquer hierarquia, que esconda qualquer parte de um prêmio, mesmo que seja de valor inferior a um peso, será enforcado no lais. É o que eu tinha planejado para você no fim. Mas, já que prefere assim, seu desgraçado, ora, vou satisfazer sua vontade.

Ele acenou para afastar os homens que teriam interferido, e as lâminas soaram juntas.

M. D'Ogeron observou, um homem perplexo, incapaz de supor o que a questão de cada um poderia significar para ele. Enquanto isso, dois dos homens de Blood que haviam tomado o lugar dos guardas negros do francês tinham removido a coroa de chicote da testa dele. Quanto a mademoiselle, ela havia se levantado e estava inclinada para a frente, com uma das mãos pressionada com força no peito arfante, o rosto mortalmente pálido, um terror selvagem nos olhos.

A luta acabou pouco tempo depois. A força bruta com a qual Levasseur contava não valia nada contra a habilidade prática do irlandês. Quando, com os dois pulmões paralisados, ele ficou deitado de bruços na areia branca, tossindo e expulsando sua vida malandra, o capitão Blood olhou com calma para Cahusac do outro lado do corpo.

— Acho que isso cancela os termos entre nós — disse.

Com olhos sem alma e cínicos, Cahusac analisou o corpo de seu recente líder se contorcendo. Se Levasseur fosse um homem de outro temperamento, o caso poderia ter terminado de maneira muito diferente. Por outro lado, é certo que o capitão Blood teria adotado táticas diferentes ao lidar com ele. Do jeito que estava, Levasseur não merecia amor nem lealdade. Os homens que o seguiram eram a escória daquele comércio vil, e a cobiça era a única inspiração deles. O capitão Blood jogou com essa cobiça com habilidade até levá-los a considerar Levasseur culpado da única ofensa que consideravam imperdoável: o crime de se apropriar de algo que poderia ser convertido em ouro e repartido entre todos.

Assim, a ameaçadora turba de bucaneiros que agora se aproximava apressada do cenário daquela rápida tragicomédia foi apaziguada por uma dezena de palavras de Cahusac.

Enquanto eles ainda hesitavam, Blood acrescentou algo para acelerar a decisão.

— Se vocês forem ao nosso ancoradouro, vão receber imediatamente a sua parte do saque do *Santiago* e poderão dispor dele como quiserem.

Eles atravessaram a ilha, com os dois prisioneiros acompanhando, e, mais tarde naquele dia, feita a divisão, eles teriam se separado, mas Cahusac, a pedido dos homens que o elegeram sucessor de Levasseur, ofereceu de novo ao capitão Blood os serviços daquele contingente francês.

— Se quiserem navegar comigo outra vez — respondeu o capitão —, podem fazê-lo com a condição de fazerem as pazes com os holandeses e devolverem o brigue e sua carga.

A condição foi aceita, e o capitão Blood saiu atrás de seus hóspedes: os filhos do governador de Tortuga.

Mademoiselle D'Ogeron e seu irmão — este último agora livre das amarras — estavam sentados na grande cabine do *Arabella*, para onde tinham sido conduzidos.

Vinho e comida foram colocados sobre a mesa por Benjamin, o mordomo e cozinheiro negro do capitão Blood, que havia sinalizado que era para o entretenimento deles. Mas estava tudo intocado. Irmão e irmã estavam sentados em uma perplexidade agonizante, pensando que sua fuga seria apenas da frigideira para o fogo. Por fim, extenuada pelo suspense, mademoiselle atirou-se de joelhos diante do irmão para implorar seu perdão por todo o mal causado por sua perversa loucura.

M. D'Ogeron não estava disposto a perdoar.

— Estou feliz que pelo menos você tenha percebido o que fez. E agora esse outro flibusteiro a comprou, e você pertence a ele. Espero que você também perceba isso.

Ele poderia ter dito outras coisas, mas parou ao perceber que a porta estava se abrindo. O capitão Blood, chegando depois de acertar as questões com os seguidores de Levasseur, estava na soleira. M. D'Ogeron não se dera ao trabalho de conter a voz estridente, e o capitão ouvira as duas últimas frases do francês. Portanto, entendeu perfeitamente por que mademoiselle saltou ao vê-lo e recuou de medo.

— Mademoiselle — disse ele em seu francês vil, mas fluente —, imploro que dispense seus temores. A bordo deste navio, você será tratada com toda a honra. Assim que pudermos voltar ao mar, navegaremos rumo a Tortuga para levá-los para casa, para seu pai. E, por favor, não pense que eu a comprei, como seu irmão acabou de dizer. Tudo que fiz foi fornecer o resgate necessário para subornar uma gangue de canalhas para que desistissem de obedecer ao arquicanalha que os comandava e, assim, libertassem vocês de todo perigo. Considere, por favor, como um empréstimo amigável a ser reembolsado de acordo com sua conveniência.

Mademoiselle o encarou sem acreditar. M. D'Ogeron levantou-se.

— Monsieur, é possível que esteja falando sério?

— Estou. Isso pode não acontecer com frequência hoje em dia. Posso ser um pirata. Mas meus modos não são os de Levasseur, que deveria ter ficado na Europa e praticado o furto. Tenho uma espécie de honra, digamos, alguns fiapos de honra, que me restam de dias melhores. — Então, em um tom mais enérgico, acrescentou: — Jantamos em uma hora, e espero que honrem minha mesa com sua companhia. Enquanto isso, Benjamin vai providenciar, monsieur, que você esteja mais adequadamente provido em termos de guarda-roupa.

Ele se curvou para os dois e virou-se para partir de novo, mas mademoiselle o deteve.

— Monsieur! — gritou impetuosa.

Ele parou e virou-se, enquanto ela se aproximava dele devagar, olhando-o entre o pavor e o espanto.

— Ah, você é nobre!

— Eu mesmo não colocaria desse jeito — disse ele.

— Você é, você é! E é certo que deve saber de tudo.

— Madelon! — gritou o irmão para contê-la.

Mas ela não seria contida. Seu coração sobrecarregado devia transbordar de confiança.

— Monsieur, sou a grande culpada pelo que aconteceu. Esse homem, esse Levasseur...

Ele a encarou, incrédulo.

— Meu Deus! É possível? Aquele animal!

De repente, ela caiu de joelhos, pegou a mão dele e beijou-a antes que ele pudesse puxá-la.

— O que está fazendo? — gritou ele.

— *An amende.* Na minha cabeça, eu o desonrei por considerá-lo igual a ele, por considerar sua luta contra Levasseur um combate entre chacais. De joelhos, senhor, imploro que me perdoe.

O capitão Blood olhou para ela e um sorriso surgiu em seus lábios, irradiando os olhos azuis que pareciam tão estranhamente claros naquele rosto fulvo.

— Ora, criança — disse ele —, posso achar difícil perdoá-la pela estupidez de ter pensado de outra forma.

Ao colocá-la de pé, ele teve certeza de que tinha se comportado muito bem naquele caso. Ele suspirou. Aquela fama duvidosa que se espalhou tão rapidamente pelo Caribe já devia ter chegado aos ouvidos de Arabella Bishop. Ele não duvidava que ela o desprezaria, considerando-o igual a todos os outros canalhas que operavam esse comércio vilão de bucaneiros. Por isso, esperava que algum eco desse ato também a alcançasse e, assim, ela questionasse uma parte daquele desprezo. Pois a verdade total, que ele ocultou de mademoiselle D'Ogeron, era que, ao arriscar a vida para salvá-la, ele fora impulsionado pelo pensamento de que o feito seria agradável aos olhos da srta. Bishop, se ao menos ela pudesse testemunhá-lo.

CAPÍTULO XVI.
A Armadilha

O caso de mademoiselle D'Ogeron trouxe como fruto natural uma melhoria nas relações já cordiais entre o capitão Blood e o governador de Tortuga. Na bela casa de pedra, com janelas cobertas por persianas verdes, que o próprio m. D'Ogeron havia construído em um jardim amplo e exuberante a leste de Cayona, o capitão foi um convidado muito bem-vindo. M. D'Ogeron tinha uma dívida com o capitão de mais do que as vinte mil peças de oito que tinha fornecido para o resgate de mademoiselle; e, por mais que fosse um negociante astuto e duro, o francês sabia ser generoso e entendia o sentimento de gratidão. Ele provou isso de todas as maneiras possíveis e, sob sua poderosa proteção, o crédito do capitão Blood entre os bucaneiros chegou rapidamente ao apogeu.

Portanto, quando ele precisou equipar a frota para aquele empreendimento contra Maracaibo, que era um projeto original de Levasseur, não lhe faltaram navios nem homens para segui-lo. Ele recrutou quinhentos aventureiros ao todo, e poderia ter até milhares se conseguisse lhes oferecer acomodação. Da mesma forma, poderia ter aumentado sem dificuldade a frota para o dobro da força de navios, mas preferiu mantê-la como estava. Os três navios aos quais confinou a tripulação foram o *Arabella*, o *La Foudre*, que Cahusac agora comandava com um contingente de cerca de 120 franceses, e o *Santiago*, que tinha sido reformado e rebatizado de *Elizabeth* em homenagem à rainha da Inglaterra, cujos marinheiros tinham humilhado a Espanha, assim como o capitão Blood agora esperava humilhá-la outra vez. Hagthorpe, em virtude de seu serviço na marinha, foi nomeado por Blood para comandá-lo, e a nomeação foi confirmada pelos homens.

Foi alguns meses depois do resgate de mademoiselle D'Ogeron — em agosto daquele ano de 1687 — que essa pequena frota, depois de algumas aventuras menores que deixo passar em silêncio, navegou até o grande lago de Maracaibo e efetuou seu ataque àquela opulenta cidade do Meno.

O caso não correu exatamente como se esperava, e a força de Blood acabou ficando em uma posição precária. A melhor explicação disso encontra-se nas palavras usadas por Cahusac — que Pitt registrou com cautela — no decorrer de uma altercação que irrompeu nos degraus da igreja de Nuestra Señora del Carmen, da qual o capitão Blood se apropriou sem piedade para transformar em guarita. Já disse que ele era papista apenas quando lhe convinha.

A disputa estava sendo conduzida por Hagthorpe, Wolverstone e Pitt de um lado, e Cahusac, de cuja inquietação tudo surgiu, do outro. Atrás deles, na praça empoeirada e queimada pelo sol, com uma orla escassa de palmeiras cujas folhas caíam indolentes no calor trêmulo, surgiram algumas centenas de indivíduos violentos pertencentes a ambas as partes, com a própria empolgação reprimida por um tempo para conseguirem ouvir o que se passava entre seus líderes.

Cahusac parecia estar fazendo tudo à sua maneira e ergueu a voz áspera e queixosa para que todos pudessem ouvir sua denúncia truculenta. Pitt nos conta que ele falava um inglês terrível, que o mestre de navio, entretanto, nem tentava reproduzir. Seu traje era tão dissonante quanto seu discurso. Era uma espécie de propaganda do próprio ofício, e fazia um contraste ridículo com o traje sóbrio de Hagthorpe e a delicadeza quase petulante de Jeremy Pitt. A camisa de algodão azul suja e manchada de sangue estava aberta na frente, para esfriar o peito peludo, e o cinto que prendia a calça de couro carregava um arsenal de pistolas e uma faca, enquanto um cutelo pendia de uma bandoleira de couro pendurada frouxa sobre o corpo; sobre seu semblante, largo e achatado como o de um mongol, um lenço vermelho amarrado como um turbante em volta da cabeça.

— Será que não avisei desde o início que tudo era muito fácil? — exigiu saber entre a melancolia e a fúria. — Não sou idiota, meus amigos. Tenho olhos. E enxergo. Vejo um forte abandonado na entrada do lago e ninguém ali para atirar em nós quando entramos. Então suspeito da armadilha. Quem não faria isso se tivesse olhos e cérebro? Bah! Entramos. O que encontramos? Uma cidade abandonada como o forte; uma cidade da qual o povo tirou todas as coisas de valor. Mais uma vez, advirto o capitão Blood. É uma armadilha, digo. Vamos avançar; sempre avançar, sem oposição, até descobrirmos que é tarde demais para voltar ao mar, que não podemos mais voltar de jeito nenhum. Mas ninguém me ouve. Vocês sabem muito mais. Em nome de Deus! O capitão Blood, ele vai continuar, e nós vamos continuar. Vamos para Gibraltar. É verdade que, por fim, depois de muito tempo, pegamos o vice-governador; verdade, nós o fazemos pagar um grande resgate por Gibraltar; verdade que, entre aquele resgate e o saque, voltamos para cá com cerca de duas mil peças de oito. Mas o que, na verdade, vocês me dizem? Ou devo lhes dizer? É um pedaço de queijo; um pedaço de queijo em uma ratoeira, e nós somos os ratinhos. Maldição! E os gatos, ah, os gatos esperam por nós! Os gatos são aqueles quatro navios de guerra espanhóis que chegaram nesse meio-tempo. E nos esperam do lado de fora do gargalo dessa lagoa. *Mort de Dieu!* Isso é o que vem da obstinação maldita do seu bom capitão Blood.

Wolverstone riu. Cahusac explodiu em fúria.

— *Ah, sangdieu! Tu ris, animal?* Você ri! Diga-me o seguinte: como podemos sair de novo, se não aceitarmos os termos de monsieur, o almirante da Espanha?

Dos bucaneiros ao pé da escada veio um estrondo raivoso de aprovação. O único olho do gigantesco Wolverstone revirou terrivelmente, e ele cerrou os grandes punhos como se fosse golpear o francês, que os estava expondo ao motim. Mas Cahusac não se deixou intimidar. A disposição dos homens o entusiasmava.

— Vocês pensam, talvez, que esse seu capitão Blood é o bom Deus. Que ele pode fazer milagres, hã? Ele é ridículo, sabe, esse capitão Blood; com seu ar grandioso e seu...

Ele parou. Peter Blood saía da igreja naquele instante para o ar livre. Com ele vinha um lobo-marinho francês bruto e de pernas compridas chamado Yberville, que, embora ainda jovem, já havia ganhado fama como comandante corsário antes que a perda do próprio navio o levasse a servir sob o comando de Blood. O capitão avançou em direção ao grupo amotinado, apoiando-se levemente na comprida bengala de ébano, o rosto sombreado por um chapéu largo de plumas. Não havia em sua aparência nada do bucaneiro. Tinha muito mais ares de alguém ocioso no Mall ou na Alameda — esta última melhor, já que o elegante traje de tafetá violeta com botões bordados a ouro era à moda espanhola. Mas o florete longo, robusto e funcional, empurrado para trás com a mão esquerda apoiada de leve no punho, corrigiu essa impressão. Isso e aqueles olhos de aço anunciavam o aventureiro.

— Você me acha ridículo, é, Cahusac? — indagou ao parar diante do bretão, cuja raiva parecia já ter saído dele. — O que, então, devo pensar de você? — Ele falava baixinho, quase cansado. — Você vai dizer a eles que atrasamos e que foi o atraso que nos trouxe o perigo. Mas de quem é a culpa desse atraso? Levamos um mês fazendo o que deveria ter sido feito em uma semana, e, se não fosse sua incompetência, teria sido feito.

— *Ah ca! Nom de Dieu!* Foi minha culpa que...

— Foi culpa de outra pessoa você ter encalhado seu navio *La Foudre* no banco de areia no meio do lago? Você não quis ser pilotado. Disse que conhecia o caminho. E nem mesmo fez sondagens. O resultado foi que perdemos três dias preciosos tentando obter canoas para desembarcar seus homens e seu equipamento. Esses três dias deram ao povo de Gibraltar não apenas tempo para saber da nossa chegada, mas também para fugir. Depois disso, e por causa disso, tivemos que seguir o governador até sua fortaleza na ilha infernal, e duas semanas e quase uma centena de vidas foram perdidas nisso. Foi assim que nosso atraso fez com que essa frota espanhola fosse trazida de La Guayra por um guarda-costas; e, se você não tivesse perdido o *La Foudre* e reduzido a nossa frota de três para dois navios, seríamos capazes de batalhar com uma esperança razoável de sucesso. No entanto, você acha que lhe cabe vir aqui intimidar, nos repreendendo por uma situação que é apenas o resultado da sua inépcia.

Ele falava com uma moderação que, creio, vocês concordarão ser admirável quando lhes digo que a frota espanhola que guardava a saída do gargalo do grande lago de Maracaibo e esperava ali pela saída do capitão Blood com uma confiança serena baseada em sua força esmagadora, era comandada pelo seu inimigo implacável, dom Miguel de Espinosa y Valdez, o almirante da Espanha. Além de um dever para com seu país, o almirante tinha, como você sabe, outro incentivo pessoal decorrente daquele negócio a bordo do *Encarnación* um ano antes e da morte de seu irmão dom Diego; e com ele navegava seu sobrinho Esteban, cujo zelo vingativo excedia o do próprio almirante.

No entanto, sabendo de tudo isso, o capitão Blood poderia preservar sua calma em reprovar o frenesi covarde de alguém para quem a situação não tinha nem a metade do perigo que representava para si mesmo. Ele se afastou de Cahusac para se dirigir à turba de bucaneiros, que se aproximara para ouvi-lo, pois ele não se dera ao trabalho de levantar a voz.

— Espero que isso corrija alguns dos equívocos que parecem estar incomodando vocês — disse ele.

— Não adianta falar do que já passou e do que está feito — gritou Cahusac, agora mais taciturno do que truculento. Em seguida, Wolverstone soltou uma risada que era como o relinchar de um cavalo. — A pergunta é: o que devemos fazer agora?

— Claro, agora, não há dúvida nenhuma — disse o capitão Blood.

— De fato, mas há — insistiu Cahusac. — Dom Miguel, o almirante espanhol, ofereceu-nos uma passagem segura para o mar se partirmos de imediato, se não causarmos danos à cidade, se libertarmos nossos prisioneiros e entregarmos tudo que tomamos em Gibraltar.

O capitão Blood riu baixinho, sabendo exatamente quanto valia a palavra de dom Miguel. Foi Yberville quem respondeu, em claro desprezo por seu compatriota:

— O que revela que, mesmo com a nossa desvantagem, o almirante espanhol ainda tem medo de nós.

— Isso só pode ser porque ele não conhece nossa verdadeira fraqueza — foi a réplica feroz. — E, de qualquer maneira, precisamos aceitar esses termos. Não temos escolha. Essa é a minha opinião.

— Bem, não é a minha — disse o capitão Blood. — Então, eu os recusei.

— Recusou! — O rosto largo de Cahusac ficou roxo. Um murmúrio dos homens atrás dele o entusiasmou. — Você recusou? Você já recusou... e sem me consultar?

— Seu desacordo não teria alterado nada. Você teria sido derrotado na votação, pois Hagthorpe aqui concordou totalmente comigo. Ainda assim — continuou —, se você e seus seguidores franceses quiserem se valer dos termos do espanhol, não vamos impedi-los. Envie um de seus prisioneiros para anunciar isso ao almirante. Dom Miguel acolherá sua decisão, pode ter certeza.

Cahusac o fulminou com o olhar, em silêncio por um instante. Depois que se controlou, perguntou com a voz concentrada:

— Qual foi a resposta exata que você deu ao almirante?

Um sorriso irradiou o rosto e os olhos do capitão Blood.

— Respondi a ele que, a menos que dentro de 24 horas tenhamos sua promessa para sair ao mar, sem questionar nossa passagem ou impedir nossa partida, e um resgate de cinquenta mil peças de oito por Maracaibo, vamos reduzir esta bela cidade a cinzas, e depois disso vamos destruir sua frota.

A impudência deixou Cahusac sem palavras. Mas muitos dos bucaneiros ingleses da praça se deleitaram com o humor audacioso dos presos de ditarem os termos a quem tinha montado a armadilha. A risada deles parecia uma explosão. Ela se espalhou e virou um rugido de aclamação; pois o blefe é uma arma cara a todo aventureiro. Assim, quando compreenderam isso, até os seguidores franceses de Cahusac foram arrebatados por aquela onda de entusiasmo jocoso, até que, em sua obstinação truculenta, Cahusac passou a ser o único dissidente. Ele recuou mortificado. Não seria apaziguado até que o dia seguinte lhe trouxesse a vingança. Ela veio na forma de um mensageiro de dom Miguel com uma carta na qual o almirante espanhol jurava solenemente a Deus que, uma vez que os piratas tinham recusado sua magnânima oferta de permitir que se rendessem com honras de guerra, ele agora os aguardaria na boca do lago para destruí-los na saída. Acrescentou que, caso atrasassem a partida, ele, assim que fosse reforçado por um quinto navio, o *Santo Nino*, vindo de La Guayra para se juntar a ele, entraria para buscá-los em Maracaibo.

Dessa vez, o capitão Blood ficou irritado.

— Não me incomode mais — vociferou para Cahusac, que se aproximou dele rosnando. — Mande avisar a dom Miguel que você se separou de mim. Ele lhe dará um salvo-conduto, sem dúvida. Depois pegue um dos saveiros, ordene que seus homens subam a bordo e se lance ao mar, e que o diabo vá com você.

Cahusac certamente teria adotado esse procedimento se seus homens fossem unânimes no assunto. No entanto, eles estavam divididos entre a ganância e a apreensão. Se eles fossem, deveriam abandonar sua parte no saque, que era considerável, assim como os homens escravizados e outros prisioneiros que tinham feito. Se fizessem isso e o capitão Blood depois escapasse ileso — e pelo conhecimento de sua engenhosidade, isso, por mais improvável que fosse, não parecia impossível —, ele lucraria com a renúncia deles. Era uma contingência amarga demais para ser contemplada. E assim, no fim, apesar de tudo que Cahusac pudesse dizer, a rendição não foi a dom Miguel, mas a Peter Blood. Eles tinham entrado na aventura com ele, afirmaram, e sairiam com ele ou não sairiam. Essa foi a mensagem que ele recebeu naquela mesma noite pela boca taciturna do próprio Cahusac.

Ele acolheu com satisfação e convidou o bretão a sentar-se e juntar-se ao conselho que já estava deliberando sobre quais meios seriam usados. Esse conselho ocupava o espaçoso pátio da casa do governador — que o capitão Blood tinha apropriado para seu uso —, um quadrângulo de pedra enclausurado, no meio do qual uma fonte brincava tranquilamente sob uma treliça de videira. Laranjeiras cresciam nos dois lados, e o ar noturno parado estava denso com o cheiro delas. Era um daqueles agradáveis exteriores-interiores que os arquitetos mouros introduziram na Espanha e os espanhóis levaram consigo para o Novo Mundo.

Ali, aquele conselho de guerra, composto de seis homens ao todo, deliberou até tarde da noite sobre o plano de ação que o capitão Blood apresentou.

O grande lago de água doce de Maracaibo, alimentado por vários rios das cordilheiras cobertas de neve que o cercam pelos dois lados, tem cerca de 120 milhas de comprimento e quase a mesma distância em sua largura máxima. Tem — como já foi indicado — o formato de uma grande garrafa com o gargalo voltado para o mar em Maracaibo.

Depois desse gargalo, ele se alarga de novo, e depois as duas longas e estreitas faixas de terra conhecidas como ilhas de Vigilias e Palomas bloqueiam o canal, estendendo-se longitudinalmente através dele. A única passagem para o mar para navios de qualquer calado fica no estreito apertado entre essas ilhas. Palomas, que tem cerca de dez milhas de comprimento, é inacessível por quase meia milha em ambos os lados, exceto por embarcações muito rasas na extremidade leste, onde, vigiando completamente a passagem estreita para o mar, fica o forte maciço que os bucaneiros tinham encontrado deserto quando chegaram. Na parte mais ampla do mar entre essa passagem e a barra, os quatro navios espanhóis estavam ancorados no meio do canal. O *Encarnación* do almirante, que, já sabemos, era um poderoso galeão com 48 canhões grandes e oito pequenos. O mais importante a seguir era o *Salvador*, com 36 canhões; os outros dois, o *Infanta* e o *San Felipe*, embora fossem embarcações menores, ainda eram formidáveis com seus vinte canhões e 150 homens cada.

Essa era a frota cuja manopla seria comandada pelo capitão Blood com seu próprio *Arabella* de quarenta canhões, o *Elizabeth* com 26, e dois saveiros capturados em Gibraltar, que eles tinham armado de um jeito medíocre com quatro colubrinas cada. Em homens, tinham apenas quatrocentos sobreviventes dos quinhentos e tantos que tinham deixado Tortuga, para se oporem a mil espanhóis que tripulavam os galeões.

O plano de ação apresentado pelo capitão Blood ao conselho era desesperado, como Cahusac declarou com intransigência.

— É, sim — disse o capitão. — Mas já fiz coisas mais desesperadas. — De um jeito complacente, ele puxou um cachimbo que estava carregado com o fragrante tabaco Sacerdotes, pelo qual Gibraltar era famoso, e do qual tinham levado alguns barris. — E mais, foram bem-sucedidas. *Audaces fortuna juvat*[14]. Meu Deus, como eles conheciam o mundo, os antigos romanos.

---
[14] Em latim, "A sorte favorece os audazes". [N.T.]

Ele soprou nos companheiros e até em Cahusac um pouco do próprio espírito de confiança e, com essa confiança, todos se lançaram ao trabalho. Durante três dias, do nascer ao pôr do sol, os bucaneiros trabalharam e suaram para terminar os preparativos para a ação que garantiria sua libertação. O tempo urgia. Eles tinham que atacar antes que dom Miguel de Espinosa recebesse o reforço daquele quinto galeão, o *Santo Nino*, que estava vindo de La Guayra para se juntar a ele.

As principais operações foram no maior dos dois saveiros capturados em Gibraltar; a esse navio foi atribuído o papel principal no esquema do capitão Blood. Eles começaram derrubando todas as anteparas, até que a reduziram a uma mera estrutura, e, nas laterais, abriram tantas portas que a amurada ficou com a aparência de uma grade. Em seguida, aumentaram em meia dúzia as escuteiras no convés, enquanto no casco colocaram todo o alcatrão, piche e enxofre que conseguiram encontrar na cidade, aos quais acrescentaram seis barris de pólvora, colocados na ponta como canhões nas portas abertas a bombordo. Na noite do quarto dia, com tudo pronto, todos foram embarcados, e a deserta e agradável cidade de Maracaibo foi abandonada. Mas eles só levantaram âncora cerca de duas horas depois da meia-noite. Aí, por fim, na primeira vazante, navegaram em silêncio em direção à barra com todas as velas enroladas, exceto as cevadeiras, que, para lhes dar uma direção, espalhavam-se pela brisa fraca que agitava a escuridão púrpura da noite tropical.

A ordem de navegação era a seguinte: na frente seguia o improvisado barco explosivo a cargo de Wolverstone, com uma tripulação de seis voluntários, e cada um deles receberia cem peças de oito além da cota normal de pilhagem como recompensa especial. Depois vinha o *Arabella*. Era seguido de longe pelo *Elizabeth*, comandado por Hagthorpe, com quem estava Cahusac, agora sem navio, e a maior parte de seus seguidores franceses. A retaguarda era formada pelo segundo saveiro e cerca de oito canoas, a bordo das quais eles tinham embarcado os prisioneiros, os escravizados e a maior parte da mercadoria capturada. Os prisioneiros estavam todos imobilizados e vigiados por quatro bucaneiros com mosquetes que tripulavam esses barcos, além dos dois companheiros que iam pilotá-los. O lugar deles era ficar na retaguarda, e não deviam participar de jeito nenhum da batalha que se aproximava.

Quando os primeiros lampejos da aurora opalescente dissolveram a escuridão, os olhos tensos dos bucaneiros conseguiram distinguir o cordame alto dos navios espanhóis, ancorados a menos de um quarto de milha à frente. Os espanhóis não suspeitavam de nada e confiavam na própria força avassaladora, por isso era improvável que tivessem uma vigilância mais intensa do que seu descuido habitual. Eles com certeza não avistaram a frota de Blood naquela luz fraca até algum tempo depois de a frota de Blood tê-los avistado. Quando despertaram de verdade, o saveiro de Wolverstone estava quase em cima deles, acelerando sob a vela que foi comprimida até as vergas no instante em que os galeões apareceram na linha de visão.

Wolverstone liderou o saveiro direto para o grande navio do almirante, o *Encarnación*; depois, amarrando o timão, acendeu com um pavio que estava pendurado já aceso ao lado dele uma grande tocha de palha trançada grossa que tinha sido embebida em betume. Primeiro a tocha brilhou, depois, quando ele a girou sobre a cabeça, explodiu em chamas, bem quando a pequena embarcação foi se chocando e batendo e raspando na lateral da nau capitânia, enquanto o cordame de um se emaranhava com o cordame do outro, com o esforço das vergas e o estalar dos mastros no alto. Os seis homens estavam em seus postos a bombordo, completamente nus, cada um armado com uma fateixa, quatro na amurada, dois no alto do mastro. No momento do impacto, essas fateixas foram lançadas para prender o espanhol ao saveiro, sendo as do alto destinadas a completar e preservar o emaranhamento do cordame.

A bordo do galeão despertado com violência, todos estavam confusos, correndo, apressados, alardeando e gritando. No início, houve uma tentativa desesperadamente apressada de levantar âncora; mas essa ideia foi abandonada porque era tarde demais; e, imaginando que estavam a ponto de serem invadidos, os espanhóis pegaram em armas para evitar a investida. A lentidão da aproximação os intrigou, sendo tão diferente das táticas normais dos bucaneiros. Ficaram ainda mais intrigados com a visão do gigantesco Wolverstone correndo nu pelo convés com uma grande tocha flamejante erguida. Só quando concluiu seu trabalho é que eles começaram a suspeitar da verdade — que ele estava acendendo pavios — e aí um dos oficiais, imprudente por causa do pânico, ordenou que um grupo de embarque fosse para os canhões.

A ordem chegou tarde demais. Wolverstone viu os seis companheiros caírem no mar depois que as fateixas estavam presas e se apressou até a amurada de boreste. De lá, atirou a tocha acesa no porão pelo escotilhão aberto mais próximo e mergulhou no mar para ser apanhado pelo escaler do *Arabella*. Mas, antes que isso acontecesse, o saveiro virou uma coisa de fogo, do qual as explosões lançavam combustíveis em chamas a bordo do *Encarnación* e longas línguas de fogo lambiam para consumir o galeão, repelindo os ousados espanhóis que, tarde demais, se esforçaram desesperadamente para se soltar e ficar à deriva.

E, enquanto o navio mais formidável da frota espanhola estava sendo eliminado logo no início, Blood tinha se aproximado do Salvador para abrir fogo contra o navio. Primeiro, tinha soltado uma rajada de tiros em seu escovém, que varreu os conveses com um efeito terrível, depois, continuando, soltou outra rajada de tiros no casco a curta distância. Deixando o navio assim meio prejudicado, pelo menos por um tempo, e mantendo seu curso, ele confundiu a tripulação do *Infanta* com alguns tiros da artilharia no bico curvo, depois bateu na lateral para prendê-lo e subir a bordo, enquanto Hagthorpe estava fazendo a mesma coisa no *San Felipe*.

E, em todo esse tempo, os espanhóis não conseguiram disparar um único tiro, já que foram pegos completamente de surpresa e porque o ataque de Blood foi muito rápido e paralisante.

Abordados agora e enfrentando o frio aço dos bucaneiros, nem o *San Felipe* nem o *Infanta* ofereceram muita resistência. A visão do almirante em chamas e do *Salvador* afastando-se, prejudicado, da ação os desanimou tanto que eles se consideraram vencidos e baixaram as armas.

Se, por uma posição firme, o *Salvador* tivesse encorajado os outros dois navios não danificados a resistirem, os espanhóis poderiam muito bem ter recuperado a sorte do dia. Mas o que aconteceu foi que o *Salvador* ficou prejudicado à verdadeira moda espanhola por ser a embarcação tesouro da frota, com uma prataria a bordo no valor de cerca de cinquenta mil peças. Com a intenção suprema de evitar que caíssem nas mãos dos piratas, dom Miguel, que, com o restante da tripulação, tinha se transferido para o *Salvador*, navegou em direção a Palomas e ao forte que guardava a passagem. Naqueles dias de espera, o almirante tinha tomado em segredo a precaução de guarnecer e rearmar esse forte. Para isso, despojou o forte de Cojero, mais longe no golfo, de todo o seu armamento, que incluía alguns canhões reais de alcance e potência acima do normal.

Sem suspeitar disso, o capitão Blood deu início à perseguição, acompanhado pelo *Infanta*, que agora tinha uma tripulação de primeira sob o comando de Yberville. A artilharia de popa do Salvador devolveu sem entusiasmo o fogo punitivo dos perseguidores; mas o dano que sofreu foi tamanho que, agora, passando sob os canhões do forte, começou a afundar e por fim se acomodou na parte rasa com parte do casco acima da água. Dali, com alguns em barcos e outros nadando, o almirante desembarcou a tripulação em Palomas da melhor maneira que conseguiu.

E aí, assim que o capitão Blood contabilizou a vitória obtida e assim que a saída daquela armadilha para o mar aberto foi liberada, o forte de repente revelou sua força formidável e totalmente imprevista. Com um rugido, os canhões reais se proclamaram, e o *Arabella* cambaleou sob um golpe que quebrou seus baluartes na meia-nau e espalhou morte e confusão entre os marinheiros ali reunidos.

Se o próprio Pitt, seu mestre, não tivesse agarrado a cana do leme e puxado o timão com força para lançá-lo bruscamente a estibordo, o navio teria sofrido ainda mais com a segunda saraivada de tiros que logo se seguiu à primeira.

Nesse meio-tempo, a situação foi ainda pior com o frágil *Infanta*. Embora só tivesse sido atingido por um tiro, isso esmagou suas vigas de bombordo na linha da água, iniciando um vazamento que deveria tê-lo enchido, não fosse pela ação imediata do experiente Yberville ao ordenar que os canhões de bombordo fossem arremessados ao mar. Assim aliviado do peso e agora adernado para estibordo, ele foi cambaleando atrás do *Arabella*, que estava em retirada, seguido pelo incêndio do forte, que lhes causou poucos danos adicionais.

Fora de alcance por fim, eles pararam, reunidos com o *Elizabeth* e o *San Felipe*, para considerar sua posição.

CAPÍTULO XVII.
Os Trouxas

Foi um capitão Blood cabisbaixo que presidiu aquele conselho convocado às pressas e realizado no convés de popa do *Arabella* sob o sol brilhante da manhã. Ele declarou depois que aquele tinha sido um dos momentos mais amargos da sua carreira. Foi compelido a digerir o fato de que, tendo conduzido o combate com uma habilidade da qual se orgulhava com razão, já que tinha destruído uma força tão superior em navios, canhões e homens que dom Miguel de Espinosa considerava justificadamente esmagadora, sua vitória foi considerada estéril por três tiros da sorte de uma bateria escondida que os surpreendeu. E a vitória deveria continuar estéril até que eles conseguissem destruir o forte que ainda restava para defender a passagem.

No início, o capitão Blood estava disposto a colocar seus navios em ordem e fazer a tentativa ali mesmo. Mas os outros o dissuadiram de demonstrar uma impetuosidade que não era comum a ele e tinha nascido da decepção e do constrangimento, emoções que tornariam irracional o mais razoável dos homens. Quando a calma voltou, ele analisou a situação. O *Arabella* já não estava em condições de se lançar ao mar; o *Infanta* só conseguia se manter flutuando por meio de artifícios, e o San Felipe tinha sido quase tão gravemente danificado pelo fogo que sustentou dos piratas antes de se renderem.

Por fim, ele foi compelido a admitir que nada lhe restava além de voltar a Maracaibo para reformar os navios lá antes de tentarem forçar a passagem.

E assim, os vencedores daquela luta curta e terrível voltaram para Maracaibo. E, se alguma coisa queria exasperar ainda mais seu líder, era o pessimismo do qual Cahusac não economizou expressões. Transportado a princípio às alturas da satisfação vertiginosa pela vitória rápida e fácil da força inferior da frota naquela manhã, o francês agora tinha mergulhado mais fundo do que nunca no abismo da desesperança. E seu humor contagiou pelo menos o corpo principal de seus seguidores.

— É o fim — disse ele ao capitão Blood. — Desta vez, estamos em xeque-mate.

— Vou tomar a liberdade de lembrar que você disse o mesmo antes — respondeu o capitão Blood com toda a paciência que conseguiu. — Ainda assim, você viu o que viu e não vai negar que, em navios e armas, estamos voltando mais fortes do que fomos. Olhe para a nossa frota atual, homem.

— Estou olhando — disse Cahusac.

— *Pfff!* No fim das contas, você é um vira-lata de fígado branco.

— Está me chamando de covarde?

— Vou tomar essa liberdade.

O bretão olhou furioso para ele, respirando com dificuldade. Mas nem tentou tirar satisfação pelo insulto. Sabia muito bem o tipo de satisfação que o capitão Blood lhe proporcionaria. Ele se lembrou do destino de Levasseur. Então se limitou a palavras.

— É demais! Você foi longe demais! — reclamou com amargura.

— Veja bem, Cahusac, estou enjoado e cansado das suas lamentações e reclamações perpétuas quando as coisas não são tão tranquilas quanto uma mesa de jantar de um convento. Se você quisesse coisas tranquilas e fáceis, não deveria ter ido para o mar e nunca deveria ter navegado comigo, pois comigo as coisas nunca são tranquilas e fáceis. E isso, acho, é tudo que tenho a lhe dizer nesta manhã.

Cahusac saiu praguejando e foi analisar o sentimento de seus homens.

O capitão Blood saiu para oferecer sua habilidade de cirurgião aos feridos, com os quais ficou envolvido até o fim da tarde. Então, por fim, desembarcou decidido e voltou à casa do governador para redigir uma carta truculenta, mas muito erudita, no mais puro castelhano, a dom Miguel.

— Esta manhã, mostrei a Vossa Excelência do que sou capaz — escreveu. — Embora com menos do que o dobro de homens, navios e canhões, afundei ou capturei os navios da grande frota com a qual você veio a Maracaibo para nos destruir. Portanto, você não tem mais condições de se vangloriar, mesmo quando seus reforços do *Santo Nino* chegarem de La Guayra. A partir do que ocorreu, você pode julgar o que vai ocorrer. Eu não deveria incomodar Vossa Excelência com esta carta, mas sou um homem humano e abomino o derramamento de sangue. Portanto, antes de proceder ao tratamento do seu forte, que você pode considerar invencível, como já tratei da sua frota, que você considerava invencível, faço-lhe, puramente por considerações humanitárias, esta última oferta de termos. Vou poupar a cidade de Maracaibo e evacuá-la de imediato, deixando para trás os quarenta prisioneiros que fiz, se você me pagar a soma de cinquenta mil peças de oito e cem cabeças de gado como resgate, garantindo-me a passagem pela barra sem ser molestado. Meus prisioneiros, a maioria dos quais são pessoas de consideração, vou manter como reféns até depois da minha partida, mandando-os de volta nas canoas que levaremos conosco para esse fim. Se Vossa Excelência for tão imprudente a ponto de recusar estes termos e, assim, impor-me a necessidade de destruir seu forte à custa de algumas vidas, advirto que não pode esperar trégua de nós e que começarei deixando um monte de cinzas onde hoje se ergue esta agradável cidade de Maracaibo.

Escrita a carta, ordenou que o trouxessem de entre os prisioneiros o vice-governador de Maracaibo, que havia sido preso em Gibraltar. Revelando o conteúdo, ele o despachou com a carta para dom Miguel.

Sua escolha de mensageiro foi astuta. O vice-governador era, de todos os homens, o mais ansioso pela libertação de sua cidade, o único homem que, por conta própria, imploraria com muito fervor pela preservação da cidade a todo custo do destino com o qual o capitão Blood a estava ameaçando. E tudo aconteceu como ele calculou. O vice-governador acrescentou seu próprio apelo apaixonado às propostas da carta.

Mas dom Miguel tinha um coração mais robusto. É verdade que sua frota tinha sido parcialmente destruída e parcialmente capturada. Mas, por outro lado, argumentou, ele tinha sido pego de surpresa. Isso não ia acontecer de novo. Não haveria nenhuma surpresa no forte. Que o capitão Blood fizesse o pior em Maracaibo, pois haveria um acerto de contas amargo quando ele por fim decidisse — como, mais cedo ou mais tarde, decidiria — avançar. O vice-governador entrou em pânico. Ele perdeu a cabeça e disse algumas coisas duras para o almirante. Mas não foram tão duras quanto o que o almirante lhe disse em resposta.

— Se você tivesse sido tão leal ao seu rei e tivesse impedido a entrada desses piratas amaldiçoados tanto quanto estou sendo em impedir sua saída, não estaríamos agora nas dificuldades atuais. Portanto, não me canse mais com seus conselhos covardes. Não faço nenhum acordo com o capitão Blood. Conheço meu dever para com meu rei e pretendo cumpri-lo. Também conheço meu dever para comigo mesmo. Tenho um acerto particular para fazer com esse patife e pretendo cumpri-lo. Leve essa mensagem de volta.

Assim, de volta a Maracaibo e à sua bela casa, na qual o capitão Blood havia estabelecido seus aposentos, o vice-governador chegou com a resposta do almirante. E, como tinha sido humilhado com uma demonstração de espírito pela própria coragem forte do almirante na adversidade, ele a entregou com a truculência que o almirante poderia ter desejado.

— E é assim? — disse o capitão Blood com um sorriso tranquilo, embora seu coração afundasse com o fracasso da própria fanfarronice. — Bem, é uma pena que o almirante seja tão teimoso. Foi assim que perdeu sua frota, que era dele para perder. Esta agradável cidade de Maracaibo não é. Portanto, sem dúvida, ele a perderá com menos preocupação. Sinto muito. Esse desperdício, como o derramamento de sangue, é repulsivo para mim. Mas vamos lá! Vou colocar os pacotes no lugar pela manhã, e talvez, quando vir as chamas amanhã à noite, ele comece a acreditar que Peter Blood é um homem de palavra. Pode ir, dom Francisco.

O vice-governador saiu arrastando os pés, seguido pelos guardas, sua truculência momentânea totalmente esgotada.

Mas, assim que ele partiu, Cahusac, que fazia parte do conselho reunido para receber a resposta do almirante, saltou. O rosto estava branco e as mãos tremiam quando ele as estendeu em protesto.

— Pela minha morte, o que você tem a dizer agora? — gritou com a voz rouca. E, sem esperar para ouvir, enfureceu-se: — Eu sabia que você não assustaria o almirante com tanta facilidade. Ele nos prendeu na armadilha e sabe disso; no entanto, você sonha que ele vai se render à sua mensagem impudente. Sua carta idiota selou a condenação de todos nós.

— Já acabou? — disse Blood baixinho, enquanto o francês parava para respirar.

— Não.

— Então me poupe do restante. Será da mesma qualidade, sem dúvida, e não nos ajuda a resolver o enigma que temos que enfrentar.

— Mas o que você vai fazer? Vai me dizer? — Não era uma pergunta, e sim uma exigência.

— Como diabos eu sei? Eu esperava que você me desse algumas ideias. Mas, como está tão desesperadamente preocupado em salvar a própria pele, você e aqueles que pensam do mesmo jeito podem nos deixar. Não tenho dúvidas de que o almirante espanhol vai gostar muito da redução dos nossos números, mesmo a esta altura. Você terá o saveiro como nosso presente de despedida e pode se juntar a dom Miguel no forte por todo o bem que você provavelmente representará para nós nessa passagem.

— Cabe aos meus homens decidir — retrucou Cahusac, engolindo a fúria e, com isso, saiu para falar com eles, deixando os outros deliberando em paz.

Na manhã seguinte, procurou o capitão Blood de novo. Encontrou-o sozinho no pátio, andando de um lado para o outro, a cabeça afundada no peito. Cahusac confundiu reflexão com desânimo. Cada um de nós carrega em si um padrão pelo qual medir seu próximo.

— Aceitamos sua palavra, capitão — anunciou ele, entre o mau humor e a arrogância. O capitão Blood fez uma pausa, com os ombros encurvados, as mãos atrás das costas, e olhou sem raiva e em silêncio para o bucaneiro. Cahusac explicou-se. — Ontem à noite, enviei um dos meus homens ao almirante espanhol com uma carta. Ofereci para capitular se nos concedesse passagem com honras de guerra. Esta manhã recebi sua resposta. Ele concorda se não levarmos nada conosco. Meus homens estão embarcando no saveiro. Partimos de imediato.

— *Bon voyage* — disse o capitão Blood e, com um aceno de cabeça, girou nos calcanhares de novo para retomar sua reflexão interrompida.

— Isso é tudo que tem a me dizer? — gritou Cahusac.

— Há outras coisas — disse Blood por cima do ombro. — Mas sei que você não ia gostar.

— Ha! Então é *adieu*, meu capitão. — De um jeito venenoso, acrescentou: — Acredito que não nos encontraremos outra vez.

— Sua crença é minha esperança — disse o capitão Blood.

Cahusac lançou-se para longe, obscenamente amargo. Antes do meio-dia, estava a caminho com seus seguidores, cerca de

203

sessenta homens abatidos que se deixaram persuadir a partir de mãos vazias — apesar de tudo que Yberville fez para evitar isso. O almirante manteve a promessa e permitiu-lhe passagem livre para o mar, que, pelo conhecimento que tinha dos espanhóis, era mais do que o capitão Blood esperava.

Enquanto isso, assim que os desertores levantaram âncora, o capitão Blood recebeu a notícia de que o vice-governador implorava para ter autorização para se encontrar de novo com ele. Recebendo a permissão, dom Francisco logo demonstrou o fato de que uma noite de reflexão tinha acelerado suas apreensões pela cidade de Maracaibo e sua condenação da intransigência do almirante.

O capitão Blood o recebeu com cordialidade.

— Bom dia, dom Francisco. Adiei a fogueira até o anoitecer. Vai provocar um espetáculo melhor no escuro.

Dom Francisco, um homem franzino, nervoso, idoso, de alta linhagem e baixa vitalidade, foi direto ao assunto.

— Estou aqui para lhe dizer, d. Pedro, que, se você conseguir se controlar durante três dias, comprometo-me a levantar o resgate solicitado, que dom Miguel de Espinosa recusa.

O capitão Blood encarou-o com uma careta contraindo as sobrancelhas escuras sobre os olhos claros:

— E onde vai conseguir o resgate? — indagou, fingindo surpresa.

Dom Francisco balançou a cabeça.

— Isso é assunto meu — respondeu. — Sei onde pode ser encontrado, e meus compatriotas devem contribuir. Dê-me três dias de liberdade condicional e ficará totalmente satisfeito. Enquanto isso, meu filho fica em suas mãos como refém até o meu retorno. — E com isso começou a implorar. Mas foi bruscamente interrompido.

— Pelos santos! Você é um homem ousado, dom Francisco, por vir a mim com uma história dessas: dizer que sabe onde o resgate vai ser levantado e, ainda assim, recusar-se a me dizer. Acha agora que, com um pavio entre os dedos, você ficaria mais comunicativo?

Dom Francisco ficou um pouco mais pálido, mas balançou a cabeça mais uma vez.

— Esse era o modo de agir de Morgan e L'Ollonais e outros piratas. Mas não é o modo de agir do capitão Blood. Se eu duvidasse disso, não devia ter revelado tanto.

O capitão riu.

— Seu velho malandro — disse. — Está brincando com a minha vaidade, não é?

— Com a sua honra, capitão.

— A honra de um pirata? Você só pode estar louco!

— A honra do capitão Blood — insistiu dom Francisco. — Você tem a reputação de fazer guerra como um cavalheiro.

O capitão Blood riu de novo, com um tom amargo e zombeteiro que fez dom Francisco temer o pior. Não imaginava que era dele mesmo que o capitão zombava.

— Só é assim porque é mais lucrativo no fim. E é por isso que você terá os três dias que pede. Então é isso, dom Francisco. Você terá as mulas de que precisa. Vou providenciar.

Dom Francisco afastou-se para sua missão, deixando o capitão Blood refletindo, entre a amargura e a satisfação, que uma reputação de ser tanto cavalheiro quanto consistente com a pirataria tem sua utilidade.

Pontualmente no terceiro dia, o vice-governador estava de volta a Maracaibo com as mulas carregadas de prata e dinheiro no valor exigido e um rebanho de cem cabeças de gado conduzido por homens negros escravizados.

Esses bois foram entregues aos homens da companhia que tinham sido caçadores e, portanto, eram hábeis na cura de carnes, e, durante quase uma semana depois disso, eles se ocuparam na beira da água com o esquartejamento e salga das carcaças.

Enquanto isso estava acontecendo de um lado e os navios estavam sendo reformados para navegar do outro, o capitão Blood estava avaliando o enigma da solução da qual seu próprio destino dependia. Os espiões indígenas que ele contratou informaram-lhe que os espanhóis, trabalhando na maré baixa, tinham recuperado os trinta canhões do Salvador e, assim, acrescentado mais uma bateria à força já avassaladora. No fim, e esperando ter inspiração na hora, o capitão Blood fez um reconhecimento com os próprios olhos. Arriscando a própria vida, acompanhado por dois indígenas amigáveis, ele atravessou até a ilha em uma canoa sob a proteção da escuridão. Eles esconderam a canoa e a si mesmos no matagal curto e espesso com o qual aquele lado da ilha era densamente coberto e permaneceram ali até o amanhecer. Então Blood avançou sozinho e com infinita precaução para fazer seu levantamento. Foi verificar uma suspeita que havia formado e aproximou-se do forte o máximo que ousou e um pouquinho mais perto do que era seguro.

De quatro, rastejou até o cume de uma colina a cerca de uma milha de distância, de onde teve uma visão das disposições interiores da fortaleza. Com a ajuda de um telescópio com o qual tinha se equipado, verificou que, como havia suspeitado e esperado, a artilharia do forte estava montada totalmente voltada para o mar.

Satisfeito, voltou a Maracaibo e apresentou aos seis que compunham seu conselho — Pitt, Hagthorpe, Yberville, Wolverstone, Dyke e Ogle — uma proposta de atacar o forte pelo lado da terra. Atravessando até a ilha sob a proteção da noite, eles pegariam os espanhóis de surpresa e tentariam dominá-los antes que pudessem mudar suas armas para enfrentar o ataque.

Com exceção de Wolverstone, que, por temperamento, era o tipo de homem que prefere oportunidades desesperadas, os oficiais receberam a proposta com frieza. Hagthorpe se opôs sem o menor controle.

— É um esquema desmiolado, Peter — disse com seriedade, balançando a cabeça bonita. — Pense que não podemos depender de nos aproximarmos despercebidos a uma distância de onde poderíamos atacar o forte antes que o canhão pudesse ser movido. Mas, mesmo se conseguíssemos, não podemos levar nenhum canhão nas costas; dependemos inteiramente de armas pequenas, e como conseguiremos, apenas trezentos — (pois este era o número ao qual a deserção de Cahusac os reduzira) —, cruzar o mar aberto para atacar mais do que o dobro desse número na escuridão?

Os outros — Dyke, Ogle, Yberville e até Pitt, a quem a lealdade a Blood poderia ter deixado relutante — o aprovaram ruidosamente. Quando terminaram:

— Já considerei tudo — disse o capitão Blood. — Analisei os riscos e estudei como diminuí-los. Nessa situação desesperadora...

Ele parou de repente. Por um instante, franziu a testa, afundado em pensamentos; e aí seu rosto iluminou-se de súbito com a inspiração. Aos poucos, baixou a cabeça e ficou sentado ali, analisando, pesando, o queixo no peito. Em seguida, acenou com a cabeça, murmurando, "Sim" e, mais uma vez, "Sim". Ele levantou o olhar para encará-los.

— Escutem — gritou ele. — Vocês podem estar certos. Os riscos podem ser muito pesados. Sejam ou não, pensei em um jeito melhor. Aquilo que deveria ser o verdadeiro ataque não passará de uma finta. Aqui, então, está o plano que proponho agora.

Ele falava com rapidez e clareza e, conforme falava, o rosto de seus oficiais iluminava-se um por um com entusiasmo. Quando terminou, eles clamaram em uníssono que ele os havia salvado.

— Isso só será provado em ação — disse ele.

Como, nas últimas 24 horas, todos estavam prontos para partir, não havia nada agora para atrasá-los, e foi decidido que partiriam na manhã seguinte.

A garantia de sucesso do capitão Blood era tanta que ele libertou imediatamente os prisioneiros mantidos como reféns, até mesmo os negros escravizados, que eram considerados pelos outros como pilhagem legítima. Sua única precaução contra esses prisioneiros libertados foi ordená-los a entrar na igreja e trancá-los lá, para aguardar a libertação pelas mãos daqueles que deveriam estar entrando na cidade.

Então, estando todos a bordo dos três navios, com o tesouro guardado em segurança nos porões e os escravizados sob as escotilhas, os bucaneiros levantaram âncora e foram em direção à barra, cada navio rebocando três pirogas à popa.

O almirante, vendo seu avanço majestoso em plena luz do meio-dia, as velas brilhando brancas sob o clarão do sol, esfregou as mãos compridas e magras de satisfação e riu mostrando os dentes.

— Por fim! — gritou. — Deus o entrega em minhas mãos! — Ele se virou para o grupo de oficiais atrás dele. — Mais cedo ou mais tarde, isso tinha que acontecer — disse. — Digam agora, cavalheiros, se minha paciência é justificada. Aqui e agora acabam os problemas causados aos súditos do Rei Católico por esse infame dom Pedro Sangre, como ele se apresentou a mim uma vez.

Ele passou a dar ordens, e o forte ficou agitado como uma colmeia. Os canhões estavam armados, os artilheiros já acendendo os pavios, quando a frota de bucaneiros, enquanto ainda se dirigia para Palomas, foi vista indo para oeste. Os espanhóis os observaram, intrigados.

A uma milha e meia a oeste do forte e a meia da costa — ou seja, na beira da água do baixio que torna Palomas inacessível em qualquer lado por qualquer um, exceto navios de calado mais raso —, os quatro navios lançaram âncora bem à vista dos espanhóis, mas fora do alcance do canhão mais pesado.

O almirante riu com desdém.

— *Ahá*! Eles hesitam, esses cães ingleses! *Por Dios*, e eles podem.

— Devem estar esperando pela noite — sugeriu o sobrinho, que estava ao seu lado tremendo de empolgação.

Dom Miguel olhou para ele sorrindo.

— E de que lhes valerá a noite nessa passagem estreita, sob os canos das minhas armas? Tenha certeza, Esteban, de que esta noite seu pai será vingado.

Ele ergueu o telescópio para continuar a observar os bucaneiros. Viu que as pirogas rebocadas por cada navio estavam sendo puxadas para o lado e se perguntou o que essa manobra poderia significar. Durante algum tempo, essas pirogas ficaram escondidas atrás dos cascos. Então, uma por uma, elas reapareceram, remando para contornar e se afastar dos navios, e cada barco, observou, estava lotado de homens armados. Assim carregados, eles se dirigiram para a costa, em um ponto onde havia bosques densos até a beira da água. Os olhos do admirado almirante os seguiram até que a folhagem os escondeu de vista.

Então ele baixou o telescópio e olhou para os oficiais.

— O que diabos isso significa? — perguntou.

Ninguém respondeu, todos tão perplexos quanto ele.

Depois de um tempo, Esteban, que mantinha os olhos na água, puxou a manga do tio.

— Lá vão eles! — gritou e apontou.

E lá, de fato, iam as pirogas no caminho de volta para os navios. Mas agora eles observaram que estavam vazias, exceto pelos homens que as remavam. A carga armada tinha sido deixada em terra.

Elas voltaram aos navios para retornar de novo em pouco tempo com uma nova carga de homens armados, transportados de maneira semelhante até Palomas. E, por fim, um dos oficiais espanhóis arriscou uma explicação:

— Eles vão nos atacar por terra, para tentar invadir o forte.

— Claro. — O almirante sorriu. — Eu tinha adivinhado. Os deuses primeiro enlouquecem aqueles que vão destruir.

— Vamos fazer uma incursão? — pediu Esteban, empolgado.

— Uma incursão? No meio desse matagal? Isso seria fazer o jogo deles. Não, não, vamos esperar aqui para receber esse ataque. Quando vier, eles é que serão destruídos, e totalmente. Não tenha dúvida disso.

Mas, à noite, a compostura do almirante não estava tão perfeita. A essa altura, as pirogas já tinham feito meia dúzia de viagens com carregamentos de homens e também desembarcaram — como dom Miguel observara claramente pelo telescópio — pelo menos uma dúzia de canhões.

Seu semblante não sorria mais; estava um pouco irado e um pouco perturbado agora, quando se voltou para os oficiais.

— Quem foi o tolo que me disse que eles somam apenas trezentos homens ao todo? Eles já colocaram pelo menos o dobro desse número em terra.

Por mais espantado que estivesse, seu espanto teria sido mais profundo se tivesse ouvido a verdade: não havia um único bucaneiro nem um único canhão desembarcado em Palomas. A ilusão foi completa. Dom Miguel não podia adivinhar que os homens que tinha visto naquelas pirogas eram sempre os mesmos; que, nas viagens até a costa, eles se sentavam e ficavam de pé, bem à vista; e que, nas viagens de volta aos navios, ficavam invisíveis no fundo dos barcos, que, dessa forma, pareciam vazios.

Os crescentes temores da soldadesca espanhola com a perspectiva de um ataque noturno do lado da terra por toda a força de bucaneiros — e uma força duas vezes maior do que eles suspeitavam que o pestilento Blood comandava — começaram a ser comunicados ao almirante.

Nas últimas horas do crepúsculo, os espanhóis fizeram exatamente o que o capitão Blood contava com tanta confiança que fariam — exatamente o que deveriam fazer para enfrentar o ataque, preparações que tinham sido completamente simuladas. Eles se colocaram a trabalhar como condenados naqueles canhões pesados posicionados para dominar a passagem estreita para o mar.

Gemendo e suando, incitados pelos xingamentos e até mesmo pelos chicotes dos oficiais, eles trabalharam em um frenesi de pressa movida pelo pânico para deslocar o maior número e os mais poderosos de seus canhões para o lado da terra, para posicioná-los de novo de modo a estarem prontos para receber o ataque que a qualquer momento poderia irromper sobre eles vindo da floresta a menos de meia milha de distância.

Assim, quando a noite caiu, embora na ansiedade mortal do ataque daqueles demônios selvagens, cuja coragem temerária era uma palavra de ordem nos mares do Meno, pelo menos os espanhóis estavam razoavelmente preparados. Esperando, eles seguravam as armas.

E, enquanto esperavam assim, sob o disfarce da escuridão e quando a maré começou a baixar, a frota do capitão Blood levantou âncora em silêncio; e, como antes, sem mais velas estendidas do que as que as espichas conseguiam carregar de modo a dar-lhes direção — mesmo tendo sido pintadas de preto —, as quatro embarcações, sem uma luz aparecendo, tateavam seu caminho por sondagens até o canal que conduzia àquela passagem estreita para o mar.

O *Elizabeth* e o *Infanta*, liderando lado a lado, estavam quase em paralelo ao forte antes que seus porões sombreados e o suave gorgolejar da água na proa fossem detectados pelos espanhóis, cuja atenção até aquele momento estava totalmente voltada para o outro lado. E agora se erguia no ar noturno um som de fúria humana confusa que pode ter ressoado sobre Babel na confusão de línguas. Para aumentar essa confusão e espalhar a desordem entre os soldados espanhóis, o *Elizabeth* descarregou seus canhões de bombordo no forte enquanto era arrastado pela vazante rápida.

Ao perceber — sem saber como — que tinha sido enganado e que sua presa estava bem no ato de escapar, o almirante ordenou freneticamente que as armas que tinham sido movidas com tanto esforço fossem arrastadas de volta para a antiga posição e, enquanto isso, comandou os artilheiros para as baterias escassas de todo o seu armamento poderoso, mas agora indisponível, que ainda permanecia apontado para o canal. Com isso, depois da perda de alguns momentos preciosos, o forte enfim abriu fogo.

A resposta foi uma terrível rajada de tiros do *Arabella*, que agora se aproximava e empurrava as velas para suas vergas. Os espanhóis enfurecidos e tagarelas tiveram uma breve visão do navio quando a linha de chamas jorrou de seu flanco vermelho, e o trovão de sua rajada de tiros abafou o barulho das adriças[15] rangendo. Depois disso, não viram mais o navio. Assimilados pela escuridão amigável que os canhões espanhóis menores estavam especulativamente apunhalando, os navios em fuga não dispararam nenhum outro tiro que pudesse ajudar os perplexos e desnorteados inimigos a localizá-los.

A frota de Blood sofreu alguns pequenos danos. Mas, quando os espanhóis resolveram sua confusão e conseguiram alguma ordem na ofensiva perigosa, aquela frota, bem servida por uma brisa do sul, tinha atravessado os estreitos e estava saindo para o mar.

Assim, dom Miguel de Espinosa ficou ruminando o vômito amargo de uma oportunidade perdida e considerando em que termos informaria ao Conselho Supremo do Rei Católico que Peter Blood fugira de Maracaibo levando consigo duas fragatas de vinte canhões que tinham sido propriedade da Espanha, sem contar as 250 mil peças de oito e outros saques. E tudo isso apesar dos quatro galeões de dom Miguel e da fortaleza pesadamente armada que outrora mantivera os piratas tão encurralados.

Pesada, de fato, tinha ficado a conta de Peter Blood, que dom Miguel jurou emocionado ao céu que a todo custo seria paga integralmente.

As perdas também não detalharam o valor integral daquelas sofridas nessa ocasião pelo rei da Espanha. Pois, na noite seguinte, ao largo da costa de Oruba, na foz do golfo da Venezuela, a frota do capitão Blood alcançou o atrasado *Santo Nino*, acelerando com as velas totalmente abertas para dar reforço a dom Miguel em Maracaibo.

A princípio, o espanhol imaginou que ele se encontrava com a frota vitoriosa de dom Miguel, voltando da destruição dos piratas. Quando estavam muito próximos, com a flâmula de São Jorge hasteada no alto do mastro do *Arabella* para desiludi-lo, o *Santo Nino* escolheu a bravura e atingiu sua bandeira.

---

15 Cabo que iça a vela. [N.R.]

O capitão Blood ordenou que a tripulação pegasse os barcos e desembarcasse em Oruba ou onde quisessem. Foi tão atencioso que, para ajudá-los, presenteou-os com várias das pirogas que ainda rebocava.

— Você vai descobrir — disse ele ao capitão do navio — que dom Miguel está de muito mau humor. Elogie-me para ele e diga que me atrevo a lembrar que ele deve se culpar por todos os males que lhe aconteceram. O mal que recaiu sobre ele foi libertado quando enviou o irmão extraoficialmente para fazer uma incursão na ilha de Barbados. Faça-o pensar duas vezes antes de deixar seus demônios soltos em um assentamento inglês de novo.

Com isso, ele dispensou o capitão, que saiu pela lateral do *Santo Nino*, e o capitão Blood passou a apurar o valor desse novo prêmio. Quando as escotilhas foram removidas, uma carga humana apareceu no porão.

— Escravos — disse Wolverstone, e insistiu nessa crença amaldiçoando a perversidade espanhola até que Cahusac rastejou saindo das entranhas escuras do navio e ficou piscando ao sol.

Havia mais do que a luz do sol para fazer o pirata bretão piscar. E aqueles que rastejavam atrás dele — o restante da sua tripulação — o amaldiçoavam terrivelmente pela pusilanimidade que os levara à ignomínia de dever a própria libertação àqueles a quem tinham desertado.

O saveiro deles tinha sido encontrado e afundado três dias antes pelo *Santo Nino*, e Cahusac escapou por pouco da forca só para ser uma zombaria entre a Irmandade da Costa por algum tempo.

Muitos meses depois disso, ele ouviu em Tortuga a zombaria:

— Onde você gasta o ouro que trouxe de Maracaibo?

CAPÍTULO XVIII.
O Milagrosa

O acontecimento de Maracaibo deve ser considerado a obra-prima de pirataria do capitão Blood. Embora mal haja uma das muitas ações em que ele lutou — registrada com tantos detalhes por Jeremy Pitt — que não ofereça algum exemplo de sua genialidade para táticas navais, em nenhuma delas isso é mais brilhantemente demonstrado do que naqueles dois combates por meio dos quais escapou da armadilha que dom Miguel de Espinosa montara para ele.

A fama de que gozava antes, por maior que fosse, é reduzida à insignificância pela fama que se seguiu. Foi uma fama da qual nenhum bucaneiro — nem mesmo Morgan — jamais se gabou, antes ou depois.

Em Tortuga, durante os meses que passou ali reformando os três navios que havia capturado da frota que tinha saído para destruí-lo, ele se viu quase como um objeto de adoração aos olhos da selvagem Irmandade da Costa, todos os quais agora clamando pela honra de servir sob seu comando. Isso o colocou na rara posição de poder escolher as tripulações para sua frota aumentada, e ele escolheu de um jeito meticuloso. Quando partiu em seguida, foi com uma frota de cinco belos navios com pouco mais de mil homens. Assim, você o contempla não apenas como famoso, mas de fato formidável. Os três navios espanhóis capturados foram rebatizados com um certo humor erudito como *Cloto*, *Láquesis* e *Átropos*, uma forma sombria e jocosa de comunicar ao mundo que ele os transformou em árbitros do destino de quaisquer espanhóis que encontrasse doravante nos mares.

Na Europa, a notícia dessa frota, depois da notícia da derrota do almirante espanhol em Maracaibo, causou sensação. A Espanha e a Inglaterra se preocuparam de maneira diversa e desagradável e, se você tentar pesquisar a correspondência diplomática trocada sobre o assunto, descobrirá que é considerável e nem sempre amigável.

E, enquanto isso, no Caribe, pode-se dizer que o almirante espanhol dom Miguel de Espinosa estava possuído por uma fúria assassina. A desgraça em que caiu como resultado dos desastres sofridos nas mãos do capitão Blood tinha deixado o Almirante quase louco. É impossível, se pensarmos com imparcialidade, recusar a dom Miguel um pouco de simpatia. O ódio agora era o pão de cada dia desse infeliz, e a esperança de vingança era uma obsessão para sua mente. Como louco, ele saía furioso para cima e para baixo no Caribe em busca do inimigo e, nesse meio-tempo, como um *hors d'oeuvre* para seu apetite vingativo, caía em cima de qualquer navio da Inglaterra ou da França que surgisse em seu horizonte.

Não preciso dizer mais nada para comunicar o fato de que esse ilustre capitão do mar e grande cavalheiro de Castela tinha perdido a cabeça e também se tornado pirata. O Supremo Conselho de Castela poderia em breve condená-lo por suas práticas. Mas como isso importa para alguém que já foi condenado para além da redenção? Pelo contrário, se ele vivesse para pendurar o audacioso e inefável Blood pelos calcanhares, era possível que a Espanha visse suas irregularidades atuais e suas perdas anteriores com um olhar mais tolerante.

E assim, sem se preocupar com o fato de que o capitão Blood agora estava com uma força muito superior, o espanhol o buscava para cima e para baixo nos mares sem trilhas. Mas durante um ano inteiro ele o procurou em vão. As circunstâncias em que acabaram se encontrando são muito curiosas.

Uma observação inteligente dos fatos da existência humana revelará às pessoas de mente rasa que zombam do uso da coincidência nas artes da ficção e do drama que a vida em si é pouco mais do que uma série de coincidências. Abra a história do passado em qualquer página que quiser, e lá encontrará a coincidência em ação, provocando eventos que o mais simples acaso poderia ter evitado. Na verdade, a coincidência pode ser definida como a própria ferramenta usada pelo Destino para moldar o desígnio de homens e nações.

Observe-o agora em ação nos assuntos do capitão Blood e de alguns outros.

Em 15 de setembro de 1688 — um ano memorável nos anais da Inglaterra —, três navios estavam à deriva no Caribe, os quais, em suas próximas conjunções, iam estabelecer a sorte de várias pessoas.

O primeiro era a nau capitânia do capitão Blood, o *Arabella*, que tinha sido separado da frota de bucaneiros em um furacão ao largo das Pequenas Antilhas. Em algum lugar perto da latitude 17°N e da longitude 74°O, ele estava acelerando em direção ao canal de Barlavento, antes das brisas intermitentes do sudeste daquela estação sufocante, rumo a Tortuga, o ponto de encontro natural dos navios dispersos.

O segundo navio era o grande galeão espanhol, o *Milagrosa*, que, acompanhado pela fragata menor Hidalga, espreitava ao largo de Caymites, ao norte da longa península que se projeta do canto sudoeste da ilha de São Domingos. A bordo do *Milagrosa* navegava o vingativo dom Miguel.

O terceiro e último desses navios com que estamos preocupados no momento era um navio de guerra inglês, que, na data que mencionei, estava ancorado no porto francês de São Nicolau, na costa noroeste da ilha de São Domingos. Ele estava indo de Plymouth para a Jamaica e carregava a bordo um passageiro muito ilustre na pessoa de lorde Julian Wade, que veio encarregado por seu parente, meu lorde Sunderland, de uma missão de alguma consequência e delicadeza, decorrente daquela correspondência vexatória entre a Inglaterra e a Espanha.

O governo francês, assim como o inglês, extremamente aborrecido com as depredações dos bucaneiros e as constantes tensões nas relações resultantes com a Espanha, tinha tentado em vão abatê-los, impondo-lhes a maior severidade contra seus governadores no exterior. Mas estes, por um lado — como o governador de Tortuga —, prosperavam com uma parceria quase tácita com os flibusteiros ou, por outro lado — como o governador da ilha de São Domingos francesa —, sentiam que eles deviam ser encorajados como uma contenção ao poder e à ganância da Espanha, que poderia, de outra forma, ser exercida em prejuízo das colônias de outras nações. Eles pareciam, de fato, apreensivos com o recurso a quaisquer medidas vigorosas que poderiam resultar em fazer muitos bucaneiros procurarem novos campos de caça no mar do Sul.

Para satisfazer a ansiedade do rei James de se conciliar com a Espanha e em resposta às constantes e dolorosas reclamações do embaixador espanhol, meu lorde Sunderland, o secretário de Estado, havia nomeado um homem forte como vice-governador da Jamaica. Esse homem forte era aquele coronel Bishop que, por alguns anos, fora o fazendeiro mais influente de Barbados.

O coronel Bishop aceitou o posto e partiu das plantações nas quais sua grande riqueza estava sendo acumulada com um entusiasmo que tinha raízes no desejo de cobrar uma dívida de Peter Blood.

Desde a primeira ida à Jamaica, o coronel Bishop tinha uma boa influência sobre os bucaneiros. Porém, por mais que fizesse, o único bucaneiro que transformou em sua presa particular — aquele Peter Blood que tinha sido seu escravo — sempre fugia dele e continuava, implacável e com grande força, a perseguir os espanhóis no mar e na terra, e a manter as relações entre a Inglaterra e a Espanha em um estado de agitação perpétua, ainda mais perigoso naqueles dias em que a paz na Europa era mantida de um jeito precário.

Exasperado não só com a própria decepção acumulada, mas também com as reprovações por seu fracasso que chegavam a ele de Londres, o coronel Bishop chegou a considerar a possibilidade de caçar sua presa em Tortuga e fazer uma tentativa de limpar a ilha dos bucaneiros que ela abrigava. Felizmente, abandonou a ideia de um empreendimento tão insano, desencorajado não só pela enorme força natural do lugar, mas também pela reflexão de que uma incursão ao que era, pelo menos nominalmente, um assentamento francês, seria considerada uma ofensa grave à França. No entanto, sem essa medida, pareceu ao coronel Bishop que ele estava desconcertado. Ele confessou isso em uma carta ao Secretário de Estado.

Essa carta e o estado de coisas que ela revelou fizeram meu lorde Sunderland desesperar-se para resolver esse problema vexatório por meios ordinários. Ele decidiu considerar os extraordinários e lembrou-se do plano adotado com Morgan, que fora alistado para o serviço do rei sob o comando de Charles II. Ocorreu-lhe que um curso semelhante poderia ser igualmente eficaz com o capitão Blood. Sua Senhoria não omitiu a consideração de que a atual proscrição de Blood poderia muito bem ter sido empreendida não por inclinação, mas pela pressão da mera necessidade; que ele tinha sido forçado a ela pelas circunstâncias da sua deportação e que apreciaria a oportunidade de sair dela.

Agindo com base nessa conclusão, Sunderland enviou seu parente, lorde Julian Wade, com algumas patentes em branco e instruções completas quanto ao curso que o secretário considerava desejável seguir, mas com total discrição ao segui-las. O astuto Sunderland, mestre de todos os labirintos da intriga, aconselhou seu parente que, no caso de achar Blood intratável ou julgar, por outras razões, que não era desejável alistá-lo no serviço do rei, deveria voltar sua atenção para os oficiais sob o comando dele e, ao seduzi-los para longe, deixá-lo tão enfraquecido que ele se tornaria uma vítima fácil da frota do coronel Bishop.

O *Royal Mary* — navio que transportava esse enviado engenhoso, toleravelmente brilhante, levemente dissoluto e totalmente elegante de meu lorde Sunderland — fez uma boa passagem até São Nicolau, último porto de escala antes da Jamaica. Ficou entendido que, como preliminar, lorde Julian deveria se apresentar ao vice-governador em Port Royal, de onde, se necessário, poderia ser encaminhado a Tortuga. Acontece que a sobrinha do vice-governador tinha chegado a São Nicolau alguns meses antes para visitar alguns parentes e escapar do calor insuportável da Jamaica naquela estação. Já que o momento de seu retorno estava próximo, foi solicitada uma passagem para ela a bordo do *Royal Mary* e, em vista da hierarquia e da posição de seu tio, foi prontamente concedida.

Lorde Julian saudou sua chegada com satisfação. Foi uma viagem cheia de interesse para ele, exatamente o tempero necessário para atingir a perfeição como experiência. Sua Senhoria era um dos nobres para quem uma existência sem a graça das mulheres é mais ou menos uma estagnação. A srta. Arabella Bishop — essa garota franzina, com postura ereta, voz de menino e uma facilidade de movimento quase de menino — talvez não fosse uma dama que na Inglaterra teria chamado muita atenção aos olhos perspicazes de meu lorde. Os gostos dele, muito sofisticados e cuidadosamente educados nessas questões, o inclinavam para o rechonchudo, o enfraquecido e o totalmente feminino. Os encantos da srta. Bishop eram inegáveis. Mas era necessário um homem de mente delicada para apreciá-los; e embora a de meu lorde Julian estivesse longe de ser grosseira, não tinha o grau necessário de delicadeza. Com isso, não entenda que estou insinuando alguma coisa contra ele.

No entanto, a srta. Bishop continuava sendo uma jovem e uma dama; e, na latitude em que lorde Julian vagava, esse era um fenômeno suficientemente raro para chamar a atenção. Pelo lado dele, com seu título e sua posição, sua graça pessoal e o encanto de um cortesão experiente, ele trazia consigo a atmosfera do grande mundo no qual normalmente existia — um mundo que era pouco mais que um nome para ela, que tinha passado a maior parte da vida nas Antilhas. Portanto, não é de espantar que eles tenham se sentido atraídos um pelo outro antes que o *Royal Mary* zarpasse de São Nicolau. Podiam dizer um ao outro muita coisa que desejavam saber. Ele poderia regalar a imaginação dela com histórias de St. James — em muitas das quais ele se atribuía um papel heroico, ou pelo menos uma parte distinta —, e ela poderia enriquecer a mente dele com informações sobre este novo mundo para o qual ele tinha ido.

Antes de saírem da vista de São Nicolau, os dois eram bons amigos, e Sua Senhoria estava começando a corrigir suas primeiras impressões dela e a descobrir o encanto daquela atitude franca e direta de camaradagem que a fazia tratar todos os homens como irmãos. Considerando como a mente dele estava obcecada com o assunto da missão, não é de espantar que ele tivesse falado com ela sobre o capitão Blood. Na verdade, houve uma circunstância que levou diretamente a isso.

— Eu me pergunto — disse ele, enquanto os dois passeavam na popa — se você já viu esse companheiro Blood, que esteve nas plantações do seu tio como escravo.

A srta. Bishop parou. Inclinou-se sobre o balaústre da popa, olhando para a terra que se afastava, e levou um instante para responder, com uma voz firme e uniforme:

— Eu o via com frequência. Eu o conhecia muito bem.

— Não diga!

Sua Senhoria saiu ligeiramente da tranquilidade que tinha cultivado com cuidado. Era um jovem de talvez 28 anos, bem acima da estatura média e parecendo mais alto em virtude da magreza excessiva. Tinha um rosto aquilino fino, pálido, bem agradável, emoldurado pelos cachos de uma peruca dourada, uma boca sensível e olhos azul-claros que davam ao semblante uma expressão sonhadora, uma reflexão melancólica. Mas eram olhos alertas e observadores apesar de tudo, embora não tenham conseguido, nessa ocasião, observar a ligeira mudança de cor que sua pergunta provocara nas bochechas da srta. Bishop ou a compostura suspeitosamente excessiva de sua resposta.

— Não diga! — repetiu ele e se apoiou ao lado dela. — E que tipo de homem você acha que ele era?

— Naquela época, eu o considerava um infeliz cavalheiro.

— Você conhecia a história dele?

— Ele me contou. Era por isso que eu o estimava: pela serena firmeza com que suportava as adversidades. Desde então, considerando o que ele fez, quase cheguei a duvidar se o que ele me disse sobre si mesmo era verdade.

— Se estiver falando dos erros que ele sofreu nas mãos da Comissão Real que julgou os rebeldes de Monmouth, há poucas dúvidas de que seria verdade. Ele nunca batalhou com Monmouth; isso é certo. Foi condenado por uma questão do direito da qual podia muito bem ser ignorante quando cometeu o que foi interpretado como traição. Mas, na verdade, ele teve sua vingança, de certa forma.

— Essa — disse ela em voz baixa — é a coisa imperdoável. Isso o destruiu; e foi merecido.

— Destruiu? — Sua Senhoria riu um pouco. — Não tenha certeza disso. Ele ficou rico, ouvi dizer. Ele transformou, dizem, os espólios espanhóis em ouro francês, que está sendo guardado para ele na França. O futuro sogro dele, monsieur D'Ogeron, cuidou disso.

— Futuro sogro? — indagou ela e olhou para ele com os olhos arregalados e os lábios entreabertos. E acrescentou: — Monsieur D'Ogeron? O governador de Tortuga?

— Ele mesmo. Você vê que o sujeito está bem protegido. Foi uma notícia que colhi em São Nicolau. Não estou certo de que gosto disso, pois não tenho certeza de que vai tornar mais fácil a tarefa para a qual meu parente, lorde Sunderland, me enviou aqui. Mas é isso. Você não sabia?

Ela balançou a cabeça sem responder. Tinha desviado o rosto, e seus olhos estavam fixos na água suavemente agitada. Depois de um instante, ela falou com a voz firme e perfeitamente controlada.

— Mas com certeza, se isso fosse verdade, ele já teria deixado a pirataria de lado. Se ele... se ele amasse uma mulher e estivesse comprometido e também fosse rico como você diz, certamente teria abandonado essa vida desesperada e...

— Ora, foi o que pensei — interrompeu Sua Senhoria — até obter a explicação. D'Ogeron é avarento por si mesmo e pelo filho. Quanto à menina, disseram-me que é uma selvagem, companheira adequada para um homem como Blood. Quase fico surpreso por ele não se casar com ela e levá-la junto para saquear. Não seria uma experiência nova para ela. E também fico surpreso com a paciência de Blood. Ele matou um homem para conquistá-la.

— Ele matou um homem por ela, você disse? — Havia um pouco de preocupação em sua voz.

— Sim, um bucaneiro francês chamado Levasseur. Ele era amante da garota e aliado de Blood em uma aventura. Blood cobiçou a garota e matou Levasseur para conquistá-la. Pah! É uma história desagradável, admito. Mas os homens vivem de acordo com códigos diferentes por estas bandas...

Ela se virou para encará-lo. Estava pálida até os lábios, e os olhos castanhos estavam reluzindo enquanto ela interrompia as desculpas que ele dava por Blood.

— Devem ser mesmo, se os outros aliados permitiram que ele vivesse depois disso.

— Ah, a coisa foi feita em uma luta justa, me disseram.

— Quem lhe contou?

— Um homem que navegava com eles, um francês chamado Cahusac, que encontrei em uma taverna à beira da água em São Nicolau. Era o tenente de Levasseur e estava presente na ilha onde a coisa aconteceu e quando Levasseur foi morto.

— E a garota? Ele disse se a garota também estava presente?

— Estava. Ela foi testemunha do encontro. Blood a carregou quando se livrou de seu irmão-bucaneiro.

— E os seguidores do morto permitiram isso? — Ele percebeu o tom de incredulidade na voz dela, mas não percebeu o tom de alívio que se misturava ali. — Ah, não acredito nessa história. Não vou acreditar!

— Eu a respeito por isso, senhorita Bishop. Minha própria crença de que os homens seriam tão insensíveis foi abalada até esse Cahusac me dar a explicação.

— Qual? — Ela reprimiu a incredulidade que a tirara de um desânimo inexplicável. Agarrando-se ao balaústre, ela se virou para encarar Sua Senhoria com essa pergunta. Mais tarde, ele se lembraria e perceberia no comportamento atual dela uma certa estranheza que agora era desconsiderada.

— Blood comprou o consentimento deles e o direito de carregar a garota. Pagou a eles em pérolas que valiam mais de vinte mil peças de oito. — Sua Senhoria riu de novo com um toque de desprezo. — Um belo preço! Na verdade, são todos canalhas: meros ladrões, patifes venais. E, na verdade, é uma bela história para o ouvido de uma dama.

Ela desviou o olhar de novo e descobriu que sua visão estava turva. Depois de um instante, com a voz menos firme do que antes, perguntou:

— Por que esse francês teria lhe contado uma história dessas? Ele odiava esse capitão Blood?

— Não percebi isso — disse Sua Senhoria devagar. — Ele relatou isso... ah, só como uma coisa trivial, um exemplo dos modos dos bucaneiros.

— Uma coisa trivial! — disse ela. — Meu Deus! Uma coisa trivial!

— Ouso dizer que somos todos selvagens sob o manto com que a civilização nos cobre — disse Sua Senhoria. — Mas esse Blood, ora, era um homem de papéis consideráveis, pelo que esse Cahusac me disse. Era bacharel em medicina.

223

— Isso é verdade, até onde eu sei.

— E ele tem cuidado de muitos militares estrangeiros no mar e na terra. Cahusac disse, embora eu mal acredite, que ele lutou sob o comando de Ruyter.

— Isso também é verdade — disse ela. E deu um suspiro pesado. — Esse Cahusac parece ter sido bem preciso. Infelizmente!

— Você sente muito, então?

Ela olhou para ele. Estava muito pálida, ele percebeu.

— Do mesmo jeito que sentimos muito ao saber da morte de alguém que estimamos. Eu o considerava um cavalheiro infeliz, mas digno. Agora...

Ela parou e deu um sorrisinho torto.

— É melhor esquecer esse homem.

E, com isso, passou a falar de outras coisas. A amizade, que era o grande dom dela com todos que conhecia, cresceu cada vez mais entre os dois no pouco tempo que lhe restava, até que se abateu o acontecimento que estragou aquela que prometia ser a fase mais agradável da viagem de Sua Senhoria.

O estraga-prazeres foi o almirante espanhol parecido com um cachorro louco, que eles encontraram no segundo dia de viagem, a meio caminho do golfo de Gonaves. O capitão do *Royal Mary* não estava disposto a ser intimidado nem mesmo quando dom Miguel abriu fogo contra ele. Observando a abundante linha d'água do espanhol assomando-se muito acima da água e mostrando uma marca tão esplêndida, o inglês foi movido pelo desprezo. Se esse dom que empunhava a bandeira de Castela queria lutar, o *Royal Mary* era o navio certo para satisfazê-lo. Pode ser que sua confiança galante se justificasse e que, naquele dia, ele pusesse fim à carreira violenta de dom Miguel de Espinosa, mas um tiro de sorte do *Milagrosa* atingiu uma pólvora guardada em seu castelo de proa e explodiu metade do navio pouco antes de a batalha começar. Como a pólvora chegou ali nunca se saberá, e o galante capitão em pessoa não sobreviveu para investigar a situação.

Antes que os homens do *Royal Mary* se recuperassem da consternação, do capitão morto e de um terço dos tripulantes destruídos com ele, do navio oscilando e balançando indefeso em um estado de destruição, os espanhóis abordaram-no.

Na cabine do capitão sob a popa, para onde a srta. Bishop tinha sido conduzida por segurança, lorde Julian procurava consolá-la e encorajá-la, com a garantia de que tudo ficaria bem, no exato momento em que dom Miguel subia a bordo. O próprio lorde Julian não estava tão firme, e seu rosto estava bem pálido. Não que fosse um covarde. Mas essa luta confinada contra um elemento desconhecido em uma coisa de madeira que poderia a qualquer momento naufragar sob seus pés nas profundezas do oceano era perturbadora para alguém que seria corajoso o suficiente em terra. Felizmente, a srta. Bishop não parecia precisar desesperadamente do pobre consolo que ele conseguia oferecer. Certamente também estava pálida, e seus olhos castanhos podem ter parecido um pouco maiores do que o normal. Mas estava bem controlada. Meio sentada, meio apoiada na mesa do capitão, ela preservou coragem suficiente para tentar acalmar a dama de companhia quase negra que rastejava a seus pés em estado de pavor.

E aí a porta da cabine se abriu e o próprio dom Miguel, alto, bronzeado e de rosto aquilino, entrou a passos largos. Lorde Julian virou-se para encará-lo e levou a mão à espada.

O espanhol foi rápido e direto.

— Não seja tolo — disse no próprio idioma — ou terá o fim de um tolo. Seu navio está afundando.

Havia três ou quatro homens usando capacetes atrás de dom Miguel, e lorde Julian percebeu a posição. Ele soltou o punho e alguns centímetros de aço deslizaram suavemente de volta para dentro da bainha. Mas dom Miguel sorriu, com um lampejo de dentes brancos por trás da barba grisalha, e estendeu a mão.

— Por favor — disse ele.

Lorde Julian hesitou. Seus olhos desviaram-se para os da srta. Bishop.

— Acho que é melhor obedecer — disse a jovem controlada, ao que, dando de ombros, Sua Senhoria se rendeu.

— Venham vocês todos a bordo do meu navio — convidou-os dom Miguel e saiu a passos largos.

Eles foram, claro. Por um lado, o espanhol teve força para obrigá-los; por outro, um navio que ele anunciou estar afundando oferecia-lhes poucos estímulos para permanecer. Eles não ficaram mais do que o necessário para permitir que a srta. Bishop pegasse algumas peças sobressalentes de vestuário e meu lorde pegasse sua valise.

Quanto aos sobreviventes daqueles escombros horríveis que o Royal Mary tinha virado, foram abandonados pelos espanhóis à própria sorte. Que fossem para os barcos e, se não fossem suficientes, que nadassem ou se afogassem. Se lorde Julian e a srta. Bishop foram retidos, era porque dom Miguel tinha percebido o valor evidente de ambos. Ele os recebeu em sua cabine com muita urbanidade. Urbanamente, ele queria ter a honra de saber o nome dos dois.

Lorde Julian, horrorizado com o espetáculo que acabara de presenciar, teve dificuldade de se controlar para dizê-los. Então, com altivez, exigiu saber, por sua vez, o nome do agressor. Estava com um temperamento extremamente ruim. Percebeu que, se não tinha feito nada de fato desonroso na posição incomum e difícil para a qual o Destino o empurrara, também não tinha feito nada honroso. Isso poderia ter importado menos, mas o espectador de sua atuação indiferente era uma dama. Ele estava determinado, se possível, a se esforçar mais, agora.

— Sou dom Miguel de Espinosa — foi a resposta. — Almirante da Marinha do Rei Católico.

Lorde Julian ofegou. Se a Espanha fez tanto rebuliço sobre as depredações de um aventureiro renegado como o capitão Blood, o que a Inglaterra poderia responder agora?

— Vai me dizer, então, por que se comporta como um maldito pirata? — perguntou. E acrescentou: — Espero que perceba quais serão as consequências e a prestação de contas rigorosa a que será levado pela obra deste dia, pelo sangue que derramou de forma assassina e pela violência contra essa dama e contra mim.

— Não lhes ofereço violência — disse o almirante, sorrindo, como só o homem que detém os trunfos pode sorrir. — Pelo contrário, salvei a vida dos dois...

— Salvou nossa vida! — Lorde Julian ficou sem palavras por um instante, diante de tamanho atrevimento insensível. — E as vidas que você destruiu na carnificina desenfreada? Por Deus, homem, elas vão lhe custar caro.

O sorriso de dom Miguel persistiu.

— É possível. Tudo é possível. Enquanto isso, a vida de vocês é que vai custar caro. O coronel Bishop é um homem rico; e você, meu lorde, sem dúvida também é rico. Vou analisar e acertar o seu resgate.

— Então você é apenas o maldito pirata assassino que eu estava supondo que fosse — vociferou Sua Senhoria. — E tem o atrevimento de chamar a si mesmo de Almirante da Marinha do Rei Católico? Veremos o que o seu rei católico terá a dizer sobre isso.

O almirante parou de sorrir. Revelou um pouco da raiva que estava consumindo seu cérebro.

— Você não entende — disse ele. — É que eu trato vocês, cães hereges ingleses, do mesmo jeito que vocês, cães hereges ingleses, trataram os espanhóis no mar, seus ladrões e assaltantes do inferno! Tenho a honestidade de fazer isso no meu próprio nome, mas vocês, seus animais pérfidos, enviam seus capitães Blood, seus Hagthorpes e seus Morgans contra nós e isentam-se da responsabilidade pelo que eles fazem. Assim como Pilatos, vocês lavam as mãos. — Ele riu com selvageria. — Que a Espanha desempenhe o papel de Pilatos. Que se isente de toda responsabilidade por mim, quando seu embaixador no Escurial for reclamar ao Conselho Supremo deste ato de pirataria de dom Miguel de Espinosa.

— O capitão Blood e os outros não são almirantes da Inglaterra! — gritou lorde Julian.

— Não são? Como posso saber? Como a Espanha sabe? Vocês todos não são mentirosos, seus hereges ingleses?

— Senhor! — A voz de lorde Julian estava áspera como uma lima, os olhos reluzindo. Por instinto, levou a mão ao lugar onde sua espada costumava ficar pendurada. Em seguida, deu de ombros e zombou: — É claro — disse ele —, com tudo que ouvi sobre a honra espanhola e com tudo que vi da sua, que você insultaria um homem desarmado e seu prisioneiro.

O rosto do almirante ficou vermelho. Ele meio que levantou a mão para golpear. E então, contido talvez pelas próprias palavras que haviam encoberto o insulto retrucado, girou nos calcanhares de repente e saiu sem responder.

CAPÍTULO XIX.

A Reunião

Quando a porta bateu após a saída do almirante, lorde Julian virou-se para Arabella e sorriu de verdade. Sentiu que estava se esforçando mais e tirou disso uma satisfação quase infantil — em todas as circunstâncias.

— Decididamente, acho que tive a última palavra — disse, jogando os cachos dourados.

A srta. Bishop, sentada à mesa da cabine, olhou para ele com firmeza, sem retribuir o sorriso.

— Importa tanto ter a última palavra? Estou pensando naqueles pobres coitados do *Royal Mary*. Muitos deles tiveram a última palavra, de fato. E para quê? Um belo navio naufragado, várias vidas perdidas, três vezes esse número agora em perigo, e tudo para quê?

— Você está muito perturbada, madame. Eu...

— Perturbada! — Ela soltou uma única nota aguda de riso. — Garanto que estou calma. Estou lhe fazendo uma pergunta, lorde Julian. Por que esse espanhol fez tudo isso? Com que objetivo?

— Você o ouviu. — Lorde Julian deu de ombros com raiva. — Desejo de sangue — explicou brevemente.

— Desejo de sangue? — perguntou ela. Estava espantada. — Quer dizer que isso existe, então? É insano, monstruoso.

— Demoníaco — concordou Sua Senhoria. — O trabalho do demônio.

— Não entendo. Em Bridgetown, três anos atrás, houve uma incursão espanhola, e foram feitas coisas que deveriam ser impossíveis para os homens, coisas horríveis e revoltantes que desafiam a crença, que parecem, quando penso nelas agora, as ilusões de um pesadelo. Os homens são apenas animais?

— Homens? — disse lorde Julian, encarando-a. — Diga espanhóis e eu concordo. — Era um inglês falando de inimigos hereditários. E, no entanto, havia alguma verdade no que ele dizia. — Esse é o jeito espanhol no Novo Mundo. Na verdade, quase justifica o que homens como Blood fazem.

Ela estremeceu, como se estivesse com frio, e, apoiando os cotovelos na mesa, apoiou o queixo nas mãos e sentou-se encarando o nada.

Observando-a, Sua Senhoria notou como o rosto dela tinha ficado pálido e abatido. Havia razão suficiente para isso e para coisa pior. Nenhuma outra mulher que ele conhecia teria preservado o autocontrole nessa provação; e de medo, pelo menos, em nenhum momento a srta. Bishop deu algum sinal. É impossível que ele não a achasse admirável.

Um mordomo espanhol entrou servindo chocolate na prataria e uma caixa de doces peruanos, que colocou na mesa diante da dama.

— Com as honras do almirante — disse, depois fez uma reverência e retirou-se.

A srta. Bishop não deu atenção a ele nem a sua oferta, mas continuou a encarar o nada, perdida em pensamentos. Lorde Julian deu uma volta na longa cabine baixa, iluminada por uma claraboia no alto e grandes janelas quadradas na popa. Era decorada com luxo:

havia ricos tapetes orientais no chão, estantes bem cheias contra as anteparas e um aparador de nogueira entalhado cheio de prataria. Em um baú comprido e baixo, sob a porta da popa do meio, havia um violão decorado com fitas. Lorde Julian o pegou, mexeu nas cordas uma vez, como se movido por uma irritação nervosa, e o largou.

Ele se virou de novo para encarar a srta. Bishop.

— Vim até aqui — disse ele — para acabar com a pirataria. Mas, ora bolas!, começo a pensar que os franceses estão certos de desejar que a pirataria continue como um freio para esses canalhas espanhóis.

Sua opinião seria confirmada poucas horas depois. Enquanto isso, o tratamento que dom Miguel lhes dispensou foi atencioso e cortês. Isso confirmava a opinião, expressada com desprezo a Sua Senhoria pela srta. Bishop, de que, já que seria solicitado um resgate por eles, não precisavam temer nenhuma violência ou ferimento. Uma cabine foi colocada à disposição da dama e sua dama de companhia apavorada, e outra à disposição de lorde Julian. Eles tinham liberdade no navio e foram convidados para jantar à mesa do almirante; suas intenções posteriores em relação a eles não foram mencionadas, nem seu destino imediato.

O *Milagrosa*, com seu consorte, o *Hidalga*, navegando atrás, desviou para o sul pelo curso oeste, depois desviou para sudeste contornando o cabo Tiburon e, a partir daí, afastando-se muito da terra, que não passava de um contorno nublado a bombordo, seguiu diretamente para leste e correu para os braços do capitão Blood, que estava se dirigindo para o canal de Barlavento, como sabemos. Isso aconteceu cedo na manhã seguinte. Depois de ter sistematicamente caçado seu inimigo em vão durante um ano, dom Miguel o encontrou de maneira inesperada e fortuita. Mas esse é o jeito irônico da Fortuna. Era também o jeito da Fortuna que dom Miguel se encontrasse com o *Arabella* em um momento no qual, separado do restante da frota, estava sozinho e em desvantagem. Parecia a dom Miguel que a sorte que durante tanto tempo esteve ao lado de Blood tinha finalmente virado a seu favor.

A srta. Bishop, recém-despertada, tinha saído para tomar um ar fresco no tombadilho na companhia de Sua Senhoria — como seria de se esperar de um cavalheiro tão galante — quando avistou o grande navio vermelho que um dia fora o *Cinco Llagas* de Cádiz. A embarcação estava avançando sobre eles, com as montanhas de velas brancas enfunadas, a comprida flâmula com a cruz de São Jorge tremulando na borla do mastro sob a brisa matinal, as vigias douradas no casco vermelho e o bico curvo dourado reluzindo no sol da manhã.

A srta. Bishop não reconheceu aquele *Cinco Llagas* como sendo o que tinha visto uma vez — em um dia trágico em Barbados, três anos atrás. Para ela, era só um grande navio que navegava resoluta e majestosamente em direção a eles, e era um navio inglês, a julgar pela flâmula que ostentava. A visão curiosamente a emocionou; despertou um elevado sentimento de orgulho que não levava em consideração o perigo para si mesma naquele encontro que agora seria inevitável.

Ao lado dela, na popa, para onde tinham subido para ter uma visão melhor, e igualmente travado e encarando, estava lorde Julian. Mas ele não compartilhava de sua exultação. Estivera em seu primeiro combate no mar no dia anterior e sentiu que a experiência bastaria por um tempo considerável. Isso, insisto, não reflete sua coragem.

— Olhe — disse a srta. Bishop, apontando; e, para seu infinito espanto, ele observou que os olhos dela brilhavam. Será que ela havia percebido, ele se perguntou, o que estava acontecendo? A próxima frase dela sanou essa dúvida. — O navio é inglês e vem com determinação. Ele pretende lutar.

— Que Deus o ajude, então — disse Sua Senhoria, melancólico. — O capitão deve estar louco. O que ele espera fazer contra dois brutamontes tão pesados quanto estes? Se eles conseguiram destruir o *Royal Mary* com tanta facilidade, o que farão com este navio? Olhe para dom Miguel, aquele demônio. Sua alegria é totalmente repugnante.

Do tombadilho, onde ele se movimentava em meio ao frenesi de preparação, o almirante virou-se para trás para dar uma olhada em seus prisioneiros. Os olhos estavam iluminados, o rosto transfigurado. Ele estendeu um braço para apontar para o navio que avançava e gritou alguma coisa em espanhol que se perdeu com o barulho da tripulação agitada.

Eles avançaram para a grade do tombadilho e observaram o alvoroço. Com o telescópio em mãos no tombadilho, dom Miguel dava suas ordens. Os artilheiros já estavam acendendo os pavios; os marinheiros estavam nas alturas, levantando as velas; outros estendiam uma forte rede de corda sobre a meia-nau como proteção contra a queda de mastros. E, enquanto isso, dom Miguel sinalizava para seu consorte, e o *Hidalga*, em resposta, avançou sem parar até chegar ao través do *Milagrosa*, a meio cabo de estibordo, e, da altura da popa alta, meu lorde e a srta. Bishop viam a agitação da preparação no outro navio. E também conseguiam distinguir sinais disso agora a bordo do navio inglês que avançava. Estavam enrolando os topos e a vela mestra, ficando só com a mezena e a espicha para a ação que se aproximava. Assim, quase em silêncio, sem nenhum desafio ou troca de sinais, a ação foi mutuamente determinada.

Por necessidade agora, com velas reduzidas, o avanço do *Arabella* era mais lento; mas nem por isso menos constante. O navio já estava a um tiro de canhão, e eles viam as silhuetas se mexendo no castelo de proa e os canhões de bronze brilhando na proa. Os artilheiros do *Milagrosa* ergueram as tochas e sopraram os pavios fumegantes, olhando com impaciência para o almirante.

Mas o almirante balançou a cabeça de modo solene.

— Paciência — exortou. — Guardem o fogo até que o tenhamos. Ele está vindo direto para sua condenação; direto para o lais e para a corda que há tanto tempo espera por ele.

— Macacos me mordam! — disse Sua Senhoria. — Esse inglês pode ser corajoso o suficiente para aceitar a batalha contra essas probabilidades. Mas há momentos em que a discrição é uma qualidade melhor do que a bravura em um comandante.

— A bravura muitas vezes vence, mesmo contra uma força esmagadora — disse a srta. Bishop. Ele olhou para ela e só percebeu empolgação em sua postura. Não conseguiu discernir nem um traço de medo. Sua Senhoria estava além do espanto. Ela não era de forma alguma o tipo de mulher com a qual a vida o acostumara.

— Agora — disse ele —, você vai permitir que eu a esconda.

— Consigo ver melhor daqui — respondeu ela. E acrescentou baixinho: — Estou rezando por esse inglês. Ele deve ser muito corajoso.

Em voz baixa, lorde Julian amaldiçoou a bravura do sujeito.

O *Arabella* agora avançava ao longo de um curso que, se continuado, deveria colocá-lo direto entre os dois navios espanhóis. Meu lorde observou isso.

— Ele é louco com certeza! — gritou. — Está indo direto para uma armadilha mortal. Será esmagado e transformado em estilhaços entre os dois. Não admira que aquele dom de rosto negro esteja segurando o fogo. No lugar dele, eu faria o mesmo.

Mas, naquele exato instante, o almirante ergueu a mão; na meia-nau, abaixo dele, uma trombeta soou, e o artilheiro na proa disparou imediatamente os canhões. Enquanto o estrondo se espalhava, Sua Senhoria avistou além do navio inglês e, a bombordo dele, dois pesados borrifos. Quase ao mesmo tempo, duas labaredas sucessivas de chamas saltaram do canhão de bronze no bico curvo do *Arabella*, e mal os vigilantes na popa viram a chuva de borrifos quando um dos tiros atingiu a água perto deles, depois, com um estrondo dilacerante e um tremor que sacudiu o *Milagrosa* de proa a popa, o outro se alojou no castelo de proa. Para vingar aquele golpe, o *Hidalga* disparou os dois canhões de proa contra o inglês. Mas, mesmo naquele curto alcance — entre duzentos e trezentos metros —, nenhum dos disparos teve efeito.

A cem metros, os canhões de proa do *Arabella*, que tinham sido recarregados nesse meio-tempo, dispararam de novo contra o *Milagrosa* e, dessa vez, estilhaçaram seus gurupés; de modo que, por um instante, ele adejou descontrolado para bombordo. Dom Miguel praguejou de um jeito profano e, quando o leme foi virado para colocá-lo de volta no curso, sua própria proa respondeu. Mas a pontaria era muito alta e, embora um dos tiros rasgasse os cordames do *Arabella* e deixasse cicatrizes no mastro principal, o outro passou ao largo. E, quando a fumaça daquela descarga se dissipou, o navio inglês estava quase no meio dos espanhóis, com a proa alinhada à deles e avançando constantemente em direção ao que Sua Senhoria considerava uma armadilha mortal.

Lorde Julian prendeu a respiração e a srta. Bishop ofegou, agarrando-se ao balaústre à sua frente. Ela teve um vislumbre do rosto sorridente e perverso de dom Miguel e dos rostos sorridentes dos homens nos canhões da meia-nau.

Por fim, o *Arabella* estava exatamente entre os navios espanhóis de proa a popa e de popa a proa. Dom Miguel falou com o trompetista, que subira ao tombadilho e estava agora ao lado do almirante. O homem ergueu o clarim de prata que deveria dar o sinal para as rajadas de tiros dos dois navios. Mas, ao colocá-lo nos lábios, o almirante agarrou seu braço para impedi-lo. Só então percebeu o que era tão óbvio — ou deveria ser, para um guerreiro experiente dos mares: tinha demorado demais, e o capitão Blood lhe passara a perna. Na tentativa de atirar agora contra o inglês, o *Milagrosa* e seu consorte também atirariam um no outro. Era tarde demais quando ele ordenou ao timoneiro que colocasse a cana do leme para o lado e virasse o navio para bombordo, como uma preliminar para manobrar até uma posição de ataque menos impossível. Naquele exato momento, o *Arabella* pareceu explodir ao passar. Dezoito canhões de cada um de seus flancos esvaziaram-se à queima-roupa nos cascos dos dois navios espanhóis.

Meio atordoada por aquele estrondo reverberante e desequilibrada pela súbita sacudida do navio sob seus pés, a srta. Bishop lançou-se violentamente contra lorde Julian, que só conseguiu continuar de pé agarrando-se à amurada na qual estivera apoiado. Nuvens ondulantes de fumaça a estibordo obscureceram tudo, e o odor acre, atingindo-os na garganta, os fez ofegar e tossir.

Da confusão e da turbulência hostis na meia-nau abaixo, surgiu um clamor de ferozes blasfêmias espanholas e gritos de homens mutilados. O *Milagrosa* cambaleou devagar à frente, com uma fenda aberta em seus baluartes; o mastro de proa estava despedaçado, com fragmentos de vergas pendurados na rede espalhada abaixo. O bico curvo estava estilhaçado, e um tiro atingiu a grande cabine, reduzindo-a a destroços.

Dom Miguel berrava ordens freneticamente e espiava de vez em quando através da cortina de fumaça que vagava lentamente para a popa, na ansiedade de saber como teria se saído com o *Hidalga*.

De repente, e de forma fantasmagórica a princípio, através daquela névoa suspensa, apareceu o contorno de um navio; aos poucos, as linhas do casco vermelho foram ficando cada vez mais nítidas conforme o navio se aproximava com os mastros todos nus, exceto pela extensão da vela em sua espicha.

Em vez de manter o curso como dom Miguel esperava que fizesse, o *Arabella* tinha navegado encoberto pela fumaça e, seguindo agora na mesma direção do *Milagrosa*, convergia de um jeito muito brusco sobre ele ao vento, tão brusco que quase antes de o frenético dom Miguel perceber a situação, a embarcação cambaleou sob o impacto dilacerante com o qual o outro se arremessou na lateral. Ouviu-se um tilintar e um retinir de metal quando uma dúzia de fateixas caiu, rasgou-se e prendeu-se nas madeiras do *Milagrosa*, e o navio espanhol ficou firmemente preso nos tentáculos do navio inglês.

Atrás dele e agora bem à popa, o véu de fumaça por fim se rasgou, e o *Hidalga* foi revelado em situação desesperadora. Estava fazendo água rapidamente, adernado a bombordo de um jeito sinistro, e bastariam alguns instantes para afundar. A atenção dos ajudantes estava totalmente voltada a um esforço desesperado para lançar os barcos a tempo.

Os olhos angustiados de dom Miguel não tiveram mais do que um vislumbre fugaz, mas abrangente, antes que seus conveses fossem invadidos por um enxame selvagem e ruidoso de invasores do navio de combate. A confiança nunca se transformou tão rapidamente em desespero, o caçador nunca foi tão rapidamente convertido em presa indefesa. Pois os espanhóis estavam indefesos. A manobra de embarque executada com rapidez os pegou quase desprevenidos no momento de confusão após o ataque violento que tinham sustentado a tão curto alcance. Por um instante, houve um grande esforço de alguns oficiais de dom Miguel para reunir os homens para resistir aos invasores. Mas os espanhóis, nunca em sua melhor forma em combates corpo a corpo, estavam desmoralizados pelo conhecimento dos inimigos com os quais tinham de lidar. As fileiras formadas às pressas foram esmagadas antes que conseguissem ser firmadas; realizada ao longo da meia-nau até a quebra da popa de um lado e as anteparas do castelo de proa do outro, a luta se resumiu em uma série de escaramuças entre os grupos. E, enquanto isso acontecia no alto, outra horda de bucaneiros invadiu a escotilha para o convés principal abaixo para dominar as tripulações dos canhões em seus postos.

No tombadilho, para o qual seguia uma onda avassaladora de bucaneiros, conduzidos por um gigante caolho que estava nu da cintura para cima, estava dom Miguel, entorpecido pelo desespero e pela raiva. Acima e atrás dele, na popa, lorde Julian e a srta. Bishop observavam, Sua Senhoria espantado com a fúria daquela luta confinada, a brava calma da dama finalmente derrotada pelo horror de modo que ela caiu ali mesmo, enjoada e desmaiada.

Logo, no entanto, a ira daquela breve luta se esgotou. Eles viram a bandeira de Castela descer tremulando do mastro. Um bucaneiro tinha cortado a adriça com seu cutelo. Os invasores tinham tomado posse e, no convés superior, grupos de espanhóis desarmados estavam reunidos como ovelhas pastoreadas.

De repente, a srta. Bishop se recuperou da náusea e inclinou-se para a frente com os olhos arregalados, enquanto, se possível, suas bochechas assumiam um tom ainda mais mortal.

Escolhendo com cuidado o caminho pelo meio daquela confusão na meia-nau vinha um homem alto com o rosto profundamente bronzeado que estava sombreado por um capacete espanhol. Usava uma armadilha preta lindamente adamascada com arabescos dourados. Sobre ela, como uma estola, usava uma tipoia de seda escarlate, e de cada extremidade pendia uma pistola de prata. O companheiro largo subiu para o tombadilho, brincando com uma segurança tranquila, até ficar diante do almirante espanhol. Em seguida, fez uma reverência rígida e formal. Uma voz nítida e metálica, falando um espanhol perfeito, alcançou os dois espectadores na popa e aumentou a admiração com que lorde Julian observara a aproximação do homem.

— Finalmente nos encontramos de novo, dom Miguel — dizia. — Espero que esteja satisfeito. Embora o encontro possa não ser exatamente como você imaginou, pelo menos foi muito procurado e desejado por você.

Sem palavras, com o rosto lívido, a boca distorcida e a respiração ofegante, dom Miguel de Espinosa recebeu a ironia daquele homem a quem atribuía sua ruína e muito mais. Em seguida, soltou um grito desarticulado de raiva, e sua mão foi até a espada. Mas, no instante em que seus dedos se fecharam sobre o punho, os do outro se fecharam em seu pulso para interromper a ação.

— Calma, dom Miguel! — impôs de maneira silenciosa e firme. — Não invoque com imprudência os extremos terríveis, como você mesmo teria feito se a situação fosse inversa.

Por um instante, os dois ficaram se encarando.

— O que pretende comigo? — perguntou o espanhol por fim, com a voz rouca.

O capitão Blood deu de ombros. Os lábios firmes deram um sorrisinho.

— Tudo que pretendo já foi realizado. E, para não aumentar o seu rancor, rogo-lhe que observe que você mesmo provocou isso. Você conseguiu. — Ele se virou e apontou para os barcos que seus homens estavam puxando da retranca entre os navios. — Seus barcos estão sendo lançados. Você tem a liberdade de embarcar neles com seus homens antes de afundarmos este navio. Lá estão as margens da ilha de São Domingos. Vocês devem conseguir chegar lá em segurança. E, se quiser meu conselho, senhor, não tente me caçar de novo. Acho que lhe dou azar. Volte para a Espanha, dom Miguel, e para as preocupações que você entende melhor do que este comércio do mar.

Por um longo instante, o almirante derrotado continuou a encarar seu objeto de ódio em silêncio; depois, ainda sem falar, desceu a gaiuta cambaleando como um bêbado, seu florete inútil retinindo atrás. Seu conquistador, que nem se deu ao trabalho de desarmá-lo, observou-o ir embora, depois virou-se e encarou os dois imediatamente acima dele na popa. Lorde Julian poderia ter observado, se estivesse menos interessado em outras coisas, que o sujeito pareceu enrijecer de repente e empalidecer sob o bronzeado intenso. Por um instante, ele ficou olhando; depois, rápido e súbito, subiu os degraus. Lorde Julian adiantou-se para encontrá-lo.

— Não está me dizendo, senhor, que vai deixar aquele canalha espanhol ir embora em liberdade — gritou.

O cavalheiro de armadura preta pareceu tomar conhecimento de Sua Senhoria pela primeira vez.

— E quem diabos é você? — perguntou, com um acentuado sotaque irlandês. — E por que esse assunto é da sua conta?

Sua Senhoria decidiu que a truculência do sujeito e a total falta de deferência adequada deveriam ser corrigidas.

— Sou lorde Julian Wade — anunciou com esse objetivo.

Aparentemente, o anúncio não causou nenhuma impressão.

— É mesmo? Então, talvez possa explicar que praga está fazendo a bordo deste navio?

Lorde Julian controlou-se para dar a explicação desejada. Ele o fez de maneira rápida e impaciente.

— Ele o fez prisioneiro, não foi, junto com a senhorita Bishop ali?

— Você conhece a senhorita Bishop? — gritou Sua Senhoria, com uma surpresa atrás da outra.

Mas aquele sujeito sem modos tinha passado por ele e estava indo em direção à dama, que, por sua vez, permanecia indiferente e ameaçadora ao ponto do desprezo. Observando isso, ele se virou para responder à pergunta de lorde Julian.

— Tive essa honra há um tempo — disse ele. — Mas parece que a senhorita Bishop tem uma memória mais curta.

Os lábios estavam retorcidos em um sorriso irônico, e havia dor nos olhos azuis que brilhavam tão vividamente sob as sobrancelhas pretas, com a dor se misturando à zombaria na voz. Mas, de tudo isso, só a zombaria foi percebida pela srta. Bishop; ela se ressentiu disso.

— Não conto ladrões e piratas entre os meus conhecidos, capitão Blood — disse ela; ao que Sua Senhoria explodiu de empolgação.

— Capitão Blood! — gritou. — Você é o capitão Blood?

— O que mais você estava supondo?

Blood fez a pergunta cansado, com a mente voltada para outras coisas. "Não conto ladrões e piratas entre os meus conhecidos." A frase cruel encheu seu cérebro, ecoando e reverberando ali.

Mas lorde Julian não ia aceitar aquilo. Com uma das mãos, agarrou-o pela manga, enquanto com a outra apontava para a figura abatida de dom Miguel em retirada.

— Entendo que não vai enforcar aquele canalha espanhol.

— Por que eu deveria enforcá-lo?

— Porque ele é apenas um maldito pirata, como posso provar, como já provei.

— Ah! — disse Blood, e lorde Julian maravilhou-se com o repentino abatimento de um semblante que estava tão despreocupado apenas alguns segundos antes. — Eu mesmo sou um maldito pirata; por isso sou misericordioso com os meus. Dom Miguel fica livre.

Lorde Julian ofegou.

— Depois do que eu disse a você que ele fez? Depois do naufrágio do *Royal Mary*? Depois do tratamento que ele dispensou a mim... a nós? — protestou lorde Julian, indignado.

— Não estou a serviço da Inglaterra nem de nenhuma outra nação, senhor. E não estou preocupado com nenhum dano que sua bandeira possa sofrer.

Sua Senhoria se encolheu diante do olhar furioso que o rosto abatido de Blood lhe lançou. Mas a emoção se desvaneceu tão rapidamente quanto surgiu. Foi com um tom de voz calmo que o capitão acrescentou:

— Se puder acompanhar a senhorita Bishop a bordo de meu navio, serei grato. Imploro que se apresse. Estamos prestes a afundar este brutamontes.

Ele se virou lentamente para partir. Mas Lorde Julian se interpôs mais uma vez. Contendo seu espanto indignado, Sua Senhoria disparou com frieza:

— Capitão Blood, você me decepcionou. Eu esperava grandes coisas de você.

— Vá para o inferno — disse o capitão Blood, girando nos calcanhares, e partiu.

CAPÍTULO XX.
Ladrão e Pirata

O capitão Blood caminhava sozinho pela popa de seu navio no crepúsculo tépido e no crescente brilho dourado da grande lanterna de popa em que um marinheiro acabara de acender as três lâmpadas. Perto dele, tudo era paz. Os sinais da batalha do dia foram apagados, os conveses foram limpos e a ordem foi restaurada acima e abaixo. Um grupo de homens agachados perto da escotilha principal cantava sonolentamente, suas naturezas endurecidas suavizadas, talvez, pela calma e pela beleza da noite. Eram os homens da vigia de bombordo, esperando os oito sinos iminentes.

O capitão Blood não os ouvia; não ouvia nada, exceto o eco daquelas palavras cruéis que o consideraram ladrão e pirata.

Ladrão e pirata!

É um fato estranho da natureza humana que um homem possa, durante anos, ter o conhecimento de que certa coisa deve ser de certa maneira e ainda ficar chocado ao descobrir, por seus próprios sentidos, que o fato está em perfeita harmonia com suas crenças. Quando, pela primeira vez, três anos atrás, em Tortuga, ele foi incitado a seguir o curso de aventureiro que vinha seguindo desde então, sabia qual seria a opinião de Arabella se ele sucumbisse. Só a convicção de que ela já estava perdida para sempre para ele, introduzindo uma imprudência desesperada em sua alma, tinha dado o impulso final para fazê-lo seguir o curso de andarilho.

O fato de que ele voltaria a encontrá-la não tinha entrado em seus cálculos, não tinha encontrado lugar em seus sonhos. Eles estavam, concebera ele, irrevogável e eternamente separados. No entanto, apesar disso, apesar até mesmo da persuasão de que para ela esse reflexo que era seu tormento não poderia provocar nenhum arrependimento, ele manteve o pensamento nela sempre diante de si em todos aqueles anos selvagens de pirataria. Ele o usara como freio não apenas para si mesmo, mas também para aqueles que o seguiam. Nunca os bucaneiros foram tão rigidamente controlados, nunca foram contidos com tanta firmeza, nunca foram tão privados dos excessos de rapina e luxúria que eram comuns em sua espécie como aqueles que navegavam com o capitão Blood. Você deve se lembrar que estava estipulado em seus termos que, tanto nesses quanto em outros assuntos, eles deveriam se submeter aos comandos do seu líder. E, por causa da sorte incrível que acompanhava sua liderança, ele conseguiu impor aquela severa condição de uma disciplina antes desconhecida entre os bucaneiros. Como esses homens não iam rir dele agora, se lhes contasse que fizera isso por respeito a uma dama por quem tinha se apaixonado romanticamente? Como é que essa risada não ia aumentar se ele acrescentasse que aquela dama lhe havia informado naquele dia que ela não contava com ladrões e piratas entre seus conhecidos?

Ladrão e pirata!

Como as palavras grudaram, como feriram e queimaram seu cérebro!

Não lhe ocorreu, por não ser psicólogo e por não ser escolado no tortuoso funcionamento da mente feminina, que o fato de ela lhe dispensar esses epítetos no exato momento e circunstância do encontro dos dois era em si curioso. Ele não percebeu o problema assim apresentado; portanto, não poderia sondá-lo. De outra forma, poderia ter concluído que, se no momento em que, por tê-la libertado do cativeiro, ele merecia sua gratidão, e ela se expressou com amargura, devia ser porque essa amargura era anterior à gratidão e profundamente arraigada. Ela foi atraída para isso ao saber do curso que ele havia percorrido. Por quê? Foi isso que ele não perguntou a si mesmo, ou algum raio de luz poderia ter iluminado sua escuridão, seu desânimo tão terrível. Ela com certeza não teria ficado tão comovida se não se importasse — se não tivesse sentido que havia um dano pessoal para ela no que ele tinha feito. Ele com certeza poderia ter raciocinado que nada menos que isso poderia tê-la movido a esse grau de amargura e desprezo quanto aquilo que ela havia demonstrado.

É assim que você deve raciocinar. Não foi assim, entretanto, que o capitão Blood raciocinou. Na verdade, naquela noite, ele não raciocinou nem um pouco. Sua alma se entregou ao conflito entre o amor quase sagrado que tinha nutrido por ela ao longo de tantos anos e a emoção maligna que ela agora despertara nele. Os extremos se tocam e, ao se tocarem, podem ficar confusos, indistinguíveis. E os extremos de amor e ódio estavam, naquela noite, tão confusos na alma do capitão Blood que, em sua fusão, criaram uma emoção monstruosa.

Ladrão e pirata!

Era assim que ela o considerava: sem qualificação, alheio aos danos profundos que tinha sofrido, o acontecimento desesperador em que se encontrava depois da fuga de Barbados e tudo o mais que tinha se passado para transformá-lo no que era. O fato de ele ter conduzido a pirataria com as mãos tão limpas quanto possível para um homem engajado nesses empreendimentos também não lhe ocorreu como um pensamento caridoso com o qual mitigar seu julgamento de um homem que ela outrora estimara. Ela não tinha nenhuma caridade por ele, nenhuma misericórdia. Ela o resumiu, condenou e sentenciou naquela única frase. Ele era ladrão e pirata aos olhos dela; nada mais nada menos. O que ela era, então? *O que são aqueles que não têm caridade?*, perguntou ele às estrelas.

Bem, do mesmo jeito que ela o moldara até ali, que ela o moldasse agora. Ladrão e pirata, ela o marcara assim. Ele devia provar que ela estava certa. Ladrão e pirata ele será doravante; nem mais nem menos; tão sem coração, tão sem remorso quanto todos os outros que mereciam esses nomes. Lançaria para longe os ideais piegas pelos quais tinha procurado guiar seu curso; poria fim a esse esforço idiota para ter o melhor dos dois mundos. Ela havia lhe mostrado claramente a que mundo ele pertencia. Agora ele ia provar que ela estava certa. Ela estava a bordo de seu navio, em seu poder, e ele a desejava.

Ele riu baixinho, zombeteiro, enquanto se apoiava no balaústre, olhando para o brilho fosforescente na esteira do navio, e se assustou com o tom maligno da própria risada. Parou de repente e estremeceu. Um soluço irrompeu dele para encerrar aquela explosão obscena de alegria. Ele segurou o rosto e encontrou uma umidade fria na testa.

Enquanto isso, lorde Julian, que conhecia a parte feminina da humanidade melhor do que o capitão Blood, estava empenhado em resolver o curioso problema que havia escapado por completo ao bucaneiro. Foi estimulado, suspeito, por alguns indícios vagos de ciúme. A conduta da srta. Bishop em relação aos perigos pelos quais os dois tinham passado o levou a finalmente perceber que uma mulher pode carecer das graças sorridentes da feminilidade culta e, ainda assim, por causa dessa carência, ser mais admirável. Ele se perguntou quais exatamente teriam sido suas relações anteriores com o capitão Blood, e estava consciente de uma inquietação que o impelia agora a investigar o assunto.

Os olhos claros e sonhadores de Sua Senhoria tinham, como eu disse, o hábito de observar as coisas, e sua inteligência era toleravelmente aguçada.

Ele se culpava agora por não ter observado certas coisas antes ou, pelo menos, por não tê-las analisado mais de perto, e estava ocupado conectando-as com observações mais recentes feitas naquele mesmo dia.

Tinha observado, por exemplo, que o navio de Blood se chamava *Arabella*, e sabia que Arabella era o nome da srta. Bishop. E tinha observado todos os detalhes estranhos do encontro do capitão Blood com a srta. Bishop e a curiosa mudança que aquele encontro provocara em cada um.

A dama tinha sido monstruosamente rude com o capitão. Era uma atitude muito tola para uma dama em suas circunstâncias adotar em relação a um homem como Blood; e Sua Senhoria não imaginava a srta. Bishop como tola. No entanto, apesar de sua rudeza, apesar do fato de ser sobrinha de um homem a quem Blood devia considerar seu inimigo, a srta. Bishop e Sua Senhoria receberam a maior consideração a bordo do navio do capitão. Uma cabine foi colocada à disposição de cada um, para a qual seus escassos pertences restantes e a dama de companhia da srta. Bishop foram devidamente transferidos. Receberam liberdade para ir à grande cabine e sentaram-se à mesa com Pitt, o mestre, e Wolverstone, tenente de Blood, e ambos demonstraram a maior cortesia. Também havia o fato de que o próprio Blood evitava quase deliberadamente se intrometer entre os dois.

A mente de Sua Senhoria passou de um jeito rápido mas cuidadoso por essas vias de pensamento, observando e fazendo conexões. Depois de exauri-las, decidiu buscar informações adicionais com a srta. Bishop. Para isso, teria que esperar até que Pitt e Wolverstone se retirassem. Não teve que esperar muito, pois, quando Pitt levantou-se da mesa para seguir Wolverstone, que já havia partido, a srta. Bishop o deteve com uma pergunta:

— Senhor Pitt — perguntou ela —, você não foi um dos que escapou de Barbados com o capitão Blood?

— Fui, sim. Também fui um dos escravos do seu tio.

— E está com o capitão Blood desde então?

— Sempre como mestre de navio dele, senhora.

Ela assentiu. Estava muito calma e reservada; mas Sua Senhoria observou que ela estava estranhamente pálida, embora, considerando o que ela sofrera naquele dia, não fosse motivo de admiração.

— Você já navegou com um francês chamado Cahusac?

— Cahusac? — Pitt riu. O nome evocava uma lembrança ridícula. — Aye. Estava conosco em Maracaibo.

— E outro francês chamado Levasseur?

Sua Senhoria ficou maravilhado com a memória dela para esses nomes.

— Aye. Cahusac era o tenente de Levasseur, até ele morrer.

— Até quem morrer?

— Levasseur. Foi morto em uma das ilhas Virgens há dois anos.

Houve uma pausa. Então, em uma voz ainda mais baixa do que antes, a srta. Bishop perguntou:

— Quem o matou?

Pitt respondeu de imediato. Não havia razão para não o fazer, embora começasse a achar o interrogatório intrigante.

— O capitão Blood o matou.

— Por quê?

Pitt hesitou. Não era uma história para os ouvidos de uma dama.

— Eles brigaram — respondeu brevemente.

— Foi por causa de uma... uma dama? — A srta. Bishop o perseguiu implacavelmente.

— Pode-se dizer que sim.

— Qual era o nome da dama?

As sobrancelhas de Pitt se ergueram; mesmo assim, respondeu.

— Senhorita D'Ogeron. Era filha do governador de Tortuga. Tinha fugido com esse tal Levasseur, e... e Peter a livrou das suas garras sujas. Ele era um canalha de coração sombrio e merecia o que Peter lhe deu.

— Entendo. E... e ainda assim o capitão Blood não se casou com ela?

— Ainda não — riu Pitt, que conhecia a absoluta falta de fundamento da fofoca comum em Tortuga que anunciava mademoiselle D'Ogeron como futura esposa do capitão.

A srta. Bishop acenou com a cabeça em silêncio, e Jeremy Pitt virou-se para partir, aliviado com o fim do interrogatório. Ele parou na porta para dar uma informação.

— Talvez lhes sirva de consolo saber que o capitão alterou nosso curso em seu benefício. A intenção dele é desembarcar vocês dois na costa da Jamaica, o mais perto de Port Royal que ousamos nos aventurar. Já estamos a caminho e, se o vento continuar assim, você logo estará de volta em casa, senhora.

— Muito amável da parte dele — disse Sua Senhoria, vendo que a srta. Bishop não fez menção de responder. Ela ficou sentada com olhos sombrios, encarando o nada.

— Certamente, pode-se dizer isso — concordou Pitt. — Ele está assumindo riscos que poucos assumiriam. Mas esse sempre foi o jeito dele.

Ele saiu, deixando Sua Senhoria pensativo, aqueles olhos azuis sonhadores analisando com atenção o rosto da srta. Bishop em busca de todos os seus devaneios; a mente dele estava cada vez mais inquieta. Por fim, a srta. Bishop olhou para ele e falou.

— Parece que seu Cahusac não lhe disse mais do que a verdade.

— Percebi que você o estava testando — disse Sua Senhoria. — Estou me perguntando exatamente por quê.

Sem receber resposta, ele continuou a observá-la em silêncio, os dedos longos e afilados brincando com um cacho da peruca dourada ao redor do rosto comprido.

A srta. Bishop ficou sentada, confusa, as sobrancelhas franzidas, o olhar taciturno parecendo estudar o delicado ponto espanhol da borda da toalha. Por fim, Sua Senhoria interrompeu o silêncio.

— Ele me surpreende, esse homem — disse, com a voz lenta e lânguida que parecia nunca mudar de nível. — O fato de ele alterar seu curso por nós é, em si, uma questão de admiração; mas o fato de correr um risco por nós, de se aventurar nas águas da Jamaica... Isso me surpreende, como eu disse.

A srta. Bishop ergueu os olhos e olhou para ele. Parecia estar muito pensativa. Então o lábio dela tremeu de um jeito curioso, quase com desdém, pareceu a ele. Seus dedos delgados tamborilaram na mesa.

— Mais surpreendente ainda é o fato de que ele não vai pedir resgate por nós — disse ela por fim.

— É o que você merecia.

— Ah, e por quê, se puder me falar?

— Por falar com ele como fez.

— Costumo chamar as coisas pelos seus nomes.

— É mesmo? Macacos me mordam! Eu não me gabaria disso. Reflete uma juventude extrema ou uma tolice extrema. — Sua Senhoria, veja você, pertencia à escola de filosofia de meu lorde Sunderland. Depois de um instante, acrescentou: — O mesmo acontece com a demonstração de ingratidão.

Uma leve cor avivou-se nas bochechas dela.

— Vossa Senhoria está evidentemente magoado comigo. Estou desconsolada. Espero que as queixas de Vossa Senhoria sejam mais sólidas do que suas opiniões sobre a vida. É novidade para mim que a ingratidão seja uma falha que só pode ser encontrada nos jovens e nos tolos.

— Não falei isso, senhora. — Havia uma acidez no tom, evocada pela acidez que ela usou. — Se me desse a honra de ouvir, não me interpretaria mal. Pois se, ao contrário de você, nem sempre digo exatamente o que penso, pelo menos digo exatamente o que desejo transmitir. Ser ingrato pode ser humano; mas exibir a ingratidão é infantil.

— Eu... acho que não entendo. — Suas sobrancelhas estavam unidas. — Como fui ingrata e com quem?

— Com quem? Com o capitão Blood. Ele não foi nos resgatar?

— Foi? — Sua atitude era fria. — Não sabia que ele sabia da nossa presença a bordo do *Milagrosa*.

Sua Senhoria permitiu-se um mínimo gesto de impaciência.

— Você deve estar ciente de que ele nos livrou — disse. — E, vivendo como você viveu nesses lugares selvagens do mundo, dificilmente pode deixar de perceber o que se sabe até mesmo na Inglaterra: que esse companheiro Blood limita-se estritamente a fazer guerra contra os espanhóis. Portanto, chamá-lo de ladrão e pirata como fez foi exagerar no caso contra ele em um momento em que seria mais prudente ter atenuado sua fala.

— Prudente? — Sua voz estava debochada. — O que eu tenho a ver com a prudência?

— Nada, como já percebi. Mas ao menos estude a generosidade. Digo-lhe francamente, senhora, que, no lugar de Blood, eu jamais teria sido tão bom. Macacos me mordam! Quando consideramos o que ele sofreu nas mãos dos próprios conterrâneos, é possível se encantar com o fato de que ele se deu ao trabalho de discriminar entre espanhóis e ingleses. Ele foi vendido como escravo! Argh! — Sua Senhoria estremeceu. — E para um maldito fazendeiro colonial! — Ele parou de repente. — Peço-lhe perdão, senhorita Bishop. Por enquanto...

— Você foi levado pelo seu calor em defesa desse... ladrão do mar. — O desprezo da srta. Bishop era quase violento.

Sua Senhoria encarou-a de novo. Em seguida, semicerrou os olhos grandes e claros e inclinou um pouco a cabeça.

— Eu me pergunto por que você o odeia tanto — disse baixinho.

Ele viu a repentina chama escarlate nas bochechas dela, a carranca pesada que desceu sobre a testa. Ele a deixara muito zangada, avaliou. Mas não houve uma explosão. Ela se recuperou.

— Odiá-lo? Senhor! Mas que ideia! Não tenho a menor consideração pelo indivíduo.

— Pois deveria, senhora. — Sua Senhoria expressou seu pensamento com franqueza. — Ele é digno de consideração. Seria uma bela aquisição para a marinha do rei... um homem que sabe fazer as coisas que ele fez hoje de manhã. O serviço sob o comando de Ruyter não foi desperdiçado. Ele era um grande marinheiro e, que coisa!, o aluno é digno do mestre, se meu julgamento vale de alguma coisa. Duvido que a Marinha Real possa ter alguém como ele. Colocar-se deliberadamente entre aqueles dois navios, à queima-roupa, e virar o jogo contra eles! Exige coragem, recursos e inventividade. E nós, habitantes da terra, não fomos os únicos enganados pela manobra. Aquele almirante espanhol não percebeu a intenção até que fosse tarde demais e Blood o tivesse sob controle. Um grande homem, senhorita Bishop. Um homem digno de consideração.

A srta. Bishop mudou para o sarcasmo.

— Você devia usar sua influência com meu lorde Sunderland para que o rei ofereça uma patente a ele.

Sua Senhoria riu baixinho.

— Na verdade, já está feito. Eu tenho a patente dele no meu bolso. — E aumentou o espanto dela com uma breve exposição das circunstâncias. Com aquele espanto, ele a deixou e foi em busca de Blood. Mas ainda estava intrigado. Se ela fosse um pouco menos intransigente na atitude para com Blood, Sua Senhoria teria ficado mais feliz.

Encontrou o capitão andando de um lado para o outro no tombadilho, um homem mentalmente exausto de lutar contra o Diabo, embora Sua Senhoria não pudesse suspeitar dessa ocupação específica. Com a familiaridade amável de que dispunha, lorde Julian passou o braço por um dos braços do capitão e caminhou ao lado dele.

— O que é isso? — soltou Blood, cujo humor estava violento e bruto. Sua Senhoria não se abalou.

— Desejo, senhor, que sejamos amigos — disse de um jeito suave.

— Isso é muito condescendente da sua parte!

Lorde Julian ignorou o evidente sarcasmo.

— É uma estranha coincidência termos sido reunidos dessa forma, considerando que vim às Índias especialmente para encontrá-lo.

— Você não é de forma alguma o primeiro a fazer isso — zombou o outro. — Mas eram principalmente espanhóis e não tiveram a sua sorte.

— Você me interpretou mal — disse lorde Julian. E, com isso, passou a explicar a si mesmo e sua missão.

Quando terminou, o capitão Blood, que até aquele momento tinha ficado imóvel sob o feitiço de seu espanto, soltou seu braço do de Sua Senhoria e ficou parado diante dele.

— Você é meu convidado a bordo deste navio — disse —, e ainda tenho alguma noção de comportamento decente de outras épocas, por mais ladrão e pirata que eu possa ser. Portanto, não vou lhe dizer o que penso de você por ousar me trazer essa oferta, nem de meu lorde Sunderland, já que ele é seu parente, por ter o atrevimento de fazê-la. Mas não me surpreende nem um pouco que alguém que seja representante de James Stuart conceba que todo homem deve ser seduzido por subornos a trair aqueles que confiam nele. — Estendeu o braço na direção da meia-nau, de onde vinha o canto meio melancólico dos bucaneiros relaxando.

— Mais uma vez, você me interpretou mal — gritou lorde Julian, entre a preocupação e a indignação. — Não foi essa a intenção. Seus seguidores serão incluídos na sua patente.

— E você acha que eles vão sair comigo para caçar seus irmãos, a Irmandade da Costa? Em minha alma, lorde Julian, é você que está interpretando mal. Não sobrou nenhuma noção de honra na Inglaterra? Ah, e tem mais do que isso. Acha que eu poderia receber uma patente do rei James? Digo-lhe que não sujaria minhas mãos com isso, embora sejam mãos de ladrão e pirata. Ladrão e pirata foi como você ouviu a senhorita Bishop me chamar hoje: uma coisa desprezível, um pária. E quem me transformou nisso? Quem me fez ladrão e pirata?

— Se você fosse um rebelde...? — começou Sua Senhoria.

— Você sabe que eu não era isso; não era rebelde de jeito nenhum. Não foi nem encenado. Se fosse, eu poderia perdoá-los. Mas eles nem poderiam lançar esse manto sobre sua impureza. Ah, não; não houve nenhum engano. Fui condenado pelo que fiz, nem mais nem menos. Aquele maldito vampiro Jeffreys, maldito seja!, sentenciou-me à morte, e seu digno mestre James Stuart depois me mandou para a escravidão, porque eu tinha realizado um ato de misericórdia; porque, compassivamente e sem pensar em credo ou política, busquei aliviar o sofrimento de um semelhante; porque eu tinha curado as feridas de um homem que foi condenado por traição. Esse foi todo o meu crime. Você vai encontrar tudo nos registros. E por isso fui vendido como escravo: porque, pela lei da Inglaterra, conforme administrada por James Stuart em violação às leis de Deus, quem abriga ou consola um rebelde é ele próprio considerado culpado de rebelião. Você consegue imaginar, homem, o que é ser escravo?

Ele parou de repente no auge da emoção. Fez uma pausa por um instante e, em seguida, afastou-a como se fosse uma capa. Sua voz afundou de novo. Ele soltou uma risadinha de cansaço e desdém.

— Mas pronto! Fiquei emocionado por nada. Eu me expliquei, acho, e Deus sabe que não é meu costume. Sou grato a você, lorde Julian, pelas amáveis intenções. De verdade. Mas você vai entender, talvez. Você dá a impressão de que vai.

Lorde Julian ficou parado ali, imóvel. Estava profundamente abalado com as palavras do outro, a explosão emocionada e eloquente que, em alguns golpes afiados e distintos, apresentara de forma tão convincente o amargo argumento do homem contra a humanidade, sua completa apologia e justificativa para tudo que pudesse ser colocado sob sua responsabilidade. Sua Senhoria olhou para aquele rosto empolgado e intrépido brilhando lívido sob a luz da grande lanterna de proa, e seus próprios olhos ficaram confusos. Estava envergonhado.

Soltou um suspiro pesado.

— Uma pena — disse lentamente. — Ah, ora bolas: uma maldita pena! — Ele estendeu a mão movido por um impulso generoso e repentino. — Mas sem ofensas entre nós, capitão Blood!

— Ah, sem ofensas. Mas... sou ladrão e pirata. — Ele riu sem alegria e, ignorando a mão estendida, girou nos calcanhares.

Lorde Julian ficou parado ali por um instante, observando a figura alta se afastar em direção ao balaústre. Depois, deixando os braços caírem impotentes nas laterais, saiu dali.

Bem na entrada da passagem que levava à cabine, encontrou a srta. Bishop. No entanto, ela não estava saindo, pois estava de costas para ele, e estava se movendo na mesma direção. Ele a seguiu, com a mente muito cheia do capitão Blood para se preocupar com os movimentos dela.

Na cabine, ele se jogou em uma cadeira e explodiu com uma violência totalmente estranha à sua natureza.

— Maldito seja eu se alguma vez conheci um homem de quem gostava mais ou mesmo um homem de quem eu também gostava. No entanto, não há nada a ser feito com ele.

— Foi o que ouvi — admitiu ela em voz baixa. Estava muito branca e mantinha os olhos fixos nas mãos entrelaçadas.

Ele ergueu os olhos, surpreso, e, em seguida, sentou-se para enganá-la com um olhar pensativo.

— Eu me pergunto, agora — disse de imediato —, se o mal-entendido foi coisa sua. Suas palavras o irritaram. Ele as lançou sobre mim várias vezes. Ele não quis aceitar a patente do rei; não quis nem pegar na minha mão. O que fazer com um sujeito assim? Ele vai acabar em um lais, com essa sorte toda. E o tolo quixotesco está correndo perigo por nós, neste momento.

— Como? — perguntou ela, com um interesse súbito e surpreso.

— Como? Você se esqueceu que ele está navegando para a Jamaica e que a Jamaica é o quartel-general da frota inglesa? Na verdade, seu tio comanda...

Ela se inclinou sobre a mesa para interrompê-lo, e ele observou que sua respiração tinha ficado difícil, que seus olhos estavam se dilatando em alarme.

— Mas não há esperança para ele nisso! — gritou ela. — Ah, nem imagine isso! Ele não tem nenhum inimigo mais amargo no mundo! Meu tio é um homem difícil e implacável. Acredito que foi a esperança de pegar e enforcar o capitão Blood que fez meu tio deixar suas plantações em Barbados para aceitar ser vice-governador da Jamaica. O capitão Blood não sabe disso, claro... — Ela fez uma pausa com um pequeno gesto de impotência.

— Não consigo acreditar que faria a menor diferença se ele soubesse — disse Sua Senhoria com um tom grave. — Um homem que pode perdoar um inimigo como dom Miguel e assumir essa atitude intransigente comigo não pode ser julgado pelas regras normais. Ele é cavalheiresco ao ponto da idiotice.

— E, no entanto, ele foi o que foi e fez o que fez nos últimos três anos — disse ela, mas agora com tristeza, sem nada do desdém anterior.

Lorde Julian foi judicioso, como suponho que fosse com frequência.

— A vida pode ser infernalmente complexa — suspirou.

CAPÍTULO XXI.
O serviço do Rei James

A srta. Arabella Bishop foi despertada muito cedo na manhã seguinte com o som insolente de uma corneta e o toque insistente de um sino no campanário do navio. Enquanto estava deitada acordada, observando preguiçosa a ondulação da água verde que parecia estar passando pela escotilha de vidros fortes, tornou-se pouco a pouco ciente dos sons da agitação rápida e laboriosa — o barulho de muitos pés, os gritos de vozes roucas e o persistente movimento de corpos pesados na sala dos oficiais logo abaixo do convés da cabine. Concebendo que esses sons pressagiavam uma atividade mais do que normal, ela se sentou, permeada por um vago alarme, e despertou sua dama de companhia ainda adormecida.

Em sua cabine a estibordo, lorde Julian, perturbado pelos mesmos sons, já estava agitado e se vestindo com pressa. Quando por fim emergiu sob o início da popa, viu-se encarando uma montanha de velas. Cada pé de vela que era possível carregar tinha sido preso nas vergas do *Arabella*, para pegar a brisa da manhã. À frente e de cada lado via-se a extensão ilimitada do oceano, cintilando dourada ao sol, ainda não mais do que um meio disco de chamas no horizonte bem à frente.

Na meia-nau, onde toda a noite anterior tinha sido tão pacífica, havia uma agitação frenética de sessenta homens. Perto da amurada, logo acima e atrás de lorde Julian, estava o capitão Blood em altercação com um gigante de um olho só, com a cabeça envolta em um lenço de algodão vermelho e a camisa azul pendurada aberta na cintura. Quando Sua Senhoria, avançando, apareceu, as vozes cessaram e Blood virou-se para saudá-lo.

— Bom dia — disse ele e acrescentou: — Cometi um erro grave, de verdade. Eu devia saber que não podia me aproximar tanto da Jamaica à noite. Mas eu estava com pressa para desembarcar vocês em terra. Venha cá. Tenho uma coisa para lhe mostrar.

Admirado, lorde Julian subiu na gaiuta como lhe foi ordenado. Parado ao lado do capitão Blood, olhou para trás, seguindo a indicação da mão do capitão, e gritou de espanto. Ali, a menos de três milhas de distância, havia terra — uma parede irregular de um verde vívido que ocupava o horizonte ocidental. E, a algumas milhas ao lado, seguindo atrás deles, vinham em alta velocidade três grandes navios brancos.

— Eles não exibem cores, mas fazem parte da frota da Jamaica. — Blood falava sem entusiasmo, quase com uma certa apatia. — Quando amanheceu, corremos para encontrá-los. Seguimos em frente e desde então estamos em uma corrida. Mas o *Arabella* está no mar há quatro meses, e seu casco está muito debilitado para a velocidade de que precisamos.

Wolverstone enganchou os polegares no largo cinto de couro e, de sua grande altura, olhou com sarcasmo para lorde Julian de cima a baixo, embora Sua Senhoria fosse um homem alto.

— Parece que você vai participar de mais uma batalha marítima antes de deixar a vida nos navios, meu lorde. Essa é uma questão que estávamos apenas discutindo — disse Blood. — Pois afirmo que não devemos lutar com essas chances.

— Que se danem as chances! — Wolverstone projetou sua papada pesada. — Estamos acostumados com as chances. Eram piores em Maracaibo; no entanto, vencemos e tomamos três navios. As chances eram piores ontem, quando lutamos contra dom Miguel.

— Sim, mas eles eram espanhóis.

— E esses são melhor em quê? Está com medo de um fazendeiro desengonçado de Barbados? O que o aflige, Peter? Nunca vi você com medo.

Uma arma disparou atrás deles.

— Esse é o sinal para se render — disse Blood, na mesma voz apática; e deu um suspiro.

Wolverstone encheu o peito de um jeito desafiador diante do capitão.

— Verei o coronel Bishop no inferno, mas nunca vou me render a ele. — E cuspiu, provavelmente para dar ênfase.

Sua Senhoria interveio.

— Ah, mas, com sua licença, certamente não há nenhum perigo vindo do coronel Bishop. Considerando o serviço que você prestou à sobrinha dele e a mim...

A risada de cavalo de Wolverstone o interrompeu.

— Ouça o cavalheiro! — zombou. — Você não conhece o coronel Bishop, isso está claro. Nem pela sobrinha, nem pela filha, nem pela própria mãe ele renunciaria ao sangue que pensa que lhe é devido. Ele é um bebedor de sangue. Uma besta perigosa. Nós sabemos, o capitão e eu. Fomos seus escravos.

— Mas eu estou aqui — disse lorde Julian, com grande dignidade.

Wolverstone riu de novo, e Sua Senhoria corou. Foi tentado a elevar a voz acima do nível tranquilo de costume.

— Garanto que minha palavra vale alguma coisa na Inglaterra.

— Ah, sim, na Inglaterra. Mas aqui não é a Inglaterra, maldição.

O rugido de um segundo canhão foi ouvido, e um tiro de bala borrifou a água a menos da metade do comprimento do cabo da popa. Blood inclinou-se sobre a amurada para falar com o belo jovem logo abaixo dele, junto ao timoneiro da cana do leme.

— Peça-lhes que velejem, Jeremy — disse com calma. — Vamos nos render.

Mas Wolverstone se interpôs de novo.

— Espere um momento, Jeremy! — rugiu. — Espere! — Ele se virou para encarar o capitão, que colocara a mão em seu ombro e sorria com um pouco de melancolia.

— Calma, Velho Lobo! Calma! — advertiu o capitão Blood.

— Calma você, Peter. Você ficou louco! Vai condenar todos nós ao inferno pela ternura por aquela garota fria e escorregadia?

— Pare! — gritou Blood em uma fúria repentina.

Mas Wolverstone não parou.

— É verdade, seu tolo. É aquela maldita anágua que está transformando você em um covarde. É por ela que você teme; logo ela, sobrinha do coronel Bishop! Meu Deus, homem, você vai ter um motim a bordo, e eu vou liderá-lo antes de me render para ser enforcado em Port Royal.

Seus olhares se encontraram, o desafio emburrado enfrentando a raiva, a surpresa e a dor entorpecidas.

— Não existe a questão — disse Blood — da rendição de nenhum homem a bordo, exceto eu mesmo. Se Bishop puder relatar à Inglaterra que fui preso e enforcado, ele vai se fortalecer e, ao mesmo tempo, satisfazer seu rancor pessoal contra mim. Isso deve deixá-lo satisfeito. Vou enviar uma mensagem oferecendo para me render a bordo de seu navio, levando a srta. Bishop e o lorde Julian comigo, mas só com a condição de que o *Arabella* tenha permissão para seguir ileso. É uma barganha que ele vai aceitar, se o conheço bem.

— É uma barganha que nunca será oferecida a ele — retrucou Wolverstone, e sua veemência anterior não era nada em comparação à de agora. — Você é burro até de pensar nisso, Peter!

— Não tão burro quanto você quando fala em evitar isso. — Ele esticou o braço enquanto falava para indicar os navios que os perseguiam, que estavam se aproximando de maneira lenta, mas constante. — Antes de navegarmos mais meia milha, estaremos ao alcance deles.

Wolverstone praguejou de um jeito elaborado e, de repente, parou. Pelo canto de seu único olho, avistou uma figura esguia usando seda cinza que estava subindo a gaiuta. Estavam tão absortos que não tinham visto a srta. Bishop se aproximar pela porta da passagem que levava à cabine. E havia outra coisa que aqueles três homens na popa e Pitt logo abaixo deles não tinham observado. Alguns momentos antes, Ogle, seguido pelo corpo principal de sua tripulação no convés de armas, tinha emergido da escotilha para sussurrar com veemência e raiva com aqueles que, abandonando as talhas dos canhões em que estavam trabalhando, tinham se reunido ao redor dele.

Mesmo agora, Blood não tinha olhos para isso. Ele se virou para olhar para a srta. Bishop, um pouco maravilhado, depois da maneira como ela o evitara no dia anterior, por ela agora se aventurar no tombadilho. A presença dela naquele momento, e considerando a natureza de sua altercação com Wolverstone, era embaraçosa.

Muito doce e delicada, estava parada diante dele em seu vestido cinza brilhante, uma leve empolgação tingindo as bochechas claras e cintilando nos olhos castanho-claros, que pareciam tão francos e honestos. Não usava nenhum chapéu, e os cachos do cabelo castanho-dourado esvoaçavam distraidamente sob a brisa da manhã.

O capitão Blood desnudou a cabeça e curvou-se em silêncio com uma saudação que ela retribuiu com serenidade e formalidade.

— O que está acontecendo, lorde Julian? — perguntou ela.

Como se para responder a ela, um terceiro canhão falou nos navios para os quais ela estava olhando atenta e curiosa. Uma careta franziu sua testa. Ela olhou de um para o outro entre os homens que estavam ali tão taciturnos e obviamente constrangidos.

— São navios da frota da Jamaica — respondeu Sua Senhoria.

Em qualquer caso, deveria ter sido uma explicação suficiente. Mas, antes que ele pudesse acrescentar alguma coisa, a atenção deles finalmente foi atraída para Ogle, que subiu saltando a escada larga, e para os homens que vinham atrás dele, em todos os quais, instintivamente, eles perceberam uma vaga ameaça.

À frente da gaiuta, Ogle viu seu progresso ser barrado por Blood, que o confrontou com uma súbita severidade no rosto e em cada linha dele.

— O que é isso? — o capitão exigiu saber com rispidez. — Sua posição é no convés de armas. Por que você a deixou?

Assim desafiado, a truculência evidente desapareceu da postura de Ogle, reprimida pelo velho hábito de obediência e pelo domínio natural que era o segredo das regras do capitão sobre seus seguidores selvagens. Mas não interrompeu a intenção do artilheiro. No mínimo, aumentou sua empolgação.

— Capitão — disse ele e, enquanto falava apontava para os navios que os perseguiam —, o coronel Bishop está nos detendo. Não estamos em condições de fugir nem de lutar.

A altura de Blood pareceu aumentar, assim como sua severidade.

— Ogle — disse com uma voz fria e cortante como o aço —, sua posição é no convés de armas. Retorne imediatamente e leve sua tripulação com você, senão...

Mas Ogle, violento no semblante e no gesto, o interrompeu.

— Ameaças não vão funcionar, capitão.

— Não vão?

Era a primeira vez em sua carreira de bucaneiro que uma ordem sua era desconsiderada ou que um homem falhava na obediência prometida por todos os que se juntaram a ele. O fato de

261

essa insubordinação vir de um de seus homens mais confiáveis, um de seus antigos aliados de Barbados, era em si uma amargura, e o deixou relutante ao que o instinto dizia que devia ser feito. Sua mão fechou-se sobre a coronha de uma das pistolas penduradas à sua frente.

— Isso também não vai servir — advertiu Ogle, com mais violência ainda. — Os homens concordam comigo e vão fazer o que quiserem.

— E o que eles querem?

— Querem nos deixar em segurança. Não vamos afundar nem ser enforcados enquanto pudermos evitar.

Dos sessenta ou oitenta homens agrupados abaixo, na meia-nau, veio um estrondo de aprovação. O olhar do capitão Blood vasculhou as fileiras daqueles sujeitos resolutos e de olhos ferozes e pousou de novo em Ogle. Havia ali claramente uma vaga ameaça, um espírito de motim que ele não conseguia entender.

— Você veio me dar conselhos, então, não é? — indagou, sem diminuir nem um pouco a severidade.

— É isso, capitão; conselhos. Aquela garota ali. — Ele estendeu o braço nu e apontou para ela. — A garota de Bishop; a sobrinha do governador da Jamaica... Queremos ela como refém para nossa segurança.

— Aye! — rugiram em coro os piratas abaixo, e um ou dois deles elaboraram essa afirmação.

Em um vislumbre, o capitão Blood viu o que estava se passando na cabeça deles. E, apesar de não perder nem um pouco da compostura externa severa, o medo invadiu seu coração.

— E como — perguntou ele — você imagina que a srta. Bishop será essa refém?

— É uma providência tê-la a bordo; uma providência. Acalme-se, capitão, e faça um sinal para que mandem um barco e confirme que a senhorita está aqui. Em seguida, diga a eles que, se tentarem prejudicar nosso navio, primeiro enforcaremos a moça e depois lutaremos por ele. Isso talvez acalme o coronel Bishop.

— E talvez não. — Lenta e zombeteira veio a voz de Wolverstone para responder à empolgação confiante do outro e, enquanto falava, avançou para o lado de Blood como um aliado inesperado. — Alguns desses imbecis podem acreditar nessa história. — Apontou com desprezo para os homens na meia-nau, cujas fileiras aumentavam constantemente com a chegada de outros que vinham do castelo de proa. — Embora até mesmo alguns não devessem cair nessa, pois estiveram em Barbados conosco e, assim como você e eu, conhecem o coronel Bishop. Se está contando em abrandar o coração dele, você é mais imbecil ainda, Ogle, do que eu sempre pensei que fosse com qualquer coisa, exceto armas. Não há como jogar em um assunto como esse, a menos que você queira ter certeza de que seremos afundados. Mesmo que tivéssemos uma carga de sobrinhas de Bishop, isso não o faria se controlar. Ora, como eu acabava de dizer a Sua Senhoria aqui, que pensava, como você, que ter a senhorita Bishop a bordo nos deixaria seguros, nem pela própria mãe aquele escravizador imundo renunciaria ao que lhe é devido. E, se você não fosse tolo, Ogle, não precisaria que eu lhe dissesse isso. Temos que lutar, meus rapazes...

— Como podemos lutar, homem? — Ogle o atacou, resistindo furiosamente contra a convicção que o argumento de Wolverstone estava impondo aos seus ouvintes. — Você pode estar certo e pode estar errado. Temos que arriscar. É nossa única chance...

As palavras restantes foram abafadas pelos gritos dos ajudantes insistindo que a garota fosse entregue para ser usada como refém. E então, mais alto do que antes, um canhão a sotavento disparou e, na vau de estibordo, eles viram o borrifo provocado pelo tiro, que se espalhou.

— Eles estão ao alcance — gritou Ogle. E, inclinando-se na amurada, ordenou: — Solte o leme.

Pitt, em seu posto ao lado do timoneiro, virou-se intrépido para encarar o artilheiro agitado.

— Desde quando você manda no convés principal, Ogle? Recebo ordens do capitão.

— Você vai receber essa ordem de mim ou, por Deus, vai...

— Espere! — ordenou Blood, interrompendo, e colocou uma mão restritiva sobre o braço do artilheiro. — Acho que tem um jeito melhor.

Ele olhou para a popa por cima do ombro, para os navios que avançavam, sendo que o primeiro estava agora a apenas um quarto de milha de distância. Seu olhar passou pela srta. Bishop e por lorde Julian parados lado a lado alguns passos atrás. Ele a observou, pálida e tensa, com os lábios entreabertos e os olhos assustados que se fixaram nele, uma testemunha ansiosa dessa decisão em relação ao próprio destino. Estava pensando rápido, calculando as chances de provocar um motim se atirasse em Ogle. Tinha certeza de que alguns homens se uniriam a ele. Mas não tinha menos certeza de que o corpo principal ia se opor a ele e prevalecer apesar de tudo que ele pudesse fazer, aproveitando a chance de que manter a srta. Bishop como refém parecia ser suficiente para eles. E, se fizessem isso, de um jeito ou de outro, a srta. Bishop estaria perdida. Pois, mesmo se Bishop cedesse ao seu pedido, eles a manteriam como refém.

Enquanto isso, Ogle estava ficando impaciente. Com o braço ainda agarrado por Blood, ele grudou o rosto no do capitão.

— Que jeito melhor? — exigiu saber. — Não existe jeito melhor. Não vou me empolgar com o que Wolverstone disse. Ele pode estar certo e pode estar errado. Vamos testar. É nossa única chance, eu já disse, e devemos aproveitá-la.

O jeito melhor que passava pela mente do capitão Blood era o que ele tinha proposto a Wolverstone. Se os homens em pânico que Ogle havia incitado teriam uma visão diferente da de Wolverstone, ele não sabia. Mas agora via com muita clareza que, se eles consentissem, não desistiriam da intenção na questão da senhorita; transformariam a própria rendição de Blood em uma mera carta adicional nesse jogo contra o governador da Jamaica.

— Foi por causa dela que caímos nessa armadilha — continuou Ogle. — Por causa dela e de você. Foi para trazê-la para a Jamaica que você arriscou a vida de todos nós, e não vamos perder a vida enquanto houver uma chance de ficarmos seguros por causa dela.

Ele estava se virando de novo para o timoneiro abaixo, quando o aperto de Blood em seu braço aumentou. Ogle arrancou-o com um xingamento. Mas a mente de Blood agora estava decidida. Tinha encontrado o único caminho e, por mais repulsivo que pudesse ser para ele, precisava segui-lo.

— É uma chance desesperada — gritou ele. — O meu jeito é seguro e fácil. Espere! — Ele se inclinou sobre a amurada. — Leme ao meio — ordenou a Pitt. — Solte a âncora e sinalize para eles enviarem um barco.

Um silêncio de espanto caiu sobre o navio — de espanto e suspeita com essa rendição repentina. Mas Pitt, embora compartilhasse esse sentimento, obedeceu de imediato. Sua voz ecoou, dando as ordens necessárias e, depois de uma pausa instantânea, um grupo de ajudantes correu para executá-las. Ouviu-se o ranger de blocos e o chocalhar de velas agitadas enquanto balançavam no ar, e o capitão Blood virou-se e chamou lorde Julian. Sua Senhoria, após um instante de hesitação, avançou em surpresa e desconfiança — uma desconfiança compartilhada pela srta. Bishop, que, como Sua Senhoria e todos os outros a bordo, embora de maneira diferente, tinha sido pega de surpresa pela submissão repentina de Blood à ideia de se render.

De pé agora na amurada, com lorde Julian ao lado, o capitão Blood explicou-se.

De forma breve e clara, anunciou a todos o objetivo da viagem de lorde Julian ao Caribe e informou a eles a oferta que lorde Julian lhe fizera no dia anterior.

— Essa oferta eu rejeitei, como Sua Senhoria lhes dirá, considerando-me afrontado por ela. Aqueles de vocês que sofreram sob o governo do rei James vão me entender. Mas agora, no caso desesperador em que nos encontramos, mais lentos e provavelmente derrotados, como Ogle disse, estou pronto para seguir o caminho de Morgan: aceitar a patente do rei e proteger a todos nós com ela.

Foi um raio que, por um instante, deixou todos atordoados. Então Babel foi reconstituída. O corpo principal recebeu bem o anúncio, como só os homens que se prepararam para morrer podem acolher um novo sopro de vida. Mas muitos não conseguiam decidir por um caminho ou outro até estarem satisfeitos com várias questões, e principalmente com uma que tinha sido comunicada por Ogle.

— Bishop vai respeitar a patente quando você a receber?

Foi lorde Julian quem respondeu:

— Ele vai ter muitas dificuldades se tentar desrespeitar a autoridade do rei. E, embora ele deva ousar tentar, tenham certeza de que seus próprios oficiais não vão ousar fazer outra coisa a não ser se opor a ele.

— Aye — disse Ogle —, isso é verdade.

Mas havia alguns que ainda estavam em revolta aberta e franca contra o plano. Entre eles, Wolverstone, que proclamou sua hostilidade na mesma hora.

— Vou apodrecer no inferno antes de servir ao rei — gritou com grande fúria.

Mas Blood o acalmou e a todos que pensavam como ele.

— Nenhum homem precisa me seguir no serviço ao rei se estiver relutante. A barganha não é essa. O que está em jogo é que eu vou aceitar esse serviço com todos que decidirem me seguir. Não pensem que vou aceitar por vontade própria. Sou inteiramente da opinião de Wolverstone. Só vou aceitar como a única maneira de salvar todos nós da destruição certa para a qual meu próprio ato pode ter nos conduzido. E mesmo aqueles que não escolherem me seguir vão compartilhar a imunidade de todos e, no futuro, estarão livres para partir. Esses são os termos sob os quais me vendo ao rei. Que lorde Julian, representante do Secretário de Estado, diga se concorda com eles.

A concordância de Sua Senhoria foi imediata, ansiosa e clara. E aquele foi praticamente o fim da questão. Lorde Julian, agora alvo de brincadeiras vulgares bem-humoradas e aclamações meio zombeteiras, mergulhou em sua cabine para buscar a patente, regozijando-se em segredo com a reviravolta que lhe permitiu cumprir com tanto crédito o negócio para o qual fora enviado.

Enquanto isso, o contramestre sinalizou para os navios da Jamaica enviarem um barco, e os homens na meia-nau romperam as fileiras e foram se aglomerando ruidosamente para se alinhar nos baluartes e ver os grandes navios imponentes que corriam em sua direção.

Quando Ogle deixou o tombadilho, Blood virou-se e ficou cara a cara com a srta. Bishop. Ela o estivera observando com olhos brilhantes, mas, ao ver o semblante abatido e o franzido profundo que lhe marcava a testa, sua própria expressão mudou. Ela se aproximou dele com uma hesitação totalmente incomum. Pousou de leve a mão em seu braço.

— Sua decisão foi sábia, senhor — ela o elogiou —, por mais que seja contra suas inclinações.

Ele a observou com olhos soturnos, a pessoa por quem havia feito esse sacrifício.

— Eu devia isso a você; ou achei que devia — disse.

Ela não entendeu.

— Sua determinação me livrou de um perigo terrível — admitiu. E estremeceu com a lembrança. — Mas não entendo por que hesitou quando isso lhe foi proposto pela primeira vez. É um serviço honroso.

— Sob o comando do rei James? — zombou.

— Da Inglaterra — ela o corrigiu em reprovação. — O país é tudo, senhor; o soberano não é nada. O rei James vai passar; outros virão e passarão; a Inglaterra permanece, para ter um serviço honrado de seus filhos, qualquer que seja o rancor que possam ter contra o homem que a governa em sua época.

Ele mostrou alguma surpresa. Depois sorriu.

— Uma defesa perspicaz — aprovou. — Você devia ter falado com a tripulação.

E então, com o toque de ironia se aprofundando na voz:

— Você acha que esse serviço honroso pode redimir alguém que era pirata e ladrão?

O olhar dela foi desviado. A voz vacilou um pouco ao responder.

— Se ele... precisar de redenção. Talvez... talvez ele tenha sido julgado com muita severidade.

Os olhos azuis brilharam, e os lábios firmes relaxaram a expressão sombria.

— Por que... se pensar bem — disse ele, considerando-a, uma fome estranha no olhar —, a vida pode ter seus usos, afinal, e até mesmo o serviço ao rei James pode se tornar tolerável.

Olhando para além dela, por sobre a água, ele viu um barco saindo de um dos grandes navios, que, arrastando-se, balançava suavemente a cerca de trezentos metros de distância. De repente, sua atitude mudou. Parecia que estava se recuperando, voltando a se controlar.

— Se você descer e pegar seus pertences e sua dama de companhia, será enviada a bordo de um dos navios da frota. — Ele apontou para o barco enquanto falava.

Ela o deixou, e depois, com Wolverstone, apoiado na amurada, ele observou a aproximação daquele barco tripulado por uma dúzia de marinheiros e comandado por uma figura escarlate sentada rígida nas escotas da popa. Ele apontou o telescópio para aquela figura.

— Não será o próprio Bishop — disse Wolverstone, entre a pergunta e a afirmação.

— Não. — Blood fechou o telescópio. — Não sei quem é.

— Rá! — Wolverstone soltou uma exclamação de riso zombeteiro. — Apesar de toda a ansiedade, Bishop não estaria tão disposto a vir. Ele já esteve a bordo deste brutamontes, e nós o fizemos nadar naquela vez. Ele tem algumas lembranças. Por isso manda um representante.

Esse representante era um oficial chamado Calverley, um sujeito vigoroso e autossuficiente, relativamente recém-chegado da Inglaterra, cujos modos deixavam claro que fora instruído pelo coronel Bishop sobre a questão de como lidar com os piratas.

Seu ar, ao pisar na meia-nau do *Arabella*, era altivo, truculento e desdenhoso.

Blood, agora com a patente do rei no bolso e lorde Julian de pé ao lado dele, esperaram para recebê-lo, e o capitão Calverley ficou um pouco surpreso ao se ver confrontado por dois homens exteriormente muito diferentes de tudo que esperava. Mas não perdeu nada de seu porte altivo e mal se dignou a olhar para o enxame de ferozes companheiros seminus relaxando em um semicírculo para formar um pano de fundo.

— Bom dia, senhor — Blood o saudou de um jeito agradável. — Tenho a honra de lhes dar as boas-vindas a bordo do *Arabella*. Meu nome é Blood, capitão Blood, ao seu serviço. Você deve ter ouvido falar de mim.

O capitão Calverley o encarou com dureza. O jeito despreocupado desse temível bucaneiro dificilmente era o que ele procurava encontrar em um sujeito desesperado, compelido a uma rendição vergonhosa. Um sorriso fino e amargo apareceu nos lábios arrogantes do oficial.

— Você vai carregá-lo até a forca, sem dúvida — disse com desdém. — Suponho que seja o estilo de sua espécie. Enquanto isso, é sua rendição que exijo, homem, não seu atrevimento.

O capitão Blood pareceu surpreso, angustiado. Ele apelou para lorde Julian.

— Ouviu essa? Já ouviu algo parecido? Mas o que foi que eu disse? Veja, o jovem cavalheiro está totalmente equivocado. Talvez evitemos alguns ossos quebrados se Vossa Senhoria explicar quem e o que eu sou.

Lorde Julian deu um passo à frente e fez uma reverência superficial e um tanto desdenhosa para aquele oficial muito desdenhoso, mas agora perplexo. Pitt, que assistia à cena da amurada do tombadilho, nos conta que Sua Senhoria estava tão sério quanto um pároco em um enforcamento. Mas suspeito que essa seriedade fosse uma máscara sob a qual lorde Julian se divertia em segredo.

— Tenho a honra de lhe informar, senhor — disse ele, em tom rígido —, que o capitão Blood detém uma patente a serviço do rei sob o selo de meu lorde Sunderland, Secretário de Estado de Sua Majestade.

O rosto do capitão Calverley ficou roxo; os olhos saltaram. Os piratas ao fundo riram, gritaram e praguejaram entre si, divertindo-se com a comédia. Por um longo instante, Calverley olhou em silêncio para Sua Senhoria, observando a elegância dispendiosa de seu traje, o ar de calma segurança e a fala fria e meticulosa, todos os quais tinham um sabor distinto do grande mundo ao qual ele pertencia.

— E quem diabos é você? — explodiu por fim.

A voz de Sua Senhoria ficou mais fria e distante do que nunca.

— Você não é muito cortês, senhor, como já observei. Meu nome é Wade; lorde Julian Wade. Sou enviado de Sua Majestade a estas partes bárbaras e parente próximo de meu lorde Sunderland. O coronel Bishop foi notificado da minha vinda.

A súbita mudança nos modos de Calverley ao ouvir lorde Julian mencionar seu nome mostrou que a notificação tinha sido recebida e que ele tinha conhecimento dela.

— Eu... acredito que sim — disse Calverley, entre a dúvida e a suspeita. — Isto é: que ele foi notificado da vinda de lorde Julian Wade. Mas... mas... a bordo deste navio...? — O oficial fez um gesto de impotência e, rendendo-se ao espanto, calou-se de repente.

— Eu estava vindo no *Royal Mary*...

— Foi o que nos avisaram.

— Mas o *Royal Mary* foi vítima de um corsário espanhol, e eu poderia nunca ter chegado, se não fosse a bravura do capitão Blood, que me resgatou.

A luz irrompeu na escuridão da mente de Calverley.

— Entendo. Eu entendo.

— Permita-me duvidar. — O tom de Sua Senhoria continuava áspero. — Mas isso pode esperar. Se o capitão Blood lhe mostrar sua patente, talvez isso acabe com todas as dúvidas, e poderemos prosseguir. Ficarei feliz de voltar a Port Royal.

O capitão Blood enfiou um pergaminho na frente dos olhos esbugalhados de Calverley. O oficial o examinou, principalmente os selos e a assinatura. E deu um passo para trás, um homem confuso e impotente. Ele fez uma reverência, indefeso.

— Devo retornar ao coronel Bishop para receber minhas ordens — informou.

Naquele momento, um caminho foi aberto no meio das fileiras de homens, e por ali veio a srta. Bishop, seguida por sua dama de companhia. Por cima do ombro, o capitão Blood observou sua aproximação.

— Talvez, já que o coronel Bishop está no navio, você possa levar sua sobrinha até ele. A senhorita Bishop também estava a bordo do *Royal Mary*, e eu a resgatei junto com Sua Senhoria. Ela poderá informar ao tio os detalhes desse resgate e o atual estado das coisas.

Levado de surpresa em surpresa, o capitão Calverley não pôde fazer nada mais do que se curvar outra vez.

— Quanto a mim — disse lorde Julian, com a intenção de fazer com que a partida da srta. Bishop fosse livre de qualquer interferência por parte dos bucaneiros —, devo permanecer a bordo do *Arabella* até chegarmos a Port Royal. Meus cumprimentos ao coronel Bishop. Diga que estou ansioso para conhecê-lo lá.

CAPÍTULO XXII.

Hostilidades

No grande porto de Port Royal, amplo o suficiente para atracar todos os navios de todas as marinhas do mundo, o *Arabella* estava fundeado. Quase parecia um prisioneiro, pois, um quarto de milha à frente, a estibordo, erguia-se a imponente e maciça torre redonda do forte, enquanto à distância de um par de cabos na popa e a bombordo estavam fundeados os seis navios de guerra que compunham o esquadrão da Jamaica.

Ao lado do *Arabella*, do outro lado do porto, estavam os prédios brancos de fachada plana daquela cidade imponente que descia até a beira da água. Atrás deles, os telhados vermelhos se erguiam como terraços, marcando a suave encosta sobre a qual a cidade tinha sido construída, dominada aqui por uma torre, ali por um pináculo, e atrás das casas uma cadeia de colinas verdes com um céu como pano de fundo que era como um domo de aço polido.

Em uma espreguiçadeira de vime que tinha sido colocada para ele no tombadilho, protegido do sol ofuscante e escaldante por um toldo improvisado de lona marrom, Peter Blood descansava com uma cópia bem manuseada e encapada em couro das negligenciadas Odes de Horácio nas mãos.

De um ponto abaixo dele vinha o farfalhar dos esfregões e o gorgolejar da água nos embornais, pois ainda era de manhã cedo e, sob as instruções de Hayton, o contramestre, os limpadores trabalhavam na meia-nau e no castelo de proa. Apesar do calor e do ar estagnado, um dos trabalhadores encontrou fôlego para grasnar uma cantiga vulgar de bucaneiros:

Bordo a bordo pulamos a amurada
Dominamos a todos com nossa espada
Depois os afundamos no mar azul
Para o Meno partimos — rou, rou, rou, rou, rou
Com uma garrafa de rum!

Blood deu um suspiro, e a sombra de um sorriso apareceu em seu rosto magro e bronzeado. Então as sobrancelhas pretas se juntaram sobre os vívidos olhos azuis, e o pensamento fechou rapidamente a porta para os arredores.

As coisas não tinham corrido bem para ele nos últimos quinze dias, desde que aceitara a patente do rei. Houve problemas com Bishop desde o instante do desembarque. Quando Blood e lorde Julian desembarcaram juntos, foram recebidos por um homem que não teve a menor preocupação de disfarçar sua decepção pela virada dos eventos e sua determinação para mudá-lo. Ele os esperou no quebra-mar, apoiado por um grupo de oficiais.

— Entendo que você é lorde Julian Wade — foi a saudação truculenta. Para Blood, naquele momento, não dispensou nada além de um olhar maligno.

Lorde Julian fez uma reverência.

— Entendo que tenho a honra de me dirigir ao coronel Bishop, vice-governador da Jamaica.

Era quase como se Sua Senhoria estivesse dando ao coronel uma lição de comportamento. O coronel aceitou e fez uma reverência tardia, tirando o chapéu largo. Depois prosseguiu:

— Segundo me disseram, você concedeu a patente do rei a esse homem. — O tom em si revelava a amargura de seu rancor. — Seus motivos foram dignos, sem dúvida... sua gratidão a ele por livrá-lo dos espanhóis. Mas a coisa em si é impensável, meu lorde. A patente precisa ser cancelada.

— Acho que não entendo — disse lorde Julian de um jeito distante.

— Tenho certeza de que não, senão você nunca teria feito isso. O sujeito o enganou. Ora, primeiro ele é um rebelde, depois um escravo fugitivo e, por fim, um maldito pirata. Estive caçando esse homem no último ano.

— Garanto, senhor, que fui informado de tudo. Não concedo a patente do rei de maneira leviana.

— Não mesmo, por Deus! O que mais você chama isso? Mas, como vice-governador da Jamaica por ordem de Sua Majestade, aproveito para corrigir seu erro à minha maneira.

— Ah! E de que maneira isso pode acontecer?

— Há uma forca esperando por esse patife em Port Royal.

Blood teria interferido, mas lorde Julian o impediu.

— Vejo, senhor, que ainda não compreendeu muito bem as circunstâncias. Se é um erro conceder uma patente ao capitão Blood, o erro não é meu. Estou agindo de acordo com as instruções de meu lorde Sunderland; e, com pleno conhecimento de todos os fatos, Sua Senhoria designou expressamente o capitão Blood para essa patente se o capitão Blood pudesse ser persuadido a aceitá-la.

A boca do coronel Bishop abriu-se de surpresa e consternação.

— Lorde Sunderland o designou? — perguntou, espantado.

— Expressamente.

Sua Senhoria esperou um instante por uma resposta. Quando nada veio do mudo vice-governador, fez uma pergunta:

— Ainda se aventuraria a descrever a questão como um erro, senhor? E se atreve a correr o risco de corrigi-lo?

— Eu... Eu não teria sonhado...

— Entendo, senhor. Deixe-me apresentar o capitão Blood.

Por obrigação, Bishop teve que colocar a melhor expressão possível. Mas estava claro para todos que não passava de uma máscara para sua fúria e seu veneno.

Desde aquele começo pouco promissor, as coisas não melhoraram; em vez disso, pioraram.

Os pensamentos de Blood estavam voltados para essa e outras coisas enquanto descansava ali na espreguiçadeira. Estava havia quinze dias em Port Royal, e seu navio era praticamente uma unidade do esquadrão da Jamaica. E, quando essa notícia chegasse a Tortuga e aos bucaneiros que aguardavam seu retorno, o nome do capitão Blood, que tanto se destacara na Irmandade da Costa, se tornaria um provérbio, uma coisa de execração e, antes que tudo se cumprisse, ele poderia pagar com a vida pelo que seria considerado uma deserção traiçoeira. E por que ele tinha se colocado nessa posição? Por causa de uma garota que o evitava tão persistente e intencionalmente que ele devia presumir que ela ainda o olhava com aversão. Ele mal tivera um vislumbre dela durante toda aquela quinzena, embora, tendo isso em vista como seu objetivo principal, ele tivesse assombrado todos os dias a residência do tio dela e todos os dias enfrentado a hostilidade descarada e o rancor perplexo direcionado a ele pelo coronel Bishop. E isso nem era o pior de tudo. Ele percebeu claramente que era ao gracioso e elegante jovem zombeteiro de St. James, lorde Julian Wade, que ela dedicava todos os momentos. E que chance tinha ele, um aventureiro desesperado com um histórico de condenação, contra um rival como aquele, um homem talentoso, aliás, como ele era obrigado a admitir?

Você consegue conceber a amargura de sua alma. Ele se via como o cachorro da fábula que largou a substância para buscar uma sombra ilusória.

Ele procurou conforto em um verso na página aberta diante de si:

"levius fit patientia quicquid corrigere est nefas.[16]"

Procurou, mas não encontrou.

Um barco que se aproximara da costa sem ser notado veio raspando e batendo contra o grande casco vermelho do *Arabella*, e uma voz rouca soltou um grito de saudação. Do campanário do navio, duas notas prateadas soaram claras e agudas, e um ou dois instantes depois, o apito do contramestre soltou um longo gemido.

Os sons perturbaram as reflexões descontentes do capitão Blood. Ele se levantou, alto, ativo e surpreendentemente elegante em um casaco escarlate com renda dourada que anunciava sua nova posição, e, guardando o fino volume no bolso, avançou para a amurada entalhada do tombadilho bem quando Jeremy Pitt estava pisando na gaiuta.

— Um bilhete do vice-governador para você — disse o mestre, enquanto estendia uma folha dobrada.

Blood rompeu o selo e leu. Pitt, vestido livremente com camisa e calça, encostou-se na amurada enquanto o observava, com uma preocupação inconfundível estampada no rosto franco e claro.

Blood soltou uma risada curta e curvou o lábio.

— É uma convocação muito peremptória — disse ele e passou o bilhete para o amigo.

Os olhos cinzentos do jovem mestre o percorreram rapidamente. Pensativo, ele acariciou a barba dourada.

— Você não vai? — indagou, entre pergunta e afirmação.

— Por que não? Não tenho sido um visitante diário no forte...?

---

16 Em latim, "mais leve pela paciência é impossível corrigir". [N.T.]

■ 276

— Mas ele quer falar com você sobre o Velho Lobo. Isso vai deixá-lo ressentido. Você sabe, Peter, que só lorde Julian se interpôs entre Bishop e seu ódio por você. Se agora ele puder mostrar isso...

— E se puder? — interrompeu Blood descuidado. — Vou correr mais perigo em terra do que a bordo, agora que só nos restaram cinquenta homens e aqueles patifes medíocres que serviriam ao rei como eu? Jeremy, meu caro rapaz, o *Arabella* é prisioneiro aqui, veja bem, entre o forte ali e a frota mais adiante. Não se esqueça disso.

Jeremy entrelaçou as mãos.

— Por que você deixou Wolverstone e os outros irem? — gritou, com um toque de amargura. — Você devia ter previsto o perigo.

— Como eu poderia tê-los detido honestamente? Estava na barganha. Além disso, como eles poderiam me ajudar, se ficassem? — E, como Pitt não respondeu: — Você entende? — disse e deu de ombros. — Vou pegar chapéu, bengala e espada e vou desembarcar no escaler. Tripule-o para mim.

— Você vai se entregar nas mãos de Bishop — advertiu Pitt.

— Bem, talvez ele não ache que sou tão fácil de pegar como imagina. Sobrou um espinho ou dois em mim. — E, com uma risada, Blood partiu para sua cabine.

Jeremy Pitt respondeu à risada com um xingamento. Por um instante, ficou hesitante no ponto onde Blood o havia deixado. Então, devagar, com a relutância arrastando-se a seus pés, ele desceu da gaiuta para dar a ordem ao escaler.

— Se acontecer alguma coisa com você, Peter — disse, enquanto Blood estava passando —, é melhor o coronel Bishop ter muito cuidado. Esses cinquenta rapazes podem estar indiferentes no momento, como você diz, mas sem dúvida serão tudo menos indiferentes se houver uma violação da fé.

— E o que aconteceria comigo, Jeremy? Pode ter certeza de que voltarei para o jantar.

Blood desceu para o barco que o esperava. Mas, embora estivesse rindo, sabia tão bem quanto Pitt que, ao desembarcar naquela manhã, carregava a própria vida nas mãos. Por causa disso, quando pisou no quebra-mar estreito, à sombra do muro externo mais baixo do forte, através de cujas ameias estavam enfiados os focinhos negros de seus canhões pesados, ele deu ordem para que o barco ficasse esperando naquele local. Percebeu que poderia ter que recuar com pressa.

Caminhando devagar, contornou a muralha preparada para a batalha e passou pelos grandes portões que davam no pátio. Meia dúzia de soldados descansava ali e, na sombra projetada pelo muro, o major Mallard, o comandante, caminhava devagar de um lado para o outro. Ele parou de repente ao ver o capitão Blood e o saudou, como era seu dever, mas o sorriso que ergueu o bigode rígido do oficial era sombriamente sardônico. A atenção de Peter Blood, no entanto, estava em outro lugar.

À sua direita estendia-se um amplo jardim, além do qual se erguia a casa branca que era a residência do vice-governador. Na aleia principal daquele jardim, margeada com palmeiras e sândalos, avistou a srta. Bishop sozinha. Ele atravessou o pátio com passos subitamente largos.

— Bom dia, senhora — foi sua saudação ao alcançá-la; e, com o chapéu na mão, acrescentou em tom de protesto: — Claro, não é nada menos do que maldade me fazer correr nesse calor.

— Por que está correndo, então? — perguntou ela com frieza, parando esguia e ereta diante dele, toda vestida de branco e muito virginal, exceto na compostura afetada. — Estou atrasada — informou. — Então você vai me perdoar se eu não ficar.

— Você não estava tão atrasada até eu chegar — protestou ele e, apesar de os lábios finos sorrirem, os olhos azuis estavam estranhamente duros.

— Já que percebeu isso, senhor, eu me pergunto por que se dá ao trabalho de ser tão insistente.

Isso cruzou as espadas entre os dois, e era contra os instintos de Blood evitar uma briga.

— Na verdade, você se explica de um jeito — disse ele. — Mas, como foi mais ou menos por sua causa que vesti o casaco do rei, você deve suportá-lo para cobrir o ladrão e o pirata.

Ela deu de ombros e virou-se de lado, com algum ressentimento e algum arrependimento. Temendo revelar o último, ela se refugiou no primeiro.

— Faço o melhor que posso — disse ela.

— Para que você possa ser bondosa de algum jeito! — Ele riu baixinho. — Glória, eu devia ser grato por isso. Talvez eu seja presunçoso. Mas não posso me esquecer que, quando eu não passava de um escravo na casa do seu tio em Barbados, você me tratou com alguma bondade.

— Por que não? Naquela época, você podia reivindicar a minha bondade. Era só um cavalheiro infeliz.

— E do que mais você me chamaria, agora?

— Dificilmente seria de infeliz. Ouvimos falar da sua boa sorte nos mares, de como sua sorte criou fama. E ouvimos outras coisas: de sua boa sorte em outras direções.

Ela falou com rapidez, pensando em mademoiselle D'Ogeron. E no mesmo instante teria se lembrado das palavras, se conseguisse. Mas Peter Blood colocou-as de lado, sem ler nada de seu significado, como ela temia que ele fizesse.

— Aye, um monte de mentiras, diabos, sem dúvida, como eu poderia lhe provar.

— Não consigo imaginar por que você se daria ao trabalho de fazer sua defesa — ela o desencorajou.

— Para que você pense menos mal de mim.

— O que penso de você não deve importar.

Foi um golpe para desarmá-lo. Ele abandonou o combate para protestar.

— Você pode dizer isso agora? Pode dizer isso, vendo-me com este uniforme de serviço que desprezo? Você não me disse que eu poderia redimir o passado? Só estou preocupado em redimir o

279

passado aos seus olhos. Aos meus olhos, não fiz nada de que me envergonhe, considerando a provocação que recebi.

O olhar dela vacilou e desviou do dele, tão intenso.

— Eu... Eu não consigo imaginar por que você deveria falar comigo assim — disse ela, com menos segurança do que antes.

— Ah, não consegue, é? — lamentou ele. — Claro, então, vou lhe dizer.

— Ah, por favor. — Havia um alarme real na voz dela. — Eu sei perfeitamente o que você fez e percebo que, pelo menos em parte, pode ter sido instigado pela consideração por mim. Acredite, sou muito grata. Sempre serei grata.

— Mas se também é sua intenção sempre pensar em mim como ladrão e pirata, na verdade, pode guardar sua gratidão, porque não vai me fazer nenhum bem.

Uma cor mais viva surgiu nas bochechas dela. Houve um movimento perceptível do peito que inchou um pouco o frágil corpete de seda branca. Mas, se ela se ressentiu do seu tom e das suas palavras, sufocou o ressentimento. Percebeu que talvez ela mesma tivesse provocado aquela raiva. Ela queria muito fazer as pazes.

— Você está enganado — começou. — Não é isso.

Mas eles estavam fadados aos mal-entendidos.

O ciúme, aquele perturbador da razão, tinha estado tão ocupado com a inteligência dele como com a dela.

— O que é, então? — disse ele, e acrescentou a pergunta: — Lorde Julian?

Ela se assustou e o encarou indignada.

— Ora, seja franca comigo — ele a encorajou, sem dó. — Será uma gentileza, de verdade.

Por um instante, ela ficou diante dele com a respiração acelerada, a cor indo e vindo do rosto. Então olhou para além dele e inclinou o queixo para a frente.

— Você... você é muito insuportável — disse ela. — Imploro que me deixe passar.

280

Ele deu um passo para o lado e, com o largo chapéu de penas que ainda segurava na mão, acenou para que ela entrasse em casa.

— Não vou mais detê-la, senhora. Afinal, a coisa maldita que fiz por nada pode ser desfeita. Você vai se lembrar depois que foi sua dureza que me impulsionou.

Ela se moveu para partir, mas parou e o encarou de novo. Agora era ela quem estava na defesa, a voz tremendo de indignação.

— Controle esse tom! Não se atreva a usar esse tom! — gritou ela, surpreendendo-o com a súbita veemência. — Você tem o descaramento de me repreender porque não vou segurar suas mãos quando sei o quanto estão manchadas; quando o conheço como assassino e coisa pior?

Ele a encarou boquiaberto.

— Assassino... eu? — disse ele por fim.

— Devo nomear suas vítimas? Você não matou Levasseur?

— Levasseur? — Ele deu um sorrisinho. — Alguém lhe contou isso!

— Você nega?

— Eu o matei, é verdade. Eu me lembro de matar outro homem em circunstâncias muito semelhantes. Foi em Bridgetown, na noite do ataque espanhol. Mary Traill lhe contaria isso. Ela estava presente.

Ele enfiou o chapéu na cabeça com uma ferocidade abrupta e afastou-se com raiva, antes que ela pudesse responder ou mesmo compreender todo o significado do que ele tinha dito.

CAPÍTULO XXIII.

Reféns

Peter Blood estava no pórtico de pilares da Casa do Governo e, com olhos cegos carregados de dor e raiva, encarava o grande porto de Port Royal e as colinas verdes que se erguiam na costa mais distante e o cume das Montanhas Azuis além, que apareciam vagamente através do calor tremeluzente.

Ficou empolgado com o retorno do negro que fora anunciá-lo e, seguindo esse homem escravizado, caminhou pela casa até a ampla praça atrás dela, em cuja sombra o coronel Bishop e meu lorde Julian Wade respiravam o pouco ar que havia.

— Então você veio — cumprimentou o vice-governador e seguiu a saudação com uma série de grunhidos de importância vaga, mas aparentemente mal-humorada.

Ele não se preocupou em se levantar, nem mesmo quando lorde Julian, obedecendo aos instintos da educação mais refinada, deu o exemplo. Sob as sobrancelhas carrancudas, o rico fazendeiro de Barbados avaliou seu antigo escravo, que, de chapéu na mão, apoiando-se de leve na comprida bengala decorada com fitas, nada revelava, no semblante, da raiva que estava sendo continuamente alimentada por aquela recepção arrogante.

Por fim, com o cenho franzido e em um tom de autossuficiência, o coronel Bishop falou com determinação.

— Mandei chamá-lo, capitão Blood, por causa de certas notícias que acabam de chegar a mim. Fui informado de que ontem à noite uma fragata deixou o porto levando a bordo seu aliado Wolverstone e cem homens dos 150 que serviam sob seu comando. Sua Senhoria e eu ficaremos felizes de ter sua explicação de como você permitiu essa partida.

— Permiti? — repetiu Blood. — Eu a ordenei.

A resposta deixou Bishop sem palavras por um instante. Em seguida:

— Você ordenou? — indagou em tom de incredulidade, enquanto lorde Julian erguia as sobrancelhas. — Pelas chagas de Cristo! Pode se explicar? Para onde foi Wolverstone?

— Para Tortuga. Ele saiu com uma mensagem para os oficiais que comandam os outros quatro navios da frota que me aguardam lá, contando-lhes o que aconteceu e por que não devem mais me esperar.

O grande rosto de Bishop pareceu inchar, e a cor intensa aprofundou-se. Ele se voltou para lorde Julian.

— Ouviu isso, meu lorde? Ele deixou Wolverstone deliberadamente solto nos mares de novo; Wolverstone, o pior de toda a gangue de piratas depois dele. Espero que Vossa Senhoria enfim comece a perceber a tolice de conceder a patente do rei a um homem como esse contra todos os meus conselhos. Ora, essa coisa é... é motim... traição! Por Deus! É uma questão de corte marcial.

— Quer parar com essa tagarelice sobre motim, traição e corte marcial? — Blood colocou o chapéu e sentou-se sem ser convidado. — Enviei Wolverstone para informar a Hagthorpe, Christian, Yberville e ao resto dos meus rapazes que eles têm um mês inteiro para seguir meu exemplo, largar a pirataria e voltar para suas caças ou suas toras de madeira ou navegar para longe do mar do Caribe. Foi isso que eu fiz.

— Mas e os homens? — Sua Senhoria interrompeu em sua voz nivelada e culta. — Esses cem homens que Wolverstone levou com ele?

— São os membros da minha tripulação que não querem servir ao rei James e preferem procurar outro tipo de trabalho. Estava no nosso pacto, meu lorde, que meus homens não deveriam ser tolhidos.

— Não me lembro — disse Sua Senhoria com sinceridade.

Blood olhou para ele com surpresa. Em seguida, deu de ombros.

— Na verdade, não sou culpado pela memória fraca de Sua Senhoria. Digo que foi assim; e não minto. Nunca achei necessário. De qualquer maneira, você não deveria ter suposto que eu ia consentir com alguma coisa diferente.

E aí o vice-governador explodiu.

— Você deu a esses malditos patifes em Tortuga um aviso para que eles possam escapar! Foi isso que você fez. É assim que você abusa da patente que salvou seu próprio pescoço!

Peter Blood o considerou com firmeza, o rosto impassível.

— Devo lembrá-lo — disse por fim, muito baixinho —, deixando de lado seus apetites, que, como todos sabem, são os de um carrasco, que o objetivo era livrar o Caribe dos piratas. Ora, segui o caminho mais eficaz para realizar esse objetivo. O conhecimento de que entrei para o serviço militar do rei deve, por si só, se espalhar no sentido de dissolver a frota da qual eu era, até pouco tempo, o almirante.

— Entendo! — zombou o vice-governador, malévolo. — E se isso não acontecer?

— Haverá tempo suficiente para considerar o que mais deve ser feito.

Lorde Julian evitou uma nova explosão por parte de Bishop.

— É possível — disse ele — que meu lorde Sunderland fique satisfeito, desde que a solução seja como você prometeu.

Era uma fala educada e conciliatória. Instado pela simpatia direcionada a Blood e pela compreensão da difícil posição em que se encontrava o bucaneiro, Sua Senhoria se dispôs a tomar uma posição de acordo com suas instruções. Por isso, estendeu a mão amiga para ajudá-lo a superar o último e mais difícil obstáculo que o próprio Blood permitiu que Bishop colocasse no caminho de sua redenção. Infelizmente, a última pessoa de quem Peter Blood desejava ajuda naquele momento era esse jovem nobre, a quem considerava com o olhar amargurado do ciúme.

— De qualquer forma — respondeu, com um toque de desafio e mais do que um toque de escárnio —, é o máximo que você deve esperar de mim, e certamente é o máximo que vai receber.

Sua Senhoria franziu a testa e secou os lábios com um lenço.

— Acho que não gostei da maneira como você colocou. Na verdade, pensando bem, capitão Blood, tenho certeza de que não.

— Sinto muito por isso, de verdade — disse Blood de um jeito impertinente. — Mas aí está. Não estou preocupado em modificá-lo por conta disso.

Os olhos claros de Sua Senhoria se arregalaram um pouco mais. Ele ergueu as sobrancelhas com preguiça.

— Ah — disse. — Você é um sujeito prodigiosamente rude. Você me decepcionou, senhor. Eu tinha formado a ideia de que você poderia ser um cavalheiro.

— E esse não é o único erro de Vossa Senhoria — interrompeu Bishop. — Você errou muito quando deu a ele a patente do rei, e assim protegeu o patife contra a forca que eu havia preparado para ele em Port Royal.

— Aye, mas o pior erro de todos nessa questão da patente — disse Blood a Sua Senhoria — foi aquele que nomeou esse seboso escravagista como vice-governador da Jamaica em vez de nomeá-lo como carrasco, cargo para o qual ele é adequado por natureza.

— Capitão Blood! — disse Sua Senhoria impetuosamente em reprovação. — Pela minha alma e pela minha honra, senhor, você foi longe demais. Você é...

Mas Bishop o interrompeu. Ele havia se levantado, por fim, e estava liberando sua fúria com um insulto imprevisível. O capitão Blood, que também tinha se levantado, ficou aparentemente impassível, esperando a tempestade se dissipar. Quando isso aconteceu, dirigiu-se em voz baixa a lorde Julian, como se o coronel Bishop não tivesse falado.

— Vossa Senhoria estava prestes a dizer? — perguntou, com uma suavidade desafiadora.

Mas Sua Senhoria já tinha recuperado a compostura habitual e mais uma vez estava disposto a ser conciliador. Ele riu e deu de ombros.

— Na verdade, temos aqui muito calor desnecessário — disse ele. — E Deus sabe que este clima pestilento já nos dá calor suficiente. Talvez, coronel Bishop, você seja um pouco intransigente; e você, senhor, certamente é um pouco apimentado demais. Eu disse, falando em nome de meu lorde Sunderland, que estou contente em aguardar o resultado de sua experiência.

Mas a fúria de Bishop já havia chegado a um estágio em que não seria contida.

— É mesmo? — rugiu. — Bem, eu não estou. Esse é um assunto em que Vossa Senhoria deve permitir que eu seja o juiz. E, de qualquer forma, vou correr o risco de agir de acordo com a minha responsabilidade.

Lorde Julian desistiu da luta. Sorriu cansado, deu de ombros e acenou com a mão em uma resignação implícita. O vice-governador atacou.

— Já que meu lorde aqui lhe deu uma patente, não posso lidar com você sem pensar por causa da pirataria, como você merece. Mas você deve responder perante uma corte marcial pela ação na questão de Wolverstone e assumir as consequências.

— Entendo — disse Blood. — Agora chegamos ao ponto. E você mesmo, como vice-governador, vai presidir a corte marcial. Para que você possa apagar o passado me enforcando, pouco importa como faça isso! — Ele riu e acrescentou: — *Praemonitus, praemunitus.*

— O que isso significa? — perguntou lorde Julian com aspereza.

— Eu achava que Vossa Senhoria teria um pouco de estudo.

Ele se esforçava, sabe, para provocar.

— Não é o significado literal que estou perguntando, senhor — disse lorde Julian, com uma dignidade fria. — Quero saber o que deseja que eu entenda.

— Vou deixar Vossa Senhoria pensando — disse Blood. — E desejo a vocês dois um ótimo dia. — Ele tirou o chapéu de penas e fez uma reverência com muita elegância.

— Antes de ir — disse Bishop —, e para impedir que cometa alguma imprudência fútil, aviso que o mestre do porto e o comandante têm suas ordens. Não deixe Port Royal, meu belo pássaro da forca, pois pretendo segurá-lo permanentemente aqui, na Doca de Execução.

Peter Blood enrijeceu, e os vívidos olhos azuis esfaquearam o rosto inchado do inimigo. Ele passou a bengala comprida para a mão esquerda, enfiou a direita no peito do gibão de um jeito negligente e voltou-se para lorde Julian, que franzia a testa, pensativo.

— Vossa Senhoria, eu acho, me prometeu imunidade contra isso.

— O que posso ter prometido — disse Sua Senhoria — sua própria conduta torna difícil de cumprir. — Ele se levantou. — Você me prestou um serviço, capitão Blood, e eu esperava que fôssemos amigos. Mas, já que você prefere fazer de outra forma... — Ele deu de ombros e acenou com a mão para o vice-governador.

Blood completou a frase à sua maneira:

— Quer dizer que você não tem força de caráter para resistir aos apelos de um valentão. — Parecia estar à vontade e sorrindo de verdade. — Bem, como eu disse antes, *praemonitus, praemunitus.* Receio que não seja erudito, Bishop, ou saberia que quero dizer advertido, protegido.

— Advertido? Rá! — Bishop quase rosnou. — A advertência chega um pouco tarde. Você não vai sair desta casa. — Ele deu um passo na direção da porta e ergueu a voz. — Ei, você... — estava começando a chamar.

Então, inspirando ruidosamente, ele parou de súbito. A mão direita do capitão Blood tinha ressurgido do peito do gibão, trazendo consigo uma pistola comprida com relevos de prata ricamente gravados, que ele posicionou a trinta centímetros da cabeça do vice-governador.

— E protegido — disse ele. — Não se mexa, meu lorde, ou pode haver um acidente.

E meu lorde, que estava se movendo para ajudar Bishop, parou de imediato. Boquiaberto, com boa parte da sua cor de repente sumida, o vice-governador estava balançando sobre as pernas instáveis. Peter Blood o analisou com uma hostilidade que aumentou seu pânico.

— Estou maravilhado por não atirar em você sem mais delongas, seu canalha gordo. Se eu não fizer isso, é pelo mesmo motivo que certa vez lhe dei sua vida, quando ela estava perdida. Você não está ciente do motivo, com certeza; mas pode confortá-lo saber que ele existe. Ao mesmo tempo, vou avisá-lo para não abusar muito da minha generosidade, que no momento reside no meu dedo no gatilho. Você quer me enforcar, e já que isso é o pior que pode acontecer comigo de qualquer maneira, saiba que não vou me preocupar de aumentar a conta derramando seu sangue nojento. — Ele jogou a bengala para longe, liberando a mão esquerda. — Seja bonzinho e me dê seu braço, coronel Bishop. Venha, venha, homem, me dê seu braço.

Sob a compulsão daquele tom afiado, daqueles olhos decididos e daquela pistola brilhante, Bishop obedeceu sem objeções. Sua recente volubilidade podre foi estancada. Não podia confiar em si mesmo para falar. O capitão Blood enfiou o braço esquerdo no braço direito estendido do vice-governador. Em seguida, voltou com a própria mão direita com a pistola para o peito do gibão.

— Embora invisível, ela está mirando em você, e dou-lhe minha palavra de honra que vou atirar para matá-lo à menor provocação, seja sua ou de outra pessoa. Tenha isso em mente, lorde Julian. E agora, seu carrasco seboso, saia o mais rápido e animado que puder e comporte-se com o máximo de naturalidade possível, senão você vai contemplar a corrente negra de Cócito. — De braços dados, os dois atravessaram a casa e desceram o jardim, onde Arabella estava relaxando, esperando o retorno de Peter Blood.

A consideração das palavras de despedida dele provocou, no início, uma turbulência mental nela, depois uma percepção clara do que poderia ser de fato a verdade sobre a morte de Levasseur. Ela percebeu que a inferência específica extraída dessa morte também poderia ter sido extraída da libertação de Mary Traill por Blood. Quando um homem arrisca tanto a própria vida por uma mulher, as pessoas supõem o resto com facilidade. Pois são poucos os homens que assumem esses riscos sem esperar um ganho pessoal. Blood era um desses poucos, como provou no caso de Mary Traill.

Não precisou de mais garantias dele para convencê-la de que ela havia cometido uma injustiça monstruosa. Ela se lembrou das palavras que ele havia usado — palavras ouvidas a bordo de seu navio (que ele havia batizado de *Arabella*) na noite em que ela foi libertada do almirante espanhol; palavras que ele proferiu quando ela aprovou sua aceitação da patente do rei; palavras que ele dissera a ela naquela mesma manhã, que só serviram para aumentar sua indignação. Tudo isso assumiu um novo significado na mente dela, agora liberada de seus preconceitos injustificados.

Portanto, ficou ali no jardim, esperando a volta dele para poder fazer as pazes; para poder dar um fim a todo o mal-entendido. Ela o esperava impaciente. No entanto, sua paciência, ao que parecia, ainda seria mais testada. Pois, quando ele finalmente apareceu, estava acompanhado — excepcionalmente próximo e íntimo — de seu tio. Irritada, ela percebeu que as explicações teriam que ser adiadas.

Se tivesse adivinhado a extensão desse adiamento, a irritação teria se transformado em desespero.

Ele passou, com seu companheiro, daquele jardim perfumado para o pátio do forte. Ali, o comandante, que tinha sido instruído a se manter de prontidão com os homens necessários se houvesse necessidade de efetuar a prisão do capitão Blood, ficou pasmo com o curioso espetáculo do vice-governador da Jamaica caminhando de braços dados e aparentemente em termos mais amigáveis com o pretenso prisioneiro. Pois, enquanto os dois caminhavam, Blood estava conversando e rindo animado.

Eles passaram pelos portões sem serem questionados e assim chegaram ao quebra-mar onde o escaler do *Arabella* estava esperando. Sentaram-se lado a lado nas escotas de popa e foram levados juntos, sempre muito próximos e amigáveis, até o grande navio vermelho onde Jeremy Pitt esperava ansioso por notícias.

Dá para imaginar o espanto do mestre de navio ao ver o vice-governador subindo com dificuldade a escada de portaló, com Blood logo atrás.

— Claro que eu caí em uma armadilha, como você temia, Jeremy — cumprimentou Blood. — Mas escapei e trouxe o criador da armadilha comigo. Ele ama a própria vida, esse patife gordo.

O coronel Bishop estava de pé na meia-nau, o grande rosto empalidecido com cor de argila, a boca aberta, quase com medo de olhar para os rufiões robustos que vagavam pelo deque de armas na escotilha principal.

Blood gritou uma ordem para o contramestre, que estava encostado na antepara do castelo de proa.

— Jogue uma corda com um nó corrediço sobre o lais ali, para o caso de precisarmos dela. Ora, não se preocupe, querido coronel. Não passa de uma provisão contra você ser irracional, o que tenho certeza de que não será. Conversaremos sobre a questão enquanto estivermos jantando, pois acredito que não se recusará a honrar minha mesa com sua companhia.

Ele conduziu o valentão intimidado e coagido para a grande cabine. Benjamin, o mordomo negro, de calça branca e camisa de algodão, apressou-se sob sua ordem para servir o jantar.

O coronel Bishop desabou no armário sob as portas de popa e falou pela primeira vez.

— Posso perguntar quais... quais são suas intenções? — Ele estremeceu.

— Ora, nada de sinistro, coronel. Embora você não mereça nada menos do que a mesma corda e o mesmo lais, asseguro-lhe que isso só será usado como último recurso. Você disse que Sua Senhoria cometeu um erro quando me entregou a patente que o Secretário de Estado me deu a honra de me conceder. Estou disposto a concordar com você; então vou voltar para o mar. *Cras ingens iterabimus aequor*[17]. Você será um excelente entendedor de latim quando eu terminar com você. Voltarei para Tortuga e para os meus piratas, que pelo menos são companheiros honestos e decentes. Por isso trouxe você a bordo como refém.

— Meu Deus! — gemeu o vice-governador. — Sim... você nunca disse que me levaria para Tortuga!

Blood deu uma grande risada.

— Ah, eu nunca o colocaria em uma situação tão ruim quanto essa. Não, não. Tudo que quero é que você garanta minha partida segura de Port Royal. E, se você for razoável, não vou nem fazê-lo nadar, desta vez. Você deu certas ordens ao seu mestre do porto e outras ao comandante de seu forte pestilento. Agora vai ter a gentileza de mandar chamá-los a bordo aqui e informar a eles, na minha presença, que o *Arabella* vai partir esta tarde a serviço do rei e vai passar sem ser molestado. E, para ter certeza de sua obediência, eles próprios farão uma pequena viagem conosco. Aqui estão as coisas de que você precisa. Agora escreva... a menos que prefira o lais.

---

[17] Em latim, "amanhã mares amplos". [N.T.]

O coronel Bishop levantou-se, irritado.

— Você me constrange com violência... — estava começando.

Blood o interrompeu de um jeito suave.

— Bem, não estou constrangendo você de jeito nenhum. Estou lhe dando uma escolha perfeitamente livre entre a caneta e a corda. A decisão é toda sua.

Bishop olhou feio para ele; depois, encolhendo os ombros de um jeito pesado, pegou a caneta e sentou-se à mesa. Com caligrafia instável, ele escreveu uma convocação aos seus oficiais. Blood despachou-a para o litoral; e chamou seu convidado relutante para a mesa.

— Acredito, coronel, que seu apetite esteja tão robusto como sempre.

O infeliz Bishop ocupou o assento para o qual foi ordenado. Quanto a comer, no entanto, não era fácil para um homem em sua situação; Blood não o pressionou. O capitão devorou a comida com um bom apetite. Mas, antes que estivesse no meio da refeição, Hayton veio informá-lo que lorde Julian Wade acabara de subir a bordo e estava pedindo para vê-lo imediatamente.

— Eu estava esperando por ele — disse Blood. — Deixe-o entrar.

Lorde Julian entrou. Estava muito sério e digno. Seus olhos captaram a situação de relance, enquanto o capitão Blood levantava-se para saudá-lo.

— É muito amigável de sua parte ter se juntado a nós, meu lorde.

— Capitão Blood — disse Sua Senhoria com aspereza —, acho seu senso de humor um pouco forçado. Não sei quais são suas intenções; mas me pergunto se percebe os riscos que está correndo.

— E eu me pergunto se Vossa Senhoria percebe o risco para si mesmo ao nos seguir a bordo, como eu tinha contado que faria.

— O que isso significa, senhor?

Blood fez um sinal para Benjamin, que estava em pé atrás de Bishop.

— Prepare uma cadeira para sua senhoria. Hayton, envie o barco de sua senhoria para terra. Diga-lhes que ele não vai voltar por algum tempo.

— O que é isso? — gritou Sua Senhoria. — Macacos me mordam! Você quer me deter? Está louco?

— Melhor esperar, Hayton, no caso de Sua Senhoria ficar violento — disse Blood. — Benjamin, você ouviu a mensagem. Leve-a.

— Pode me dizer o que pretende, senhor? — Sua Senhoria exigiu saber, tremendo de raiva.

— Só quero proteger a mim e aos meus rapazes da forca do coronel Bishop. Falei que confiei em sua bravura em não o deixar na mão, mas segui-lo até aqui, e há um bilhete escrito por ele que foi a terra para convocar o mestre do porto e o comandante do forte. Assim que eles estiverem a bordo, terei todos os reféns de que preciso para nossa segurança.

— Seu canalha! — disse Sua Senhoria por entre os dentes.

— Ah, isso é uma questão de ponto de vista — disse Blood. — Em geral, não é o tipo de nome que eu toleraria que qualquer homem aplicasse a mim. Mesmo assim, considerando que você voluntariamente me prestou um serviço uma vez, e que talvez não esteja disposto a me prestar outro agora, vou ignorar sua descortesia, de verdade.

Sua Senhoria riu.

— Seu tolo — disse ele. — Acha mesmo que vim a bordo do seu navio pirata sem tomar minhas precauções? Informei ao comandante exatamente como o senhor obrigou o coronel Bishop a acompanhá-lo. Agora avalie se ele ou o mestre do porto obedecerão à convocação ou se você terá permissão para partir como imagina.

O rosto de Blood ficou sério.

— Sinto muito por isso — disse ele.

— Achei que sentiria mesmo — respondeu Sua Senhoria.

— Ah, mas não sinto por mim. Sinto muito pelo vice-governador. Você sabe o que fez? Provavelmente o enforcou.

— Meu Deus! — gritou Bishop em um aumento repentino de pânico.

— Se eles atirarem na minha proa, o vice-governador sobe para o lais. Sua única esperança, coronel, reside no fato de eu lhes enviar um bilhete com essa intenção. E, para consertar o máximo possível o mal que causou, é você mesmo que deve levar a mensagem a eles, meu lorde.

— Vou vê-lo condenado antes de fazer isso — fumegou Sua Senhoria.

— Ora, isso é insensato e irracional. Mas, se insistir, ora, outro mensageiro também vai servir, e outro refém a bordo, como eu pretendia de início, me deixará mais forte.

Lorde Julian o encarou, percebendo exatamente o que tinha recusado.

— Vai pensar melhor, agora que entendeu? — indagou Blood.

— Aye, em nome de Deus, vá, meu lorde — balbuciou Bishop —, e faça com que lhe obedeçam. Esse maldito pirata me pegou pelo pescoço.

Sua Senhoria o examinou com um olhar que não era de forma alguma admirador.

— Ora, se esse é o seu desejo... — começou. Em seguida, deu de ombros e voltou-se para Blood.

— Suponho que posso confiar que nenhum mal acontecerá ao coronel Bishop se você tiver permissão para navegar?

— Tem minha palavra — disse Blood. — E também que vou colocá-lo em segurança em terra de novo sem demora.

Lorde Julian fez uma reverência rígida para o aterrorizado vice-governador.

— Entenda, senhor, que estou fazendo o que você deseja — disse com frieza.

— Aye, homem, aye! — concordou Bishop, apressado.

— Muito bem. — Lorde Julian fez outra reverência e partiu. Blood acompanhou-o até a escada de portaló, ao pé da qual ainda balançava o escaler do *Arabella*.

— É um adeus, meu lorde — disse Blood. — E tem mais uma coisa. Ele ofereceu um pergaminho que havia tirado do bolso. — É a patente. Bishop estava certo quando disse que era um erro.

Lorde Julian analisou-o e, ao fazer isso, sua expressão se suavizou.

— Sinto muito — disse com sinceridade.

— Em outras circunstâncias... — começou Blood. — Ah, mas agora! Você vai entender. O barco está esperando.

Com o pé no primeiro degrau da escada, lorde Julian hesitou.

— Eu ainda não entendo, que praga!, por que não preferiu encontrar alguém para levar sua mensagem ao comandante e me manter a bordo como outro refém para obedecer aos seus desejos.

Os olhos vívidos de Blood encararam os do outro, que eram claros e honestos, e ele sorriu, um pouco melancólico. E, por um instante, também pareceu hesitar. Então explicou-se.

— Por que não devo lhe contar? É o mesmo motivo que tem me incitado a puxar uma briga com você para poder ter a satisfação de enfiar alguns centímetros de aço nos seus órgãos vitais. Quando aceitei sua patente, fiquei empolgado ao pensar que isso poderia me redimir aos olhos da srta. Bishop, que, como você deve ter imaginado, foi o motivo para eu ter aceitado. Mas descobri que isso está além de qualquer realização. Eu devia saber que isso era o sonho de um homem doente. Também descobri que, se ela escolheu você, como acredito que fez, essa é uma escolha sábia, e é por isso que não vou arriscar sua vida mantendo você a bordo enquanto a mensagem passa por outro que pode fracassar. E agora talvez você entenda.

Lorde Julian o encarou, perplexo. O rosto comprido e aristocrático estava muito pálido.

— Meu Deus! — disse ele. — E você me diz isso?

— Eu lhe digo porque... Ah, que praga!, para que possa contar a ela; para que ela possa perceber que resta alguma coisa do infeliz cavalheiro sob o ladrão e pirata que ela me considera, e que o bem dela é meu desejo supremo. Sabendo disso, ela pode... na verdade, pode se lembrar de mim com mais gentileza; nem que seja só em suas orações. Isso é tudo, meu lorde.

Lorde Julian continuou a olhar para o bucaneiro em silêncio. Em silêncio, por fim, estendeu a mão; e em silêncio Blood a pegou.

— Eu me pergunto se você está certo — disse Sua Senhoria — e se você não é o melhor homem.

— No que diz respeito a ela, certifique-se de que estou certo. Adeus.

Lorde Julian retorceu as mãos em silêncio, desceu a escada e foi levado até o litoral. De longe, acenou para Blood, que estava apoiado nos baluartes, observando o escaler que se afastava.

O *Arabella* partiu uma hora depois, movendo-se preguiçosamente sob uma brisa lenta. O forte permaneceu em silêncio e não houve nenhum movimento da frota para impedir sua partida. Lorde Julian tinha transmitido a mensagem com eficácia e acrescentado seus comandos pessoais.

CAPÍTULO XXIV.

Guerra

A cinco milhas mar afora, saindo de Port Royal, com os detalhes da costa da Jamaica perdendo a nitidez, o *Arabella* arrastava-se, e o saveiro que rebocava estava entortado para o lado.

O capitão Blood escoltou seu convidado coagido até o topo da escada. O coronel Bishop, que por duas horas ou mais estivera em um estado de ansiedade fatal, por fim respirou livremente; e, à medida que a maré de seus medos recuava, seu ódio profundamente enraizado por aquele bucaneiro audacioso retomava seu fluxo normal. Mas ele praticou a circunspecção. Se, no coração, tinha jurado que quando estivesse de volta a Port Royal não pouparia nenhum esforço, não deixaria de esticar nenhum nervo, para levar Peter Blood às amarras finais na Doca de Execução, pelo menos manteve esse juramento estritamente para si mesmo.

Peter Blood não tinha ilusões. Não era, e nunca seria, o pirata completo. Não havia outro bucaneiro em todo o Caribe que teria negado a si mesmo o prazer de pendurar o coronel Bishop no lais e, assim, depois de finalmente sufocar o ódio do fazendeiro vingativo, aumentar sua própria segurança. Mas Blood não era desses. Além disso, no caso do coronel Bishop, havia um motivo específico para a moderação. Por ser tio de Arabella Bishop, sua vida continuaria sagrada para o capitão Blood.

E assim o capitão sorriu para o rosto pálido e inchado e para os olhinhos que o encaravam com uma malevolência indescritível.

— Uma viagem segura para você, querido coronel — disse em despedida e, pelo jeito tranquilo e sorridente, você nunca teria sonhado com a dor que ele carregava no peito. — Foi a segunda vez que você me serviu de refém. É aconselhável evitar uma terceira. Não lhe dou sorte, coronel, como deve estar percebendo.

Jeremy Pitt, o mestre, relaxando ao lado de Blood, via de um jeito sombrio a partida do vice-governador. Atrás deles, uma pequena multidão de bucaneiros sinistros, robustos e bronzeados eram impedidos de esmagar Bishop como uma pulga apenas pela submissão à vontade dominante de seu líder. Pitt lhes informara, ainda em Port Royal, do perigo que seu capitão correu e, embora estivessem tão prontos quanto ele para abandonar o serviço do rei que lhes fora confiado, ainda assim se ressentiam da maneira como isso se tornara necessário, e agora se admiravam com a restrição de Blood no que dizia respeito a Bishop. O vice-governador olhou ao redor e encontrou as expressões ameaçadoras e hostis daqueles olhos violentos. O instinto o advertiu de que sua vida naquele momento era precária, que uma palavra imprudente poderia precipitar uma explosão de ódio da qual nenhum poder humano seria capaz de salvá-lo. Portanto, não disse nada. Em silêncio, inclinou a cabeça para o capitão e desceu cambaleando e tropeçando com pressa por aquela escada até o saveiro e a tripulação negra que o aguardava.

Eles empurraram a embarcação para longe do casco vermelho do *Arabella*, curvaram-se para as ondas e, então, içando a vela, voltaram para Port Royal, com a intenção de alcançar a cidade antes que a escuridão caísse sobre eles. E Bishop, com o corpanzil amontoado nas escotas de popa, ficou sentado em silêncio, as sobrancelhas negras franzidas, os lábios grossos contraídos, a malevolência e a vingança agora dominando tanto seu pânico recente que ele se esqueceu da sua fuga do lais e do nó corrediço.

No quebra-mar de Port Royal, sob o muro baixo e aguerrido do forte, o major Mallard e lorde Julian esperavam para recebê-lo, e foi com infinito alívio que o ajudaram a sair do saveiro.

O major Mallard estava disposto a se desculpar.

— Estou feliz por vê-lo em segurança, senhor — disse ele. — Eu teria afundado o navio de Blood, apesar de Sua Excelência estar a bordo, não fosse pelas suas ordens trazidas por lorde Julian e pela garantia de Sua Senhoria de que ele tinha a palavra de Blood de que nenhum mal lhe aconteceria para que nenhum mal acontecesse a ele. Confesso que achei uma imprudência de Sua Senhoria aceitar a palavra de um maldito pirata...

— Ela é tão boa quanto a de qualquer outro — disse Sua Senhoria, cortando a eloquência muito ansiosa do major.

Ele falava com um grau incomum daquela dignidade fria que conseguia assumir em qualquer ocasião. O fato é que Sua Senhoria estava de muito mau humor. Depois de escrever jubiloso ao Secretário de Estado contando que sua missão tinha sido bem-sucedida, ele agora se deparava com a necessidade de escrever de novo para confessar que seu sucesso fora efêmero. E, como os bigodes dourados do major Mallard foram levantados por um sorriso de escárnio diante da ideia de que a palavra de um bucaneiro era aceitável, ele acrescentou de um jeito ainda mais afiado:

— Minha justificativa está aqui na pessoa do coronel Bishop, que voltou com segurança. Contra isso, senhor, sua opinião não tem muito peso. Você deveria saber disso.

— Ah, como Vossa Senhoria diz. — Os modos do major Mallard estavam cheios de ironia. — Com toda certeza, aqui está o coronel são e salvo. E lá fora está o capitão Blood, também são e salvo, para recomeçar sua devastação bucaneira.

— Não me proponho a discutir as razões com você, major Mallard.

— E, de qualquer maneira, não será por muito tempo — rosnou o coronel, finalmente conseguindo falar. — Não, por... — Ele enfatizou a garantia com um xingamento ofensivo. — Nem que eu gaste o último xelim da minha fortuna e o último navio da frota da Jamaica, vou colocar aquele patife em uma gravata de cânhamo antes de descansar. E não vai demorar muito. — Ele estava roxo por causa da veemência raivosa, e as veias da testa se destacavam como um chicote. Ele parou.

— Você fez bem em seguir as instruções de lorde Julian — o coronel elogiou o major. Com isso, afastou-se dele e tomou Sua Senhoria pelo braço. — Venha, meu lorde. Precisamos botar ordem nisso, você e eu.

Eles saíram juntos, contornando o reduto, seguiram pelo pátio e pelo jardim até a casa onde Arabella esperava ansiosa. A visão do tio provocou um alívio infinito, não só por ele mesmo, mas também pelo capitão Blood.

— Você correu um grande risco, senhor — disse ela gravemente a lorde Julian depois que as saudações comuns foram trocadas.

Mas lorde Julian respondeu como havia respondido ao major Mallard.

— Não houve nenhum risco, senhora.

Ela olhou para ele com algum espanto. O rosto comprido e aristocrático dele exibia um ar mais melancólico e pensativo do que o normal. Ele respondeu à pergunta no olhar dela:

— Para que o navio de Blood tivesse permissão para passar pelo forte, nenhum dano poderia acontecer ao coronel Bishop. Blood me deu sua palavra em relação a isso.

Um leve sorriso abriu seus lábios, que até então estavam melancólicos, e uma corzinha tingiu suas bochechas. Ela teria insistido no assunto, mas o humor do vice-governador não permitiu. Ele zombou e bufou com a ideia de que a palavra de Blood servia para alguma coisa, esquecendo que devia a ela sua própria preservação naquele momento.

Na ceia, e durante muito tempo depois, ele não falou de nada além de Blood — de como ia pendurá-lo pelos calcanhares, e que coisas horríveis faria com seu corpo. E, enquanto bebia muito, sua fala ficava cada vez mais grosseira e suas ameaças cada vez mais horríveis; até que, no fim, Arabella retirou-se, pálida e quase à beira das lágrimas. Não era comum Bishop revelar-se à sobrinha. Estranhamente, esse fazendeiro rude e autoritário tinha algum respeito por aquela garota esguia. Era como se ela tivesse herdado do pai o respeito que o tio sempre tivera pelo irmão.

Lorde Julian, que começou a achar Bishop nojento além do limite, pediu licença logo em seguida e foi atrás da dama. Ainda não havia entregado a mensagem do capitão Blood, e esta, pensou, seria sua oportunidade. Mas a srta. Bishop tinha se retirado para dormir, e lorde Julian teve que conter sua impaciência — agora já não era quase nenhuma — até o dia seguinte.

Bem cedo na manhã seguinte, antes que o calor do dia deixasse o espaço ao ar livre intolerável para Sua Senhoria, ele a avistou de sua janela movendo-se entre as azaleias do jardim. Era um cenário adequado para alguém que ainda era uma novidade encantadora para ele na feminilidade, assim como a azaleia entre as flores. Ele correu para se juntar a ela, e quando, despertada de sua melancolia, ela lhe desejou um bom-dia, sorridente e franca, ele se explicou anunciando que levava uma mensagem do capitão Blood.

Ele percebeu o pequeno sobressalto e o ligeiro tremor dos lábios dela e observou depois não apenas sua palidez e as olheiras, mas também aquele ar incomumente melancólico que na noite anterior havia escapado de sua atenção.

Eles saíram da área aberta para um dos terraços, onde uma pérgula de laranjeiras oferecia um espaço sombreado para passear que era, ao mesmo tempo, fresco e perfumado. Enquanto caminhavam, ele a analisou com admiração e ficou surpreso por ter levado tanto tempo para perceber sua graça esguia e incomum e para considerá-la, como agora fazia, tão inteiramente desejável, uma mulher cujo encanto deve iluminar toda a vida de um homem e transformar seus lugares-comuns em magia.

Ele notou o brilho do cabelo castanho-avermelhado e como um de seus pesados cachos se enrolava com graça no pescoço esguio e branco como leite. Ela usava um vestido de seda cinza cintilante, e uma rosa escarlate, recém-colhida, estava presa no peito como um respingo de sangue. Desde então, quando pensava nela, era como a via naquele momento, como nunca a vira, creio, até aquele momento.

Em silêncio, os dois caminharam um pouco até a sombra verde. Então ela fez uma pausa e o encarou.

— Você disse que tinha uma mensagem, senhor — lembrou, revelando um pouco de sua impaciência.

Ele tocou nos cachos da própria peruca, um pouco envergonhado de como se comunicar, pensando em como deveria começar.

— Ele desejou — disse por fim — que eu lhe desse uma mensagem que deveria provar que ainda há algo nele do infeliz cavalheiro que... que... você conheceu há muito tempo.

— Isso não é necessário agora — disse ela, séria. Ele a entendeu mal, é claro, sem saber nada da revelação que ela tivera no dia anterior.

— Eu acho... não, eu sei que você está cometendo uma injustiça com ele — disse o lorde.

Os olhos castanhos continuaram a encará-lo.

— Se você transmitir a mensagem, posso julgar.

Para ele, isso era confuso. Não respondeu de imediato. Percebeu que não havia ponderado suficientemente os termos que deveria usar, e a questão, afinal, era de extrema delicadeza, exigindo um tratamento delicado. Não era tanto que ele estivesse preocupado em transmitir uma mensagem, mas em torná-la um veículo pelo qual pleitear sua própria causa. Lorde Julian, bem versado na sabedoria feminina e em geral à vontade com as damas do belo mundo, viu-se estranhamente constrangido diante dessa sobrinha franca e pouco sofisticada de um fazendeiro colonial.

Os dois seguiram em silêncio e como que de comum acordo em direção ao sol brilhante onde a pérgula se cruzava com a aleia que subia até a casa. Por esse canteiro de luz esvoaçava uma linda borboleta, que era como veludo preto e escarlate, e grande como a mão de um homem. Os olhos taciturnos de Sua Senhoria a seguiram até sumir de vista antes de ele responder.

— Não é fácil. Macacos me mordam, não é mesmo. Ele era um homem que merecia o bem. E nós prejudicamos as chances dele: seu tio, porque não conseguia esquecer seu rancor; você, porque... porque, ao dizer que no serviço do rei ele encontraria sua redenção do passado, não admitiu depois que ele tinha sido redimido de fato. E isso apesar de a preocupação em resgatá-la ser o principal motivo de ele aceitar esse mesmo serviço.

Ela havia se virado de lado para ele não ver seu rosto.

— Eu sei. Eu sei, agora — disse baixinho. Depois de uma pausa, acrescentou a pergunta: — E você? Que parte Vossa Senhoria teve nisso, a ponto de se incriminar conosco?

— Minha parte? — Mais uma vez ele hesitou, depois mergulhou de forma imprudente, como os homens fazem quando estão determinados a realizar alguma coisa que temem. — Se o entendi bem, se ele entendeu bem, minha parte, embora totalmente passiva, também foi eficaz. Imploro que observe que apenas relato as palavras dele. Não digo nada por mim. — O nervosismo incomum de Sua Senhoria aumentava o tempo todo. — Ele pensou, pelo que me disse, que minha presença aqui contribuiu para a incapacidade de ele se redimir diante dos seus olhos; e, a menos que ele fosse redimido, a redenção de nada valeria.

Ela o encarou com uma expressão de perplexidade, juntando as sobrancelhas sobre os olhos preocupados.

— Ele achou que você tinha contribuído? — repetiu ela. Ficou claro que estava pedindo um esclarecimento. Ele se esforçou para isso, com o olhar um pouco assustado, as bochechas corando.

— Sim, e disse isso em termos que me revelaram algo que espero acima de todas as coisas, mas não me atrevo a acreditar, pois, Deus sabe, não sou arrogante, Arabella. Ele disse... mas primeiro deixe-me contar onde eu estava. Eu tinha embarcado no navio dele para exigir a rendição imediata do seu tio, que ele mantinha prisioneiro. Ele riu de mim. O coronel Bishop tinha que ser refém pela segurança dele. Ao aventurar-me precipitadamente a bordo do navio, dei-lhe mais um refém tão valioso quanto o coronel Bishop. Mesmo assim, ele me mandou partir; não por medo das consequências, pois ele está acima do medo, nem por nenhuma estima pessoal por mim, visto que confessou que me considerava detestável; e sim pelo motivo que o deixou preocupado com a minha segurança.

— Não entendo — disse ela, enquanto ele fazia uma pausa. — Isso não é uma contradição em si?

— Só parece. O fato, Arabella, é que esse infeliz tem a... a audácia de amá-la.

Ela gritou ao ouvir isso e agarrou o peito cuja calma tinha sido repentinamente perturbada. Seus olhos se dilataram enquanto ela o encarava.

— Eu... Eu a assustei — disse ele, preocupado. — Achei que isso ia acontecer. Mas foi necessário para você poder entender.

— Vá em frente — pediu ela.

— Bem, então: ele viu em mim alguém que impossibilitava que ele a conquistasse; foi o que me disse. Portanto, poderia ter me matado com satisfação. Mas, como a minha morte poderia lhe causar dor, porque sua felicidade era o que ele desejava acima de tudo, ele renunciou à parte da garantia de segurança que eu lhe proporcionava. Se a partida dele fosse impedida e eu perdesse a vida no que poderia acontecer depois, havia o risco de que... você pudesse ficar de luto por mim. Ele não queria correr esse risco. Você o considerava ladrão e pirata, disse ele, e acrescentou que, estou lhe dando as palavras dele sempre, se, ao ter que escolher entre nós dois, sua escolha, como ele acreditava, recairia sobre mim, você teria, na opinião dele, escolhido com sabedoria. Por causa disso, ele me convidou a deixar o navio e me mandou desembarcar.

Ela olhou para ele com olhos marejados. Ele deu um passo na direção dela, prendendo a respiração, a mão estendida.

— Ele estava certo, Arabella? A felicidade da minha vida depende da sua resposta.

Mas ela continuou a encará-lo em silêncio com aqueles olhos cheios de lágrimas, sem falar, e, até que ela falasse, ele não ousou avançar.

Uma dúvida atormentadora o assolava. Quando ela falou, ele viu como era verdadeiro o instinto que dera origem a essa dúvida, pois suas palavras revelaram o fato de que, de tudo que ele tinha dito, a única coisa que tocou sua consciência e a absorveu entre todas as outras considerações foi a conduta de Blood no que dizia respeito a ela.

— Ele disse isso! — gritou ela. — Ele fez isso! Ah!

Ela se virou e, pelo meio dos troncos delgados e agrupados das laranjeiras à margem, olhou por sobre as águas cintilantes do grande porto para as colinas distantes. Assim, por algum tempo, meu lorde permaneceu rígido, com medo, esperando uma revelação mais completa da mente da dama. Ela acabou chegando, devagar, deliberadamente, com uma voz que às vezes ficava meio sufocada.

— Ontem à noite, quando meu tio expôs seu rancor e sua raiva maligna, comecei a pensar que essa vingança só pode pertencer àqueles que erraram. É o frenesi no qual os homens se lançam para justificar uma emoção maligna. Devo ter percebido então, se já não soubesse, que eu tinha sido muito crédula em todas as coisas indizíveis atribuídas a Peter Blood. Ontem tive a explicação dele sobre aquela história de Levasseur que você ouviu em São Nicolau. E agora isso... isso só me confirma a verdade e o valor dele. Para um canalha, como fui facilmente levada a acreditar que ele era, o ato que você acabou de me contar teria sido impossível.

— Essa é minha opinião — disse Sua Senhoria com delicadeza.

— Deve ser. Mas, mesmo se não fosse, isso agora não teria nenhum peso. O que pesa, ah, pesa tanto e tão amargamente, é o pensamento de que, não fossem as palavras com as quais ontem o repeli, ele poderia ter sido salvo. Se ao menos eu pudesse ter falado com ele de novo antes de sua partida! Esperei por ele; mas meu tio estava junto, e eu não suspeitava que ele estivesse indo embora de novo. E agora ele está perdido, de volta à ilegalidade e à pirataria, com as quais, no fim das contas, ele será levado e destruído. E a culpa é minha... minha!

— O que você está dizendo? Os únicos agentes foram a hostilidade do seu tio e a obstinação dele, que não quis avaliar concessões. Você não deve se culpar por nada.

Ela se virou para ele com alguma impaciência, os olhos lacrimejando.

— Você pode dizer isso apesar da mensagem dele, que por si só já diz o quanto sou culpada! Foi meu tratamento para com ele, os epítetos que lancei a ele que o impulsionaram. Foi isso que ele lhe disse. Eu sei que é verdade.

— Você não tem motivo para se envergonhar — disse ele. — Quanto à sua tristeza, ora, se lhe serve de consolo, ainda pode contar comigo para fazer o que um homem puder para resgatá-lo dessa situação.

Ela prendeu a respiração.

— Você vai fazer isso? — gritou ela com uma súbita esperança ansiosa. — Promete? — Ela estendeu a mão em um impulso. Ele a pegou com as duas mãos.

— Prometo — respondeu. E então, ainda segurando a mão que ela lhe entregou: — Arabella — disse com muita delicadeza —, ainda há outro assunto sobre o qual você não me respondeu.

— Que outro assunto? — Será que ele estava louco?, ela se perguntou.

Algum outro assunto poderia importar naquele momento?

— Esse assunto relacionado a mim; e a todo o meu futuro, ah, muito de perto. Isso que Blood acreditou, que o levou... que... que o fez dizer que você não é indiferente a mim. — Ele viu o belo rosto mudar de cor e ficar perturbado mais uma vez.

— Indiferente a você? — indagou ela. — Ora, não. Somos bons amigos; devemos continuar assim, espero, meu lorde.

— Amigos! Bons amigos? — Ele estava entre o desânimo e a amargura. — Não é só sua amizade que eu peço, Arabella. Você ouviu o que eu disse, o que relatei. Não vai dizer que Peter Blood estava errado?

Ela tentou gentilmente soltar a mão, com a perturbação no rosto aumentando. Por um instante, ele resistiu; depois, percebendo o que fez, soltou-a.

— Arabella! — gritou ele com um tom súbito de dor.

— Tenho amizade por você, meu lorde. Mas só amizade.

O castelo de esperanças desabou sobre ele, deixando-o um pouco atordoado. Como ele tinha dito, não era arrogante. No entanto, havia alguma coisa que não entendia. Ela confessou sua amizade, e ele tinha o poder de lhe oferecer uma excelente situação, à qual ela, sobrinha de um fazendeiro colonial, por mais rica que fosse, jamais poderia ter aspirado nem em sonhos. Ela rejeitou, mas falou de amizade. Peter Blood estava enganado, então. Até que ponto ele estava enganado? Estava enganado tanto nos sentimentos dela em relação a ele quanto estava obviamente enganado nos sentimentos dela em relação a Sua Senhoria? Nesse caso... Suas reflexões foram interrompidas. Especular era ferir-se em vão. Ele precisava saber. Assim, perguntou a ela com uma franqueza sombria:

— É Peter Blood?

— Peter Blood? — repetiu ela. A princípio, não entendeu o significado da pergunta. Quando a compreensão veio, um rubor tomou conta de seu rosto. — Não sei — disse, hesitando um pouco.

Não era uma resposta verdadeira. Pois, como se um véu escurecedor tivesse se rasgado de repente naquela manhã, ela finalmente teve permissão para ver Peter Blood em suas verdadeiras relações com outros homens, e essa visão, 24 horas tarde demais, encheu-a de pena, arrependimento e saudade.

Lorde Julian conhecia o suficiente das mulheres para não ter mais dúvidas. Baixou a cabeça para que ela não visse a raiva em seus olhos, pois, como homem honrado, envergonhava-se daquela raiva que, como ser humano, não conseguia reprimir.

E, como a natureza nele era mais forte — como é na maioria de nós — do que a educação, lorde Julian a partir daquele momento começou, quase sem querer, a praticar algo que era semelhante à vilania. Lamento narrar a história de alguém por quem — se fiz a ele algum tipo de justiça — você deveria estar nutrindo alguma estima. Mas a verdade é que os vestígios remanescentes do respeito que ele tinha por Peter Blood foram sufocados pelo desejo de suplantar e destruir um rival. Ele tinha dado sua palavra a Arabella de que usaria sua poderosa influência em favor de Blood. Lamento escrever que não só ele se esqueceu dessa promessa, mas se dedicou em segredo a ajudar e encorajar o tio de Arabella nos planos traçados para capturar e desgraçar o bucaneiro. Ele poderia ter insistido de um jeito sensato — se alguém lhe tivesse cobrado isso — que estava se comportando exatamente como seu dever exigia. Mas, para isso, poderia ouvir a resposta de que, nesse caso, o dever dele era apenas o escravo do ciúme.

Quando a frota da Jamaica foi lançada ao mar alguns dias depois, lorde Julian navegou com o coronel Bishop na nau capitânia do vice-almirante Craufurd. Não só não havia necessidade de nenhum dos dois irem, mas as funções do vice-governador realmente exigiam que ele permanecesse em terra, enquanto lorde Julian, como sabemos, era um homem inútil a bordo de um navio. No entanto, os dois se propuseram a caçar o capitão Blood, cada um transformando seu dever em um pretexto para a satisfação de objetivos pessoais; e esse propósito comum tornou-se um elo entre os dois, ligando-os em uma espécie de amizade que, de outra forma, seria impossível entre homens tão diferentes na criação e nas aspirações.

A caçada tinha começado. Eles navegaram por um tempo ao largo da ilha de São Domingos, observando o canal de Barlavento e sofrendo os desconfortos da estação das chuvas, que já tinha começado. Mas navegaram em vão e, após um mês, voltaram de mãos vazias a Port Royal, onde encontraram à sua espera as notícias mais inquietantes do Velho Mundo.

A megalomania de Louis XIV colocara a Europa nas chamas da guerra. Os legionários franceses estavam assolando as províncias do Reno, e a Espanha tinha se juntado às nações unidas para se defender das ambições violentas do rei da França. E havia coisa pior do que isso: havia rumores de uma guerra civil na Inglaterra, onde o povo estava cansado da tirania obstinada do rei James. Um relatório dizia que William de Orange tinha sido convidado a ir para as ilhas.

Semanas se passaram, e todos os navios do Velho Mundo levavam notícias adicionais. William havia cruzado para a Inglaterra e, em março daquele ano de 1689, eles souberam na Jamaica que ele havia aceitado a coroa e que James tinha se jogado nos braços da França para reabilitação.

Para um parente de Sunderland, essas notícias eram realmente inquietantes. Foram seguidas por cartas do Secretário de Estado do rei William informando ao coronel Bishop que havia uma guerra com a França e que, em vista de seu efeito nas colônias, um governador-geral estava indo para as Índias Ocidentais na pessoa do lorde Willoughby, e que com ele haveria um esquadrão sob o comando do almirante Van der Kuylen para reforçar a frota da Jamaica contra eventualidades.

Bishop percebeu que isso devia significar o fim de sua autoridade suprema, embora devesse continuar em Port Royal como vice-governador. Lorde Julian, na falta de notícias diretas para si mesmo, não sabia o que isso poderia significar para ele. Mas estava muito próximo do coronel Bishop e confidenciando a respeito de suas esperanças em relação a Arabella, e o coronel Bishop, mais do que nunca, agora que os acontecimentos políticos o colocavam em risco de se aposentar, estava ansioso para aproveitar as vantagens de ter um homem da eminência de lorde Julian como parente.

Os dois chegaram a um entendimento total sobre o assunto, e lorde Julian revelou tudo que sabia.

— Há um obstáculo em nosso caminho — disse. — O capitão Blood. A dama está apaixonada por ele.

— Você só pode estar louco! — gritou Bishop quando recuperou a fala.

— Sua suposição é justificada — disse Sua Senhoria com tristeza. — Mas acontece que estou são e falo com conhecimento.

— Com conhecimento?

— A própria Arabella me confessou.

— A assanhada descarada! Por Deus, vou trazê-la de volta à razão. — Era o feitor de escravos falando, o homem que governava com o chicote.

— Não seja tolo, Bishop. — O desprezo de Sua Senhoria foi melhor do que qualquer argumento para acalmar o coronel. — Não é assim que se trata uma garota com o espírito de Arabella. A menos que você queira destruir minhas chances para sempre, segure sua língua e não interfira em nada.

— Não interferir? Meu Deus, o que fazer, então?

— Escute, homem. Ela tem uma mente firme. Acho que você não conhece sua sobrinha. Enquanto Blood viver, ela vai esperar por ele.

— Então, com Blood morto, talvez ela recupere a razão.

— Agora você está começando a demonstrar inteligência — lorde Julian o elogiou. — Esse é o primeiro passo essencial.

— E aqui está a nossa chance de dá-lo. — Bishop sentiu uma espécie de entusiasmo. — Essa guerra com a França remove todas as restrições na questão de Tortuga. Somos livres para investi-la a serviço da Coroa. Uma vitória nisso e nos firmamos a favor do novo governo.

— Ah! — disse lorde Julian e repuxou o lábio, pensativo.

— Vejo que entendeu. — Bishop deu uma risada áspera. — Dois coelhos com uma cajadada só, não é? Vamos caçar esse patife em seu covil, bem debaixo da barba do rei da França, e vamos pegá-lo dessa vez, se reduzirmos Tortuga a um monte de cinzas.

Naquela expedição, eles navegaram mais dois dias — o que seria cerca de três meses depois da partida de Blood —, levando todos os navios da frota e vários navios menores como auxiliares. Para Arabella e para o mundo em geral, foi divulgado que eles iam atacar a ilha de São Domingos francesa, que realmente era a única expedição que poderia dar ao coronel Bishop alguma justificativa para deixar a Jamaica naquela época. Seu senso de dever, de fato, deveria tê-lo mantido em Port Royal; mas seu senso de dever estava sufocado pelo ódio — a mais infrutífera e corruptora de todas as emoções. Na grande cabine da nau capitânia do vice-almirante Craufurd, o Imperador, o vice-governador se embebedou naquela noite para comemorar a convicção de que as areias da carreira do capitão Blood estavam se esgotando.

CAPÍTULO XXV.

O serviço do Rei Louis

Enquanto isso, cerca de três meses antes de o coronel Bishop partir para destruir Tortuga, o capitão Blood, carregando o inferno na alma, navegou até seu porto rochoso antes dos ventos fortes de inverno, e dois dias antes da fragata em que Wolverstone tinha saído de Port Royal um dia antes dele.

Naquele ancoradouro confortável, encontrou sua frota esperando por ele — os quatro navios que tinham sido separados naquele vendaval ao largo das Antilhas Menores e cerca de setecentos homens compondo suas tripulações. Como estavam começando a ficar ansiosos por ele, as boas-vindas foram incríveis. Armas foram disparadas em sua homenagem, e os navios se enfeitaram com bandeirolas. A cidade, empolgada com todo aquele barulho no porto, foi toda para o cais, e uma vasta multidão de homens e mulheres de todos os credos e nacionalidades se reuniram para assistir à chegada do grande pirata.

Ele foi para a terra firme, provavelmente sem nenhum outro motivo a não ser para obedecer à expectativa geral. Seu humor estava taciturno; seu rosto estava sombrio e zombeteiro. Quando Wolverstone chegasse, como faria agora, toda essa adoração ao herói se tornaria execração.

Seus capitães, Hagthorpe, Christian e Yberville, estavam no cais para recebê-lo, e com eles estavam algumas centenas de seus bucaneiros. Ele interrompeu as saudações e, quando o atormentaram com perguntas sobre onde tinha andado, ordenou que esperassem a chegada de Wolverstone, que satisfaria completamente a curiosidade de todos. Com isso, afastou-os e abriu caminho por entre a multidão heterogênea composta de agitados comerciantes de várias nações — ingleses, franceses e holandeses —, de fazendeiros e marinheiros de vários graus, de piratas que eram mestiços vendedores de frutas, homens negros escravizados, algumas prostitutas e meretrizes do Velho Mundo, e todos os outros tipos de família humana que lotaram os cais de Cayona em uma imagem de Babel de má fama.

Vencendo por fim, e depois de dificuldades, o capitão Blood dirigiu-se sozinho à bela casa de m. D'Ogeron para cumprimentar seus amigos, o governador e a família do governador.

A princípio, os bucaneiros chegaram à conclusão de que Wolverstone o estava seguindo com algum raro prêmio de guerra, mas, aos poucos, da tripulação reduzida do *Arabella*, uma história muito diferente vazou para conter sua satisfação e convertê-la em perplexidade. Em parte por lealdade ao capitão, em parte porque perceberam que, se ele era culpado de deserção, eles também eram, e em parte porque, sendo homens simples e de mãos robustas, eles próprios estavam, no geral, um pouco confusos quanto ao que de fato tinha acontecido, a tripulação do *Arabella* foi reticente com seus irmãos em Tortuga durante aqueles dois dias antes da chegada de Wolverstone. Mas não foram reticentes o suficiente para impedir a circulação de certos rumores inquietantes e histórias extravagantes de aventuras desonrosas — isto é, desonrosas do ponto de vista bucaneiro — das quais o capitão Blood era culpado.

Mas, se Wolverstone chegasse naquele momento, é possível que tivesse havido uma explosão. Quando, no entanto, o Velho Lobo lançou âncora na baía dois dias depois, foi a ele que todos se voltaram para pedir a explicação que estavam prestes a exigir de Blood.

Ora, Wolverstone tinha apenas um olho, mas via muito mais com aquele olho do que a maioria dos homens com dois; e, apesar da cabeça grisalha — tão pitorescamente envolta em um turbante verde e escarlate —, ele tinha o coração sólido de um menino e, naquele coração, muito amor por Peter Blood.

A visão do *Arabella* ancorado na baía o surpreendeu a princípio, enquanto navegava contornando o promontório rochoso que abrigava o forte. Esfregou o único olho para limpar qualquer película enganadora e olhou de novo. Ainda assim, não conseguiu acreditar no que viu. E aí uma voz ao seu lado — a voz de Dyke, que decidira velejar com ele — garantiu-lhe que ele não era o único perplexo.

— Em nome do Céu, é o *Arabella* ou o fantasma dele?

O Velho Lobo revirou o olho para Dyke e abriu a boca para falar. Mas a fechou de novo sem ter dito nada; fechou com força. Ele tinha o grande dom da cautela, ainda mais em assuntos que não entendia. Não tinha mais dúvidas de que aquele era o *Arabella*. Sendo assim, devia pensar antes de falar. O que diabos o *Arabella* estaria fazendo aqui, quando ele o deixara na Jamaica? E o capitão Blood estava a bordo e no comando, ou o restante de seus ajudantes tinha fugido com o navio, deixando o capitão em Port Royal?

Dyke repetiu a pergunta. Dessa vez, Wolverstone respondeu.

— Você tem dois olhos para ver e pergunta a mim, que só tenho um, o que está vendo?

— Mas eu vejo o *Arabella*.

— Claro, já que ele está ali. O que mais você estava esperando?

— Esperando? — Dyke o encarou boquiaberto. — Você esperava encontrar o *Arabella* aqui?

Wolverstone olhou para ele com desprezo, depois riu e falou alto o suficiente para ser ouvido por todos ao redor.

— Claro. O que mais? — E riu de novo, uma risada que deu a Dyke a impressão de que o estava chamando de tolo. Nesse momento, Wolverstone virou-se para dar atenção à operação de ancoragem.

Assim que estava em terra, foi assediado por bucaneiros questionadores, e a partir dessas perguntas entendeu exatamente como as coisas estavam e percebeu que, por falta de coragem ou outro motivo, o próprio Blood tinha se recusado a prestar contas de seus atos desde que o *Arabella* tinha se separado de seus navios irmãos. Wolverstone parabenizou a si mesmo pela discrição usada com Dyke.

— O capitão sempre foi um homem modesto — explicou a Hagthorpe e aos outros que o cercavam. — Não é comum ele contar as próprias conquistas. Ora, foi assim. Encontramos o velho dom Miguel e, quando o afundamos, embarcamos um cafetão londrino enviado pelo Secretário de Estado para oferecer ao capitão a patente do rei se ele desistisse da pirataria e se comportasse bem. O capitão condenou sua alma ao inferno em resposta. E depois enfrentamos a frota da Jamaica com aquele velho demônio cinzento do Bishop no comando, e houve um fim seguro para o capitão Blood e para todos nós, filhos de todas as mães. Então fui até ele e falei "aceite essa patente; vire um homem do rei e salve o seu pescoço e o nosso". Ele acreditou na minha palavra, e o cafetão de Londres deu-lhe a patente do rei ali mesmo, e Bishop quase sufocou de raiva quando soube. Mas aconteceu, e ele foi forçado a engolir. Éramos todos homens do rei, por isso navegamos e entramos em Port Royal com o velho Bishop. Mas Bishop não confiava em nós. Ele sabia demais. Mas, por Sua Senhoria, o sujeito de Londres, ele teria enforcado o capitão, com a patente do rei e tudo. Blood teria escapado de Port Royal de novo naquela mesma noite. Mas aquele cachorro do Bishop tinha espalhado a notícia, e o forte manteve uma vigilância atenta. No fim, embora tenha demorado duas semanas, Blood o dominou. Ele enviou a mim e a maioria dos homens em uma fragata que comprei para a viagem. Seu jogo, como ele me disse em segredo, era seguir e ser perseguido. Se esse foi o jogo que ele fez ou não, não sei lhe dizer; mas aqui está ele adiante de mim como eu esperava que estivesse.

Havia um grande historiador perdido em Wolverstone. Tinha a imaginação certa para saber até que ponto é seguro se desviar da verdade e até que ponto colori-la para mudar sua forma de acordo com seus próprios objetivos.

Depois de fazer sua trama de fatos e mentiras e, assim, acrescentar mais uma às façanhas de Peter Blood, ele perguntou onde o capitão poderia ser encontrado. Informado de que estava no navio, Wolverstone entrou em um barco e subiu a bordo, para se apresentar, como ele mesmo disse.

Na grande cabine do *Arabella*, encontrou Peter Blood sozinho e embriagado — uma condição em que nenhum homem jamais se lembrava de tê-lo visto. Quando Wolverstone entrou, o capitão ergueu os olhos injetados de sangue para vê-lo. Por um instante, o olhar se aguçou quando focalizou o visitante. Então ele deu uma risada solta e idiota, que de alguma forma era meio zombeteira.

— Ah! O Velho Lobo! — disse. — Finalmente chegou aqui, hein? E o que vai *faxer* comigo, hein? — Ele soluçou ruidosamente e afundou-se largado na cadeira.

O velho Wolverstone o encarou em um silêncio sombrio. Tinha visto com olhos despreocupados muitos diabos do inferno em sua época, mas a visão do capitão Blood nessa condição o encheu de uma tristeza repentina. Para expressá-la, soltou um xingamento. Era sua única expressão para emoções de todos os tipos. Em seguida, seguiu para a frente e deixou-se cair em uma cadeira à mesa, diante do capitão.

— Meu Deus, Peter, o que é isso?

— Rum — disse Peter. — Rum da Jamaica. — Ele empurrou a garrafa e o copo na direção de Wolverstone.

Wolverstone ignorou-os.

— Estou perguntando o que o está incomodando — berrou.

— Rum — disse o capitão Blood de novo e sorriu. — Só rum. *Rezpondi* a *todaz az suaz perguntaz*. Por que não *rezponde* a minha? O que *vozê* vai fazer comigo?

— Já fiz — disse Wolverstone. — Graças a Deus, você teve o bom senso de segurar a língua até eu chegar. Você está sóbrio o suficiente para me entender?

— Bêbado ou *zóbrio*, vou entender.

— Então me escute. — E lá veio a história que Wolverstone havia contado. O capitão se firmou para entendê-la.

— Vai *zervir* tão bem quanto a verdade — disse quando Wolverstone terminou. — E... ah, não, companheiro! Muito obrigado, Velho Lobo. Velho Lobo fiel! *Maz* valeu a pena? Não *zou* pirata agora; nunca *maiz zerei* pirata. Acabou. — Ele bateu na mesa, os olhos de repente ferozes.

— Volto a falar com você quando tiver menos rum no seu juízo — disse Wolverstone, levantando-se. — Enquanto isso, faça o favor de se lembrar da história que contei e não dizer nada que me faça parecer um mentiroso. Todos acreditam em mim, até os homens que navegaram comigo vindo de Port Royal. Fiz eles acreditarem. Se eles pensassem que você tinha recebido a patente do rei a sério e com o propósito de fazer como Morgan fez, adivinhe só o que viria a seguir.

— O inferno viria em *zeguida* — disse o capitão. — E é *zó* para *izo* que eu *zirvo*.

— Você está piegas — rosnou Wolverstone. — Voltaremos a conversar amanhã.

Eles fizeram isso; mas não serviu para muita coisa naquele dia e em nenhum outro depois disso, enquanto as chuvas — que caíram naquela noite — duraram. Em pouco tempo, o astuto Wolverstone descobriu que o rum não era o que afligia Blood. O rum em si era um efeito, e de modo algum a causa da apatia desanimada do capitão. Havia uma ferida devorando seu coração, e o Velho Lobo sabia o suficiente para adivinhar sua natureza. Ele amaldiçoou todas as coisas que usavam anáguas e, conhecendo seu mundo, esperou a doença passar.

Mas não passou. Quando Blood não estava jogando dados ou bebendo nas tavernas de Tortuga, em companhias que nos seus dias mais sãos ele detestava, ficava trancado na cabine a bordo do *Arabella*, sozinho e reservado. Seus amigos na Casa do Governo, perplexos com a mudança do homem, procuraram recuperá-lo. Mademoiselle D'Ogeron, especialmente angustiada, enviava-lhe convites quase diários, e ele respondia a poucos.

Mais tarde, à medida que a estação das chuvas se aproximava do fim, ele foi procurado por seus capitães com propostas de incursões remuneradas aos assentamentos espanhóis. Mas a todos manifestou uma indiferença que, conforme as semanas passavam e o clima se acalmava, gerou primeiro impaciência e depois irritação.

Christian, que comandava o *Cloto*, foi atacá-lo um dia, repreendendo-o por sua inércia e exigindo receber ordens sobre o que fazer.

— Vá para o inferno — disse Blood quando o ouviu. Christian partiu furioso e, no dia seguinte, o *Cloto* levantou âncora e partiu, dando um exemplo de deserção de que a lealdade dos outros capitães de Blood logo seria incapaz de conter seus homens.

Às vezes, Blood se perguntava por que tinha voltado para Tortuga, no fim das contas. Preso no cativeiro por só pensar em Arabella e seu desprezo por ele como ladrão e pirata, jurou que tinha acabado com a vida de pirataria. Por que, então, estava ali? Essa pergunta seria respondida com outra: para onde mais ele deveria ir? Ele não podia se mover nem para trás nem para a frente, parecia.

Estava degenerando visivelmente, sob os olhos de todos. Tinha perdido por completo a preocupação quase petulante com a aparência e estava ficando descuidado e desleixado nos trajes. Permitiu que uma barba negra que sempre tinha sido feita com tanto cuidado crescesse no rosto; e os longos e grossos cabelos negros, outrora tão diligentemente cacheados, pendiam agora em uma juba lisa e desgrenhada sobre um rosto que estava mudando do moreno vigoroso para o pálido doentio, enquanto os olhos azuis, que sempre foram tão vívidos e atraentes, estavam agora opacos e sem brilho.

Wolverstone, o único que tinha uma pista para essa degeneração, aventurou-se uma vez — e só uma vez — a questioná-lo francamente sobre isso.

— Meu Deus, Peter! Isso nunca vai ter fim? — rosnou o gigante. — Você vai passar seus dias se lamentando e bebendo porque uma bobona de cara branca em Port Royal não quer nada com você? Ora bolas! Se você quer a moça, por que diabos não vai buscá-la?

Os olhos azuis o encararam furiosos sob as sobrancelhas negras como azeviche, e um pouco de seu antigo fogo começou a se acender neles. Mas Wolverstone continuou, desatento.

— Só serei gentil com uma moça se a gentileza for a chave para sua aprovação. Mas afunde-me agora se eu ia apodrecer no rum por causa de qualquer coisa que use uma anágua. Esse não é o jeito do Velho Lobo. Se nenhuma outra expedição lhe atrai, por que não ir a Port Royal? Que diabos importa se é um assentamento inglês? Ele é comandado pelo coronel Bishop, e não faltam patifes em sua companhia que o seguiriam até o inferno se isso significasse pegar o coronel Bishop pelo pescoço. Pode ser feito, estou lhe dizendo. Só precisamos ficar de olho para ver quando a frota da Jamaica estará ausente. Há pilhagem suficiente na cidade para tentar os rapazes, e há a tal garota para você. Devo estimulá-los?

Blood estava de pé, os olhos brilhando, o rosto lívido distorcido.

— Saia da minha cabine neste minuto ou, pelos céus, o seu cadáver é que será carregado para fora dela. Seu cão sarnento, como ousa vir a mim com essas propostas?

E começou a amaldiçoar o fiel oficial com uma virulência que nunca se viu nele. Wolverstone, apavorado com aquela fúria, saiu sem dizer mais nada. A questão não foi levantada de novo, e o capitão Blood foi deixado em sua abstração ociosa.

Mas, por fim, enquanto seus piratas ficavam desesperados, uma coisa aconteceu, provocada pelo amigo do capitão, m. D'Ogeron. Em uma manhã ensolarada, o governador de Tortuga subiu a bordo do *Arabella*, acompanhado por um cavalheiro baixinho e rechonchudo, independente, de semblante e maneiras amáveis.

— Meu capitão — disse m. D'Ogeron —, trago-lhe monsieur De Cussy, governador da ilha de São Domingos francesa, que deseja falar com você.

Em consideração ao amigo, o capitão Blood tirou o cachimbo da boca, afastou-se um pouco dos efeitos do rum, levantou-se e foi até m. De Cussy.

— *Serviteur!* — disse ele.

M. De Cussy devolveu a reverência e aceitou um assento no armário sob as janelas de madeira.

— Você tem uma boa força aqui sob seu comando, meu capitão — disse ele.

— Cerca de oitocentos homens.

— E imagino que eles fiquem inquietos na ociosidade.

— Eles podem ir para o inferno quando quiserem.

M. De Cussy inspirou delicadamente.

— Tenho algo melhor do que isso para propor — disse ele.

— Proponha, então — disse Blood, sem o menor interesse.

M. De Cussy olhou para m. D'Ogeron e ergueu um pouco as sobrancelhas. Não achou o capitão Blood encorajador. Mas m. D'Ogeron assentiu vigorosamente com os lábios tensos, e o governador da ilha de São Domingos apresentou sua proposta.

— Chegaram-nos notícias da França de que há uma guerra com a Espanha.

— Isso é notícia, é? — rosnou Blood.

— Estou falando oficialmente, meu capitão. Não estou aludindo a escaramuças não oficiais e medidas predatórias não oficiais que toleramos aqui. Há uma guerra formal entre a França e a Espanha na Europa. A intenção da França é que essa guerra seja transportada para o Novo Mundo. Uma frota está saindo de Brest sob o comando do *monsieur le baron* De Rivarol para esse fim. Recebi cartas dele pedindo que eu prepare um esquadrão suplementar e levante um corpo de não menos de mil homens para reforçá-lo em sua chegada. O que vim lhe propor, meu capitão, por sugestão de nosso bom amigo monsieur D'Ogeron, é, em poucas palavras, que você aliste seus navios e sua força sob a bandeira de monsieur De Rivarol.

Blood olhou para ele com um leve brilho de interesse.

— Você está se oferecendo para nos levar para o serviço francês? — perguntou. — Em que termos, monsieur?

— Com a patente de *Capitaine de Vaisseau* para você e patentes adequadas para os oficiais que servirão sob o seu comando. Você vai receber o pagamento por essa patente e vai ter direito, juntamente com seus homens, a um décimo de todos os prêmios recebidos.

— Meus homens não vão achar isso generoso. Eles vão dizer que podem partir daqui amanhã, estripar um assentamento espanhol e ficar com todo o saque.

— Ah, sim, mas com os riscos inerentes aos atos de pirataria. Conosco, sua posição será regular e oficial e, considerando a poderosa frota que sustenta monsieur De Rivarol, os empreendimentos a serem realizados serão em uma escala muito maior do que qualquer coisa que você possa tentar por sua própria conta. De modo que um décimo, neste caso, pode ser igual a mais do que o todo no outro.

O capitão Blood considerou. Afinal, a proposta não envolvia pirataria. Era um emprego honroso a serviço do rei da França.

— Vou consultar meus oficiais — disse ele e mandou chamá-los.

Eles chegaram, e a questão foi apresentada a eles pelo próprio m. De Cussy. Hagthorpe anunciou imediatamente que a proposta era oportuna. Os homens estavam resmungando por causa da prolongada inação e sem dúvida estariam dispostos a aceitar o serviço que m. De Cussy oferecia em nome da França. Hagthorpe olhou para Blood enquanto falava. Blood fez que sim com a cabeça em um acordo soturno. Encorajados, eles passaram a discutir os termos. Yberville, o jovem flibusteiro francês, teve a honra de apontar a m. De Cussy que a parte oferecida era muito pequena. Por um quinto dos prêmios, os oficiais responderiam pelos seus homens; não por menos.

M. De Cussy estava angustiado. Ele tinha suas instruções. Exceder essas instruções estava lhe exigindo muito. Os bucaneiros ficaram firmes. A menos que m. De Cussy pudesse chegar a um quinto, nada mais haveria a ser dito. M. De Cussy finalmente consentiu em exceder suas instruções, e os termos foram redigidos e assinados naquele mesmo dia. Os bucaneiros deviam estar em Petit Goave no fim de janeiro, quando m. De Rivarol anunciou que chegaria.

Depois disso, seguiram-se dias de atividade em Tortuga, reformando os navios, secando a carne, reunindo provisões. Nesses assuntos que antes teriam prendido toda a atenção do capitão Blood, ele agora não tomava parte. Continuava apático e indiferente. Se tinha dado seu consentimento para o empreendimento, ou melhor, se tinha dado permissão para ser arrastado pelos desejos de seus oficiais, foi só porque o serviço oferecido era regular e honrado, nada relacionado à pirataria, que ele jurou no coração que tinha encerrado para sempre. Mas seu consentimento continuou passivo. O serviço não despertou nenhum zelo nele. Não fazia a menor diferença para ele — como disse a Hagthorpe, que uma vez se aventurou a oferecer um protesto — se iam para Petit Goave ou para o Hades e se entrariam no serviço de Louis XIV ou de Satanás.

CAPÍTULO XXVI.
M. De Rivarol

O capitão Blood ainda estava com aquele humor insatisfeito quando partiu de Tortuga e com o mesmo humor quando chegou ao ancoradouro na baía de Petit Goave. Com esse mesmo humor, ele saudou *m. le baron* De Rivarol quando este nobre com sua frota de cinco navios de guerra finalmente ancorou ao lado dos piratas em meados de fevereiro. O francês tinha passado seis semanas viajando, anunciou, atrasado pelo clima desfavorável.

Convocado para servir a ele, o capitão Blood dirigiu-se ao Castelo de Petit Goave, onde a conversa aconteceria. O barão, um homem alto, de rosto aquilino, com quarenta anos, muito frio e de modos distantes, analisou o capitão Blood com um olhar de desaprovação evidente. A Hagthorpe, Yberville e Wolverstone, que estavam posicionados atrás de seu capitão, ele não deu a menor atenção. M. De Cussy ofereceu uma cadeira ao capitão Blood.

— Um momento, monsieur De Cussy. Não creio que *monsieur le baron* tenha observado que não estou sozinho. Deixe-me apresentar-lhe, senhor, meus companheiros: capitão Hagthorpe do *Elizabeth*, capitão Wolverstone do *Átropos* e capitão Yberville do *Láquesis*.

 O barão olhou fixamente e com altivez para o capitão Blood e, em seguida, muito distante e de modo quase imperceptível, inclinou a cabeça para os outros três. Sua atitude implicava claramente que ele os desprezava e desejava que entendessem isso naquele instante. Isso teve um efeito curioso sobre o capitão Blood. Despertou nele o demônio e, ao mesmo tempo, despertou sua dignidade, que ultimamente estava adormecida. Uma súbita vergonha da própria aparência desgrenhada e malcuidada talvez o tivesse deixado mais desafiador. Havia quase um significado na maneira como ele amarrou o cinto da espada, de modo que o punho forjado do florete muito útil ficou mais visível. Ele acenou para os capitães, apontando para as cadeiras que estavam ao redor.

 — Aproximem-se da mesa, rapazes. Não vamos deixar o barão esperando.

 Eles obedeceram; Wolverstone estava com um sorriso cheio de compreensão. O olhar de m. De Rivarol ficou mais arrogante. Sentar-se à mesa com esses bandidos o colocava no que ele considerava uma igualdade desonrosa. Ele era da opinião que — com a possível exceção do capitão Blood — eles deveriam aceitar as instruções de pé, como acontecia com homens de sua qualidade na presença de um homem da qualidade dele. O barão fez a única coisa que lhe restou para delimitar uma distinção entre ele e os outros: colocou o chapéu.

 — Você está muito sábio agora — disse Blood de um jeito amável. — Sinto a mesma aspiração. — E cobriu-se com o chapéu emplumado.

 M. De Rivarol mudou de cor. Estremeceu visivelmente de raiva e levou um instante para se controlar antes de se aventurar a falar. M. De Cussy estava obviamente muito pouco à vontade.

 — Senhor — disse o barão com frieza —, você me obriga a lembrá-lo que o posto que ocupa é o de *Capitaine de Vaisseau* e que está na presença do General dos Exércitos da França em Mar e Terra na

América. Você me obriga a lembrá-lo também que há uma deferência devida de sua patente em relação à minha.

— Fico feliz em lhe garantir — disse o capitão Blood — que o lembrete é desnecessário. A propósito, sou um cavalheiro, embora não pareça no momento; e eu não deveria me considerar capaz de qualquer coisa além de deferência para com aqueles que a natureza ou a fortuna podem ter colocado acima de mim, ou para com aqueles que, sendo colocados abaixo de mim em patente, podem trabalhar com desvantagem para se ressentir da minha falta dela. — Era uma repreensão caprichosamente intangível. M. De Rivarol mordeu o lábio. O capitão Blood continuou, sem lhe dar tempo para responder: — Sendo assim, vamos voltar ao que interessa?

Os olhos duros de m. De Rivarol o consideraram por um instante.

— Talvez seja melhor assim — disse. Ele pegou um papel. — Tenho aqui uma cópia dos termos que você assinou com monsieur De Cussy. Antes de prosseguir, devo observar que monsieur De Cussy excedeu suas instruções ao conceder a vocês um quinto dos prêmios recebidos. Sua autoridade não justificaria que ele fosse além de um décimo.

— Esse é um assunto entre você e monsieur De Cussy, meu general.

— Ah, não. É um assunto entre mim e você.

— Peço perdão, meu general. Os termos estão assinados. Até onde sabemos, o assunto está encerrado. Também por consideração a monsieur De Cussy, não queremos ser testemunhas das repreensões que você pode considerar que ele merece.

— O que posso ter a dizer a monsieur De Cussy não é da sua conta.

— É isso que estou lhe dizendo, meu general.

— Mas, em nome de Deus!, é sua preocupação, suponho, que não possamos lhes conceder mais do que um décimo dos prêmios. — M. De Rivarol bateu na mesa, exasperado. Esse pirata era um esgrimista infernalmente habilidoso.

— Tem certeza, *monsieur le baron*, de que não pode?

— Tenho certeza de que não vou fazer isso.

O capitão Blood deu de ombros e olhou para baixo.

— Nesse caso — disse ele —, resta-me apresentar minha pequena conta para o nosso desembolso e fixar a quantia pela qual devemos ser compensados pela perda de tempo e pelo transtorno de vir até aqui. Resolvido isso, podemos separar-nos como amigos, *monsieur le baron*. Não houve nenhum dano.

— Que diabos você quer dizer? — O barão estava de pé, inclinando-se por sobre a mesa.

— Será possível que eu seja tão obscuro? Meu francês, talvez, não seja dos mais puros, mas...

— Ah, seu francês é fluente o suficiente; fluente demais em alguns momentos, se me permite a observação. Agora, olhe aqui, *monsieur le filibustier,* não sou um homem com quem é seguro se fazer de bobo, como você logo vai descobrir. Você aceitou servir ao rei da França, você e seus homens; você mantém o posto e recebe o pagamento de um *Capitaine de Vaisseau* e seus oficiais recebem a patente de tenente. Essas categorias acarretam obrigações que você deveria estudar e penalidades por não as cumprir, as quais você também pode estudar. São bem severas. A primeira obrigação de um oficial é a obediência. Recomendo que a cumpra. Vocês não devem se considerar, como parecem estar fazendo, meus aliados nos empreendimentos que tenho em vista, mas sim meus subordinados. Em mim, vocês têm um comandante para liderá-los, não um companheiro ou igual. Espero que me entendam.

— Ah, pode ter certeza de que entendi. — O capitão Blood riu. Estava recuperando sua personalidade de forma surpreendente sob o estímulo inspirador do conflito. A única coisa que prejudicava seu prazer era a reflexão de que ele não tinha se barbeado. — Não me esqueço de nada, eu lhe garanto, meu general. Não me esqueço, por exemplo, como você parece estar fazendo, que os termos que assinamos são as condições para o nosso serviço; e os termos estabelecem que devemos receber um quinto dos prêmios. Se nos recusar isso, você cancela os termos; se cancelar os termos, cancela nossos serviços com eles. A partir deste momento, deixamos de ter a honra de ocupar um posto na marinha do rei da França.

Houve mais do que um murmúrio de aprovação vindo dos três capitães.

Rivarol olhou para eles, em xeque-mate.

— Na verdade... — começou m. De Cussy, tímido.

— Na verdade, monsieur, isso é obra sua — soltou o barão para ele, feliz por ter alguém em quem pudesse enfiar as presas afiadas da sua irritação. — Você devia ser destruído por isso. Você traz descrédito ao serviço do rei; você me obriga, representante de Sua Majestade, a uma posição impossível.

— É impossível nos premiar com um quinto dos prêmios? — indagou o capitão Blood de um jeito suave. — Nesse caso, não há necessidade de bater nem ferir monsieur De Cussy. Ele sabe que não teríamos vindo por menos. Partimos outra vez com sua garantia de que não pode nos conceder mais. E as coisas são como teriam sido se monsieur De Cussy tivesse obedecido rigidamente às suas instruções. Eu provei, espero, para sua satisfação, *monsieur le baron*, que, se repudiar os termos, não poderá reclamar nossos serviços nem impedir nossa partida; não com honra.

— Não com honra, senhor? Para o diabo com sua insolência! Você insinua que qualquer curso que não fosse com honra seria possível para mim?

— Não estou sugerindo isso, porque não seria possível — disse o capitão Blood. — Vamos cuidar disso. Cabe ao senhor, meu general, dizer se os termos serão repudiados.

O barão sentou-se.

— Vou considerar o assunto — disse, mal-humorado. — Você será avisado da minha decisão.

O capitão Blood levantou-se, e seus oficiais levantaram-se com ele. O capitão Blood fez uma reverência.

— *Monsieur le baron*! — disse ele.

Em seguida, ele e seus bucaneiros se retiraram do August e da irada presença do General dos Exércitos do Rei em Terra e Mar na América.

Dá para imaginar que se seguiu para m. De Cussy um péssimo quarto de hora. M. De Cussy, de fato, merece sua simpatia. Sua autossuficiência lhe foi arrancada pelo altivo m. De Rivarol, como sacudido de um cardo pelos ventos do outono. O General dos Exércitos do Rei abusou dele — esse homem que era governador da ilha de São Domingos — como se ele fosse um lacaio. M. De Cussy defendeu-se insistindo na questão que o capitão Blood já havia tão admiravelmente insistido em seu nome — que, se os termos que assumira com os bucaneiros não fossem confirmados, não haveria mal nenhum. M. De Rivarol intimidou-o e ameaçou-o até ele ficar em silêncio.

Tendo esgotado o abuso, o barão procedeu às indignidades. Uma vez que considerou que m. De Cussy se provou indigno do posto que ocupava, m. De Rivarol assumiu as responsabilidades desse posto enquanto pudesse permanecer na ilha de São Domingos, e para isso começou trazendo soldados de seus navios e colocando sua própria guarda no castelo de m. De Cussy.

Por causa disso, a confusão se seguiu rapidamente. Wolverstone, ao desembarcar na manhã seguinte com o traje pitoresco que gostava de usar, a cabeça envolta em um lenço colorido, foi zombado por um oficial das tropas francesas recém-desembarcadas. Não acostumado ao escárnio, Wolverstone respondeu na mesma moeda e com juros. O oficial passou a insultar, e Wolverstone deu-lhe um golpe que o derrubou e o deixou apenas com metade de seus pobres sentidos. Uma hora depois, o assunto foi relatado a m. De Rivarol e, antes do meio-dia, por ordem de m. De Rivarol, Wolverstone estava preso no castelo.

O barão tinha acabado de se sentar para jantar com m. De Cussy quando o negro que os servia anunciou o capitão Blood. Irritado, m. De Rivarol pediu que ele fosse admitido, e agora entrava em sua presença um cavalheiro limpo e elegante, vestido com cuidado e riqueza sombria em preto e prata, o rosto moreno e bem delineado escrupulosamente barbeado, os longos cabelos negros em cachos que caíam sobre um colarinho de ponta fina. Na mão direita, o cavalheiro carregava um largo chapéu preto com uma pluma de avestruz escarlate e, na mão esquerda, uma bengala de ébano. As meias eram de seda, várias fitas escondiam os suspensórios, e as rosetas pretas nos sapatos eram finamente decoradas com ouro.

Por um instante, m. De Rivarol não o reconheceu. Pois Blood parecia dez anos mais jovem do que no dia anterior. Mas os vívidos olhos azuis sob as sobrancelhas pretas não podiam ser esquecidos, e eles o proclamaram como o homem anunciado antes mesmo de ele ter falado. Seu orgulho ressuscitado exigia que ele se colocasse em pé de igualdade com o barão e anunciasse essa igualdade pelo seu exterior.

— Venho em um momento inoportuno — desculpou-se com educação. — Peço desculpas. O assunto não podia esperar. Diz respeito, monsieur De Cussy, ao capitão Wolverstone do *Láquesis*, a quem você colocou na prisão.

— Fui eu que o prendi — disse m. De Rivarol.

— É mesmo? Mas eu pensei que monsieur De Cussy era governador da ilha de São Domingos.

— Enquanto estou aqui, monsieur, sou a autoridade suprema. É bom que entenda isso.

— Perfeitamente. Mas não é possível que você esteja ciente do engano que foi cometido.

— Engano, você me diz?

— Eu digo engano. No geral, é educado da minha parte usar essa palavra. Também é conveniente. Vai poupar as discussões. Seu pessoal prendeu o homem errado, monsieur De Rivarol. Em vez do oficial francês, que usou a provocação mais grosseira, eles prenderam o capitão Wolverstone. É um assunto que imploro que reverta sem demora.

O rosto aquilino de m. De Rivarol ficou escarlate. Os olhos escuros se arregalaram.

— Senhor, você... você é insolente! Mas de uma insolência que é intolerável! — Em geral um homem de extremo autocontrole, ele agora estava tão rudemente abalado que até gaguejava.

— *Monsieur le baron*, você desperdiça palavras. Este é o Novo Mundo. Não é só novo; é uma novidade para quem foi criado em meio às superstições do Velho. Essa novidade você ainda não teve tempo, talvez, de perceber; portanto, vou desconsiderar o epíteto ofensivo que usou. Mas justiça é justiça tanto no Novo Mundo quanto no Velho, e a injustiça é tão intolerável aqui quanto lá. Ora, a justiça exige a valorização do meu oficial e a prisão e punição do seu. Essa justiça eu o convido, com submissão, a aplicar.

— Com submissão? — bufou o barão com um desprezo furioso.

— Com extrema submissão, monsieur. Mas, ao mesmo tempo, devo lembrar a *monsieur le baron* que tenho oitocentos bucaneiros; suas tropas têm quinhentos soldados; e monsieur De Cussy pode lhe informar o interessante fato de que qualquer bucaneiro é igual, em ação, a pelo menos três soldados de linha. Estou sendo totalmente franco com você, monsieur, e peço-lhe que economize tempo e palavras duras. Ou o capitão Wolverstone é imediatamente posto em liberdade ou nós mesmos vamos tomar medidas para colocá-lo em liberdade. As consequências podem ser terríveis. Mas faça como quiser, *monsieur le baron*. Você é a autoridade suprema. A decisão é sua.

M. De Rivarol ficou pálido até nos lábios. Em toda a vida, nunca tinha sido tão desafiado e desacatado. Mas se controlou.

— Faça-me o favor de esperar na antessala, *monsieur le capitaine*. Desejo falar com monsieur De Cussy. Em breve você será informado da minha decisão.

Quando a porta se fechou, o barão lançou sua fúria sobre a cabeça de m. De Cussy.

— Então, esses são os homens que você alistou a serviço do rei, os homens que servirão sob as minhas ordens... homens que não servem, mas dão ordens, e isso antes que o empreendimento que me trouxe da França esteja em andamento! Que explicações você me dá, monsieur De Cussy? Aviso que não estou satisfeito. Estou, na verdade, como pode perceber, extremamente zangado.

O governador pareceu se livrar da própria gordura. Ele se endireitou rigidamente.

— Sua patente, monsieur, não lhe dá o direito de me repreender; nem os fatos. Alistei os homens que você desejava que eu alistasse. Não é minha culpa se você não sabe como lidar melhor com eles. Como o capitão Blood lhe disse, este é o Novo Mundo.

— Ora, ora! — M. De Rivarol sorriu com malícia. — Não só você não me dá nenhuma explicação, mas se arrisca a me acusar. Quase admiro sua ousadia. Mas vamos lá! — ele deixou o assunto de lado. Foi extremamente sardônico. — É, como você me diz, o Novo Mundo e... novos mundos, novas maneiras, suponho. Com o tempo, posso adaptar minhas ideias a este novo mundo ou posso adaptar este novo mundo às minhas ideias. — Ele estava fazendo uma ameaça. — Por enquanto, devo aceitar o que encontro. Resta a você, monsieur, que tem experiência nesses desvios selvagens, me aconselhar em relação a como agir.

— *Monsieur le baron*, foi uma loucura prender o capitão bucaneiro. Seria loucura insistir nisso. Não temos forças para enfrentar a força deles.

— Nesse caso, monsieur, talvez você me diga o que devemos fazer em relação ao futuro. Devo me submeter todas as vezes aos ditames desse Blood? O empreendimento no qual estamos envolvidos deve ser conduzido como ele decreta? Terei eu, em resumo, o representante do rei na América, que ficar à mercê desses patifes?

— Ah, de forma alguma. Estou alistando voluntários aqui na ilha de São Domingos e formando uma corporação de negros. Calculo que, quando isso estiver feito, teremos uma força de mil homens, além dos bucaneiros.

— Mas, nesse caso, por que não os dispensar?

— Porque eles sempre serão a ponta afiada de qualquer arma que forjarmos. No tipo de guerra que está diante de nós, eles são tão habilidosos que aquilo que o capitão Blood acabou de dizer não é exagero. Um bucaneiro equivale a três soldados de linha. Ao mesmo tempo, teremos força suficiente para mantê-los sob controle. Quanto ao resto, senhor, eles têm algumas noções de honra. Eles vão cumprir os termos e, se os tratarmos com justiça, eles nos tratarão com justiça e não nos darão problemas. Tenho experiência com eles e dou minha palavra em relação a isso.

M. De Rivarol concordou em se acalmar. Era necessário evitar a humilhação e, em certa medida, o governador lhe dera os meios para fazer isso, além de uma garantia quanto ao futuro da nova força que estava reunindo.

— Muito bem — disse ele. — Tenha a bondade de chamar de volta o capitão Blood.

O capitão entrou, confiante e muito digno. M. De Rivarol o achava detestável, mas disfarçou.

— *Monsieur le capitaine*, aconselhei-me com *monsieur le gouverneur*. Pelo que ele me diz, é possível que tenha havido um engano. A justiça, pode ter certeza, será feita. Para garantir isso, eu mesmo vou presidir um conselho a ser composto de dois dos meus oficiais superiores, você e um oficial seu. Esse conselho deve realizar imediatamente uma investigação imparcial do caso, e o agressor, o homem culpado de ter feito a provocação, será punido.

O capitão Blood fez uma reverência. Não era seu desejo ser extremo.

— Perfeitamente, *monsieur le baron*. E agora, senhor, você teve a noite para refletir sobre a questão dos termos. Devo entender que os confirma ou que os repudia?

Os olhos de m. De Rivarol estreitaram-se. Sua mente estava ocupada com o que m. De Cussy tinha dito — que esses bucaneiros seriam a ponta afiada de qualquer arma que ele pudesse forjar. Não podia dispensá-los. Percebeu que tinha cometido um erro tático ao tentar reduzir a parcela acordada. A retirada de uma posição desse tipo sempre carrega consigo a perda da dignidade. Mas havia os voluntários que m. De Cussy estava recrutando para fortalecer a mão de obra do General do Rei. A presença deles poderia admitir em breve a reabertura dessa questão. Enquanto isso, devia confiar na melhor ordem possível.

— Também considerei isso — anunciou. — E, embora minha opinião continue inalterada, devo confessar que, uma vez que monsieur De Cussy fez a promessa em nosso nome, cabe-nos cumprir os compromissos. Os termos estão confirmados, senhor.

O capitão Blood fez outra reverência. Em vão, m. De Rivarol procurou o mínimo vestígio de um sorriso de triunfo naqueles lábios firmes. O rosto do bucaneiro continuou extremamente sério.

Wolverstone foi posto em liberdade naquela tarde, e seu agressor foi condenado a dois meses de detenção. Assim, a harmonia foi restaurada. Mas foi um começo pouco promissor, e haveria mais questões discordantes em breve.

Blood e seus oficiais foram convocados uma semana depois para um conselho que se reuniu para determinar as operações contra a Espanha. M. De Rivarol apresentou-lhes um projeto para um ataque à rica cidade espanhola de Cartagena. O capitão Blood demonstrou surpresa. Amargamente convidado por m. De Rivarol a expor seus motivos, ele o fez com extrema franqueza.

— Se eu fosse o General dos Exércitos do Rei na América — disse —, não teria dúvidas nem hesitações quanto à melhor maneira de servir ao meu senhor real e à nação francesa. O que acho que ficará óbvio para monsieur De Cussy, como é para mim, é que devemos invadir imediatamente a ilha de São Domingos espanhola e reduzir toda essa ilha fecunda e esplêndida à posse do rei da França.

— Isso pode acontecer depois — disse m. De Rivarol. — É meu desejo que comecemos por Cartagena.

— Quer dizer, senhor, que devemos navegar pelo Caribe em uma expedição aventureira, negligenciando o que está aqui à nossa porta. Em nossa ausência, é possível que haja uma invasão espanhola à ilha de São Domingos francesa. Se começarmos reduzindo os espanhóis aqui, essa possibilidade será extirpada. Teremos acrescentado à Coroa da França o bem mais cobiçado das Índias Ocidentais. O empreendimento não oferece nenhuma dificuldade específica; pode ser realizado com rapidez e, uma vez realizado, seria hora de olhar para mais longe. Essa parece a ordem lógica em que esta campanha deve prosseguir.

Ele parou, e houve silêncio. M. De Rivarol recostou-se na cadeira, com a ponta emplumada de uma pena entre os dentes. Ele pigarreou e fez uma pergunta:

— Há mais alguém que compartilhe da opinião do capitão Blood?

Ninguém respondeu. Seus próprios oficiais estavam intimidados por ele; os seguidores de Blood naturalmente preferiam Cartagena, por oferecer uma chance maior de saque. A lealdade ao líder os manteve em silêncio.

— Você parece estar sozinho em sua opinião — disse o barão com um sorriso vingativo.

O capitão Blood riu. De repente, tinha lido a mente do barão. Seus ares, graças e arrogância se impuseram tanto a Blood que só agora ele finalmente estava vendo através deles: o espírito de vendedor ambulante do sujeito. E assim ele riu, porque não havia mais nada a fazer. Mas a risada foi carregada de mais raiva do que desprezo. Ele estava se iludindo de que tinha desistido da pirataria. A convicção de que esse serviço francês estava isento de qualquer mancha de pirataria foi a única consideração que o induziu a aceitá-lo. No entanto, ali estava aquele cavalheiro arrogante e soberbo, que se autodenominava General dos Exércitos da França, propondo um ataque saqueador e ladrão que, quando despojado da máscara mesquinha e transparente de guerra legítima, se revelava como uma pirataria das mais flagrantes.

M. De Rivarol, intrigado com a risada, fez uma careta de desaprovação para ele.

— Por que está rindo, monsieur?

— Porque descobri aqui uma ironia extremamente divertida. Você, *monsieur le baron*, General dos Exércitos do Rei em Terra e Mar na América, propõe um empreendimento de caráter puramente bucaneiro; enquanto eu, o bucaneiro, insisto em um empreendimento que se preocupa mais em defender a honra da França. Percebe como é divertido?

M. De Rivarol não percebeu nada disso. Na verdade, ficou extremamente zangado. Ele se levantou com um salto, e todos os homens na sala se levantaram com ele — exceto m. De Cussy, que continuou sentado com um sorriso sombrio nos lábios. Ele agora também lia o barão como um livro aberto e, ao lê-lo, o desprezava.

— *Monsieur le filibustier* — exclamou Rivarol com a voz rouca —, parece que devo lembrar outra vez que sou seu oficial superior.

— Meu oficial superior! Você! Meu Deus! Ora, você não passa de um pirata comum! Mas vai ouvir a verdade desta vez, e diante de todos esses cavalheiros que têm a honra de servir ao rei da França. Cabe a mim, um bucaneiro, um ladrão do mar, ficar de pé aqui e dizer o que é do interesse da honra francesa e da coroa francesa. Enquanto você, general nomeado pelo rei francês, negligenciando isso, pretende gastar os recursos do rei em um acordo remoto sem nenhum crédito, derramando sangue francês na tomada de um lugar que não pode ser mantido, só porque foi informado que há muito ouro em Cartagena e que a pilhagem da cidade vai enriquecê-lo. É digno do vendedor ambulante que procurou pechinchar conosco a nossa parte e nos derrotar depois que os termos que o comprometiam já tinham sido assinados. Se eu estiver errado, que monsieur De Cussy diga isso. Se eu estiver errado, provem que estou errado e eu peço perdão. Enquanto isso, monsieur, retiro-me deste conselho. Não tomarei mais parte em suas deliberações. Aceitei o serviço ao rei da França com a intenção de honrá-lo. Não posso honrar esse serviço dando apoio a um desperdício de vidas e recursos em ataques a povoados sem importância, tendo o saque como único objetivo. A responsabilidade por essas decisões deve permanecer com você, e somente com você. Que monsieur De Cussy me denuncie aos ministros da França. Quanto ao resto, monsieur, resta-lhe apenas me dar as suas ordens. Espero por elas a bordo do meu navio; e por qualquer outra coisa, de natureza pessoal, que você possa sentir que provoquei pelos termos que me senti obrigado a usar neste conselho. *Monsieur le baron*, tenho a honra de lhe desejar um bom-dia.

Ele saiu, e seus três capitães — embora pensassem que ele estava louco — saíram atrás dele em um silêncio leal.

M. De Rivarol ofegava como um peixe em terra firme. A verdade nua e crua tinha roubado sua capacidade de falar. Quando se recuperou, foi para agradecer aos céus com vigor que o conselho tinha sido liberado pelo próprio ato do capitão Blood da posterior participação daquele cavalheiro em suas deliberações. Por dentro, m. De Rivarol ardia de vergonha e raiva. A máscara lhe tinha sido arrancada, e ele foi acusado de escárnio — ele, o General dos Exércitos do Rei em Mar e Terra na América.

No entanto, foi para Cartagena que eles navegaram em meados de março. Voluntários e negros tinham aumentado as forças sob o comando direto de m. De Rivarol para 1.200 homens. Com isso, ele achava que poderia manter o contingente de bucaneiros em ordem e submisso.

Eles formavam uma frota imponente, liderada pela nau capitânia de m. De Rivarol, o *Victorieuse*, um poderoso navio com oitenta canhões. Cada um dos outros quatro navios franceses era no mínimo tão poderoso quanto o *Arabella* de Blood, que tinha quarenta canhões. Os navios piratas menores vinham em seguida, o *Elizabeth*, o *Láquesis* e o *Átropos* e uma dezena de fragatas carregadas de provisões, além de canoas e pequenas embarcações a reboque.

Por pouco eles perderam a frota da Jamaica com o coronel Bishop, que navegava para o norte em direção a Tortuga dois dias depois da passagem do barão de Rivarol em direção ao sul.

CAPÍTULO XXVII.

Cartagena

Tendo cruzado o Caribe em meio a ventos contrários, só nos primeiros dias de abril a frota francesa avistou Cartagena, e m. De Rivarol convocou um conselho a bordo de sua nau capitânia para determinar o método de ataque.

— É importante, messieurs — disse-lhes —, que tomemos a cidade de surpresa, não só antes que ela se coloque em estado de defesa, mas antes que consiga remover seus tesouros para o continente. Proponho desembarcar uma força suficiente para conseguir isso ao norte da cidade hoje após o anoitecer. — E explicou em detalhes o esquema que sua inteligência havia elaborado.

Ele foi ouvido com respeito e aprovação por seus oficiais, com desdém pelo capitão Blood e com indiferença pelos outros capitães piratas presentes. Pois é necessário entender que a recusa de Blood em comparecer aos conselhos se referia apenas àqueles voltados para determinar a natureza do empreendimento a ser realizado.

O capitão Blood era o único entre eles que sabia exatamente o que estava por vir. Dois anos antes, ele mesmo tinha considerado uma invasão ao local e feito um levantamento das circunstâncias que ele revelaria em breve.

A proposta do barão era esperada de um comandante cujo conhecimento de Cartagena era só o que se conseguiria obter a partir de mapas.

Em termos geográficos e estratégicos, é um lugar curioso. É quase quadrado, protegido a leste e a norte por colinas, e pode-se dizer que está voltado para o sul no interior de dois portos pelos quais costuma ser acessado. A entrada para o porto externo, que na verdade é uma lagoa com cerca de três milhas de largura, é feita por um gargalo conhecido como Boca Chica — ou Boca Pequena — e é protegida por um forte. Uma longa faixa de terra densamente arborizada a oeste atua como um quebra-mar natural e, ao se aproximar do porto interno, outra faixa de terra se estende em ângulos retos a partir da primeira, em direção ao continente a leste. Pouco antes disso, é interrompida, deixando um canal profundo, mas muito estreito, um verdadeiro portal para o porto interno seguro e protegido. Outro forte protege essa segunda passagem. A leste e a norte de Cartagena fica o continente, que pode ser deixado de fora. Mas, a oeste e a noroeste, essa cidade, tão bem guardada por todos os outros lados, fica diretamente aberta para o mar. Tem meia milha de praia e, além disso e das fortes muralhas que a protegem, parece não ter outras defesas. Mas essas aparências são ilusórias e enganaram totalmente m. De Rivarol quando ele traçou seu plano.

Coube ao capitão Blood explicar as dificuldades quando m. De Rivarol informou-lhe que a honra de iniciar o ataque da maneira que ele havia prescrito seria concedida aos bucaneiros.

O capitão Blood sorriu com uma apreciação sardônica da honra reservada para seus homens. Era exatamente o que ele esperava. Para os bucaneiros, os perigos; para m. De Rivarol, a honra, a glória e o lucro do empreendimento.

— É uma honra que devo recusar — disse com frieza.

Wolverstone grunhiu em aprovação, e Hagthorpe assentiu. Yberville, que tanto quanto qualquer um deles se ressentia da arrogância de seu nobre compatriota, nem vacilou na lealdade ao capitão Blood. Os oficiais franceses — havia seis deles presentes — encararam com surpresa arrogante o líder bucaneiro, enquanto o barão lhe lançava uma pergunta desafiadora.

— Como é? Você recusa, senhor? Você se recusa a obedecer às ordens, é isso?

— Entendi, *monsieur le baron*, que você nos convocou para deliberar sobre os meios a serem adotados.

— Então entendeu mal, *monsieur le capitaine*. Você está aqui para receber os meus comandos. Já deliberei e decidi. Espero que entenda.

— Ah, eu entendo — riu Blood. — Mas me pergunto se você entendeu. — E, sem dar tempo ao Barão de responder à pergunta raivosa que estava borbulhando em seus lábios, continuou: — Você já deliberou, como disse, e decidiu. Mas, a menos que sua decisão se baseie em um desejo de destruir meus bucaneiros, você vai alterá-la quando eu lhe contar uma coisa de que tenho conhecimento. Esta cidade de Cartagena parece muito vulnerável no lado norte, totalmente aberta para o mar. Pergunte a si mesmo, *monsieur le baron*, como é que os espanhóis que a construíram tiveram tanto trabalho para fortificá-la ao sul, se ao norte é tão fácil atacá-la.

Isso fez m. De Rivarol parar.

— Os espanhóis — continuou Blood — não são exatamente os tolos que está supondo. Deixem-me dizer, messieurs, que há dois anos fiz um levantamento de Cartagena como preliminar para uma incursão. Vim aqui com alguns índios comerciantes amigáveis, eu mesmo disfarçado de índio, e, com esse disfarce, passei uma semana na cidade e estudei cuidadosamente todos os seus acessos. No lado do mar onde parece tão tentadoramente aberta a ataques, há baixios de água por mais de meia milha; longe o suficiente, asseguro, para garantir que nenhum navio fique ao alcance de bombardeio.

Não é seguro aventurar-se mais perto das terras do que três quartos de milha.

— Mas nosso desembarque será feito em canoas e pirogas e em botes abertos — gritou um oficial impaciente.

— Na época mais calma do ano, a arrebentação vai atrapalhar essa operação. E você também deve ter em mente que, se o desembarque fosse possível do jeito que está sugerindo, não poderia ser coberto pelos canhões dos navios. Na verdade, os grupos de desembarque correriam perigo com a própria artilharia.

— Se o ataque for feito à noite, como proponho, a cobertura será desnecessária. Vocês devem estar todos em terra antes que os espanhóis saibam da intenção.

— Você está supondo que Cartagena é uma cidade de cegos, que neste exato momento eles não estão avaliando nossas velas e se perguntando quem somos e o que pretendemos.

— Mas, se eles se sentem seguros no norte, como você sugere — gritou o barão, impaciente —, essa mesma segurança vai enganá-los.

— Talvez. Mas, por outro lado, eles estão seguros. Qualquer tentativa de desembarcar por este lado está fadada ao fracasso nas mãos da natureza.

— Mesmo assim, vamos fazer a tentativa — disse o obstinado barão, cuja arrogância não o deixava ceder diante de seus oficiais.

— Se ainda escolher fazer isso depois do que eu disse, você é, naturalmente, a pessoa que deve decidir. Mas não levo meus homens para um perigo infrutífero.

— Se eu ordenar... — o barão estava começando, mas Blood o interrompeu sem cerimônia.

— *Monsieur le baron*, quando monsieur De Cussy nos contratou em seu nome, foi tanto pelo nosso conhecimento e experiência dessa classe de guerra quanto pela nossa força. Coloquei meu próprio conhecimento e experiência nesse assunto específico à sua disposição. Acrescento que abandonei meu próprio projeto de atacar Cartagena, não tendo na época forças suficientes para forçar a entrada no porto, que é o único caminho até a cidade. A força que você comanda agora é ampla para esse propósito.

— Mas, enquanto fazemos isso, os espanhóis terão tempo de retirar grande parte da riqueza que a cidade guarda. Devemos pegá-los de surpresa.

O capitão Blood deu de ombros.

— Se esta for uma mera incursão de pirataria, essa consideração é importante, claro. Foi assim para mim. Mas, se estiver preocupado em abater o orgulho da Espanha e plantar os lírios da França nos fortes desse assentamento, a perda de uma parte do tesouro não deve pesar muito.

M. De Rivarol mordeu o lábio, decepcionado. Seu olho sombrio fumegou ao avaliar o bucaneiro independente.

— Mas se eu mandar você... fazer uma tentativa? — perguntou. — Responda-me, monsieur, diga-nos de uma vez por todas onde estamos e quem comanda esta expedição.

— Eu o considero muito cansativo — disse o capitão Blood e virou-se para m. De Cussy, que estava sentado mordendo o lábio, extremamente desconfortável. — Apelo a você, monsieur, que me justifique com o general.

M. De Cussy saiu de sua abstração soturna. Pigarreou. Estava extremamente nervoso.

— Em vista do que o capitão Blood apresentou...

— Ah, para o inferno com isso! — retrucou Rivarol. — Parece que sou seguido por covardes. Olhe, *monsieur le capitaine*, já que tem medo de empreender isso, eu mesmo o farei. O tempo está calmo, e considero que farei um bom desembarque. Se eu conseguir isso, provarei que você está errado e terei uma palavra para você amanhã, da qual talvez não goste. Estou sendo muito generoso, senhor. — Ele acenou a mão majestosamente. — Está dispensado.

Era a pura obstinação e o orgulho vazio que o moviam, e ele recebeu a lição que merecia. A frota permaneceu durante a tarde a cerca de uma milha da costa e, sob a cobertura da escuridão, trezentos homens, dos quais duzentos eram negros — todo o contingente negro foi empurrado para o empreendimento —, foram levados até a costa em canoas, pirogas e barcos dos navios. O orgulho de Rivarol o impulsionou, por mais que não gostasse da aventura, a liderá-los pessoalmente.

Os primeiros seis barcos foram pegos na arrebentação e despedaçados antes que os ocupantes conseguissem se libertar. O estrondo da arrebentação e os gritos dos naufragados alertaram os que os seguiam e, assim, os salvaram de ter o mesmo destino. Por ordens urgentes do barão, eles se afastaram de novo do perigo e começaram a resgatar os sobreviventes. Quase cinquenta vidas foram perdidas na aventura, além de meia dúzia de barcos carregados com munições e armas leves.

O barão voltou para sua nau capitânia enfurecido, mas de forma alguma um homem mais sábio. A sabedoria — até mesmo a pungente experiência da sabedoria que nos é imposta — não é para pessoas como m. De Rivarol. Sua raiva envolvia tudo, mas se concentrava especialmente no capitão Blood. De acordo com algum processo distorcido de raciocínio, ele considerou o bucaneiro o principal responsável por essa desventura. Foi para a cama considerando furiosamente o que deveria dizer ao capitão Blood no dia seguinte.

Foi acordado ao amanhecer pelo estrondo de canhões. Emergindo na popa de touca de dormir e chinelos, viu uma cena que aumentou sua fúria insensata e irracional. Os quatro navios bucaneiros sob velas estavam fazendo manobras extraordinárias a meia milha da Boca Chica e a pouco mais de meia milha do restante da frota, e de seus flancos saíam chamas e fumaça toda vez que eles lançavam uma rajada de tiros em direção ao grande forte redondo que guardava aquela entrada estreita. O forte estava retribuindo o fogo com vigor e violência. Mas os bucaneiros cronometraram suas rajadas de tiro com uma análise extraordinária para pegar a artilharia de defesa recarregando; então, quando incentivavam o fogo dos espanhóis, eles se afastavam de novo não só tomando cuidado para serem sempre alvos em movimento, mas, além disso, para virarem apenas a proa ou a popa para o forte, com os mastros alinhados, quando os tiros dos canhões mais pesados eram esperados.

Balbuciando e praguejando, m. De Rivarol ficou parado observando essa ação, tão presunçosamente empreendida por Blood sob sua própria responsabilidade. Os oficiais do *Victorieuse* cercaram-no, mas só quando m. De Cussy se juntou ao grupo foi que ele abriu as comportas da raiva. E foi o próprio m. De Cussy que provocou o dilúvio que agora o atingia. Ele tinha subido esfregando as mãos e com uma satisfação adequada por causa da energia dos homens que tinha recrutado.

— A-há, monsieur De Rivarol! — ele riu. — Ele entende do negócio, esse capitão Blood. Ele vai plantar os lírios da França naquele forte antes do café da manhã.

O barão lançou-se sobre ele rosnando.

— Ele entende do negócio, é? A função dele, deixe-me dizer, monsieur De Cussy, é obedecer às minhas ordens, e eu não ordenei isso. *Par la Mordieu!* Quando isso acabar, vou lidar com ele por causa dessa maldita insubordinação.

— Certamente, *monsieur le baron*, ele terá se justificado se for bem-sucedido.

— Justificado! *Ah, parbleu!* Um soldado consegue justificar agir sem ordens? — prosseguiu furioso, seus oficiais apoiando-o no ódio ao capitão Blood.

Enquanto isso, a batalha continuava alegremente. O forte estava sofrendo muito. Mesmo assim, apesar de todas as manobras, os bucaneiros não estavam escapando da punição. A amurada de estibordo do *Átropos* fora reduzida a estilhaços, e um tiro atingira o casco na popa. O *Elizabeth* estava muito danificado perto do castelo de proa, e o mastro do *Arabella* tinha sido alvejado, enquanto perto do fim do combate o *Láquesis* saiu cambaleando da luta com um leme despedaçado, dando voltas.

Os olhos violentos do barão absurdo brilharam de satisfação.

— Rogo aos céus que afundem todos os seus navios infernais! — gritou em seu frenesi.

Mas os céus não lhe deram ouvidos. Mal ele falou, houve uma explosão terrível, e metade do forte foi reduzido a fragmentos. Um tiro de sorte dos bucaneiros tinha encontrado o paiol.

Pode ter sido algumas horas depois, quando o capitão Blood, limpo e fresco como se tivesse acabado de sair de um dique, pisou no tombadilho do *Victoriense* para enfrentar m. De Rivarol, ainda de pijama e touca de dormir.

— Devo informar, *monsieur le baron*, que estamos de posse do forte de Boca Chica. O estandarte da França está tremulando no que restou de sua torre, e o caminho para o porto externo está aberto para sua frota.

M. De Rivarol foi obrigado a engolir a fúria, embora esta o sufocasse. O júbilo entre seus oficiais foi tamanho que ele não pôde continuar como havia começado. No entanto, os olhos estavam cheios de maldade, o rosto pálido de raiva.

— Você tem sorte, monsieur Blood, de ter sido bem-sucedido — disse. — Seria muito ruim se você tivesse fracassado. Em outra ocasião, tenha a bondade de aguardar as minhas ordens, para que não lhe falte depois a justificativa que sua sorte lhe proporcionou esta manhã.

Blood sorriu com um lampejo de dentes brancos e fez uma reverência.

— Ficarei feliz com suas ordens agora, general, por buscar nossa vantagem. Você percebe que a velocidade de ataque é o primeiro elemento essencial.

Rivarol ficou boquiaberto por um instante. Absorto na raiva ridícula, ele não tinha considerado nada. Mas se recuperou rápido.

— Para minha cabine, por favor — ordenou peremptoriamente, e estava se virando para seguir na frente, quando Blood o segurou.

— Com submissão, meu general, é melhor ficarmos aqui. Você contempla ali a cena da nossa ação iminente. Ela se estende diante de você como um mapa. — Ele acenou com a mão em direção à lagoa, ao campo que a flanqueava e à cidade considerável afastada da praia. — Se não for presunção minha oferecer uma sugestão... — Ele fez uma pausa.

M. De Rivarol olhou para ele impetuosamente, suspeitando de ironia. Mas o rosto moreno estava vago, os olhos penetrantes estavam firmes.

— Vamos ouvir sua sugestão — consentiu.

Blood apontou para o forte na boca do porto interno, que mal era visível sobre as palmeiras ondulantes na língua de terra intermediária. Anunciou que seu armamento era menos formidável do que o do forte externo, que eles haviam dominado; mas, por outro lado, a passagem era muito mais estreita do que a Boca Chica e, antes que eles pudessem tentar fazer isso de qualquer maneira, teriam que se livrar dessas defesas. Ele propôs que os navios franceses entrassem no porto externo e procedessem imediatamente ao bombardeio. Enquanto isso, ele desembarcaria trezentos bucaneiros e alguma artilharia no lado leste da lagoa, além das ilhas de jardim perfumadas e densas com ricas árvores frutíferas, e atacaria simultaneamente o forte pela retaguarda. Assediado assim pelos dois lados ao mesmo tempo e desmoralizado pelo destino do forte externo, que era muito mais sólido, ele achava que os espanhóis não ofereceriam uma resistência muito demorada. Então, m. De Rivarol teria que guarnecer o forte, enquanto o capitão Blood invadiria com seus homens e tomaria a igreja de Nuestra Señora de la Poupa, claramente visível na colina a leste da cidade. Essa eminência não só lhes proporcionaria uma vantagem estratégica valiosa e evidente, mas também dominaria a única estrada que ia de Cartagena para o interior e, uma vez tomada, não haveria mais nenhuma dúvida de que os espanhóis tentariam remover a riqueza da cidade.

Isso, para m. De Rivarol, era — como o capitão Blood havia julgado que seria — o argumento culminante. Presunçoso até aquele momento e disposto, pelo bem do próprio orgulho, a tratar as sugestões do bucaneiro com uma crítica arrogante, m. De Rivarol mudou de atitude de repente. Tornou-se alerta e ágil, chegou a elogiar o plano do capitão Blood e deu ordens para que agissem de imediato.

Não é necessário seguir essa ação passo a passo. As asneiras por parte dos franceses prejudicaram a execução tranquila, e o manejo medíocre dos navios levou ao naufrágio de dois deles no decorrer da tarde, sob os tiros do forte. Mas, ao entardecer, em grande parte por causa da fúria irresistível com que os bucaneiros invadiram o local pelo lado da terra, o forte havia se rendido e, antes do anoitecer, Blood e seus homens, com algumas munições transportadas para lá por mulas, dominaram a cidade do alto de Nuestra Señora de la Poupa.

Ao meio-dia do dia seguinte, desprovida de defesas e ameaçada de bombardeio, Cartagena enviou ofertas de rendição a m. De Rivarol.

Inchado de orgulho por uma vitória da qual assumiu todo o crédito, o barão ditou seus termos. Exigiu que todos os efeitos públicos e contas de gabinetes fossem entregues; que os mercadores entregassem todo o dinheiro e os bens mantidos por eles para seus correspondentes; os habitantes podiam escolher se queriam permanecer na cidade ou partir; mas aqueles que fossem primeiro deveriam entregar todas as suas propriedades, e aqueles que escolhessem permanecer deveriam entregar metade e se tornar súditos da França; as casas e igrejas religiosas seriam poupadas, mas deveriam prestar contas de todo dinheiro e objetos de valor em sua posse.

Cartagena concordou, não tendo escolha, e, no dia seguinte, 5 de abril, m. De Rivarol entrou na cidade e a proclamou colônia francesa, nomeando m. De Cussy seu governador. Depois disso, seguiu para a catedral, onde, muito apropriadamente, um *Te Deum*[18]

---

[18] Cântico cristão usado principalmente em liturgias católicas, mas não apenas nessas. O primeiro verso se inicia com "Te Deum laudamus", que significa "A ti, Deus, louvamos". [N.R.]

foi cantado em homenagem à conquista. Isso aconteceu por graça, após o que m. De Rivarol passou a devorar a cidade. O único detalhe em que a conquista francesa de Cartagena diferia de um ataque bucaneiro comum era que, sob as mais severas penalidades, nenhum soldado deveria entrar na casa de nenhum habitante. Mas esse aparente respeito pelas pessoas e pelas propriedades dos conquistados baseava-se, na realidade, na ansiedade de m. De Rivarol de que pelo menos um dobrão fosse retirado de toda a riqueza que estava sendo despejada no tesouro aberto pelo barão em nome do rei da França. Assim que o fluxo de ouro cessou, ele tirou todas as restrições e deixou a cidade nas mãos de seus homens, que continuaram a saquear a parte da propriedade dos habitantes que se tornaram súditos da França, que deveria permanecer inviolada. O saque era enorme. Ao longo de quatro dias, mais de cem mulas carregadas de ouro saíram da cidade e desceram até os barcos que esperavam na praia para levar o tesouro a bordo dos navios.

CAPÍTULO XXVIII.

A honra de m. De Rivarol

Durante a capitulação, e por algum tempo depois, o capitão Blood e a maioria dos seus piratas estiveram em seu posto nas alturas de Nuestra Señora de la Poupa, totalmente ignorantes do que estava acontecendo. Blood, embora o principal homem — senão o único — responsável pela rápida redução da cidade, que revelou ser uma verdadeira casa do tesouro, não recebeu sequer a consideração de ser convocado para o conselho de oficiais com o qual m. De Rivarol determinou os termos da capitulação.

Foi um desprezo que, em outra época, o capitão Blood não teria suportado de jeito nenhum. Mas, no momento, em seu estranho estado de espírito e seu divórcio da pirataria, contentou-se em sorrir com um desprezo absoluto pelo general francês. Não foi assim, entretanto, com seus capitães, e menos ainda com seus homens. O ressentimento ardeu entre eles por um tempo, para explodir com violência no fim daquela semana em Cartagena. Só depois que assumiu o compromisso de levar as queixas ao barão é que o capitão conseguiu acalmá-los por um tempo. Feito isso, foi imediatamente em busca de m. De Rivarol.

Encontrou-o nos gabinetes que o barão tinha instalado na cidade, com uma equipe de escriturários para registrar o tesouro saqueado e analisar os livros contábeis entregues, a fim de apurar com precisão as somas que faltavam ser conferidas. O barão estava sentado examinando os livros-razão, como um comerciante da cidade, e verificando os números para se certificar de que tudo estava correto até o último peso. Essa ocupação era especial para o General dos Exércitos do Rei em Mar e Terra. Ele olhou para cima, irritado com a interrupção que a chegada do capitão Blood ocasionou.

— *Monsieur le baron* — cumprimentou o capitão. — Preciso falar com franqueza; e você vai sofrer. Meus homens estão a ponto de se rebelar.

M. De Rivarol observou-o erguendo levemente as sobrancelhas.

— Capitão Blood, também vou falar com franqueza; e você também vai sofrer. Se houver um motim, você e seus capitães serão considerados pessoalmente responsáveis. O erro que comete é usar comigo o tom de um aliado, ao passo que deixei bem claro desde o início que você está na posição de ter aceitado servir sob o meu comando. Sua apreensão adequada desse fato poupará o desperdício de muitas palavras.

Blood se conteve com dificuldade. Um desses belos dias, sentia que, pelo bem da humanidade, deveria cortar a crista daquele galo presunçoso e arrogante.

— Você pode definir nossas posições como quiser — disse ele. — Mas devo lembrar-lhe que a natureza de uma coisa não é alterada pelo nome que se dá a ela. Estou preocupado com os fatos; principalmente com o fato de que firmamos termos definidos com você.

Esses termos preveem uma distribuição específica do espólio. Meus homens exigem isso. Eles não estão satisfeitos.

— Com o que eles não estão satisfeitos? — perguntou o barão.

— Com a sua honestidade, monsieur De Rivarol.

Um soco na cara não teria deixado o francês mais surpreso. Ele enrijeceu e se ergueu, os olhos brilhando, o rosto de uma palidez mortal. Os escriturários nas mesas largaram as canetas e esperaram a explosão com uma espécie de terror.

Por um longo instante, houve silêncio. Depois, o grande cavalheiro expressou-se com uma voz de raiva concentrada.

— Você realmente ousa tanto, você e esses ladrões sujos que o seguem? Blood de Deus! Você vai me responder por essa palavra, embora seja uma desonra ainda pior conhecê-lo. Que horror!

— Devo lembrar — disse Blood — que não estou falando por mim, mas pelos meus homens. São eles que não estão satisfeitos, são eles que ameaçam que, a menos que lhes seja proporcionada satisfação e prontamente, vão levar tudo.

— Levar tudo? — disse Rivarol, tremendo de raiva. — Pois que tentem e...

— Não seja precipitado. Meus homens estão dentro de seus direitos, como você sabe. Eles exigem saber quando é que essa divisão do espólio vai ocorrer, e quando devem receber o quinto que seus termos preveem.

— Deus me dê paciência! Como podemos compartilhar o espólio antes que seja recolhido por completo?

— Meus homens têm motivos para acreditar que já está recolhido; e, de qualquer maneira, eles veem com desconfiança que tudo fique alojado a bordo dos seus navios e permaneça em sua posse. Eles dizem que, a partir de agora, não haverá como determinar o valor total do espólio.

— Mas, em nome dos céus!, anotei tudo em livros. Eles estão lá para que todos possam ver.

— Eles não querem ver livros contábeis. Poucos sabem ler. Querem ver o tesouro. Eles sabem, você me obriga a ser direto, que as contas foram falsificadas. Seus livros mostram que o espólio de Cartagena chega a cerca de dez milhões de libras. Os homens sabem, e são muito habilidosos nesses cálculos, que ultrapassa o enorme total de quarenta milhões. Insistem que o próprio tesouro seja produzido e pesado na presença deles, como é o costume na Irmandade da Costa.

— Não sei nada sobre os costumes de flibusteiros. — O cavalheiro foi desdenhoso.

— Mas está aprendendo rápido.

— O que quer dizer com isso, seu malandro? Sou líder de exércitos, não de ladrões saqueadores.

— Ah, mas é claro! — A ironia de Blood sorriu em seus olhos. — No entanto, seja o que você for, aviso que, a menos que ceda a uma exigência que considero justa e, portanto, sustento, você pode ter problemas, e não me surpreenderia se você nunca saísse de Cartagena nem carregasse uma única moeda de ouro para a França.

— *Ah, pardieu!* Devo entender que está me ameaçando?

— Ora, ora, *monsieur le baron*! Eu o estou avisando dos problemas que um pouco de prudência pode evitar. Você não sabe em que vulcão está sentado. Não conhece os costumes dos bucaneiros. Se persistir, Cartagena ficará encharcada de sangue e, seja qual for o resultado, o rei da França não terá sido bem servido.

Isso mudou a base do argumento para um terreno menos hostil. Por algum tempo, ainda assim, continuou, para ser finalmente concluído por um compromisso indelicado de m. De Rivarol de se submeter às exigências dos bucaneiros. Ele o apresentou com extrema má vontade, e só porque Blood o fez perceber que reter o dinheiro por mais tempo seria perigoso. Em uma batalha, era possível que ele derrotasse os seguidores de Blood. Mas era possível que não. E, mesmo se tivesse sucesso, o esforço seria tão caro para ele em termos de homens que ele poderia não ter forças suficientes para manter o controle do que tinha recolhido.

O fim de tudo foi que ele prometeu fazer os preparativos necessários de imediato e, se o capitão Blood e seus oficiais o esperassem a bordo do *Victorieuse* na manhã seguinte, o tesouro seria mostrado, pesado na presença deles, e a quinta parte seria entregue ali aos seus cuidados.

Entre os bucaneiros, naquela noite, houve muita diversão com a repentina redução do monstruoso orgulho de m. De Rivarol. Mas, quando o amanhecer rompeu em Cartagena, eles tiveram a explicação para isso. Os únicos navios que se viam no porto eram o *Arabella* e o *Elizabeth* fundeados, e o *Átropos* e o *Láquesis* adernados na praia para reparar os danos sofridos no bombardeio. Os navios franceses haviam partido. Tinham partido de um jeito silencioso e secreto do porto sob o manto da noite, e três velas, fracas e pequenas, no horizonte a oeste eram tudo que restava para ser visto deles. O fugitivo m. De Rivarol partira com o tesouro, levando consigo as tropas e os marinheiros que trouxera da França. Tinha deixado para trás, em Cartagena, não só os bucaneiros de mãos vazias, a quem havia enganado, mas também m. De Cussy e os voluntários e negros da ilha de São Domingos, a quem também tinha enganado.

As duas partes se uniram na fúria em comum e, antes de sua exibição, os habitantes daquela cidade malfadada foram atingidos por um terror mais profundo do que já haviam conhecido desde a chegada dessa expedição.

Só o capitão Blood manteve a cabeça, colocando um freio na decepção profunda. Tinha prometido a si mesmo que, antes de se despedir de m. De Rivarol, faria um balanço de todas as afrontas e insultos mesquinhos a que aquele sujeito revoltante — que agora provava ser um canalha — o tinha submetido.

— Vamos segui-lo — declarou. — Segui-lo e castigá-lo.

No início, esse foi o clamor geral. Depois veio a consideração de que apenas dois dos navios bucaneiros estavam em condições de navegar — e não podiam acomodar toda a força, especialmente estando, no momento, mal abastecidos para uma longa viagem. As tripulações do *Láquesis* e do *Átropos* e com eles seus capitães, Wolverstone e Yberville, renunciaram à intenção. Afinal, ainda havia muito tesouro escondido em Cartagena. Eles iam permanecer para extorqui-lo enquanto preparavam seus navios para ir ao mar. Que Blood e Hagthorpe e aqueles que navegavam com ele fizessem o que quisessem.

Só então Blood percebeu a precipitação da sua proposta e, ao tentar recuar, quase precipitou uma batalha entre os dois grupos em que a mesma proposta agora dividia os bucaneiros. E, enquanto isso, as velas francesas no horizonte diminuíam cada vez mais. Blood foi reduzido ao desespero. Se fosse embora agora, só Deus sabia o que aconteceria com a cidade, com o temperamento daqueles que ele estava deixando para trás. No entanto, se permanecesse, isso significaria simplesmente que sua própria tripulação e a de Hagthorpe se juntariam à saturnália e aumentariam a violência dos eventos agora inevitáveis. Incapaz de chegar a uma decisão, seus próprios homens e os de Hagthorpe tiraram o assunto de suas mãos, ansiosos para perseguir Rivarol. Não era só uma trapaça desonrosa a ser punida, mas um enorme tesouro a ser conquistado ao tratar como inimigo esse comandante francês que tinha rompido a aliança de forma tão vil.

Quando Blood, dividido entre considerações conflitantes, continuou hesitando, eles o carregaram quase à força a bordo do *Arabella*.

Dentro de uma hora, com os tonéis de água reabastecidos ao mínimo e guardados a bordo, o *Arabella* e o *Elizabeth* lançaram-se ao mar nessa perseguição furiosa.

"Quando estávamos ao mar e o curso do *Arabella* estava traçado", escreve Pitt em seu diário de bordo, "fui procurar o capitão, sabendo que ele estava com a mente perturbada por esses acontecimentos. Eu o encontrei sentado sozinho na cabine, a cabeça entre as mãos, o tormento nos olhos que olhavam para a frente, sem ver nada."

— E agora, Peter? — exclamou o jovem marinheiro de Somerset. — Senhor, o que o está aborrecendo? Certamente não é Rivarol!

— Não — disse Blood de um jeito denso. E, pela primeira vez, foi comunicativo. Talvez fosse porque precisava dar vazão ao que o oprimia para não enlouquecer. E Pitt, afinal, era seu amigo e o amava, portanto, era um homem adequado para confidências. — Mas se ela soubesse! Se ela soubesse! Ó Deus! Achei que eu já tinha abandonado a pirataria; pensei ter feito isso para sempre. No entanto, aqui estou eu, por causa desse canalha, cometido à pior pirataria de que já fui culpado. Pense em Cartagena! Pense no inferno que esses demônios farão agora! E terei isso na minha alma!

— Não, Peter, não está na sua alma, e sim na de Rivarol. Foi aquele ladrão sujo que provocou tudo isso. O que você poderia ter feito para evitar?

— Eu teria ficado se fosse útil.

— Não seria, e você sabe disso. Então, por que se amofinar?

— Tem mais alguma coisa por trás disso — grunhiu Blood. — E agora? O que resta? O serviço leal aos ingleses tornou-se impossível para mim. O serviço leal à França levou a isso, e também é igualmente impossível daqui em diante. Para viver limpo, acredito que a única coisa que me resta é oferecer minha espada ao rei da Espanha.

Mas algo permanecia — a última coisa que ele poderia esperar — algo em direção ao qual eles estavam navegando rapidamente pelo mar tropical iluminado pelo sol. Tudo isso contra o qual ele agora investia tão amargamente era só uma etapa necessária na formação do seu estranho destino.

Estabelecendo um curso para a ilha de São Domingos, uma vez que eles acharam que Rivarol devia ir para lá consertar os navios antes de tentar atravessar para a França, o *Arabella* e o *Elizabeth* navegaram em alta velocidade para o norte com um vento moderadamente favorável por dois dias e noites sem ter um único vislumbre de sua presa. O terceiro amanhecer trouxe consigo uma névoa que circunscreveu o campo de visão a algo entre duas e três milhas e aprofundou a crescente irritação e a apreensão de que m. De Rivarol pudesse escapar deles.

A posição deles então — de acordo com o registro de Pitt — era de aproximadamente longitude 75°30'O por latitude 17°45'N, de modo que eles tinham a Jamaica no feixe de bombordo cerca de trinta milhas a oeste, e, de fato, longe a noroeste, vagamente visível como um banco de nuvens, apareceu a grande crista das Montanhas Azuis cujos picos eram empurrados para o ar límpido sobre a névoa baixa. O vento, com o qual navegavam apertado, vinha do oeste e trazia aos ouvidos um som estrondoso que, numa audição menos experiente, poderia parecer a arrebentação de uma praia a sotavento.

— Canhões! — disse Pitt, que estava com Blood no tombadilho.

Blood acenou com a cabeça, ouvindo.

— A dez milhas de distância, talvez quinze, em algum lugar de Port Royal, creio eu — acrescentou Pitt. Em seguida, olhou para o capitão. — Isso nos diz respeito? — perguntou.

— Canhões de Port Royal... isso vai fazer o coronel Bishop trabalhar. E contra quem ele deve agir, além de amigos nossos? Acho que isso pode nos interessar. De qualquer forma, vamos investigar. Peça-lhes que coloquem o leme a meio.

Eles dobraram o vento à trinca, guiados pelo som do combate, que aumentava em volume e em definição à medida que se aproximavam. Ficaram assim por uma hora, talvez. Então, quando, com o telescópio no olho, Blood vasculhou a névoa, esperando a qualquer momento ver os navios em batalha, os canhões cessaram abruptamente.

Eles mantiveram o curso mesmo assim, com todos os ajudantes no convés vasculhando ávida e ansiosamente o mar à frente. E logo um objeto apareceu à vista, que logo se definiu como um grande navio em chamas. À medida que o *Arabella*, com o *Elizabeth* seguindo de perto, aproximava-se pela amura noroeste, os contornos do navio em chamas ficavam mais claros. Logo os mastros se destacaram nítidos e negros sobre a fumaça e as chamas, e através do telescópio Blood distinguiu com clareza a bandeira de São Jorge tremulando no mastro.

— Um navio inglês! — gritou.

Ele esquadrinhou os mares em busca do conquistador na batalha da qual essa evidência sombria foi adicionada à dos sons que ouviram. E quando, por fim, ao se aproximarem do navio condenado, eles distinguiram os contornos sombrios de três grandes navios a cerca de três ou quatro milhas de distância em direção a Port Royal, a primeira e natural suposição era que esses navios deviam pertencer à frota da Jamaica e que o navio em chamas era um bucaneiro derrotado, por isso aceleraram para pegar os três barcos que estavam distantes do casco em chamas. Mas Pitt, que pelo telescópio examinava o esquadrão em retirada, observou coisas aparentes apenas aos olhos do marinheiro treinado e fez o incrível anúncio de que a maior dessas três embarcações era o *Victorieuse* de Rivarol.

Eles inflaram a vela e manobraram enquanto subiam com os barcos à deriva, lotados de sobreviventes. E havia outros à deriva em algumas das vergas e destroços espalhados pelo mar, que também deveriam ser resgatados.

CAPÍTULO XXIX.

O serviço do Rei William

Um dos barcos bateu ao lado do *Arabella* e, subindo a escada de portaló, primeiro veio um cavalheiro esguio e abatido, com um casaco de cetim de amora enfeitado com ouro, cujo rosto enrugado, amarelo, um tanto rabugento, estava emoldurado por uma grossa peruca negra. Seus trajes elegantes e caros não tinham sofrido com a aventura pela qual havia passado, e ele se portava com a segurança tranquila de um homem de posição. Ali, claramente, não havia um bucaneiro. Era seguido de perto por alguém que, em todos os aspectos, exceto a idade, era seu oposto físico, corpulento de um jeito forte e vigoroso, com um rosto cheio, redondo e castigado pelo tempo, cuja boca era engraçada e cujos olhos eram azuis e cintilantes. Estava bem-vestido, sem enfeites, e carregava consigo um ar de autoridade vigorosa.

Quando o homenzinho desceu da escada para a meia-nau, onde o capitão Blood fora recebê-lo, seus olhos negros e penetrantes percorreram as fileiras rudes da tripulação reunida do *Arabella*.

— E onde diabos posso estar agora? — exigiu saber, irritado. — Você é inglês ou que diabo é você?

— Tenho a honra de ser irlandês, senhor. Meu nome é Blood, capitão Peter Blood, e este é meu navio, o *Arabella*, tudo a seu serviço.

— Blood! — gritou o homenzinho. — Ó Blood! Um pirata! — Ele se virou para o Colosso que o seguia: — Um maldito pirata, Van der Kuylen. Destrua meus sinais vitais, mas saímos de Cila e caímos em Caríbdis.

— E daí? — disse o outro guturalmente, e de novo: — E daí?

Então o humor o dominou, e ele se rendeu.

— Droga! Do que está rindo, sua toninha? — cuspiu no casaco de amora. — Isso vai dar uma bela história em casa! O almirante Van der Kuylen primeiro perde sua frota durante a noite, depois tem sua nau capitânia atingida por tiros de um esquadrão francês e acaba sendo capturado por um pirata. Fico feliz que você considere que isso é motivo para rir. Já que, pelos meus pecados, caí nas suas mãos, maldito seja se o fizer.

— Há um equívoco, se me permite a ousadia de apontá-lo — colocou Blood baixinho. — Vocês não foram capturados, cavalheiros; foram resgatados. Quando perceberem isso, talvez lhes ocorra reconhecer a hospitalidade que estou lhes oferecendo. Pode ser pobre, mas é o melhor à minha disposição.

O pequeno cavalheiro feroz o encarou.

— Maldito! Você se permite ser irônico? — ele desaprovou e, talvez com o objetivo de corrigir essa tendência, começou a se apresentar. — Sou lorde Willoughby, governador-geral do rei William das Índias Ocidentais, e este é o almirante Van der Kuylen, comandante da frota das Índias Ocidentais de Sua Majestade, no momento perdida em algum lugar deste maldito mar do Caribe.

— Rei William? — disse Blood, e estava consciente de que Pitt e Dyke, atrás dele, agora se aproximavam, compartilhando sua surpresa. — E quem pode ser o rei William, e de onde ele pode ser rei?

— O que é isso? — Com uma surpresa maior do que a dele, lorde Willoughby o encarou em resposta. Por fim: — Estou aludindo a Sua Majestade o rei William III, William de Orange, que, com a rainha Mary, governa a Inglaterra há dois meses ou mais.

Houve um momento de silêncio, até que Blood percebeu o que estava sendo dito.

— Quer dizer, senhor, que eles se rebelaram e expulsaram aquele canalha do James e sua gangue de rufiões?

O almirante Van der Kuylen cutucou Sua Senhoria, com um brilho cômico nos olhos azuis.

— *Zua* política é *muizo* boa, eu acho — resmungou.

O sorriso de Sua Senhoria provocou rugas como cortes nas bochechas coriáceas.

— Idiota! Você não ouviu? Onde diabos você esteve, afinal?

— Fora de contato com o mundo nos últimos três meses — respondeu Blood.

— Macacos me mordam! Deve ter estado mesmo. E nesses três meses o mundo passou por algumas mudanças.

Ele fez um relato resumido das mudanças. O rei James fugiu para a França e estava vivendo sob a proteção do rei Louis; portanto, e por outros motivos, a Inglaterra uniu-se à liga contra ela e agora estava em guerra contra a França. Foi assim que a nau capitânia do almirante holandês foi atacada pela frota de monsieur De Rivarol naquela manhã, de onde se concluía claramente que, em sua viagem de Cartagena, o francês deve ter falado com algum navio que lhe deu a notícia.

Depois disso, com renovadas garantias de que a bordo de seu navio eles seriam tratados com honra, o capitão Blood conduziu o governador-geral e o almirante à sua cabine, enquanto o trabalho de resgate prosseguia. A notícia que recebeu deixou a mente de Blood em um turbilhão. Se o rei James tinha sido destronado e banido, haveria um fim à sua própria ilegalidade pela suposta participação em uma tentativa precoce de expulsar aquele tirano. Tornou-se possível voltar para casa e retomar a vida do ponto em que foi tão lamentavelmente interrompida quatro anos antes. Estava deslumbrado com a perspectiva que se abrira de maneira tão abrupta para ele. A coisa encheu tanto sua mente, comoveu-o de modo tão profundo, que ele precisou se expressar. Ao fazer isso, revelou mais do que sabia ou pretendia ao pequeno cavalheiro astuto que o observava com tanta atenção o tempo todo.

— Vá para casa, se quiser — disse Sua Senhoria, quando Blood fez uma pausa. — Pode ter certeza de que ninguém vai assediá-lo por conta da pirataria, considerando o que foi que o levou a isso. Mas por que ter pressa? Ouvimos falar de você, com certeza, e sabemos do que é capaz nos mares. Esta é uma grande chance para você, já que está cansado da pirataria. Se decidir servir ao rei William aqui durante esta guerra, seu conhecimento das Índias Ocidentais deve torná-lo um servo muito valioso do governo de Sua Majestade, que não seria ingrato. Você devia pensar nisso. Droga, senhor, repito: é uma grande chance que você tem.

— Que Vossa Senhoria está me dando — emendou Blood. — Estou muito grato. Mas, no momento, confesso, não posso considerar nada além dessa grande notícia. Ela altera a forma do mundo. Devo me acostumar a vê-lo como é agora, antes de poder determinar meu lugar nele.

Pitt entrou para informar que o trabalho de resgate havia chegado ao fim e que os homens resgatados — cerca de 45 ao todo — estavam a salvo a bordo dos dois navios piratas. Pediu ordens. Blood levantou-se.

— Estou sendo negligente com as preocupações de Vossa Senhoria quanto às minhas considerações. Seu desejo é que eu o desembarque em Port Royal.

— Em Port Royal? — O homenzinho se contorceu com raiva no assento. De um jeito furioso e dando detalhes, informou a Blood que eles tinham entrado em Port Royal na noite anterior e descoberto que o vice-governador estava ausente. — Ele tinha saído em uma perseguição inútil para Tortuga atrás de bucaneiros, levando toda a frota consigo.

Blood o encarou surpreso por um instante; depois rendeu-se ao riso.

— Ele saiu, suponho, antes de receber as notícias da mudança de governo e da guerra contra a França?

— Não foi assim — retrucou Willoughby. — Ele foi informado de ambos e também da minha vinda antes de partir.

— Ah, impossível!

— Era o que eu teria pensado. Mas tenho a informação de um major Mallard, que encontrei em Port Royal, aparentemente governando na ausência desse idiota.

— Mas ele é louco de deixar seu posto em um momento como esse? — Blood estava espantado.

— Levando toda a frota consigo, lembre-se, e deixando o local livre para o ataque francês. Esse é o tipo de vice-governador que o falecido governo achou por bem nomear: um epítome de seu desgoverno, maldito! Ele deixa Port Royal desprotegido, salvo por um forte em ruínas que pode ser reduzido a escombros em uma hora. Macacos me mordam! É inacreditável!

O sorriso persistente desapareceu do rosto de Blood.

— Rivarol está ciente disso? — gritou impetuosamente.

Foi o almirante holandês quem respondeu.

— Ele iria para lá *ze* não *eztiveze*? *Monzieur* De Rivarol fez alguns de *nozoz homenz prizioneiroz*. Talvez *elez conta* a ele. Talvez ele fez *elez contar*. É uma grande *oporzunidade*.

Sua Senhoria rosnou como um lince.

— Aquele patife do Bishop tem que responder por isso com a cabeça se houver alguma maldade por causa dessa deserção de seu posto. E se foi deliberado, hein? E se ele for mais trapaceiro do que tolo? E se essa for a maneira dele de servir ao rei James, a quem seu cargo servia?

O capitão Blood era generoso.

— Dificilmente. Foi apenas a vingança que o incentivou. É a mim que ele está caçando em Tortuga, meu lorde. Mas estou pensando que, enquanto ele está fazendo isso, é melhor eu cuidar da Jamaica para o rei William.

Ele riu com mais alegria do que sentira nos últimos dois meses.

— Defina um curso para Port Royal, Jeremy, e vamos seguir a toda velocidade. Vamos nos vingar de monsieur De Rivarol e eliminar outras questões ao mesmo tempo.

Lorde Willoughby e o almirante estavam de pé.

— Mas você não é páreo para ele, droga! — gritou Sua Senhoria. — Qualquer um dos três navios do francês é páreo para os seus dois, meu caro.

— Em canhões, aye — disse Blood e sorriu. — Mas, nesses casos, há coisas mais importantes do que canhões. Se Vossa Senhoria quiser ver uma ação travada no mar como deveria ser, esta é sua oportunidade.

Ambos o encararam.

— Mas as probabilidades! — insistiu Sua Senhoria.

— É *impozível* — disse Van der Kuylen, balançando a cabeça grande. — *Az habilidadez marítimaz zão importantez. Maz canhõez zão canhõez.*

— Se eu não conseguir derrotá-lo, posso afundar meus próprios navios no canal e bloqueá-lo até que Bishop volte da perseguição inútil com seu esquadrão ou até que sua frota apareça.

— E de que adianta, diga-me? — Willoughby exigiu saber.

— Vou lhe dizer. Rivarol é um idiota por se arriscar, considerando o que tem a bordo. Ele carrega em seu porão o tesouro saqueado de Cartagena, no valor de quarenta milhões de libras. — Eles deram um salto com a menção da soma colossal. — Ele foi para Port Royal com esse tesouro. Quer me derrote ou não, ele não sai de Port

Royal com o tesouro de novo e, mais cedo ou mais tarde, esse tesouro chegará aos cofres do rei William, depois de, digamos, um quinto ter sido pago aos meus piratas. Está combinado, lorde Willoughby?

Sua Senhoria levantou-se e, sacudindo a nuvem de renda do pulso, estendeu a delicada mão branca.

— Capitão Blood, descobri a grandeza em você — disse.

— Claro que Vossa Senhoria tem uma bela visão para perceber isso. — O capitão riu.

— *Zim, zim*! *Maz* como *vozê* vai fazer? — rosnou Van der Kuylen.

— Venham para o convés e farei uma demonstração antes que o dia termine.

CAPÍTULO XXX.
A última batalha do Arabella

— Por que *eztá ezperando*, meu amigo? — rosnou Van der Kuylen.

— Aye, em nome de Deus! — vociferou Willoughby.

Era a tarde daquele mesmo dia, e os dois navios bucaneiros balançavam com suavidade, com as velas batendo preguiçosas a sotavento da longa faixa de terra que formava o grande porto natural de Port Royal e a menos de uma milha dos estreitos que conduziam a ele, que o forte protegia. Fazia mais de duas horas que tinham chegado ao lugar, tendo se arrastado até lá sem serem vistos pela cidade e pelos navios de m. De Rivarol, e o tempo todo o ar esteve agitado com o rugido dos canhões do mar e da terra, anunciando que a batalha tinha sido estabelecida entre os franceses e os defensores de Port Royal. Essa longa espera inativa estava irritando os nervos de lorde Willoughby e Van der Kuylen.

— *Vozê dize* que *noz moztraria coizaz boaz*. Onde *eztão ezaz coizaz boaz*?

Blood os encarou, sorrindo com confiança. Estava preparado para a batalha, usando a armadura de aço preto.

— Não vou testar sua paciência por muito mais tempo. Na verdade, já percebo um abrandamento no fogo. Mas é assim, agora: não há nada a ganhar com a precipitação e muito a ganhar com o adiamento, como vou lhes mostrar, espero.

Lorde Willoughby olhou para ele com desconfiança.

— Você acha que, enquanto isso, Bishop pode voltar ou a frota do almirante Van der Kuylen pode aparecer?

— Ora, não estou pensando nada disso agora. O que estou pensando é que, nessa batalha com o forte, monsieur De Rivarol, que é um sujeito gorducho, como tenho motivos para saber, sofrerá alguns estragos que podem tornar as coisas um pouco mais equilibradas. Claro, será o momento de ir em frente quando o forte tiver disparado.

— Aye, aye! — A aprovação afiada veio como uma tosse do pequeno governador-geral. — Percebo seu objetivo, e acredito que está totalmente certo. Você tem as qualidades de um grande comandante, capitão Blood. Peço perdão por tê-lo entendido mal.

— E isso é muito bonito de Vossa Senhoria. Veja, tenho alguma experiência nesse tipo de ação e, embora eu assuma todos os riscos que devo, não assumo nenhum que não seja necessário. Mas... — Ele parou para ouvir. — Aye, eu estava certo. O fogo está diminuindo. Isso vai significar o fim da resistência de Mallard no forte. Vamos lá, Jeremy!

Ele se apoiou na amurada esculpida e deu ordens com firmeza. O apito do contramestre soou e, em um instante, o navio que parecia adormecido despertou. Ouviu-se o bater de pés ao longo dos conveses, o ranger de blocos e o içar de velas. O leme foi virado com força, e em um instante eles estavam se movendo, o *Elizabeth* atrás, sempre em obediência aos sinais do *Arabella*, enquanto Ogle, o artilheiro, que ele havia convocado, recebia as instruções finais de Blood antes de descer para seu posto no convés principal.

Quinze minutos depois, eles tinham contornado a entrada e parado na boca do porto, a uma distância de um tiro de canhão dos três navios de Rivarol, aos quais agora se revelaram de repente.

Onde antes ficava o forte, agora eles viam um monte de lixo fumegante, e o francês vitorioso com o estandarte de lírio pendurado no topo do mastro avançava para agarrar o rico prêmio cujas defesas tinha destruído.

Blood analisou os navios franceses e riu. O *Victorieuse* e o *Medusa* pareciam não ter recebido mais do que algumas cicatrizes; mas o terceiro navio, o *Baleine*, adernando fortemente para bombordo a fim de manter o grande corte a estibordo bem acima da água, estava fora de combate.

— Está vendo! — gritou para Van der Kuylen e, sem esperar pelo grunhido de aprovação do holandês, berrou uma ordem: — Leme, vire para o porto!

A visão daquele grande navio vermelho com o bico curvo dourado e as escotilhas abertas balançando de lado deve ter reprimido a exultação retumbante de Rivarol. No entanto, antes que ele pudesse se mover para dar uma ordem, antes que pudesse resolver que ordem dar, um vulcão de fogo e metal explodiu sobre ele vindo dos bucaneiros, e seus conveses foram varridos pela foice assassina de uma rajada de tiros. O *Arabella* manteve seu curso, dando lugar ao *Elizabeth*, que, seguindo de perto, executou a mesma manobra. E então, enquanto os franceses ainda estavam confusos, em pânico por um ataque que os pegou de surpresa, o *Arabella* tinha se afastado e estava voltando, apresentando agora os canhões de bombordo e soltando a segunda rajada de tiros na esteira da primeira. Mais uma rajada de tiros veio do *Elizabeth*, e o trompetista do *Arabella* mandou um chamado sobre a água, que Hagthorpe entendeu perfeitamente.

— Agora, Jeremy! — gritou Blood. — Direto neles antes que recuperem o juízo. Aguarde! Prepare-se para embarcar! Hayton...

as fateixas! E leve a palavra ao artilheiro na proa para atirar o mais rápido que conseguir carregar.

Ele descartou o chapéu de penas e cobriu-se com um capacete de aço que um rapaz negro lhe trouxe. Pretendia liderar esse grupo de embarque pessoalmente. Ele se explicou com rapidez aos dois convidados.

— O embarque é a nossa única chance. Estamos muito desarmados.

A partir daí, a mais completa demonstração se seguiu com rapidez. Depois que os franceses finalmente recuperaram o juízo, os dois navios viraram de lado e, concentrando-se no *Arabella* por ser o mais próximo e mais pesado e, portanto, mais imediatamente perigoso dos dois oponentes, atacaram-no juntos quase ao mesmo tempo.

Ao contrário dos bucaneiros, que atiraram alto para incapacitar os inimigos nos conveses, os franceses atacaram para quebrar o casco do agressor. O *Arabella* balançava e cambaleava sob aquele terrível martelar, embora Pitt o mantivesse virado de frente para os franceses para oferecer o alvo mais estreito. Por um instante, ele pareceu hesitar, depois mergulhou para a frente de novo, a cabeça de bico estilhaçada, o castelo de proa quebrado e um buraco aberto à frente, que estava pouco acima da linha da água. De fato, para impedi-la de fazer água, Blood ordenou o lançamento imediato dos canhões de frente, âncoras e tonéis de água e tudo o mais que pudesse ser movido.

Enquanto isso, os franceses deram a mesma recepção ao *Elizabeth*. O *Arabella*, mal servido pelo vento, avançou para enfrentá-los. Mas, antes que pudesse realizar seu objetivo, o *Victorieuse* recarregou seus canhões de estibordo e golpeou o inimigo que avançava com uma segunda rajada de tiros de perto. Em meio ao estouro de canhões, ao estalar de madeiras e aos gritos de homens mutilados, o *Arabella* mergulhou e cambaleou para a nuvem de fumaça que ocultava sua presa, e de Hayton saiu o grito de que ela estava afundando de cabeça.

O coração de Blood parou. E aí, naquele exato momento de seu desespero, o flanco azul e dourado do *Victorieuse* apareceu através da fumaça. Mas, mesmo ao ter aquele vislumbre encorajador, ele percebeu, também, como o avanço deles agora era lento e como a cada segundo ficava mais lento. Eles iam afundar antes de alcançá-lo.

Assim, com um xingamento, o almirante holandês opinou, e de lorde Willoughby houve uma palavra de culpa porque os marinheiros de Blood tinham arriscado tudo nessa jogada do embarque.

— Não havia outra chance! — gritou Blood, em um frenesi de coração partido. — Se você disser que foi desesperador e temerário, ora, foi mesmo; mas a ocasião e os meios não exigiam nada menos. Eu fracasso com um golpe da vitória.

Mas eles ainda não haviam fracassado por completo. O próprio Hayton e um grupo de vigaristas robustos convocados por seu apito estavam agachados em busca de abrigo entre os destroços do castelo de proa com as fateixas prontas. A sete ou oito metros do *Victorieuse*, quando o caminho parecia esgotado e o convés dianteiro já estava inundado aos olhos dos franceses que zombavam e aplaudiam, aqueles homens saltaram para a frente e lançaram seus ganchos no abismo. Dos quatro que eles arremessaram, dois alcançaram os conveses do navio francês e se fixaram ali. Veloz como o pensamento foi a ação daqueles bucaneiros robustos e experientes. Sem hesitar, todos se lançaram sobre a corrente de um dos ganchos, negligenciando o outro, e lançaram-se sobre ele com todas as forças para unir os navios. Blood, assistindo de seu próprio tombadilho, lançou sua voz em um pedido de ação:

— Mosqueteiros para a proa!

Os mosqueteiros, postados à meia-nau, obedeceram com a rapidez de quem sabe que na obediência reside a única esperança de vida. Cinquenta deles avançaram no mesmo instante e, das ruínas do castelo de proa, explodiram sobre as cabeças dos homens de Hayton, derrubando os soldados franceses que, incapazes de desalojar os ferros, bem presos onde fisgaram profundamente as madeiras do *Victorieuse*, estavam se preparando para atirar na tripulação da fateixa.

De estibordo a estibordo, os dois navios balançaram um contra o outro com um baque surdo. A essa altura, Blood já estava na meia-nau, julgando e agindo com a velocidade de furacão que a ocasião exigia. As velas foram baixadas com o corte das cordas que seguravam as vergas. A guarda avançada de invasores, com cem homens, foi enviada para a popa, e operadores de ganchos foram posicionados, prontos para obedecer ao seu comando no momento do impacto. Como resultado, o *Arabella* soçobrado foi literalmente mantido à tona pela meia dúzia de ganchos que em um instante o prenderam com firmeza ao *Victorieuse*.

Willoughby e Van der Kuylen, na popa, observaram com espanto e sem fôlego a velocidade e a precisão com que Blood e sua tripulação desesperada tinham entrado em ação. E, agora, ele vinha correndo, seu corneteiro soando o ataque, a hoste principal dos bucaneiros o seguindo, enquanto a vanguarda, liderada pelo artilheiro Ogle, que tinha sido expulso dos canhões pela água no convés de armas, saltou gritando para a proa do *Victorieuse*, a cujo nível a popa do *Arabella* encharcada de água tinha afundado. Liderados agora pelo próprio Blood, eles se lançaram sobre os franceses como cães de caça sobre o cervo que trouxeram para a baía. Atrás deles outros seguiram, até que todos estavam no outro navio, e ninguém, exceto Willoughby e o holandês, tinha ficado para trás para assistir à luta no tombadilho do *Arabella* abandonado.

Durante meia hora, a batalha espalhou-se a bordo do francês. Começando na proa, subiu pelo castelo de proa até a meia-nau, onde atingiu o clímax da fúria. Os franceses resistiram obstinadamente e tinham a vantagem do número para encorajá-los. Mas, apesar de todo o seu valor obstinado, acabaram sendo pressionados para trás e para a frente nos conveses que estavam perigosamente inclinados para estibordo pela tração do *Arabella* inundado. Os bucaneiros lutaram com a fúria desesperada de homens que sabem que a retirada é impossível, pois não havia nenhum navio para o qual pudessem recuar, e aqui eles tinham que prevalecer e tomar o *Victorieuse* ou perecer.

E eles o tomaram no fim, e a um custo de quase metade de seus homens. Levados para o tombadilho, os defensores sobreviventes, incitados pelo enfurecido Rivarol, mantiveram a resistência desesperada por algum tempo. Mas, no fim, Rivarol caiu com uma bala na cabeça, e o restante dos franceses, com pouco menos de uma vintena de homens inteiros, pediu misericórdia.

Mesmo assim, o trabalho dos homens de Blood não havia terminado. O *Elizabeth* e o *Medusa* estavam fortemente grudados, e os seguidores de Hagthorpe estavam sendo levados de volta a bordo de seu próprio navio pela segunda vez. Medidas imediatas eram necessárias. Enquanto Pitt e seus marinheiros faziam sua parte com as velas e Ogle descia com uma tripulação de artilharia, Blood ordenou que os ganchos fossem soltos imediatamente. Lorde Willoughby e o almirante já estavam a bordo do *Victorieuse*. Ao partirem para resgatar Hagthorpe, Blood, do tombadilho do navio conquistado, olhou pela última vez para o navio que lhe servira tão bem, o navio que se tornara quase uma parte de si mesmo. Um momento ele balançou após a liberação, depois acalmou-se lenta e gradualmente, a água borbulhando e girando em torno dos mastros, tudo que permaneceu visível para marcar o local onde o navio encontrou sua morte.

Enquanto Blood estava ali, acima da confusão medonha na meia-nau do *Victorieuse*, alguém falou atrás dele.

— Acho, capitão Blood, que é necessário implorar seu perdão pela segunda vez. Eu nunca tinha visto o impossível tornado possível por recursos e bravura, ou uma vitória tão galantemente arrancada da derrota.

Ele se virou e apresentou a lorde Willoughby uma expressão formidável. O capacete havia sumido, a armadura de peito estava amassada, a manga direita um trapo pendurado no ombro sobre o braço nu. Estava salpicado de sangue da cabeça aos pés, e havia sangue de um ferimento no couro cabeludo que manchava o cabelo e tinha se misturado com a sujeira de pólvora no rosto a ponto de deixá-lo irreconhecível.

Mas, daquela máscara horrível, dois olhos vívidos pareciam brilhantes de um jeito sobrenatural, e, desses olhos, duas lágrimas haviam arado um sulco na imundície das bochechas.

CAPÍTULO XXXI.

Sua Excelência, o Governador

Quando o custo dessa vitória foi calculado, descobriu-se que, dos 320 bucaneiros que tinham deixado Cartagena com o capitão Blood, apenas cem continuavam sãos e inteiros. O *Elizabeth* tinha sofrido tanto que era difícil acreditar que pudesse voltar a ter condições de navegar, e Hagthorpe, que tão galantemente o comandara naquela última ação, estava morto. Contra isso, do outro lado do relato, estavam os fatos de que, com uma força muito inferior e por pura habilidade e valor desesperado, os bucaneiros de Blood tinham salvado a Jamaica do bombardeio e da pilhagem e capturado a frota de m. De Rivarol, apreendendo, para o benefício do rei William, o esplêndido tesouro que ela carregava.

Só na noite do dia seguinte a frota irresponsável de nove navios de Van der Kuylen ancorou no porto de Port Royal, e seus oficiais, holandeses e ingleses, foram informados da verdadeira opinião de seu almirante sobre seu valor.

Seis navios dessa frota foram instantaneamente reabilitados para o mar. Havia outros assentamentos das Índias Ocidentais que exigiam a visita de inspeção do novo governador-geral, e lorde Willoughby tinha pressa de navegar até as Antilhas.

— E, enquanto isso — queixou-se ao almirante —, estou detido aqui pela ausência desse vice-governador idiota.

— E daí? — disse Van der Kuylen. — Por que *izo* o deteria?

— Para que eu possa repreendê-lo como ele merece e nomear como seu sucessor um homem dotado de uma noção de onde reside seu dever e com a capacidade de cumpri-lo.

— Ahá! *Maz* para *izo* não é *nezezário* que *vozê* fique aqui. E *eze* não vai exigir *instruzões*. Ele vai *zaber* como tornar Port Royal *zeguro*, melhor que *vozê* e eu.

— Você está falando de Blood?

— Claro. Haveria um homem melhor? *Vozê* viu o que ele pode fazer.

— Você também pensa assim, é? Ó céus! Eu tinha pensado nisso; e, macacos me mordam, por que não? Ele é um homem melhor do que Morgan, e Morgan foi nomeado governador.

Blood foi chamado. Surgiu, alegre e afável mais uma vez, depois de explorar os recursos de Port Royal, para se apresentar. Ficou um pouco deslumbrado com a honra que lhe foi proposta, quando lorde Willoughby a tornou conhecida. Estava muito além de qualquer coisa com que havia sonhado, e ele foi tomado por dúvidas sobre sua capacidade de assumir um cargo tão oneroso.

— Maldição! — retrucou Willoughby. — Eu lhe ofereceria se não estivesse satisfeito com sua capacidade? Se essa é sua única objeção...

— Não, meu lorde. Eu esperava voltar para casa, de verdade. Estou sedento pelas alamedas verdes da Inglaterra. — E suspirou. — Os pomares de Somerset devem estar repletos de flores de macieira.

— Flores de macieira! — A voz de Sua Senhoria aumentou como um foguete e falhou com a palavra. — Que diabos...? Flores de macieira! — Ele olhou para Van der Kuylen.

O almirante ergueu as sobrancelhas e contraiu os lábios grossos. Seus olhos brilharam com humor no rosto grande.

— Então! — disse ele. — Muito poético!

Meu lorde voltou-se ferozmente para o capitão Blood.

— Você tem um passado para apagar, homem! — advertiu. — Você fez algo em direção a isso, confesso; e mostrou sua qualidade ao fazê-lo. É por isso que lhe ofereço o governo da Jamaica em nome de Sua Majestade: porque o considero o homem mais apto que vi para o cargo.

Blood fez uma reverência profunda.

— Vossa Senhoria é muito bom. Mas...

— Ora! Não há "mas" nessa história. Se quiser que seu passado seja esquecido e seu futuro seja assegurado, esta é sua chance. E não deve tratá-la levianamente por causa de flores de macieira ou qualquer outro maldito absurdo sentimental. Seu dever é aqui, pelo menos enquanto a guerra durar. Quando a guerra acabar, pode voltar para Somerset e suas cidras ou sua Irlanda natal e seus *potheen*; mas até lá você vai fazer o melhor possível com a Jamaica e o rum.

Van der Kuylen explodiu em gargalhadas. Mas, em Blood, a cordialidade não provocou nenhum sorriso. Ele permaneceu solene ao ponto da melancolia. Seus pensamentos estavam voltados para a srta. Bishop, que estava em algum lugar nesta mesma casa em que eles estavam, mas a quem não tinha visto desde que chegara. Se ela ao menos tivesse lhe mostrado um pouco de compaixão...

E aí a voz rouca de Willoughby interrompeu outra vez, repreendendo-o pela hesitação, apontando para a incrível estupidez de brincar com uma oportunidade de ouro como aquela. Ele se enrijeceu e fez uma reverência.

— Meu lorde, você está certo. Sou um tolo. Mas não me considere ingrato também. Se hesitei, é porque há considerações com as quais não incomodarei Vossa Senhoria.

— Flores de macieira, suponho? — bufou Sua Senhoria.

Dessa vez, Blood riu, mas ainda havia um anseio persistente em seus olhos.

— Será como deseja, e estou muito agradecido, deixe-me assegurar a Vossa Senhoria. Saberei como conquistar a aprovação de Sua Majestade. Pode contar com meu serviço leal.

— Se eu não o fizesse, não lhe ofereceria esse cargo de governador.

E assim foi decidido. A patente de Blood foi feita e selada na presença de Mallard, o comandante e os outros oficiais da guarnição, que encararam com olhos arregalados de espanto, mas guardaram seus pensamentos para si mesmos.

— Agora *podemoz* falar *zobre nozoz negózioz* — disse Van der Kuylen.

— Partiremos amanhã de manhã — anunciou Sua Senhoria.

Blood se assustou.

— E o coronel Bishop? — perguntou.

— Ele é problema seu. Agora você é o governador. Vai lidar com ele como achar adequado quando ele retornar. Enforque-o no seu próprio lais. Ele merece.

— Essa tarefa não é um pouco desagradável? — indagou Blood.

— Muito bem. Vou deixar uma carta para ele. Espero que ele goste.

O capitão Blood assumiu suas funções imediatamente. Havia muito a ser feito para colocar Port Royal em um estado de defesa adequado, depois do que acontecera ali. Fez uma inspeção do forte em ruínas e emitiu instruções para o trabalho nele, que deveria ser iniciado de imediato. Em seguida, ordenou o adernamento dos três navios franceses para que pudessem ficar em condições de navegar mais uma vez. Por fim, com a sanção de lorde Willoughby, reuniu seus bucaneiros e entregou a eles um quinto do tesouro recolhido, deixando à escolha deles a partir dali ir embora ou se alistar no serviço do rei William.

Uma vintena deles escolheu permanecer, e entre estes estavam Jeremy Pitt, Ogle e Dyke, cuja ilegalidade, como a de Blood, havia chegado ao fim com a queda do rei James. Eram — exceto o velho Wolverstone, que havia ficado para trás em Cartagena — os únicos sobreviventes daquele bando de rebeldes condenados que tinham deixado Barbados mais de três anos antes no *Cinco Llagas*.

Na manhã seguinte, enquanto a frota de Van der Kuylen finalmente estava preparada para navegar, Blood sentou-se na espaçosa sala caiada que era o gabinete do governador, quando o major Mallard avisou que o esquadrão de Bishop estava à vista.

— Muito bem — disse Blood. — Estou feliz por ele chegar antes da partida de lorde Willoughby. As ordens, major, são para que você o prenda no instante em que ele pisar em terra. Depois, traga-o aqui para mim. Um momento. — Ele escreveu um bilhete apressado. — Isso é para lorde Willoughby a bordo da nau capitânia do almirante Van der Kuylen.

O major Mallard fez uma saudação e partiu. Peter Blood recostou-se na cadeira e olhou para o teto, franzindo a testa. O tempo passou. Ouviu-se uma batida à porta, e um velho negro escravizado se apresentou. Será que Sua Excelência receberia a srta. Bishop?

Sua Excelência mudou de cor. Ficou sentado imóvel, olhando para o negro por um instante, consciente de que suas pulsações estavam batendo de um jeito totalmente incomum. Consentiu em silêncio.

Ele se levantou quando ela entrou e, se não estava tão pálido quanto ela, era porque seu bronzeado disfarçava. Por um instante, houve silêncio entre os dois, enquanto ficavam parados olhando um para o outro. Então ela avançou e por fim começou a falar, hesitante, com uma voz instável, surpreendente em alguém geralmente tão calmo e ponderado.

— Eu... Eu... O major Mallard acabou de me dizer...

— O major Mallard excedeu seu dever — disse Blood, e por causa do esforço que fez para mantê-la firme, a voz soou áspera e indevidamente alta.

Ele a viu começar e parar, e na mesma hora tentou corrigir.

— Você se preocupa sem motivo, senhorita Bishop. O que quer que esteja entre mim e seu tio, pode ter certeza de que não seguirei o exemplo que ele me deu. Não vou abusar da minha posição para buscar uma vingança particular. Pelo contrário, vou abusar dela para protegê-lo. A recomendação de lorde Willoughby para mim é para tratá-lo sem misericórdia. Minha intenção é mandá-lo de volta para sua plantação em Barbados.

Ela avançou devagar.

— Eu... estou feliz por você fazer isso. Fico feliz, acima de tudo, por seu próprio bem. — Ela estendeu a mão para ele.

Ele analisou o gesto com um olhar crítico. Em seguida, fez uma reverência.

— Não ousarei pegá-la com as mãos de um ladrão e um pirata — disse com amargura.

— Você não é mais isso — disse ela e se esforçou para sorrir.

— Ainda assim, não devo lhe agradecer por não ser — respondeu ele. — Acho que não há mais nada a dizer, a menos que seja para acrescentar a garantia de que lorde Julian Wade também não tem nada a temer de mim. Essa, sem dúvida, é a garantia que sua paz de espírito requer?

— Por seu próprio bem, sim. Mas só por seu próprio bem. Eu não pediria que você fizesse nada maldoso ou desonroso.

— Embora eu seja ladrão e pirata?

Ela retorceu a mão e fez um pequeno gesto de desespero e impaciência.

— Você nunca vai me perdoar por essas palavras?

— Estou achando um pouco difícil, confesso. Mas o que isso importa, no fim das contas?

Os olhos castanho-claros dela o consideraram com melancolia por um instante. E aí ela estendeu a mão de novo.

— Eu estou indo, capitão Blood. Já que você vai ser tão generoso com meu tio, voltarei a Barbados com ele. Não devemos nos encontrar de novo; nunca mais. É impossível que nos separemos como amigos? Cometi injustiças com você, eu sei. E pedi seu perdão. Você não... você não vai dizer "adeus"?

Ele pareceu despertar para sacudir um manto de aspereza deliberada. Pegou a mão que ela ofereceu. Retendo-a, falou, com olhos sombrios e melancólicos, considerando-a.

— Você vai voltar para Barbados? — indagou devagar. — Lorde Julian vai com você?

— Por que me pergunta isso? — ela o confrontou sem medo.

— Ora, ele não lhe transmitiu minha mensagem, ou será que a estragou?

— Não. Ele não a estragou. Ele me transmitiu com as suas palavras. Elas me tocaram profundamente. Fizeram-me ver com clareza meu erro e minha injustiça. Devo dizer isso como forma de me corrigir. Julguei com muita severidade onde era uma presunção julgar.

Ele ainda estava segurando a mão dela.

— E lorde Julian, então? — perguntou, os olhos observando-a, brilhantes como safiras naquele rosto cor de cobre.

— Lorde Julian sem dúvida vai voltar para sua casa na Inglaterra. Não há mais nada para ele fazer aqui.

— Mas ele não lhe pediu para ir com ele?

— Pediu. Eu perdoo sua impertinência.

Uma esperança selvagem criou vida dentro dele.

— E você? Glória, não vai me dizer que se recusou a se tornar uma lady, quando...

— Ah! Você é insuportável! — Ela soltou a mão dele e se afastou. — Eu não devia ter vindo. Adeus! — Estava correndo para a porta.

Ele saltou atrás dela e a segurou. O rosto dela ficou em chamas, e os olhos o apunhalaram como adagas.

— Esses são os costumes dos piratas, acho! Solte-me!

— Arabella! — gritou ele em tom de súplica. — Você está falando sério? Devo soltá-la? Devo deixá-la ir e nunca mais pôr os olhos em você? Ou vai ficar e tornar esse exílio suportável até que possamos ir para casa juntos? Ora, você está chorando! O que eu disse para fazê-la chorar, minha querida?

— Eu... achei que você nunca diria isso — ela zombou dele em meio às lágrimas.

— Bem, veja você que havia lorde Julian, uma bela figura de...

— Nunca, nunca houve ninguém além de você, Peter.

Eles tinham, é claro, um acordo a fazer depois disso, tanto que de fato sentaram-se para fazê-lo, enquanto o tempo passava rápido, e o governador Blood esqueceu-se dos deveres de seu cargo. Tinha finalmente chegado em casa. Sua odisseia estava encerrada.

E, enquanto isso, a frota do coronel Bishop ancorou, e o coronel desembarcou no quebra-mar, um homem insatisfeito que ia ficar ainda mais insatisfeito. Foi acompanhado em terra por lorde Julian Wade.

Uma guarda de cabo foi preparada para recebê-lo, e na frente dela estava o major Mallard e dois outros desconhecidos do vice-governador: um esguio e elegante, o outro grande e corpulento.

O major Mallard avançou.

— Coronel Bishop, tenho ordens para prendê-lo. Sua espada, senhor!

— Por ordem do governador da Jamaica — disse o homenzinho elegante atrás do major Mallard. Bishop virou-se para ele.

— O governador? Você está louco! — Ele olhou de um para o outro. — Eu sou o governador.

— Era — disse o homenzinho de um jeito seco. — Mas nós mudamos isso na sua ausência. Você está preso por abandonar seu posto sem justa causa e, portanto, colocar em risco o acordo pelo qual era responsável. É um assunto sério, coronel Bishop, como pode imaginar. Considerando que ocupou seu cargo no governo do rei James, é até possível que seja feita contra você uma acusação de traição. Seu enforcamento depende inteiramente de seu sucessor.

Bishop soltou um xingamento e, em seguida, abalado por um medo repentino:

— Quem diabos é você? — perguntou.

— Sou lorde Willoughby, governador geral das colônias de Sua Majestade nas Índias Ocidentais. Você foi informado, acho, da minha vinda.

Os restos da raiva de Bishop caíram dele como uma capa. Ele começou a suar de medo. Atrás dele, lorde Julian observava, o belo rosto de repente branco e tenso.

— Mas, meu lorde... — começou o coronel.

— Senhor, não estou preocupado em ouvir seus motivos — Sua Senhoria o interrompeu com dureza. — Estou prestes a sair de navio e não tenho tempo. O governador vai ouvi-lo e, sem dúvida, tratá-lo com justiça. — Ele acenou para o major Mallard, e Bishop, um homem arrasado e quebrado, se permitiu ser levado embora.

A lorde Julian, que o acompanhava, já que ninguém o deteve, Bishop expressou-se quando já estava suficientemente recuperado.

— Este é mais um item para colocar na conta daquele canalha do Blood — disse ele entre dentes. — Meu Deus, que ajuste de contas haverá quando nos encontrarmos!

O major Mallard desviou o rosto para ocultar o sorriso e, sem mais palavras, conduziu o prisioneiro à casa do governador, casa que por tanto tempo fora residência do próprio coronel Bishop. Ele ficou esperando sob vigilância no saguão, enquanto o major Mallard ia na frente para anunciá-lo.

A srta. Bishop ainda estava com Peter Blood quando o major Mallard entrou. Seu anúncio os trouxe de volta à realidade.

— Seja misericordioso com ele. Poupe-o de tudo que puder por mim, Peter — implorou ela.

— Com certeza farei isso — disse Blood. — Mas temo que as circunstâncias não o farão.

Ela se retraiu, escapando para o jardim, e o major Mallard foi buscar o coronel.

— Sua Excelência, o governador, o receberá agora — disse e escancarou a porta.

O coronel Bishop entrou cambaleando e ficou esperando.

À mesa estava sentado um homem de quem nada era visível, exceto o topo de uma cabeça preta com cachos cuidadosamente enrolados. Então a cabeça foi levantada, e um par de olhos azuis olhou solenemente para o prisioneiro. O coronel Bishop soltou um grunhido na garganta e, paralisado de espanto, encarou o rosto de Sua Excelência, o vice-governador da Jamaica, que era o rosto do homem que ele havia caçado em Tortuga até sua desgraça atual.

A situação foi expressa de um jeito melhor a lorde Willoughby por Van der Kuylen quando a dupla embarcou na nau capitânia do almirante.

— É muito poético! — disse, os olhos azuis brilhando. — O ga-pitão Blood *gozta* de poesia; *vozê ze* lembra *daz florez* de *mazieira*. E aí? *Ha, ha!*

Capitão Blood
RAFAEL SABATINI

Esta obra foi financiada por meio da *Sociedade das Relíquias Literárias*, uma campanha recorrente que auxilia na manutenção de trabalhos para os profissionais e entrega contos digitais todos os meses para os apoiadores.

Capitão Blood é uma meta estendida semestral alcançada, na qual todos os apoiadores receberam o e-book da obra.

Para que todos os leitores pudessem também ter acesso a este tesouro de 1922, o livro está hoje impresso em suas mãos. Agradecemos a você e aos mais de mil apoiadores da campanha até agora.

Para participar da Sociedade, visite:
catarse.me/sociedadeliteraria

BIOGRAFIA
Rafael Sabatini

Filho de mãe inglesa e pai italiano, Rafael Sabatini nasceu na Itália, mas viveu em diversos países ao longo de sua vida, entre eles Portugal, Itália e Suíça. Seus pais, ambos renomados cantores de ópera, viajavam bastante por causa da carreira, deixando Rafael com os avós maternos por sete anos, quando criança.

Adolescente, ao já ter estudado e se familiarizado com seis idiomas, Sabatini decidiu que era hora de explorar o mundo e se aventurar por ele. Trabalhou com comércio internacional em Liverpool, importante cidade portuária na Inglaterra. Sua facilidade e conhecimento em línguas fez com que se destacasse, principalmente sua familiaridade com o português.

Entretanto, a paixão pela escrita, que nutria desde criança, falou mais alto. Sabatini começou a trabalhar em suas próprias histórias e, ao final do século XIX, já escrevia contos para importantes revistas de literatura e trabalhava como tradutor. Suas habilidades com tradução foram úteis durante a Primeira Guerra Mundial, período em que trabalhou para a inteligência britânica.

Com o fim da guerra, Sabatini voltou a escrever. *Scaramouche*, romance histórico sobre a Revolução Francesa, foi publicado em 1921 e se tornou um sucesso de vendas. Em 1922, Rafael Sabatini publica *Capitão Blood*, livro que o consagraria como autor de livros de aventura e uma referência das histórias de piratas. O sucesso de *Capitão Blood* fez com que obras anteriores, como *O Falcão do Mar*, publicado em 1915, também sobre piratas e aventuras marítimas, ganhassem novas tiragens.

Suas histórias saíram das páginas dos livros e começaram a ganhar as telas do cinema mudo, com *Scaramouche* sendo adaptado ao cinema em 1923, *O Falcão do Mar*, em 1924, e *Capitão Blood* em 1935. Além das versões originais, os filmes também tiveram remakes cujo sucesso não deixou a desejar.

Rafael Sabatini faleceu em 1950, deixando um legado de mais de trinta obras que continuaram ganhando o mundo com diversas adaptações para o cinema e a TV.

ARTE DE MARI MORGAN

ARTE DE BRUNO SOLÍS

Este livro foi impresso em papel
Pólen Bold na fonte Newsreader.
@editorawish | editorawish.com.br

Este livro foi impresso na Viena Gráfica com tinta a base de soja e em papel de origem responsável. Isso significa que escolhemos uma gráfica que cumpre com as normas ISO 9001 e ISO 14001, garantindo excelência em qualidade e gestão ambiental durante todo o processo de produção e distribuição, com destinação final de maneira limpa, segura e sustentável.

Todo o papel empregado nesta obra
possui certificação FSC
sob responsabilidade do fabricante
obtido através de fontes responsáveis.
FSC na origem C010014
* marca registrada de Forest Stewardship Council